토지의 사랑

김춘복 성장소설

토찌비 사냥

한 몸에 두 지게를 질 수는 없었다.
결국 사과농사를 포기하고 창고를 서재로 개조하여 '심우당尋牛堂'이라 편액하자 어머니가 말했다.
"하이고, 씨부랄거, 수풀만 우거지며 뭐하노, 토찌비도깨비가 나와야 말이지!"
과연 어머니다운 촌철살인이 아닐 수 없었다.

두엄

어제는 이미 지나갔으며,
내일은 아직 오지 않았다.
하지만
지나간 것을 회상하고,
오지 않은 것을 상상하면
오늘이 된다.

― 저자 ―

▲ 김상섭 화백 「가마불폭포」
25cm × 70cm, 화선지에 수묵담채, 2001/저자의 막냇동생

차례

마당씻이 · 8

제1부
천둥벌거숭이 시절 · 13

제2부
질풍노도, 그 광기의 계절 · 205

덧뵈기 · 337

작가 연보 · 339

참고 자료 · 349

천황산 능선에서 굽어본, 쌈지처럼 오목하게 생긴 남명분지
운문사화산함몰체의 중앙분화구로서 졸작 『쌈짓골』의 배경이기도 하다.

마당씻이

　밀양시 산내면, 그중에서도 가장 깊숙한 골짜기인 속칭 '시렛골', 또는 '얼음골'로 널리 알려진 '남명南明'이 나의 안태고향이다.
　졸작『쌈짓골』에서 나는 '시렛골'을 이렇게 묘사했다.

　해발 일천 미터를 상회하는 태산준령이 사방을 병풍처럼 에워싼 쌈짓골, '큰거랑'이 골짜기 한가운데를 활대처럼 휘감고 흐르다가 화암산과 허리를 맞붙이다시피 한 사태방모롱이를 비좁게 열며 휘돌아 나간 입구를 제외하면 날짐승도 마음대로 날아들 수 없는 이름 그대로 쌈지처럼 오목한 분지이다. 암마가 위치한 용솟골은 쌈짓골에서도 가장 안구석이다.

▲ 심우당

장대를 걸치면 얹힐 정도로 바싹 다가선 앞 뒷산이 그나마 암마를 벗어나면 남북으로 점잖이 물러나 앉으면서 겨우 쌈짓골 하나를 이뤄 놓고는 도저히 못 참겠다는 듯이 다시 허리를 맞대고 우쭐우쭐 춤을 추며 뻗어 나갔다.

'화암산'을 '운문산'으로, '암마'를 '중마'로 환원하면 '쌈짓골'은 그대로 '시렛골'이 되는 것이다.

각설하고, 나는 이곳 시렛골 안에 있는 '동명東明:속칭 숲마'이라는 한 작은 마을에서 태어나 유년기를 보내고, 이십 리 바깥에 있는 '팔풍'이라는 면소재지에서 국민학교를 다니며 소년기를 보냈다.

처녀작 「낙인」을 비롯하여 『쌈짓골』·『계절풍』·『꽃바람 꽃샘바람』·『칼춤』, 그리고 이 작품에 이르기까지 시렛골은 내 문학의 근간을 이루고 있는 정신적 지주인 동시에 자양분이기도 하다.

한평생 떠돌이생활을 하다가 식솔들을 서울에 남겨둔 채, 어머니 홀로 살고 계시던 생가에 내려온 지도 어언 20여 년이 훌쩍 흘러갔다.

▲ 서재

낙향하면서 나도 처음엔 주경야독을 할 생각이었다. 조상 대대로 물려받은 생가를 헐고 새집을 지으면서 1층을 사과창고로 설계했던 것도 그 때문이었다.

그러나 한 몸에 두 지게를 질 수는 없었다. 결국 사과농사를 포기하고 창고를 서재로 개조하여 '심우당尋牛堂'이라 편액하자 어머니가 말했다.

"하이고, 씨부랄거, 수풀만 우거지며 뭐하노, 토찌비도깨비가 나와야 말이지!"

과연 어머니다운 촌철살인이 아닐 수 없었다.

생전에 베란다에 놓인 흔들의자에 앉아 창밖의 풍경을 하염없이 바라보곤 하던 어머니가 새삼 그립다.

이제는 내가 그 의자에 앉아 '토찌비'를 잡으러 주마등처럼 스쳐가는 과거로 시간여행을 떠나 본다.

제 1 부
천둥벌거숭이 시절
……

▲ 바탕 작품 : 김나리 조각가「교감 I」
85×54×222㎝/1100℃, 노천 소성

별똥 떨어진 곳
마음에 두었다
다음날 가보려
벼르다 벼르다
인젠 다 자랐소

― 정지용 「별똥」 전문 ―

1

▲ 저자의 생가 몸채
원래는 억새지붕이었으나 70년대 초 새마을운동으로 슬레이트지붕으로 바뀌었다. 오른편의 건넌방에서 저자가 태어났다.

    1938년 무인년 호랑이해 7월 12일, 음력으로 치면 유월 보름날 유두일이 나의 생일이다. 뒷날 어머니한테 들은 비-에 의하면, 한 마리의 거대한 용이 시뻘건 황톳물을 거슬러 오르다 승천하는 태몽을 꾼 날로부터 자그마치 닷새 동안 지속된 진통 끝에 당일 꼭두새벽에 본격적인 산고가 시작되었다고 한다.
    사주팔자에서는 시時를 으뜸으로 친다고 했거늘, 호랑이띠가 하필이면 날이 샐 무렵에 태어나다니!

할머니는 안절부절못하며 산모의 고통 따위는 안중에도 없이, 제발 해거름 때 낳게 해달라고 삼신제왕에게 지극정성으로 빌었다고 한다.

그 영검인지는 모르지만, 아무튼 나는 해가 질 무렵인 유시酉時에 이 세상에 나왔다. 2대 외동 끝에 얻은 귀하디귀한 핏줄이고 보매, 할머니로선 며느리의 해산구완보다 손자의 장수무병을 축원하는 일이 더 시급했던 모양으로 장장 '몇 시간'을 빌었던지, 막상 밥상을 받은 어머니는 미역국그릇에 가물가물 비치는 호롱불빛을 바라보다가 그만 까무러치고 말았다고 한다.

훨씬 뒷날, 『계절풍』을 쓰면서 그때 할머니가 뭐라고 빌었는지 혹시 기억에 남아 있느냐고 물어보았더니, 어머니는 기대치 이상의 자료를 구술해 주었다.

> 팔만 도솔 삼신제왕님/ 복은 석숭의 복을 점지해주시고/ 명은 동방삭의 명을 점지해주시고/ 총기 열어주시고/ 재주 떫어주시고/ 그저 묵고 자고 묵고 자고……/ 부자간에 화목하고/ 형제간에 우애 있고/ 동서남북 다 댕기도/ 말소리에 향내 나고/ 웃음소리 꽃이 피고/ 만인간이 다 받들어/ 밀어주고 도와주고……/ 그저 만고에 어린 백성이 뭐로 알겠십니꺼/ 산모 맛없는 국이라도/ 무우도 묵고 싶고 무우도 묵고 싶고/ 나는 듯이 부는 듯이/ 몸만 개운쿠로 해주시이소……

당시 가족으로는 조부모님과 부모님, 그리고 나까지 합쳐 다섯 명이었다. 조혼을 하던 시절이다 보니, 할아버지의 연세는 39세, 할머니는 41세, 아버지는 21세, 어머니는 19세에 불과했다.

나는 할아버지, 할머니의 온갖 사랑을 독차지하며 자랐다. 어쩌면 당신들에겐 손자라기보다 20여 년 만에 얻은 둘째아들이나 마찬가지였을는지도 모른다.

 나는 젖 먹는 시간을 제외하곤 할머니의 등과 할아버지의 무릎 위에서 자라났다고 해도 과언이 아니다. 게다가 누이를 본 이후로는 밤마다 할머니의 빈 젖꼭지를 물고 잠들곤 했다.

 할아버지의 무릎 위에 올라가 갖은 재롱을 피우며 곧잘 당신의 수염을 잡아당기기 일쑤였는데, 그럴 때마다 할아버지께서는 "허허, 이놈이야, 허허허, 이놈아가야." 하고 만수받이로 받아주며 오히려 즐기시는 것이었다. 손자를 귀여워해주면 할아버지 수염이 안 남는다는 속담이 그래서 생겼는가 보다.

 태어난 지 열 달 만에 말문이 트이고 걸음마를 익혀 돌날엔 삼이웃에 떡심부름을 했다고 하니 꽤나 올되었던 모양이다.

2

▲ 할아버지와 할머니 / 회갑 당시

비록 농사꾼 신분이었지만 할아버지께서는 나들이가 잦으셨다. 훤칠하게 큰 키에 눈부시게 하얀 두루마기를 차려입고 중절모에 떡하니 돌안경을 끼고 집을 나설 때의 당신의 풍채는 위풍당당하기 그지없었다. 국문 해독에다 마을 사람들의 성명 정도만 읽고 쓸 줄 아는 한자 실력이었지만, 수로대왕 시조에서부터 삼국통일의 위업을 달성하신 13대조 유庾자·신信자 흥무대왕, 고려시대 삼중대광을 역임하신 목牧자·경卿자 중시조, 선초에 지돈녕부사를 역임하신 영永자·정貞자 안경공安敬公 파조派祖, 숙종 때 통정대부 돈녕부 도정을 지내다 사화를 피하여 이 고장에 들어와 뿌리를 내리신 달達자·조祚자 시천조始遷祖를 거쳐 성리학을 탐구하여 향내에 명성이 자자했다는 종鍾자·영瑛자 증조부에 이르기까지의 양반 가문에 대한 자부심 하나만은 아주 대단하셨다.

할아버지께서는 내가 수로대왕 시조할아버지의 75세손임을, 그리고 상대적으로 당신은 나의 74대조임을 누누이 강조하셨다.

'75세손'이라면 '75대조'가 되어야 옳지 어째서 한 대가 줄어지느냐고 묻자, '세世'는 자기까지 넣어 계산하는 반면에 '대代'는 자기를 제외시킨다는 셈법까지 가르쳐 주셨다.

그리고 중시조 할아버지의 24대손, 파조 할아버지의 18대손, 시천조 할아버지의 9대손임을 일깨워주시는가 하면, 순조 때 통정대부를 역임하신 현顯자·익翊자 할아버지의 6대 종손임을 특히 강조하셨다.

6대 종갓집이다 보니, 설날이나 추석날 아침이면 집안 어른들이 우리 집에 모여 차례를 지내기 마련이었는데, 할아버지께서는 나더러도 꼭꼭 참사시키셨다.

나는 할아버지의 도포자락을 들추고 들어가 당신의 등 뒤에서 절을 함으로써 여러 참배객들을 웃기곤 했는데, 그 웃음소리가 듣기 좋아

일부러 할아버지의 엉덩이에 받쳐 마루 아래로 굴러 떨어지는 연기를 펼쳐 보이기도 했다.

할아버지 위로 형님이 한 분 계셨으나 일찍이 스물다섯 살에 요절하셨다고 한다. 어릴 때부터 '장군'이란 소리를 들었을 정도로 힘이 장사였던 큰할아버지께서 용솟음쳐 오르는 기운을 억제할 길이 없어 밤마다 어깨에 바윗돌을 얹고 상투봉을 오르내리며 짐승처럼 포효하셨다는 할아버지의 회고담은 어린 가슴을 흥분시키기에 충분했다. 백마를 타고 달리면 양 어깨 너머로 흰 수염발이 갈기처럼 휘날렸다는 증조부의 일화하며, 스물세 살 때 군郡 씨름대회에 나가 황소 한 마리를 거뜬히 따서 마을 청년들에게 고삐를 넘겨주고는 그 길로 일 년 동안 창녕·청도·경산·대구·경주 등지를 돌아다니며 내로라하는 건달들을 차례로 꺾으셨다는 큰할아버지의 무용담을 들으며, 아아 나는 얼마나 긴장하고 흥분했던가!

그렇게 건장하신 큰할아버지께서 왜 요절하셨는지 캐물어 보았지만, 할아버지께서는 입맛만 쩝쩝 다실 뿐 끝내 명쾌한 답변을 내놓지 않으셨다.

뒷날 『계절풍』을 구상하던 도중에 뜻밖에도 집안 어른 한 분한테서 그 답변을 얻을 수 있었다. 요절하신 것이 아니라, 만주에 가서 돈을 많이 벌어 올 테니 종잣돈으로 논 두 마지기 값을 달라고 요구했다가 증조할아버지께서 끝내 완강하게 거절하시자 스스로 감나무에 목을 매다셨다는 것이다.

광무 원년인 정유년1897에 태어나 신유년1921에 돌아가신 걸로 기재되어 있는 족보를 들여다보며, 돌아가신 연대에 방점을 찍고 추론해 보았다. '1921년'이라면 3·1운동이 일어났던 바로 그 다음다음해가 아닌가. 그렇다면 돈을 벌기 위해서가 아니라, 혹시 독립운동을 하시려 했던 것은 아니었을까?

▲ 「김해김씨안경공파세보」 권2, p.p. 454-455, 용안사, 1978

나는 『계절풍』에서 주인공 김관섭의 증조부로서 을사늑약이 체결되자 의병대에 투신하여 선봉장으로 활약하다가 장렬히 최후를 마친 '구봉九峰 장군'의 모델로 기꺼이 큰할아버지를 차용했다.

족보 말이 나온 김에 한마디 부연하자면, 외동인 아버지가 백부 밑으로 입적함에 따라 나 또한 자동적으로 큰할아버지의 친손자로 등재되어 있는가 하면, 그 대신에 나보다 열 살 아래인 남동생 봉섭은 할아버지 밑으로 입적되어 있다. 족보상으로 나는 '완섭完燮', 아버지는 영榮자, 도度자, 할아버지는 재宰자, 수洙자가 본명으로 등재되어 있는 바, 일상생활에서 불리는 이름은 '자字'로 둔갑하고, 일생 동안 단 한 번도 불려본 적이 없는, 단지 족보에 올리기 위해서 항렬에 따라 지어졌을 뿐인 생소한 이름이 본명이라니 다소 혼란스러웠다.

증조할아버지 대까지만 해도 우리 집은 4대가 함께 살았다고 한다. 노비까지 합쳐 무려 5, 60명에 가까운 식솔들이 한솥밥을 먹었다는 말을 들으며, 나는 얼마나 우쭐했는지 모른다.

할아버지께서 들려주신 증조할머니의 일화 또한 흥미 만점이었다.

"시집오던 날 말이다, 큰상을 받아갖고 진지를 잡숫다가 구경삼아 지켜보는 하객들을 향해서 아주 큰소리로 '이 집 음식은 와 이래 간이 싱겁노?' 카민서 젓가락으로 간장종지를 집어 들고 한입에 쭈욱 다 마셔버리더란다."

"할매, 참말가?" 하고 물어보자 할머니도 웃으면서 맞장구를 쳤다.

"그라이꺼내 시집 식구들한테 기죽지 않을라고 일부러 그랬던 기이라. 너거 큰할배나 할배가 알라 때 똥을 싸며 '워어리이! 워어리이!' 카민서 개 부리는 소리가 온 마실 안에 쩌렁쩌렁 울렸단다."

"캬아, 그라머 큰할배도 징조할매를 닮아갖고 기운이 시있던갑다, 그자?"

"관세엠보살……, 그렇다고 봐야지."

이 대목에서 나는 평소에 궁금하게 여겨왔던 의문이 풀리는 듯했다.

"할매, 그라머 할부지가 재치기할 때 온 동네가 떠나가도록 크게 하는 것도 징조할매를 닮아서 그렇나?"

"호호호호……, 그거는 너거 할배가 달구닭새끼들한테 장난치니라고 그라는 거 아이가."

무슨 말인고 하면, 종종 할아버지는 마루에 앉아 계시다가 재치기가 나올라치면 두 눈을 지그시 감고 입을 점점 크게 벌리다가 결정적인 순간에 '에에에엣치히이!' 하고 온 동네가 떠나가도록 큰소리를 지르곤 하셨는데, 그때마다 마당에서 모이를 쪼고 있던 어미닭이 솔개를 쫓는 소리인 줄 알고 죽자구나 앞장서서 헛간채 안으로 먼저 몸을 피한 다음, 뒤따라오는 병아리들을 두 날개 밑에다 감쪽같이 숨기고는 목덜미의 깃털을 잔뜩 곤두세워 방어자세를 취하는 것이었다. 그 일련의 광경이 그렇게 우스꽝스러울 수가 없었다.

내가 태어났을 때는 이미 세상이 바뀌어 그 많던 식솔들이 뿔뿔이 다 분가해 나가고, 할아버지의 종숙부이신 굼실 할배 댁만이 유일하게 우리 집 바로 앞에 울타리 하나를 경계로 이웃하고 있을 뿐이었다.

굼실 할배는 침술이 뛰어나 아랫동에까지 출타가 잦았는데, 겨울철이면 항상 너구리목도리를 착용하고 다니셨다.

다섯 살 때였다. 하루는 굼실 할배의 막내아들인 희태 아재가 울타리 너머에서 내 이름을 부르며 놀러오라는 것이었다. 항렬로 따지면 할배뻘이었지만, 어른들이 시키는 대로 그냥 편하게 '아재'라고 부르며 평소에 곧잘 따랐던 터라, 개구멍 안으로 기어들어가 무심코 사랑방문을 열던 나는 비명을 싸지르며 하마터면 까무러칠 뻔했다. 갑자기 희태 아재가 "위익!" 하는 소리와 동시에 아가리를 쫙 벌린 너구리목도리를 바로 내 코앞에다 들이밀었기 때문이다.

그 뒤로 좀처럼 앞집엘 가지 않다가 다시금 자유롭게 드나들게 된 것은 그다음다음해 희태 아재가 징병에 끌려 나간 뒤부터였다.

연주현씨의 집성촌인 가인리의 들마野村 마을이 친정 곳인 할머니의 택호는 '가촌댁'이었다. 낫 놓고 기역자도 모르는 까막눈이었지만,

'여자는 말소리나 웃음소리가 담장 밖으로 넘어가서는 안 된다.'는 생활신조가 몸에 배어 있을 정도로 예도가 반듯한 분이었다. 당사자에게는 물론, 제삼자에게도 아버지를 지칭할 때엔 언필칭 '서당아書堂兒'라는 대명사를 쓰곤 했다.

매달 초사흗날마다 고깔봉 위에 떠 있는 초승달을 향해 할머니는 이렇게 비손을 하곤 했다.

전지전능하신 월광보살님, 무인생 우리 백이 커거들랑 더도 말고 덜도 말고 밀양군수 되도록만 해주시이소…….

아들이 면서기이니만치 손자는 그보다 높은 사람이 되기를 바라는 간절함에서 비롯된 것일 테지만, 어쩌면 '밀양군수'야말로 당신에겐 대통령 다음가는 최고의 관직명이었는지도 모른다.

네 살 때였다. 하루는 밤중에 나를 깨워 건넌방으로 데리고 들어간 할머니는 강보에 싸인 웬 갓난아기를 보여주며 말했다.

"백이 니 동생이다. 앞으로 귀여워해 주거래이."

나는 너무나 신기했다.

"할매, 이거 어데서 났노?"

"할매가 하늘나라에 올라가서 안고 내리왔다."

"하늘나라에 우째 올라갔더노?"

"무지개를 타고 올라갔다."

"그런데 와 꼬치가 없노?"

"내리오다가 깜깜해서 고마 잃아뿠다."

"할매, 그라머 요담에는 꼭 등불을 써갖고 올라가거라."

네 살 적 일을 기억한다는 게 믿기지 않을는지 모르지만, 옆자리에 있는 아버지의 앉은뱅이책상 위에 얹혀 있는 탁상시계의 바늘이 세 시를 가리키고 있었던 것까지도 눈에 선하다. 심지어는 렌즈를 투과하면서 굴절된 빛이 문자판 왼편 가장자리를 따라 'ƹ' 자 모양으로 유난히 빛나던 문양까지도……. 나는 이미 그때 아라비아 숫자를 1에서부터 10까지 읽고 쓸 수 있었던 것이다.

▲ 아버지 / 35세경

아버지는 면사무소 소재지인 팔풍까지의 이십 리 길을 매일 도보로 출퇴근했다. 일찍이 서당 공부를 접고 사설남명강습소를 거쳐 일본으로 건너가 직업학원에서 기계설계를 전공하고 나왔음에도 불구하고, 지방공무원 공채시험에 응시했던 것은 아마도 뿌리 깊은 관존민비사상의 영향이 컸으리라 추측된다.

아들이 면서기로 임용되자, 마치 과거시험에 장원급제하여 출사라도 한 양 할아버지께서는 큰 잔치를 베푸셨다고 한다.

네 살이 되던 해 생일날, 할아버지께서는 아버지와 어머니에게 큼직한 선물을 하나씩 하사하셨으니, 면내에서는 좀처럼 보기 드문 일제 '시마노しまの' 자전거와 '자노메JANOME'라는 발재봉틀이 그것이다.

아버지가 자전거를 몰고 온 첫날, 마을 사람들이 경탄과 찬사를 연발하며 한번 시승해보기를 간청했지만 아버지는 일언지하에 거절했다.

"자전거 점포 주인이 내한테 뭐라 캤는지 아는게? 마누라를 빌려주면 빌려줬지, 자전거하고 만년필은 절대로 다른 사람한테 빌려줘서는 안 된다 캤는 기라요."

구경꾼들이 다 돌아가고 난 뒤에 아버지는 나를 안장 위에 태우고 마당을 여남은 바퀴나 돌았다. 마냥 할아버지가 만들어 주신 '동태'[1]를 굴리고 놀던 내게 그것은 경이로움 그 자체였다. 어쩌면 그것은 내가 체험한 최초의 문화적 충격, 문명에의 예감이었는지도 모른다.

다음날부터 아버지가 출근할 때마다 사립문 밖에까지 따라 나가 배웅하는 것이 나의 첫 일과가 되다시피 했다. 그냥 머리만 꾸뻑하고 마는 형식적인 의례가 아니라, 허리를 구십 도로 깍듯이 굽혀 절을 하고 나서, 자전거를 탄 아버지의 뒷모습이 동구 앞 언덕 아래로 사라질 때까지 하염없이 바라보는 것이었다. 마침내 그 잔영마저 지워지고 나면, 나는 까닭 모르게 눈물이 핑 돌곤 했다.

도대체 면사무소란 데는 무얼 하는 곳일까, 어떤 곳이기에 매일 아침마다 아버지가 집을 떠나는 것일까, 그리고 팔풍이란 마을은 어떻게 생겼을까……?

시야에 남아있는 빈 하늘을 응시하며 나는 마음껏 상상의 나래를 펼쳐보곤 했다. 저 산 너머에는 무엇이 있을까, 구름이 넘나드는 걸 보면 꽉 막힌 것 같지는 않고, 그렇다면 거기에도 사람들이 살고 있는 것일까, 살고 있다면 어떻게 생긴 모습들일까……?

산내면의 입구에 해당하는 수원백씨의 집성촌인 용암龍岩 마을이 어머니의 친정 곳이다. 따라서 어머니의 택호는 '수원댁'이다. 하지만 정작 외가가 그 마을에 존재했던 것은 아니었다. 그럼에도 나는 그 마을 들머리에 있는 큰외할아버지 댁을 외가로 치부하면서 성장했다. 역마살이 낀 외할아버지께서 다 큰 처녀를 더 이상 객지로 데리고 다니

---

[1] 동태 : '굴렁쇠' 또는 '바퀴'의 경상도 방언. 여기에선 대나무 막대 끝부분에 나무바퀴를 달아 굴리는 장난감 기구를 가리킴.

▲ 어머니 / 33세경

는 게 무리라고 판단하고 형님 댁에 맡김에 따라, 어머니는 본의 아니게 큰아버지 댁에서 기식하던 도중에 아버지와 결혼하게 되었던 것이다.

서너 살 아래인 당질녀와 더불어 큰아버지 밑에서 군두목軍都目[2]을 깨치고, 큰어머니 밑에서 언문을 익힐 수 있었던 그 삼사 년의 기간이야말로 일생에서 가장 행복한 시기였노라고 어머니는 종종 술회하곤 했다.

당시 외가는 대구에 있었다. 서너 살 무렵에 어머니 손에 이끌려 두어 차례 가본 적이 있는데, 버스나 기차를 탄 기억은 별로 없고, 마당가에 있는 아주 커다란 수조 속에 노닐고 있던 수백 마리의 금붕어를 본 기억과 어느 사진관에 들어가 사진을 박았던 추억은 지금도 생생하다.

어머니와 나와 사진사 이외에는 아무도 없었음에도 불구하고 실내의 어디에선가 계속 사람의 말소리가 들리고 있는 게 나는 너무도 신기했다.

"오매, 지금 말하는 사람은 어데 있는데?"

그러자 어머니와 사진사가 큰소리로 웃는 것이었다.

"사람이 말하는 기이 아이라 저기 있는 저 나지오에서 말하는 기다."

"나지오가 어데 있는데?"

"저 궤짝 우에 얹혀 있는 저거 아이가."

그러나 나는 궤짝 위에 얹혀 있는 몇 가지 물건 가운데에서 어느 게

---

2) 군두목 : 한자의 뜻은 상관하지 않고 음과 새김을 따서 물건의 이름을 적는 법. '괭이'를 '廣耳광이'로, '콩팥'을 '太豆태두'로 적는 따위를 이름.

'나지오'인지, 그게 어떻게 사람의 말을 할 수 있는 것인지 도무지 이해할 수가 없었다.

호롱불 밑에서 한 땀 한 땀 어렵사리 손바느질을 하던 마을 부녀자들에게 재봉틀의 출현은 일대 충격이 아닐 수 없었다. 신통방통한 마술을 구경하러 오는 부녀자들의 발길이 연일 끊이질 않았다.

▲ 자노메 재봉틀

우리 가족의 옷만 짓던 어머니는 마침내 실 값 정도의 실비만 받고 마을 사람들의 옷까지 지어주기에 이르렀다. 의뢰자가 당사자의 나이와 키를 일러주기만 하면, 마치 마술사처럼 싹둑싹둑 마름질을 하여 재봉틀로 드르륵 박아 단박에 옷을 지어내곤 했던 어머니는 단연코 그녀들의 우상이었다.

마름질의 비결은 당시 대구에서 양재학원에 다니고 있던 이모님이 보내준 옷본에 있었다. 한 조각 한 조각마다 연령과 용처가 기재되어 있는 옷본을 옷감 위에다 얹고 납작한 분필로 본을 뜬 다음, 가위를 갖다 대기만 하면 마름질이 완성되었던 것이다.

또한 어머니는 겨울철에 접어들면 밤마다 마을 부녀자들을 대상으로 기꺼이 전기수(傳奇叟)[3] 노릇을 했다. 『계절풍』의 한 대목을 인용해 본다.

그녀는 원래 문장이 좋았다. 처녀 시절에 군두목을 익혀 산골 여자로서는 보기 드물게 한자에 능통했을 뿐만 아니라, 게다가 내간체 문장과 흘림체 붓

---
3) 전기수 : 지난날, 고대소설을 낭독하여 들려주는 일을 업으로 삼던 사람.

글씨 또한 바느질 솜씨만큼이나 정평이 나 있어 왕왕 원근 각지에서 제문을 청탁해 오기도 했다. 처녀 시절에 손수 필사했다는 『춘향뎐』·『심청뎐』·『숙영낭자뎐』 등의 고대소설과 「ᄉ친가」·「계녀가」·「화전가」 등의 내방가사가 지금껏 장롱 속에 보관되어 있거니와, 밤마다 그것들을 낭랑한 목소리로 낭독하여 동네 부녀자들을 많이 울리기도 했다.

오늘날의 TV일일연속극과 같았다고나 할까, 어느 정도 진도가 나갔다 싶으면, 어머니는 한창 재미나는 대목에서 책장을 덮으며 말했다.
"오늘은 여기까집니더. 내일 저녁에 또 봅시더."
그러면 부녀자들의 입에서는 동시에 장탄식이 터져 나오게 마련이었다. 그 순간을 놓칠세라 할머니가 살얼음이 동동 뜨는 동치미에다 삶은 감자나 고구마 따위를 내어놓으면, 어머니는 걸쭉한 입담으로 갖가지 전설이며 민담이며 수수께끼 보따리를 풀어 뒤풀이를 하곤 했다.
한번은 이런 문제를 내었다.
"전깃줄에 참새가 열 마리 앉아 있는데 포수가 총을 '탕' 쏴갖고 그 중에 한 마리가 땅에 떨어졌다 카머, 몇 마리가 남아 있겠습니꺼?"
당돌하게도 내가 나섰다.
"아홉 마리!"
어머니가 단호하게 잘랐다.
"틀렸다."
서로 옆 사람의 얼굴을 멀뚱하게 쳐다보던 부녀자들이 '여덟 마리'에서부터 '한 마리'에 이르기까지 겨끔내기로 갖다 대었지만, 어머니는 번번이 틀렸다고 했다.
"하이고 시상에, 그런 억지가 어딨노?"

누군가의 핀잔에 어머니는 호탕하게 웃으며 말했다.

"하하하하……, 총소리에 놀래갖고 모조리 다 도망가뿄지, 남아 있을 참새가 어데 있겠습니꺼?"

3

우리 집 뒤쪽에는 마을의 수호신인 사오백 년 묵은 당나무가 버티고 있고, 바로 그 옆에는 요즘의 마을복지회관에 해당하는 '공실公室'이 있었는데, 나는 곧잘 동무들과 어울려 거기에서 놀곤 했다.

▲ 김상섭 화백 「당나무」
화선지에 수묵담채 87×70cm, 2001

네댓 살 때라고 기억된다. 어느 날 공실 마루에서 놀고 있던 나는 우연히 벽에 걸려 있는 현판에서 할아버지의 함자를 발견하고 얼마나 기뻤는지 모른다.
　그러나 다른 사람들의 이름은 '성 김金' 자 외에는 한 자도 읽을 수가 없었다. 할아버지의 함자 바로 옆에 적힌 이름을 손바닥에 몇 번 써보고 한달음에 집으로 달려가 마침 마당에서 이영을 엮고 계시는 할아버지 곁에 쪼그리고 앉아 나무꼬챙이로 써 보이며 물었다.
　"할부지예, 할부지예, 이렇게, 이렇게 쓴 글자는 무슨 자, 무슨 잡니꺼예?"
　그러자 할아버지의 두 눈이 화등잔만 하게 커지는 것이었다.
　"니가 그걸 어데서 봤더노?"
　"공실에 걸려 있는 남판대기에서예. 할부지 함자 바로 옆에 씌어져 있습디더예."
　할아버지께서는 만면에 웃음을 담고, '바다 해海' 자하고 '물가 수洙' 자라고 가르쳐 주면서 원동 할배의 함자라고 알려 주셨다.
　"그런데 와 거기에다 여러 사람들의 이름을 적어 놨습니꺼예?"
　"그건 말이다, 공실을 지을 때 기둥이나 대들보, 서까래 같은 걸 낸 사람들의 이름인 기이라."
　나는 호기심이 발동했다. 다시 공실로 달려가 그 다음 사람의 이름자를 외워 와 물었다.
　"할부지예, 이렇게, 이렇게 쓴 거는 무슨 자, 무슨 잡니꺼예?"
　"허허, 이놈 이거야, 그건 '갑옷 갑甲' 자하고 '기둥 주柱' 자 아이가. 굼실 할배 함자다.
　이렇게 해서 나는 한나절 무렵이 되자, 거기 적혀 있는 글자들을 죄다 익힐 수 있었다.

할아버지께서는 그날 저녁에 퇴근한 아버지에게 낮에 있었던 일을 들려주고 나서, 당장 내게 『천자문』을 가르치는 게 어떻겠느냐고 의사 타진을 하셨다. 그러나 아버지의 의향은 달랐다.

"요즘이 어떤 세상인데 케케묵은 구닥다리 공부를 시킨단 말입니꺼? 앞으로는 신식 학문을 배워야만 출세할 수 있심더."

내심으론 몹시 서운했을 테지만, 할아버지께서도 백번 동의하지 않을 수 없었으리라.

'센또보시전투모'에 군복에 '헨조까編上靴:편상화'에 '게이도루각반'까지 착용한 차림으로 공실에 나타나 순회교육을 할 때의 아버지를 바라보는 할아버지의 표정은 그 이상 더 흡족해 보일 수가 없었다.

"대동아전쟁은 맨 처음에 어데서 일났습니까?"

하고 아버지가 물을라치면 마을 사람들은 배운 그대로 이구동성으로 외쳤다.

"북지北支 노구교蘆溝橋⁴⁾에서 일났심더."

"지금 시국은 어떤 시국입니까?"

"국가비상시국입니더."

"국가비상시국을 맞아 우리 국민은 어떻게 해야 합니까?"

"천황 폐하를 위해서 온 국민이 일치단결해서 부지런히 일해야 합니더."

"일치단결하는 마당에 사소한 불평불만을 말해서 되겠습니까?"

"안 됩니더."

"왜 안 됩니까?"

"그 틈을 노리고 적군이 쳐들어오기 때문입니더."

---

4) 노구교 : 중국 베이징 시北京市 남교南郊 융딩 강永定江에 놓인 다리. Lu gou jiao. Marco Polo Bridge. 1937년 7월 7일 밤, 이 부근에서 중국군과 일본군이 충돌하는 사건이 발생했다. '노구교사건', '7·7사변'이라고도 하며, 중일전쟁의 발단이 되었다.

또한 농촌진흥회에서는 일주일에 한 차례씩 호얏불[5]을 밝혀놓고 일본말, 일본글을 가르쳤다. 교육 성적이 부진한 사람은 차를 탈 수 없을 뿐만 아니라, 석유, 설탕, 고무신 따위의 생필품 배급도 나오지 않는다며 하도 으름장을 놓는 바람에 마을 사람들은 울며 겨자 먹기로 아버지의 말을 앵무새처럼 따라 외는 수밖에 없었다. 끝내 외지 못할 경우엔 배석한 농촌진흥회 간부로부터 불호통을 맞기 십상이었다.

"이 비국민아! 당신은 도대체 사람이오, 밥주머니요, 옷걸이요? 현해탄 깊은 바다에 띄워도 좋아?"

어디 그뿐인가! 매월 8일은 '다이쇼호다이비大昭奉載日'[6]라 하여 더 극성을 부렸다. 이른 새벽부터 동민들을 강제로 모아놓고 '궁성요배宮城遙拜'에다 '황국신민체조'에다 '고오고꾸 신민노 세이시皇國臣民의 誓詞'[7]라는 것까지 강요했던 것이다.

—와레라와 고오고꾸 신민나리. 츄우세이 못데 군고꾸니 호오젠우리는 황국 신민이다. 충성으로써 군국에 보답하리라…….

게다가 창씨개명創氏改名을 계몽하기 위하여 손수 '가미시바이紙芝居: 그림연극'를 들고 와서 변사辯士 뺨 칠 정도의 유창한 언변으로 해설하고 있는 아버지를 바라보는 할아버지의 표정 또한 얼마나 득의만면하던가!

애국반장인 할아버지는 설탕이며 고무신 따위의 배급이 나올 때마다 반원들에게 나눠주곤 하셨는데, 나는 그때마다 할아버지와 아버지가 이 세상에서 가장 높으신 분이라고 생각했다.

---

5) 호얏불 : 석유 램프의 등피인 '호야ほя'를 통하여 내비치는 불빛. 남폿불. 램프Lamp+불.
6) 다이쇼호다이비 : 일본이 연합국에 대동아전쟁을 선전포고한 1941년 12월 8일을 기림과 동시에 승전을 다짐하는 날.
7) 황국신민의 서사 : 조선총독부가 교학진작敎學振作과 국민정신 함양을 도모한다는 명목으로 1937년에 제정하여 조선인들로 하여금 강제로 외우게 했던 맹세.

4

　부모님이 나를 남겨둔 채 팔풍으로 분가해 나간 것은 여섯 살 나던 해였다. 나까지 데리고 가버리면 할아버지, 할머니께서 너무 허전해하실 것 같아 취학 적령이 될 때까지 화초 삼아 돌보시도록 배려한 것이었다.
　며느리를 떠나보내는 할머니의 석별의 정은 각별했다. 보퉁이를 이고 동구 밖에까지 나온 어머니가 "인자 고마 알라아기를 지한테 주고 들어가시이소."라고 했지만, 할머니는 "신작로가 나오는 마전꺼정 바래다주꾸마." 하고 일축하는 것이었다.
　마전까지 간다는 말에 나는 깡충깡충 뛰며 좋아했다. 머슴을 따라 한 달에 한 번 꼴로 이발하러 갈 때마다 들르곤 했던 마전은 어마어마하게 큰 학교 건물하며 과자 등속을 파는 상좐들하며 우리 마을과는 사뭇 다른 분위기를 자아냈으므로, 마을 입구에 들어서기만 하면 공연히 가슴이 콩닥거리곤 했다.
　더구나 동무들과 함께 뒷산 벌목장에 가서 놀다가 드디어 출발하는 통나무를 가득 실은 화물차 위에 올라타고 하늘을 향해 기성과 환성을 싸질러대며 마전으로 진입할 때의 짜릿한 그 기분을 어디에다 비길 것인가!
　이윽고 마전에 도착했지만 할머니는 아기를 어머니에게 넘겨줄 의향이 전혀 없었다. 어머니가 여러 차례 채근했지만, 그때마다 "조금만 더 가서."라는 말만 되풀이할 뿐이었다. 머리에 인 보퉁이만 해도 힘겨울 텐데 어린것까지 업고 이십 리 길을 걸어가야 할 며느리가 무척 안쓰러웠을 것이리라.
　나는 한 손으로는 할머니의 손을, 다른 한 손으로는 어머니의 손을 잡고 두 다리를 한껏 벌려 자동차 바큇자국을 따라 밟으며 어깃장걸음 걸이의 재미를 만끽하기도 했다.

운동장에서 뛰놀고 있는 아이들을 바라보며 내가 물었다.

"오매, 팔풍에 있는 학교는 이거카머 더 크나?"

"그걸 말이라고 묻나, 두 배도 더 넘을 기이다.

"햐아, 그라머 팔풍도 마전보다 두 배도 더 넘겠네?"

"두 배가 뭣고, 시 배도 더 넘는다."

"햐아, 까자과자를 파는 점방도 마전커머 훨씬 더 많겠네?"

"많다마다."

"그라머 까자를 자주 사주겠네?"

"공부만 잘하머 뭣이든지 다 사주꾸마."

시렛골의 관문에 해당하는 사태방모롱이에 이르자, 마침내 할머니는 어머니의 등에 아기를 업혀주며 조용히 입을 열었다.

"인자 가면 언제 올래……? 자주 댕기가도록 하거래이, 알라 젖 잘 믹이고, 잔병치레 안하도록 조심하고, 이웃 사람들하고도 잘 사귀야 된대이……."

소나무들이 잔뜩 우거진 숲속에 커다란 바위가 내려다보고 있는 백동골모롱이를 돌아나갈 때까지 어머니는 다섯 번 뒤돌아보았다. 그때마다 우리는 서로 마주 바라보며 손을 흔들었다.

딸을 시집보내는 친정어머니의 심정이 그러했을까, 어머니의 뒷모습이 가뭇없이 사라지자, 할머니는 기어이 옷고름을 눈시울로 가져가는 것이었다.

아버지, 어머니가 나만 달랑 떨어뜨려놓고 분가해 나갔지만, 나는 조금도 서운하지 않았다.

어머니보다 할머니가 훨씬 더 좋았기 때문이다. 어쩌다 무료해할라 치면 할머니는 용케도 알아차리고 군것질거리를 챙겨주곤 했다. 홍시, 감말랭이, 감껍데기, 밤싸라기, 가죽자반, 찐쌀, 옥수수, 고구마, 감자 등 철따라 그 종류도 다양했다. 그리고 그대마다 같은 말을 되뇌곤 했다.

"인자 이기이 마지막이다. 애끼 가미 꼭꼭 씹어 무우라."

나는 처음엔 그 말을 액면 그대로 곧이듣고 야금야금 아껴 먹곤 했는데, 알고 보니 상투적인 거짓말이었다.

하루는 옆집 죽천 할매 집 담장 너머에서 동갑내기 동무가 나를 부르는 것이었다. 심심하던 차에 신바람을 내며 달려갔더니, 두 살 위인 그의 형과 그 또래 서너 명이 아주 반기며 같이 놀자고 했다. 나를 끼워주는 그들이 너무도 고마웠다.

이런저런 얘기 끝에 한 형이 "어이, 우리 감자 대리 안 해 물래?" 하자 다들 손뼉을 치며 환호했다. '감자 대리'가 뭐냐고 묻자, 각자 자기 집에 가서 감자를 한 바가지씩 갖고 와서 삶아 먹으며 노는 것이라고 했다. 말하자면 '감자 추렴'이었다.

우리는 각자 흩어져 자기 집을 향해 뛰어갔다.

"할매, 감자 한 바가지 도고!"

집에 들어서자마자 큰소리로 외치자 할머니가 놀란 눈으로 물었다.

"뜬금없이 우짠 감자는……?"

"아아들하고 감자 대리해 묵기로 했다 말이다, 죽천 할매 집에서……."

감자가 수북하게 담긴 자루바가지를 안고 의의양양하게 죽천 할매 집 사립 안으로 들어서는 순간, 집으로 간 줄 알았던 형들이 뒷간에서, 사랑방에서, 곳간에서 동시다발로 튀어나오며 괴성을 싸질러대는 것이 아닌가!

 감쪽같이 속은 걸 직감했지만, 이왕 어울려 놀기로 한 이상, 성을 내느니 한술 더 떠서 감자를 독식할 수 있는 묘안을 강구하기로 했다.

 이윽고 삶은 감자가 들어오자 환성을 싸질러대던 애들이 갑자기 배꼽을 잡고 데굴데굴 구르기 시작했다. 그럴 수밖에 없는 것이 홀라당 벗어버린 내 아랫도리에서 그들에게서는 결코 볼 수 없는 앙증스럽게 생긴 '데쯔가부도철모=귀두'를 보았기 때문이다. 나는 그 기회를 놓칠세라, 뜨거운 감자를 훅훅 불어가며 목구멍 안으로 삼키기에 바빴다.

 할머니에겐 단골로 찾아오는 말동무들이 몇 분 있었다. 나는 그분들을 졸라「혹부리영감」·「삼천갑자 동방삭」·「흥부와 놀부」·「선녀와 나무꾼」·「심청전」·「콩쥐팥쥐」·「의좋은 형제」·「토끼전」등 옛날이야기 듣기를 좋아했다.

 때로는 옛날이야기가 아닌, 백여 년 전에 우리 마을에서 일어났던 실화까지도 들려주는 것이었는데, 어느 날 한 할머니가 말했다.

 "호랭이를 타고 댕긴 평촌 할배 이바구 해주까?"

 "예? 호랭이를 타고 댕깄다고예?"

 "그래."

 "평촌 할배가 누군데예?"

 "그라이꺼내 지금부터 한 백 년 전에 살았던, 니한테는 고조할배뻘 되는 어른이신데 심이 천하장사였단다."

 "우리 큰할배캉 씨름하머 누가 이기는데예?"

 "그건 알 수가 없지. 너거 큰할배카머도 사오십 년 전에 살았던 분이었으니까."

 "그래서예?"

"평촌 할배는 살 것도 하나 없으면서 팔풍장날마다 출입을 했는 기라."

"'출입'이 뭔데예?"

"나들이하는 거 아이가. 집에서 나가갖고 볼일을 보고 들어오는 걸 출입이라 카니라."

"아무것도 안 사면서 뭐하러 장에 갔는데예?"

"늠이 장에 가며 거름 지고 따라간다는 말도 안 있나, 이 사람 만내갖고 한잔 하고, 저 사람 만내갖고 한잔 하민서 이런저런 이바구 하다가 어슬막에 얼큰히 취해갖고 흥얼거리미 올라오는 그 재미로 댕깄던 기이라."

"그래서예?"

"그러다가 하루는 백동골모랭이에 막 올라서는데, 백동골모랭이가 어딘고 카머……."

"나도 압니더예. 사태방모랭이를 지나서 소나무 숲이 꽉 우거져 있고 큰 방쿠바위가 내리다보고 있는 ……."

"맞다. 그런데 난데없이 칭듬대호 한 마리가 썩 나타나는 기라"

"칭듬대호가 뭔데예?"

"방쿠만 한 큰 호랭이를 칭듬대호라 카니라."

▲ 민화 「호작도虎鵲圖」

"그래서예?"

"그라자 평촌 할배는 술기운이 확 달아나민서 정신이 번쩍 들었는 기라. 그라고는 마음속으로 '오냐, 오늘 니늠 잘 만났다, 누가 이기는지 어디 한분 해보자.' 카민서 두 눈을 부릅뜨고 딱 버투자, 호랭이란 놈이 등더리를 보이미 길바닥에 턱 주저앉는 기라."

"그래서예?"

"요즘걷은 신작로가 아이라 좁은 오솔길이다 보이, 호랭이가 비끼 주지 않으며 앞으로 갈 수가 없는 기라. 한참 생각하다가 호랭이를 피해갖고 질 옆으로 나갔다가 다시 걸어가는데 어느새 또 호랭이가 앞을 가로막고, 다시 피해 가머 또 그 짓을 되풀이하는 기이라."

"그래서예?"

"평촌 할배가 가만히 생각해보이꺼내, 이늠이 해코지를 할라 카는 기이 아이라, 혹시 지 등더리 우에 올라타라 카는 기이 아일까 싶어서, 에라 모리겠다, 카고 척 올라타갖고 두 팔로 목을 틀어 안았는 기이라."

"그래서예?"

"그라자 말 그대로 비호같이 달리갖고 솔등끝에 와서 척 니라주는 기라."

"그래서예?"

"소내기 맞은 거맹키로 옷이 땀에 흠뻑 젖어갖고 집 안에 들어서자마자 평상 우에 쿵 쓰러지자, 평촌 할매가 나와갖고 쌀무리를 갈아 믹이고 온몸을 주물러서 살리냈는 기라."

"그래서예?"

"그 뒤로 몇 달 동안 통 바깥출입을 안 하던 평촌 할배가 어느 날부터 다시 장에 댕기기 시작했는데, 그때마다 그 장소에만 오머 그 호랭이가 나타나서 솔등끝에꺼정 태야다 준 기라."

나는 도시 믿을 수가 없었다.

"할매, 참말가?" 하고 물어보자, 할머니는 한술 더 뜨는 것이었다.

"암, 그때마다 마실에 개가 한 마리씩 없어졌단다."

"그라머 요새도 백동골모랭이에 범이 살고 있나?"
"암, 암놈 수놈 두 마리가 살고 있는데, 말 잘안 듣는 아아가 있으머 잡아 간다." 하고 할머니는 갑자기 소리를 질렀다. "어엉! 와이고, 무시라!"
나는 "으악!" 하고 비명을 싸지르며 그만 오줌을 지리고 말았다.
할머니들의 이야기는 들으면 들을수록 재미있었다.

옛날에 어떤 마실에 꼬부랑 할매가 살았는데, 하루는 꼬부랑 할매가 꼬부랑작대기를 짚고 꼬부랑길을 걸어가다가 똥이 누룹아갖고 꼬부랑낭게 올라가서 꼬부랑똥을 누는데 꼬부랑개가 와서 꼬부랑똥을 주워 먹거든, 꼬부랑 할매가 꼬부랑작대기를 갖고 꼬부랑개를 때리주이꺼내 꼬부랑깽깽 꼬부랑깽깽 카민서 달아나더란다.

한 자리가 끝나면 다음 이야기를 조르고, 또 한 자리가 끝나면 그다음 이야기를 보채고……. 드디어 밑천이 떨어지게 되면, 어떤 할머니는 궁여지책으로 "옛날에 어떤 사람이 살았는데……." 하고 잔뜩 호기심을 자극해 놓고는 "잘 먹고 잘살았더란다."ㄹ고 하기도 하고, 어떤 할머니는 "옛날에 어떤 동네에 한 선비가 살았는데……, 옛날에 어떤 동네에 말이다, 한 선비가 떠억 살았거든……, 그래 참, 옛날에 어떤 동네에 선비 한 사람이 떠억 살았는데 말이다……, 옛날도 아주 옛날, 호랭이가 담배 피우고 가재가 도랑 치던 아주 먼먼 옛날, 어느 동네에 한 선비가 떠억 살았거든……," 하고 밑도 끝도 없는 말을 중언부언하다가, 종당에는 뒷간에 간다는 핑계를 대고 줄헹랑을 치기도 했다.
하루는 요란하게 울리는 천둥소리를 듣고, 홀아버지에게 저게 무슨 소리냐고 여쭤봤더니, 하늘에 계시는 영등 할배 내외가 싸우면서 농짝을 굴리는 소리라는 것이었다. 나는 또 여쭤보았다.

"그라머 비는 우째서 오는데예?"

그러자 할아버지께서는 동해용왕님이 솔가지를 꺾어 바닷물에 적셔 갖고 공중에다 휙 뿌리면 비가 되어 내린다는 것이었다. 반시반의하며 '할매, 참말가?' 하고 묻자, 할머니 또한 고개를 끄덕이며 "맞다."고 했다. 나는 그 말을 곧이곧대로 받아들일 수밖에 없었다.

5

▲ 「사냥개 독구」
저자, 종이에 4B연필, 2017.

여태 껌둥이란 놈을 깜빡 잊고 있었다. 중3 때 『학원』지 '독자문예란'에 투고하여 '우수작'으로 뽑혔던 「독구Dog」라는 콩트의 주인공이기도 한데, 나는 그 첫머리에서 껌둥이를 이렇게 묘사했다.

'독구'란 소년의 집에서 기르고 있는 사냥개 껌둥이의 별명이었다. 공민학교에 다니는 동네 애들이 학교에서 영어 단어 꼬리나 배웠다고 해서 껌둥이를 보고 '독구', '독구' 하고 부르던 것이 이제 와서는 동네 사람들은 물론이고, 껌둥이 자신에게조차 불편 없이 통했다.

독구가 셰퍼드 순종이 아니라고 해서 아주 못돼먹은 똥개냐 하면 그렇지도 않는, 말하자면 반종이었다.

두 귀가 쫑긋하게 서고 북슬북슬한 꼬리가 둘둘 말려 올라간 그게 좋다고들 동네 사람들은 탐스러운 듯이 말하곤 했다…….

할아버지 말씀에 의하면, 껌둥이는 나와 동갑이라고 했다. 그래서인지 우리는 아주 사이좋게 놀았다. 등 위에 올라타고 두 귀를 잡고서 "이랴! 이랴!" 하고 외칠라치면 녀석은 마치 말이라도 되는 양 어슬렁어슬렁 마당가를 맴돌곤 했다.

'소년'을 '나'로, '소년의 아버지'를 '할아버지'로 환치하여 「독구」의 뒷부분을 마저 인용해 본다.

벼가 누렇게 익어가는 가을철에 접어들면 밤마다 멧돼지들이 출몰함으로써, 특히 산답을 부치는 이들에겐 여간 골칫거리가 아닐 수 없었다. 단순히 벼 포기를 축내는 데에 그치지 않고, 포만감을 느끼게 되면 저들끼리 온갖 장난을 쳐서 아예 논배미 전체를 쑥대밭으로 만들어버리기 때문이었다.

할아버지께서는 밤마다 머슴을 대동하고, 때로는 혼자서 독구를 앞세우고 멧돼지 사냥을 나가곤 하셨다.

마을을 벗어나 산기슭에 접어들면, 어느새 독구는 주인의 곁을 떠나 산속을 뒤지기 시작하는 것이었는데, 요행히 멧돼지가 걸려들라치면 필사적으로 녀석의 진로를 차단하며 컹컹 짖어 신호를 보내는 것이었다.

그러면 할아버지와 머슴은 독구의 기세를 돋우느라 연신 "껌둥아! 물어라! 물어라……!" 하고 목이 터지도록 고래고함을 지르며 소리 나는 쪽을 향해 질풍노도처럼 달려가 멧돼지의 목덜미나 옆구리에 대창을 찔러 숨통을 끊는 것이었다.

다음날 아침이 되면 으레 마을 사람들이 우리 집 마당으로 모여들게 마련이었으며, 할아버지께서는 머슴이 칼질해 놓은 고깃덩이리를 골고루 분배해주곤 하셨다.

그러던 어느 날 오후였다. 뒷산에 도토리를 털러 가자면서 할아버지께서 나를 데리고 집을 나서셨다. 독구가 앞장을 섰음은 물론이다.

장바탕 골짜기에 이르자, 할아버지께서 다래끼를 내게 맡기면서 말씀하셨다.

"도토리가 떨어지는 족족 여게다 줏어 담아라."

내가 물었다.

"도토리가 어데 있는데예?"

"앞에 있는 이 참나무에 달려 있는 기이 도토리 아이가, 저게 보이제, 동글동글한 열매……?"

그러고 보니, 실개천을 따라 즐비하게 서 있는 여남은 그루의 나무들이 잎사귀 사이사이마다 탐스럽게 익은 열매들을 잔뜩 숨기고 있었다.

이윽고 할아버지께서 큼지막한 돌을 들고 참나무 둥치를 내리칠 적마다 우박이 쏟아지듯 도토리들이 땅 위로 떨어져 굴렀다. 나는 그것들을 주워 담느라 정신을 못 차릴 지경이었다. 간혹 머리에 맞을 때면 따끔따끔 아팠지만 오히려 그게 더 재미있었다.

이렇게 한동안 계속하는 도중에 갑자기 할아버지께서 외치셨다.

"복아, 저, 저, 저거 봐라, 저거!"

아니나 다를까, 건너편 수풀에서 막 뛰쳐나온 송아지만한 멧돼지 한 마리가 등고선을 따라 쏜살같이 달아나고 있는 것이 아닌가!

"하, 할부지예, 메, 멧돼지 아입니꺼예?"

▲「멧돼지의 질주」
저자, 종이에 사인펜, 2017

"맞다, 멧돼지다!"

그러나 이미 멧돼지는 순식간에 등성이 너머로 사라져버린 뒤였다. 실로 눈 깜빡할 새였다.

나는 불현듯 독구가 떠올랐다.

"할부지예, 껌둥이는?"

사방을 둘러봤지만 보이질 않는 것이었다.

"껌둥아! 껌둥아……!"

연거푸 큰소리로 불러봤지만 아무런 소용이 없었다.

할아버지께서 곰방대에 막 불을 붙여 물었을 때였다.

언제 어디에서 나타났는지, 독구가 바로 등 뒤에서 혀를 잔뜩 빼물고 헐떡이고 있는 것이 아닌가!

나는 독구를 노려보며 소리쳤다.

"껌둥아, 니 어데 갔더노? 니가 있었으며 멧돼지를 잡았을 거 아이가!"

할아버지께서도 한마디 하셨다.

"껌둥아, 인자 딴 데 가지 말고 딱 고 자리에 앉아 있거라."

독구는 알아들었다는 듯이 꼬리로 빗질을 하며 땅바닥에 엎드렸다.

할아버지께서 다시 도토리를 털기 시작했다. 한동안 정신없이 줍고 있던 나는 반사적으로 독구 쪽으로 시선을 보냈다.

"어?"

녀석이 또 다시 감쪽같이 없어지고 말았다. 나는 울상이 되어 말했다.

"할부지예, 껌둥이가 또 없어져뻤심더."

그때였다, 방금 멧돼지가 사라진 바로 그 등성이 너머에서 컹컹 짖어대는 독구의 소리가 들려온 것은…….

"껌둥아! 물어라! 물어라! 우리 껌둥이 잘한다……!" 하고 할아버지께서는 실개천을 건너뛰다 말고 큼직한 돌멩이를 집어 들고 비탈을 치달아 오르기 시작하셨다. "껌둥아! 물어라! 물어라! 우리 껌둥이 잘한다……!"

나도 덩달아 뾰쪽한 돌멩이를 한 개 집어 들고 부리나케 뒤따랐다.

"껌둥아! 물어라! 물어라! 우리 껌둥이 잘한다……!"

가쁜 숨을 몰아쉬며 가까스로 등마루에 올라선 나는 할아버지를 쉽게 발견하고 잰걸음으로 다가갔다.

요걸로 멧돼지 대가리를 콱 찔러야지!

그런데 이게 어찌 된 일인가!

손에 들려 있던 돌멩이가 저절로 땅바닥으로 떨어졌다.

응당 쓰러져 있어야 할 멧돼지는 보이지 않고, 어느 밀렵꾼이 설치해 놓은 덫에 앞다리를 친 독구가 땅바닥에 쓰러진 채 신음을 토하고 있는 것이 아닌가! 그리고 할아버지께서는 팔뚝과 이마에 굵은 핏줄을 있는 대로 다 드러내고 독구의 다리를 빼내려고 안간힘을 쓰고 계셨다.

독구가 다시 사냥을 시작한 것은 그로부터 보름 뒤인 어느 된서리 내리던 날 밤이었다.

멧돼지 얘기를 좀더 해야겠다. 『쌈짓골』의 한 대목을 보자. 주인공 '팔기'를 '나'로 환치한다.

휘영청 밝은 달빛이 방 안으로 홍수처럼 쏟아져 들어오는 새벽녘이면 나는 곧잘 새벽잠을 설치고는 했다. 그럴 때면 으레 아주 먼 데서 빈 양철통을 두들기는 소리와 함께 '우우, 우여어이……!' 하는 소리가 아련히 들려오게 마련이었는데, 나는 그 소리를 세다가 늦잠이 들곤 했다.

할머니의 말로는 논 주인이 멧돼지를 쫓기 위하여 외치는 소리라고 했지만, 내 귀에는 어느 먼 곳에서 달빛에 취한 누군가 외로움을 견디지 못해 내지르는 절규처럼 들리는 것이었다. 그럴 때면 나는 문득 광활한 우주 공간에 나 홀로 내던져진 듯한 외로움으로 몸을 떨곤 했다.

50년대 후반기에 어느 여류시인은 '강물이 저토록 소리 내어 울지만 않았어도/ 난 외로움을 모르고 자랐을 뻔했다'라고 읊었거니와, 내게 외로움을 가르쳐준 것은 휘영청 밝은 달빛이 방 안으로 홍수처럼 쏟아져 들어오는 새벽녘에 아주 먼 데서 빈 양철통을 두들기는 소리와 함께 '우우, 우여어이……!' 하고 아스라이 먼 곳에서 들려오던 바로 그 소리였다.

그랬다. 나는 새벽마다 두 귀를 쫑긋 세우고 그 소리를 들으며 외로움을 키워 갔다. 외로움이란 그리움의 다른 이름이란 것도 그 무렵에 어렴풋이 깨닫게 되었다.

6

또한 할아버지께서는 천렵을 좋아하셨다. 다소 수량이 많을 때에는 '데리스'라는 농약으로, 가물 때에는 제피나무껍질가루나 물을 에우는 방법을 썼는데, 데리스를 사용할 때엔 피라미·갈겨니·금강모치 등이, 제피나무껍질가루를 쓸 때엔 동사리·기름종개·메기·뱀장어 등이, 그리고 물을 에울 때에는 피라미·기름종개·동사리·퉁가리·가재 등이 주로 잡혔다.

그런데 독극물을 사용하는 것은 법으로 금지하고 있었으므로, 데리스나 제피나무껍질가루를 사용하는 경우에는 남의 눈에 띄지 않게끔 각별히 신경을 쓰지 않으면 안 되었다. 현장이 발각되거나 고발이 들어가는 날엔 주재소로 끌려가 치도곤은 치도곤대로 당하고 벌금은 벌금대로 물어야 했기 때문이다.

물을 에울 때에는 머슴과 둘이서, 데리스나 제피나무껍질가루를 사용할 때에는 마을 사람들과 공동작업을 하기 마련이었는데, 후자의 경우에는 참가자 전원이 잡은 고기를 균등하게 노느매기하곤 했다.

할머니의 물고기조림 솜씨 또한 일품이었다. 우선 비늘과 내장을 제거하여 소금물에 넣어 솟구쳤다. 그래야만 조리하는 과정에서 원형이 유지될 뿐 아니라, 식감을 제대로 살릴 수 있기 때문이다. 다음 단계로 가마솥 바닥에 두텁게 썬 무를 깔아 초벌로 한번 익힌 다음 그 위에다 고기를 얹고 갖은 양념장을 골고루 얹어 바싹 졸이는 것이었다. 나는 피라미나 중고기나 퉁가리보다 식감이 단단하면서도 꼬들꼬들한 동사리를 가장 선호했다. 동사리는 지방에 따라서 '꾸구리'·'뚜구리'·'뚝지'·'망태'·'빠꾸마치'·'뺑구리'·'뿌구리' 등 그 명칭이 아주 다양한 어종으로 우리 고장에서는 '뿍지'라고 일컬었다.

밥상을 차리는 쪽에서나 그걸 받아먹는 쪽에서나 반드시 지켜야 하는 불문율이 있었다. 할머니는 할아버지와 나와 머슴을 조금도 차별하지 않고 똑같은 크기의 접시에다 큰 놈 한 마리와 작은 놈 한 마리를 가지런히 담아 상 위에 올렸는가 하면, 할아버지와 머슴과 나는 한 마리를 더 달라거나 먹다가 남기는 일이 결코 없었다. 나는 노상 밥술은 크게 뜨고 고기는 쪼끔씩 베어 먹음으로써 마지막 숟가락질과 젓가락질이 딱 맞아떨어지게끔 했다.

한 가지 특이한 것은, 할머니는 단 한 번도 고기반찬을 입에 대지 않았다는 점이다.

"할매는 와 고기 안 묵는데?" 하고 물어볼라치면, "나는 원래 비린내 나는 거는 못 묵는 싱미다."라고 대답했지만, 그때마다 침을 삼키느라 울대뼈가 오르내리곤 했다.

  할아버지를 닮아 나도 고기잡이를 무척 좋아했다. 어느 날 밥상에서 고기반찬이 자취를 감추게 되면, 통발과 다래끼와 호미를 챙겨들고 대밭골짝으로 향하기 일쑤였다.

  개울 아래쪽에다 통발을 설치해 놓고, 위쪽으로 올라가 호미로 돌멩이랑 자갈이랑 수초를 제거해 내려가 통발을 들어볼라치면, 꼭 거짓말처럼 그 안에 퉁가리·중고기·가재 등이 수북이 들어 있는 것이었다. 할아버지와 할머니는 혹시 뱀한테 물리거나 벌한테 쏘이기라도 할까 봐 번번이 다음부터는 절대로 가지 말라고 꾸중하셨지만, 나는 그 말이 진심이 아니란 걸 잘 알고 있었다.

  그날도 몰래 집을 빠져나가 다래끼가 무거울 정도로 고기를 많이 잡아 오는 길이었다. 마을 입구에 들어섰을 때 우리 집에 자주 놀러오는 한 할머니가 나를 보자마자 펄쩍 뛰면서 외쳤다.

  "와이고, 이기이 누고, 멀쩡하게 살아 있네!"

  "……?"

  하도 생뚱맞은 소리라 어리둥절할 수밖에 없었다.

  "니, 안마다릿걸에 쌔기 가거라. 너거 할배하고 할매가 니가 죽었다는 소리를 듣고 대성통곡을 하미 뛰어갔다."

  내용인즉슨, 통나무를 가득 실은 화물차가 안마다리 위에서 추락하는 바람에 그 위에 타고 있던 인부들과 아이들이 몰사했다는 것인데, 내가 타고 가는 것을 목격한 사람이 집에다 급히 연통을 넣었다는 것이다.

  '추곡댁'을 '할머니'로, '추곡어른'을 '할아버지'로, '관섭'을 '나'로 대치하여 『계절풍』의 한 장면을 원용해 본다.

사고 현장은 너무나 끔찍했다. 일제 때 건설한 목조교량의 한중간이 와장창 무너지면서 개울바닥으로 굴러 떨어진 화물차가 거대한 공룡처럼 허공을 안고 뻗어 있는 가운데 비보를 듣고 몰려온 유족들이 저마다 가족의 이름을 부르며 통나무 바깥으로 삐어져 나온 팔다리들을 빼내려고 안간힘을 쓰고 있었다. 그야말로 한 폭의 지옥도였다. 웬 사내아이의 검정고무신 한 짝을 주워 들고 자갈밭을 두들기며 오달진 울음을 뽑느라 할머니는 이미 제 정신이 아니었다.

"할매, 내, 여있다! 할매!"

"할부지예! 내 안 죽고 살아 있심더!"

통나무 밑에 깔린 피 묻은 자갈을 미친 듯이 두 손으로 긁어내고 있는 할아버지를 향해 나는 울음을 터뜨리며 온몸을 내던졌다.

고기잡이에 얽힌 일화를 한 가지만 더 늘어놓겠다. 일곱 살 때였다. 그날은 할아버지를 위시하여 여남은 명의 마을 사람들이 예로부터 '물 반, 고기 반'으로 소문난 배냇골로 원정을 갔었다. 껌둥이를 앞세우고 나도 따라갔음은 물론이다.

이른 아침밥을 먹고 석남고개를 넘어 목적지에 들어섰을 때는 이미 해가 중천에 떠 있었다.

명불허전이라더니, 과연 웅덩이들마다 굵은 피라미들이 바글바글했다.

할아버지께서 데리스 가루와 빨랫비누 가루를 넣은 기름주머니를 물속에 담그고 흔들기 시작한 지 채 1분도 되질 않아 크고 작은 피라미들이 마치 국수 다발을 풀어놓은 것처럼 수면 위로 허옇게 떠오르기 시작했다. 뜰채를 든 마을 사람들은 우왕좌왕 정신들이 없었다. 나 역시 그들이 던져 주는 고기를 다래끼에 담느라 눈코 뜰 새 없었다. 약발이 펴져 내려감에 따라 마을 사람들도 유속을 따라 서서히 하류 쪽으로 이동하기 시작했다.

얼마쯤 지났을까, 난데없이 아래쪽에서 징소리, 꽹과리소리, 북소리가 요란하게 어우러지며 앞 뒷산의 공명까지 받아 온 골짜기 안이 떠나갈 듯이 들썩들썩했다.

잠시 뒤, 마을 사람들이 허겁지겁 쫓겨 올라오며 빨리 도망가자고 외쳤지만, 할아버지께서는 이미 체념한 듯 허리춤에서 담뱃대를 뽑아 들며 침착하게 입을 여셨다.

"허둥댈 거 없다. 내가 책임질 테니 걱정하지 마라."

나는 할아버지의 당당한 모습이 너무나 믿음직스러웠다.

이윽고 코앞에까지 진군해 온 풍물패 중의 한 사람이 삿대질을 하며 일갈했다.

"대관절 당신들 어디서 온 사람들이오?"

"고정들 하시이소." 하고 할아버지께서 침착한 목소리로 대답하셨다. "우리는 시롓골 숲마 마실에 사는 사람들인데, 고기가 많다는 소문을 듣고 한분 와 봤소이다."

"여러 말 할 거 없이 당장 주재소로 갑시다."

'주재소'라는 말에 할아버지와 마을 사람들은 손이 발이 되게 비는 수밖에 없었다.

결국 한 동이가 넘는 엄청난 분량의 피라미를 몽땅 다 넘겨주고, 그것도 모자라 그만한 분량의 살아 있는 피라미를 잡아와 벌충해주겠다는 각서까지 써주고 난 뒤에야 가까스로 풀려날 수 있었다.

그런데 문제는 그때부터였다. 막상 어디에 가서 그만한 분량의 피라미를 잡을 수 있단 말인가! 아니, 설령 잡는다손 치더라도, 물 밖으로 나오자마자 이내 죽어버리는 피라미를 무슨 재주로 배냇골까지 운반해 갈 수 있을 것인가!

 약속기한을 이틀 앞두고 대책회의를 연 결과, 궁여지책으로 '뿍지'라도 잡아가 통사정을 해보기로 의견을 모았다. 장어나 메기처럼 동사리 또한 몸에 물기가 남아 있는 한 오래 살 수 있는 어종이기 때문이었다. 그런데 과연 그들이 받아주는지 의문이었다.

 그러나저러나 우선 잡고 볼 일이었다. 호박소 어구에서부터 백동골에 이르기까지 온 골짜기 안을 샅샅이 훑은 끝에 상당 분량의 동사리를 잡은 마을 사람들은 다음날 아침 일찍 여러 대의 지게 위에 나누어 짊어지고 배냇골로 넘어갔다.

 아니나 다를까, 어디에 가서 '망둥이 사촌'을 잔뜩 잡아 왔느냐면서 한사코 받아주질 않는 것이었다. 이구동성으로 이렇게 못 생긴 고기는 평생 처음 본다고들 했다. 심지어는 먹을 수 없는 것이라고도 했다.

 하는 수 없이 정성껏 요리한 매운탕과 조림을 시식시키자, 그제야 '꼬라지에 비해서는 먹을 만하다.'면서 선심을 쓰는 척하고 받아주는 것이었다.

 그로부터 몇 년이 지난 어느 날 할아버지께서 내게 물으셨다.

 "복이 니, '희철이고기'라는 말 들어본 적 있나?"

 나는 되물을 수밖에 없었다.

 "'희'자, '철'자는 할아버지 함자 아입니꺼, 그런 고기도 있습니꺼예?"

 그러자 할아버지의 말씀이 걸작이셨다.

 "허허허허……, 배냇골에서는 뿍지를 그렇게 부른단다. 그때 그 사람들이 미처 고기 이름을 안 물어봤거든, 하도 경황이 없어갖고 나도 고마 깜빡해뿠고……."

 70여 년이 지난 오늘날에도 여전히 유효한지 한번 확인해볼 일이다.

7

나는 일 년 중에서 가을을 가장 좋아했다. 슨 시세끼 하얀 쌀밥에다 추석빔으로 얻어 입은 바지저고리 호주머니 속에는 감·밤·대추·찐 쌀 등 종일토록 군것질거리가 떨어지질 않았기 때문이다.

그중에서도 가장 잊히지 않는 것은 탈곡기를 이용하여 벼 타작을 하는 날이었다.

한로를 전후하여 본격적으로 벼 베기가 시작되면서부터 가을은 절정에 이르렀다.

전답이 한 구역에 밀집해 있는 농가에서는 들타작을, 집을 중심으로 산지사방으로 분산되어 있는 농가에서는 집 안에서 마당타작을 했다.

우리 집에서는 해마다 마당타작을 했다. 할아버지와 머슴이 마당에 객토를 깔고 달구질로 다진 데 이어, 일 년 내내 헛간 속에 방치해 두었던 탈곡기를 들어내어 거미줄을 걷어내고 기름칠을 하고 나사를 조여 성능을 시험해 본 이튿날 꼭두새벽이면 으레 타작꾼들이 몰려들곤 했다. 원동할아버지·상남 노인·덕삼이·방우 등은 해마다 우리 집 단골 놉이었다. 할머니가 손수 떠주는 동동주 한 사발씩으로 목을 축인 그들은 해가 떠오를 때까지 들로 나가 부지런히 볏단을 져다 날랐다.

아침밥을 먹고 나면, 정적에 싸여 있던 집 안은 별안간 활기찬 기계 음으로 가득 차게 마련이었다.

와아롱! 씨이롱! 와아롱! 씨이롱……!

두 사람은 탈곡기를 밟으며 볏단을 먹이고, 두 사람은 계속 들로 나가 볏단을 져다 나른다. 할아버지는 갈퀴와 대빗자루로 검불을 걷어내는 한편, 탈곡기 양쪽 옆에 볏단이 떨어지지 않도록 부지런히 공급하는가 하면, 머슴은 머슴대로 훑은 볏짚을 치우느라 천둥에 개 뛰듯 우왕좌왕 허둥댄다.

덕삼이와 방우는 힘으로도 당할 자가 없었지만, 노래 솜씨나 신명 또한 탁월하여 이때쯤 될라치면 절로 신명이 터져 나온다.

▲ 탈곡기로 타작하는 광경
사진 제공 : 경향신문사

밟아라아! 믹이라아……!
잘한다아! 돈 무어라아……!

가을에는 부지깽이도 덤빈다는 속담이 있다. 아무리 어린 아이라 할지라도 할일이 따로 있게 마련이었다. 이삭줍기·동생보기·집안 청소·이 심부름, 저 심부름, 하다못해 메뚜기 잡기에 이르기까지…….

부엌은 부엌대로 하루 세 끼니에 두 끼 새참을 마련하느라 눈코 뜰

새 없었다. 예로부터 농가에서는 일꾼들에게 음식 대접을 소홀히 하는 예가 없었다. 놉겪이를 잘못했다간 다음부터는 놉을 구하기가 여간 힘들지 않기 때문이었다.

◀ 김홍도 「점심」
지본담채 27×22.7cm

바늘 가는 데 실 간다고, 지아비가 놉으로 가는 주인집에 으레 지어미도 곁따라가 부엌일을 거들게 마련이었다. 거다가 어린 새끼들까지 줄줄이 데려와 함께 배를 불렸으며, 노환으로 방구들을 지고 누워 있는 부모의 몫까지 따로 차려 보냈으니, 이 얼마나 풋풋한 인심인가!

여남은 마지기의 논을 가진 우리 집의 경우에는 대개 이틀이면 타작이 끝났다. 그때마다 일꾼들은 새삼 탈곡기의 성능을 아낌없이 칭찬하고는 했다. 그도 그럴 것이 그 무렵 우리 마을엔 우리 집밖에 탈곡기가 없었기 때문이다.

탈곡기가 없는 집에서는 원시적인 방법 그대로 벼훑이로 훑거나 개상질을 해서 털었다.

가을 해는 짧아서 타작을 끝내고 풍구질을 할 무렵에는 으레 관솔불을 밝혀야만 했다. 날씨에 이상이 없는 한, 일단 풍구질까지 마치고 나서야 저녁상을 벌였다.
"아이고, 금년에도 막 쏟아졌네요."
"허허, 신농씨가 따로 없네. 쉰 섬도 안 넘겠나!"
이웃 사람들이 공치사를 앞세우고 타작마당 안으로 들어서면서부터 술주전자는 잠시도 엉덩이를 붙이지 못했다.

　　한 말이요……, 두 말이요……, 시 말이요……, 시 말에 가서는 니 말이요…….

말질을 하는 할아버지의 목소리는 그대로 한 판의 흥겨운 타령이었다. 가을걷이의 하이라이트는 역시 타작이요, 그중에서도 바로 이 장면이었던 것이다.[8]

8

입학 예정일을 며칠 앞둔 어느 날 초저녁이었다. 김이 무럭무럭 나는 물을 큼지막한 함지박에 가득 채워 놓고 할머니가 부엌으로 나를 불러내는 것이었다.
이따 칠성님한테 치성을 드리려 하는데, 그러기 위해서는 몸을 깨끗이 씻어야 한다고 했다.
추운 날씨에 뜬금없이 목욕을 시킨다는 말에 "할매, 또 우리 백이

---

8) 김춘복 산문집, 『그날이 올 때까지』, p.p. 20-30, 산지니, 2018.

커거들랑 밀양군수 되게 해달라고 빌라 카는 기이제?" 하고 불평을 털어놓자, 할머니는 정색을 하며 "야까마시이!" 했다.

이 말은 할머니가 구사할 수 있는 유일한 일본말이기도 했는데, 순회교육 도중에 마을 사람들이 떠들 때마다 농촌진흥회 간부들이 곧잘 써먹던 말이었다. 이 말 한마디가 떨어지는 순긴, 마을 사람들의 입이 얼어붙는 걸로 보아, 나는 그게 일본말이란 건 까마득히 모른 채 '시끄러워!' 라는 말보다 강도가 훨씬 높은, 예컨대 '주둥아리 닥첫!' 라는 따위의 모진 소리인 줄 알고 있었으므로, 할머니의 입에서 이 말이 떨어질라치면 입을 꾹 다무는 수밖에 없었다. 사타구니를 씻겨주며 할머니가 말했다.

"칠성님한테 빌 적에 말을 하며 영험이 없어진다. 지금부터 절대로 입을 열머 안 된다. 혹시 누가 밖에 찾아 와도 말을 하지 말거래이, 알겠제?"

"그러머 할매도 말을 안 할 기이가?"

"그래, 나도 안 할 기이다. 자, 지금부터 말 안 하기 시이작!"

나도 할머니도 그 이상 더 입을 열지 않았다.

목욕을 끝내고 새 옷을 갈아입힌 할머니는 뒤란으로 나를 데리고 갔다.

언제 준비해 두었던지, 장독대 앞에 돗자리가 정갈하게 깔려 있고, 개다리소반 위에는 정화수를 담은 사기대접을 중심으로 백설기와 콩팥을 담은 쟁반과 양초가 꽂힌 촛대가 놓여 있었다.

촛불을 밝힌 할머니가 정성스레 비손을 하기 시작했다.

칠성님, 칠성님, 어질고 어지신 칠성님…….

왠지 그냥 서 있어선 안 될 것 같아 나는 연거푸 큰절을 하기 시작했다.

탐랑성군·거문성군·녹존성군·염정성군·문곡성군·무곡성군·파군성군, 여러 칠성성군님 전에 이 어린 중생이 비옵고 또 비옵나이더.
무인년 유월 보름 유시에 태어난, 올해 여덟 살 무운 우리 백이 제살 벗겨주시옵고, 내일모레 핵교에 드가거들랑 선상님 말씀 잘 듣고, 공부 잘하고, 동무들하고 사이좋게 지내고, 우야든동 옆질로 안 나가도록 보살피주시옵고, 훌륭하게 잘 자라서 밀양군수 되도록 굽어살피 주시옵기를 이 어린 중생이 이렇게 두 손 모아 지극정성으로 비옵고 또 비옵나이더…….

이윽고 할머니는 동서남북으로 몸을 돌리며 설기떡을 던지고 나더니, 콩팥을 한 움큼 섞어 쥐고는 상기 절을 하고 있는 내 어깻죽지에다 사정없이 후려치며 말했다.

악귀, 잡귀, 요귀, 사귀, 원근 천리로 금일 퇴송시켜 주시이소! 속거천리 음음급급 여율령 사파하!

비손이 끝난 줄도 모르고 계속 절을 해대자, "인자 고만 해라." 하고 할머니가 말했다. "내가 깜박 잊아뿌고 시키지도 않았는데 우째 절할 생각을 다 했더노?"
"할매, 내가 누고, 밀양군수 될 사람이 그것도 몰라서 되겠나?"
"호호호호……, 아이고 내 강생이강아지, 인자 보이 다 컸구나."
"할매, 그런데 칠성님한테 빌머 참말로 소원이 이라지나? 칠성님은 어떤 사람인데?"

"사람이 아이라, 북쪽 하늘에 떠있는 저 북두칠성님이 바로 칠성님 아이가."
"에? 별이 우째 사람 소원을 이라주노?"
그러자 할머니는 다음과 같은 신비스러운 이야기를 들려주는 것이었다.

옛날 어느 산골에 마음씨가 아주 착하고 부지런하기 이를 데 없는 떠꺼머리 노총각이 살고 있었다.
가세가 하도 빈궁하여 어버이를 봉양할 길이 없음을 한탄한 그는 마침내 양친 앞에 나아가 십 년을 기약하고 집을 떠난다.
날짐승도 날아 넘지 못한다는 큰 재를 두 개나 넘어 어느 부잣집 머슴으로 들어간 그는 해마다 새경을 받아 한 푼도 축내지 않고 장리나락을 놓아 재물을 불려 나가는 한편, 새벽마다 정화수를 떠놓고 지극정성으로 칠성님께 축원을 올린다.

여러 칠성님들, 이 어린 것이 비옵고 또 비옵나이더. 지가 돈을 많이 벌어 갖고 환고향할 때꺼정 지발 우리 부모님 무고무탈하도록 여러 칠성님들께서 잘 보살펴 주시이소. 이 어린 기이 뭘 또 더 바라겠습니꺼, 지 소원은 단지 이거 한 가지뺑이 없심더…….

드디어 십 년을 채우자, 그동안 모은 엽전이 둗경 한 궤짝이나 되었다. 인근 마을의 유지들이 서로 다투어 사위를 삼으려고 매파를 넣었지만, 떠꺼머리 노총각은 모두 한마디로 거절하고는 돈 궤짝을 짊어지고 부모님이 기다리는 집을 향하여 길을 떠난다.
도중에 날이 저물어 길을 잃고 헤매다가 마침내 불빛을 발견한다.

―주인장, 날이 저물어 재를 넘어갈 수가 없어 들렀심더. 내일 아침 첫 새벽에 떠날 터이니, 하룻밤 신세를 질 수 없겠십니꺼?

　그러자 주인 내외는 선뜻 건넌방을 내어줄 뿐만 아니라, 저녁 요기까지 시켜주는 것이었다.

　총각은 돈 궤짝을 방 안에 들이지 않고 일부러 토방 위에 그대로 놓아두기로 한다. 아무렇게나 방치해 두는 게 오히려 더 안전하다고 생각했던 것이다.

　저녁밥을 먹고 난 그는 호롱불을 끌 것도 잊어버린 채, 이내 깊은 잠 속으로 빠져 들고 만다.

　주인 내외는 궤짝 안에 든 것이 모두 돈이란 걸 알아차리고 쥐도 새도 모르게 총각을 없애버리기로 모의한다.

　이윽고 한밤중이 되어 부엌에서 식칼을 들고 나와 도둑고양이마냥 건넌방 문 앞으로 살금살금 다가간 주인은 소스라치게 놀라고 만다. 토방 위에 똑같이 생긴 여러 켤레의 미투리들이 가지런히 놓여 있었기 때문이다.

　이상하게 여기고 문구멍을 통하여 방 안을 들여다보던 그는 하마터면 비명을 싸지를 뻔했다. 응당 총각 혼자뿐이어야 할 방 안에 자그마치 여덟 명이나 되는 장정들이 드러누워 드르렁드르렁 코를 골고 있지 않은가!

　그는 제 눈을 의심하며 마누라를 데리고 가 확인시킨다. 그녀 역시 놀라지 않을 수 없다.

　―보소, 무신 일이 이런 일이 다 있는게?

　―글키 말이다.

　―아이고, 저거 좀 보소. 모지리 한 얼굴이구메! 여덟 쌍둥이구메, 여덟 쌍둥이!

　과연 그랬다. 얼굴은 물론, 옷이며 잠든 자세까지 모두 똑 같았으므로 어느 놈이 진짜인지 도무지 분간할 수가 없었다. 몰래 궤짝을 짊어지고 멀리 도주해버리는 방법도 떠올랐지만, 그랬다간 한 발짝도 떼지 못하고 붙잡혀 죽을 것만 같았다. 아무래도 범상한 인물이 아니라는 생각이 들었다.

주인 내외는 벌벌 떨면서 큰방으로 돌아와 도리어 제 편에서 문고리를 단단히 걸어 잠그고 뜬눈으로 밤을 새운다.

동이 터오자, 건넌방 문이 열리는 소리에 이어 총각의 목소리가 들린다.

―주인장, 하룻밤 자알 묵고 갑니더. 고맙심더. 잘 기시이소.

토방 위에 맨발로 내려선 주인 내외는 꼭 무엇어 홀린 기분이다. 하직마당에 나선 총각은 분명코 혼자뿐이지 않는가!

궤짝을 짊어진 총각이 인사를 마치고 사립 밖으로 사라지고 나서도 그들은 서로의 얼굴만 쳐다볼 뿐 석상처럼 굳어 있다.

―아이고 보소, 암만캐도 간밤에 우리 눈에 헛것이 씌었던 기라요.

그러자 남자는 맨발로 한달음에 사립 밖으로 뛰쳐나간다.

저만치 서낭당 모롱이를 돌아나가는 총각은 분명코 혼자렷다.

―내 이놈을 당장에!

남자는 도로 들어와 식칼을 들고 다시 뛰쳐나간다. 여자도 그 뒤를 좇는다. 무엇보다 속은 게 분한 것이다.

그러나 서낭당 모롱이를 돌던 남자는 천하대장군마냥 우뚝 굳어지고 만다.

헐레벌떡 뒤따라 온 여자도 지하여장군마냥 남편의 옆자리에 그대로 못 박히고 만다.

시내를 끼고 활대처럼 휘어진 언덕길을 한 무리의 덩실덩실한 장정들이 저마다 궤짝을 하나씩 짊어지고 우쭐우쭐 춤을 추듯 올라가고 있지 않은가!

―아이고 보소! 대관절 우째된 텍인게?

―허허, 낸들 우째 알 것고? 암만캐도 칠성님이 돌봐 주는 기라, 칠성님이!

그 길로 무사히 집으로 돌아간 떠꺼머리 노총각은 지성껏 어버이를 봉양하는 한편, 예쁜 아내를 맞아 아들딸 많이 낳고 행복하게 잘살았다.

9

입학 면접 날짜가 다가올수록 나는 점점 초조하고 불안했다. 할아버지, 할머니의 곁을 떠나야 한다는 게 너무나 아쉬웠기 때문이다. 마전에 있는 학교에 다녀도 될 텐데 굳이 팔풍에 있는 학교에 다녀야 하는 이유를 나로서는 도무지 이해할 수가 없었다.

드디어 면접 날짜를 사흘 앞둔 날 오후에 아버지가 나를 데리러 올라왔다. 뒷자리에 누이를 태워 왔던 것은 나와 임무 교대를 시키기 위해서였다. 자전거에서 내리자마자 쪼르르 달려가 할머니 품에 안기는 누이를 지켜보며, 나는 그때까지 누려왔던 행복감을 송두리째 박탈당하는 상실감을 맛보아야만 했다. 어느덧 다섯 살로 성장한 누이는 그동안 내가 가꾸어 놓은 공간을 차지하고 새 주인공으로서의 임무를 충실히 이행할 테지만, 바로 그 점이 내 심기를 불편하게 만들었다. 더 이상 할머니의 젖꼭지를 만져볼 수도 없고, 군것질을 할 수도 없는 딱한 처지가 되었다고 생각하자 울화가 치밀었다.

다음날 아침, 누이가 타고 왔던 자전거 뒷자리에 실리며, 나는 마치 어디론가 팔려가는 개 신세가 된 기분이었다.

할머니가 내 머리를 쓰다듬어 주며, "아이고, 내 강생이, 아부지, 오매 말 잘 듣고 공부 잘하거래이." 하자, 나도 모르게 콧날이 시큰해지며 눈물이 핑 돌았다. 할머니도 눈시울을 붉히며 나를 와락 끌어안았다.

할머니의 따뜻한 체온을 느끼는 순간, 나는 마침내 참고 참았던 걱정이 폭발하며 울음보를 터뜨리고 말았다. 좀처럼 울음을 그치질 않자, 기침소리에 이어 할아버지께서 역정을 내셨다.

"쌔기 안 가고 와 그래 서 있노?"

자전거 바퀴가 서서히 구르기 시작하자 할머니가 말했다.

"서당아야, 거게 좀 섰거라, 보자."

허둥지둥 뒤따라 나온 할머니가 치마허리에서 무언가를 꺼내더니 내 윗도리 호주머니 속에 찔러주며 말했다.

"오매한테 맽기놓고, 사묵고 싶은 거 있을 때다 시나브로 타 씨도록 하거래이."

나는 대답 대신 연신 흑흑 울음을 삼키기만 했다.

"오빠, 잘 가재이."

하고 할머니 옆에 서 있던 누이가 손을 흔들었다. 내 귀에는 약을 올려주는 소리로만 들려 발끈하며 톡 쏘았다.

"야, 다 처묵지 말고 내 모가치몫 낭가 놔야 돼."

"호호호……." 하고 할머니가 웃으며 안심시켜 주었다. "걱정하지 마라, 이 할매가 비이미어련히 알아서 할까봐."

숲마에서 마전까지는 경사가 심한 비탈인지라 아버지는 한 번도 페달을 밟지 않고 달릴 수 있었다. 한 가지 놀라운 것은, 쥐도 새도 모르게 껌둥이가 마전까지 뒤따라 왔다는 사실이다. 아버지와 내가 집으로 가라고 아무리 달래어도 꼬리를 치며 마구 낑낑거리는 품이 기어코 팔풍까지 따라올 기세였다. 하는 수 없이 아버지가 돌멩이를 집어 들고 위협을 가함으로써 간신히 돌려세울 수 있었다. 나는 껌둥이를 향해 큰소리로 외쳤다.

"껌둥아, 잘 있거래이, 방학 때 꼭 올게."

사태방모롱이를 돌아 백동골모롱이가 가까워오자 나는 긴장하지 않을 수 없었다. 혹시 범이 나타나지 않을까 해서였다.

그러나 이내 잊어버리게 되었다. 노상 궁금하게 여겨왔던 새로운 세상이 열리고 있었기 때문이다.

바깥세상 또한 시례와 크게 다르지 않다는 걸 나는 비로소 깨닫게 되었다.

계속 이어지는 산과 산, 들판과 들판, 여기저기 흩어져 있는 마을과 마을……, 숲마보다 큰 마을도 있고 작은 마을도 있었다.

팔풍까지의 이십 리 길을 달리는 동안 아버지는 "자불지 말고 꽉 붙잡아라.", "자나, 안 자제?"라는 말만 주기적으로 반복했을 뿐 별다른 말이 없었다.

땅메산모롱이를 돌아나가자 시야가 확 트이며 여태 보아온 것과는 사뭇 다른 경관이 펼쳐졌다. 특히 개활지의 한가운데에 자리 잡고 있는 팔풍 마을은 한마디로 별천지였다.

아버지는 곧장 집으로 향하지 않고 마을을 한 바퀴 빙 돌았다. 학교나 잡화점이나 이발소 따위는 마전에서도 익히 보아 온 터라 놀라울 것이 없었지만, 신작로 양 옆으로 옆구리를 맞대고 즐비하게 들어서 있는 약방이며 포목전이며, 건어물전, 양조장, 사진관, 목공소, 여관 등은 생전 처음 보는 구경거리들이었다. 게다가 학교 뒤편에 있는 주재소 정문에 서 있던 순사가 아버지를 보고 일본말로 뭐라고 인사를 올리자, 나는 아버지가 무척 자랑스러웠다. 주재소와 담장 하나를 사이에 두고 있는 건물을 가리키며 아버지가 말했다.

"복아, 여기가 면사무소다."

널따란 마당을 가로질러 맨 안쪽에 큼지막한 기와집이 자리 잡고 있는 가운데, 양 옆으로 그보다 약간 작은 기와집을 한 채씩 거느리고 있었다.

　우리 집은 학교 운동장의 남동쪽 모퉁이 바로 건너편에 위치해 있었다. 몸채를 위시하여 사랑채, 헛간채를 두루 갖추고 있는 전형적인 농가인 할아버지 댁과 달리 삼간 두 줄짜리 몸채 하나에다 변소 한 칸, 대문간 한 칸이 전부인 단출한 규모였지만, 넓은 대청마루하며 꽃나무들이 잘 가꾸어진 정원은 할아버지 댁에서는 볼 수 없는 것들이었다.

　온실 속에서 고이 자라던 화초가 어느 날 졸지에 노지로 쫓겨난 느낌이랄까, 8년간 할아버지, 할머니의 무조건적인 사랑을 받으며 귀하디귀하게 자란 유년기가 끝나고, 바야흐로 새로운 공기와 토양에 적응하기 위한 성장통이 시작되고 있음을 나는 예감했다.

　아니나 다를까, 다음날 아침이 되자 어머니는 매일 아침 식전바람마다 완수해야 할 세 가지 임무를 내게 부여했다.

　우선 기상과 동시에 집 안팎을 깨끗이 쓰는 일이었다. 생전 처음으로 키만 한 대빗자루를 들고 허둥대자 어머니가 시범을 보여 주었다. 단순히 지푸라기나 낙엽 따위를 쓸어내는 것만으로 그칠 게 아니라, 갓 빗질한 올곧은 머릿결처럼 빗자루 지나간 자국이 일직선으로 선명하게 드러나도록 하라는 것이었다. 따라서 티끌 하나 없는 날에도 비질을 계속해야만 했다.

　두 번째로 해야 할 일은 200여 미터가량 떨어져 있는 당낭걸 봇도랑에 가서 세수를 하고 걸레를 빨아오는 일이었다. 할아버지 댁에서는 마당 한 구석에 샘이 있어 식수 이외의 허드렛물을 해결할 수 있었지만, 팔풍에서는 그렇게 할 수가 없었던 것이다. 마지막으로 해야 할 일은 봇도랑에서 빨아온 걸레로 대청마루를 깨끗이 닦는 일이었다.

　아침밥상머리에서 어머니가 "인자 우리 복이가 와 놓으니꺼내 온 집 안이 훤하구나." 하고 칭찬했지만, 나는 괜스레 눈물이 핑 돌며 학교고 뭐고 다 때려치우고 당장 시례로 달려가고 싶었다. 밥을 먹는 도중에 어머니가 물었다.

"올 때 할매가 뭐 안 주시더나?"

"응, 주더라." 하고 나는 꼬깃꼬깃 접힌 일원짜리 지폐를 건네주며 말했다.

"오매한테 맽기 놓고, 사묵고 싶은 거 있을 때마다 시나브로 타 씨라 카더라."

한나절 때쯤 되자, 머리를 깎아야 한다며 어머니가 이발소에 가자고 했다. 과자점 앞을 지나치던 어머니는 마침 공터에서 놀고 있는 대여섯 명의 아이들을 불러 모으더니, 서로 인사를 시키고는 앞으로 친하게들 지내라고 당부했다.

왠지 쑥스럽고 부끄러워 얼굴을 제대로 들지 못하는 나와는 달리 그들은 당차게 차례로 손을 내미는 것이었다.

이발을 시키면서 어머니가 말했다.

"이발 끝나는 질로 곧장 집으로 온나. 내캉 같이 갈 데가 있다."

　　시간차아 오온다아……! 시간차아 오온다아……!

이발이 거의 끝나갈 무렵, 여러 아이들이 외치는 소리에 놀라 정면에 걸려 있는 대형 거울을 들여다보았더니, 여남은 명의 아이들이 이발소 바로 앞 신작로 한복판에서 숭어뜀에다 활갯짓까지 곁들여 가며 연신 같은 소리를 반복하고 있었다.

　　시간차아 오온다아……! 시간차아 오온다아……!

방금 악수를 나눴던 아이들의 얼굴도 섞여 있었다. 나는 그 소리가 무엇을 의미하는지 도무지 알 수 없었다.

이발을 마치고 밖으로 나가자, 솔끝에서부터 마을 입구까지의 1킬로미터가량 되는 곧은길을 따라 뽀얀 먼지를 일으키며 자동차 한 대가 달려오고 있는 중이었다.

시간차아 오온다아……! 시간차아 오온다아……!

당시의 말로 하면 '빠수Bus'라고 해야 옳겠지만 하루 한 차례씩 시간을 정해놓고 내왕한다고 해서 그렇게 불렀던 것이다. 지금 생각해보면, 그 '시간차'야말로 그들로 하여금 권태의 속박에서 벗어날 수 있게 해주는 유일한 해방구가 아니었던가 싶다.

나는 당시의 시간차를 생각할 때마다 조무래기들의 광적인 환영 의식과 함께 양조장 창구에서 차표를 끊어주던 차장 누나의 예쁘디예쁜 손을 떠올리곤 한다.

승객이 행선지를 일러줄라치면, 능수능란하게 펜대를 놀리는 포동포동한 하얀 손에 한창 정신이 팔려 있을 때였다.

"이놈우 자석, 여게서 뭐하고 있노?" 하고 어거니가 덥석 팔을 낚아채며 다그쳤다. "이발 끝나는 질로 곧장 오라 안 카더나."

집 안으로 이끌려 들어가자, 검정색 옥양목으로 지은 학생복을 내어주며 어머니가 말했다.

"시간이 늦었다. 얼른 갈아입어라."

"오매, 어데 가는데?"

바지를 추슬러 입고 윗도리 소매를 꿰자, 단추를 채워주며 어머니가 말했다.

"잔주꼬 따라오기나 해라."

눈 먼 말 요령 소리 듣고 따라간 곳은 면사무소 정문 앞이었다.

"저 안에 드가서 아버지를 찾아갖고, '아부지예, 점심 잡숫구로 집에 가입시더.' 캐라. 그리고 다른 사람들한테 인사를 시키거든 공손히 절하고 묻는 말에 또박또박 대답을 잘해야 된다."

나는 현관문 앞에까지 접근해 갔으나 막상 안으로 들어가려니까 용기가 나질 않아 뒤돌아보았더니, 어머니가 빨리 들어가라는 시늉을 해 보였다.

큰맘 먹고 문을 밀치고 들어가자, 여남은 명이나 되는 사람들이 한자리에 빙 둘러앉아 도시락을 먹고 있었다. 하나같이 똑같은 제복을 입고 있었으므로 아버지를 쉽게 식별해낼 수 없었다.

"보래, 니 우째 왔노?"

하고 동그란 안경이 목을 잔뜩 뽑아 들며 물었다.

"……."

뭐라고 대답해야 좋을지 몰라 우물쭈물하고 있는데, 마침 맨 안쪽에 있는 쪽문이 열리며 아버지가 모습을 드러내었다. 나는 너무나 반가운 나머지 큰소리로 외쳤다.

"아부지예, 오매가 점심 잡숫구로 집에 오시라 캅디더."

그러자 한꺼번에 "하하하하하……." 하고 폭소가 터지는 것이었다.

"햐아, 김 주사한테 저래 큰 아들이 있었더나, 혹시 동생 아이가?"

아버지가 웃으며 가까이 오라고 손짓했다.

"복아, 이분들한테 인사 올려라."

나는 그들에게로 다가가 정중하게 허리를 굽혔다.

"제 소생입니다. 이번에 입학을 시킬라고 어제 남명에서 데리고 왔습니다."

"야아, 그놈 참, 아버지카머 엄청 잘생깄다."

"그런데 '오매'가 뭣고, 앞으로는 '오매'라 카지 말고 '엄마'라 캐라, 엄마, 알겠제?"

"그라고 앞으로는 '아부지'라 카지 말고, '형님'이라고 불러라, '형님'. 알겠제?"

"하하하하하……."

그날 이후로도 아버지를 찾아갈 때마다 그들은 계속 놀려대기 일쑤였다.

"어이, 김 주사! 너거 동생 왔다."

"너거 형님 만나러 왔나?"

▲ 당시의 면직원 및 각 이동 대표 일동
앞줄 왼편에서 두 번째가 아버지. 사진 제공 : 산내초교 이상구 동문.

아버지와 함께 정문 밖으로 나오자 어머니는 보이질 않았다.

집 앞에 이르러 양조장 쪽을 쳐다보았더니, 아직 그 자리에 시간차가 대기하고 있었다. 새 옷을 단정하게 차려 입은 김에 차장 누나를 한 번 더 만나보고 싶은 마음이 굴뚝같았지만 그럴 수 없는 게 무척 아쉬웠다.

저녁나절 무렵에 서너 명의 여인들이 우리 집으로 몰려왔다.

예쁘게 화장한 얼굴하며 곱슬곱슬한 파마머리하며 한눈에 보아도 시골여자들이 아니었다. 쪽머리에 옥색 비녀를 꽂고 있는 어머니가 그날따라 촌스럽게 보여 몹시 창피스럽게 느껴졌다. 어머니가 말했다.

"복아, 학교 선생님 사모님들이시다. 인사 디리라."

자리에서 일어나 허리를 굽히고 나자 어머니가 계속했다.

"우리 아들인데. 올개 입학할 겁니더."

그러자 인물이 참 잘생겼다느니, 똑똑하게 생겼다느니, 급장감이라느니 야단들이었다. '급장감'이라고 한 이의 옆자리에 앉아 있는 여인이 은전 한 닢을 손에 쥐어 주며 알아들을 수 없는 일본말을 하자, 다른 여인이 거들었다.

"교장선생님 사모님이시다. 그걸 갖고 가서 과자를 사먹으라 카시는구나."

손바닥을 펼쳐보자, 앞면에는 '大日本대일본'이라는 글자와 벚꽃 문양이, 뒷면에는 '十錢10전'이라는 글자와 국화 문양이 새겨져 있었다.

"오매, 이거 다 사무우도 되나?"

어머니가 말했다.

"오냐, 아까 만난 그 동무들하고 갈라 무우면서 천천히 놀다가 오니라."

대문간을 빠져나올 때 뒤통수를 한 대 얻어맞는 기분이 들었다.

"아이고 얄궂이라, '엄마'라 안 카고 와 '오매'라 카는게?"

"시례 골짝에서는 그래 부리데요. 희한하지요, 같은 면 안에서도 말이 다른 거 보머……."

그랬다. 오늘날처럼 교통 통신이 발달하지 못했던 당시에는 동일한 지역 안에서도 산이나 강 하나를 사이에 두고 이쪽저쪽의 말이 사뭇 다른 경우가 허다했다.

앞으로는 '엄마'라고 불러야겠다고 마음먹게 된 결정적인 계기는 과자점에 가서였다.

과자점이라고 했지만, 실은 울도 담도 없는 한길 가 조그만 기와집 쪽마루 끝에 각종 과자가 담긴 여남은 개의 유리통을 진열해 놓은 수준이었는데, 진열대 앞에 다가가 "주이소." 하자, 아침나절에 인사를 나누었던 아이들 중의 하나가 얼굴을 내밀다 말고 안쪽을 향하여 "엄마, 까자 사러 왔다." 하는 것이었다.

순간, 더 이상 '오매'라는 말을 썼다간 당장 아이들의 놀림감이 되고 말 것만 같았다.

한참 놀다가 집 안으로 들어가 어머니를 보는 순간, 나도 모르게 "엄마!"라는 말이 입 밖으로 튀어나왔다. '호칭'이라기보다 일종의 '감탄'이었던 것이다. 조금 전까지만 해도 비녀를 꽂았던 쪽머리가 어느새 파마머리로 둔갑해 있지 않은가! 말하자면 어머니는 면내에서 최초로 파마를 한 '신여성 제1호'가 되었던 셈이다.

"엄마, 인자 보이꺼내 빠마할라고 내보고 일부러 천천히 놀다 오라 캤제?"

"하하하하……, 그전부터 그 여자들이 하도 권해쌓아서 한분 해봤다. 와, 보기 싫나?"

"내가 보기에는 좋은데, 아부지하고 할부지가 안 뭐라카겠나?"

"내 머리 내 맘대로 하는데 입을 대는 사람이 나쁘지!"

우려했던 바와는 달리 퇴근한 아버지는 매우 흡족한 표정이었다.

그러나 며칠 뒤에 할머니와 함께 내려오신 할아버지께서는 그냥 넘어갈 리가 만무했다.

"아무리 말세라 카지마는, 망칙하게시리 미느리 니 머리꼴이 그기 이 뭣고?"

그러자 어머니는 조금도 주저하지 않고 할아버지의 기세를 단 한마디로 잠재워버리는 것이었다.

"신체발부身體髮膚는 수지부모受之父母라 캤는데, 아붐아버님은 와 상투를 안 트십니꺼예? 세상 사람들 하는 대로 따라하는 거는 하나도 나쁘기이 없는 기라예."

할머니의 입에서 깊은 한숨과 함께 새어나온 것은 "관세엠보살!" 이 한마디뿐이었다.

10

드디어 면접 날짜가 내일로 다가와 있었다. 저녁밥을 먹고 나자 아버지는 마룻바닥에다 백묵으로 선을 그려 놓고 예행연습을 시켰다.

"면접장에 드가서 말이다. 이렇게 생긴 화살표를 죽 따라 드가다가 발자죽 모양으로 요렇게 그려논 자리에 두 발을 딱 모으고 똑바로 서서 앞에 앉아 계시는 선생님을 향해서 처언천히 공손히 절을 해야 되는 기이라. 그라고 선생님이 묻는 말에 또박또박 큰소리로 대답해야 된다, 일본말로!"

"예? 일본말을 모르는데 우째 일본말을 합니꺼예?"

"그라이꺼내 내가 지금부터 가르쳐줄라 카는 거 아이가."

"그런데 와 일본말로 해야 됩니꺼예, 우리말을 놔두고……?"

"인자부터는 일본말이 우리말이란 말이다. 앞으로 조선말을 하며 순사가 잡아간다. 자, 내가 선생님이라 카고 어디 한분 연습해보자!"

화살표를 따라 들어가 공손히 절을 하자 아버지가 말했다.

"오마에노 나마에와 난데스까? 무슨 뜻이느 카머 '니 이름이 뭣고?' 묻는 말이다. 그라머 니는 큰소리로 '가네야마 모리기찌金山守吉데스!'라고 대답하는 기이라. 학교에 들어가머 '가네야마 모리기찌'가 니 이름이다. 오마에노 나마에와 난데스까?"

"집에서 부르는 대로 말하머 안 됩니꺼예?"

"이놈아가 뭐라 카노? 크게 한분 말해보거라. '가네야마 모리기찌데스!'"

"가네야마 모리기찌데스!"

"아나따노 오또상와 쇼꾸교와 난데스까? 무슨 뜻이냐 카머, '너거 아버지 직업이 뭣고?' 묻는 말이다. 그라머 니는 '와다구시노 오또산노오 쇼꾸교와 멘지무쇼노 쇼끼데스.'라고 대답하는 기이라. '우리 아버지 직업은 면사무소 서기입니다.'라는 뜻이다."

아버지는 내가 익숙해질 때까지 계속 반복했다. 게다가 어디에서 구했는지 '사꾸란보버찌 카드'를 내놓고 일본말로 가감산 문제까지 철저히 연습시켰다.

면접시험은 예행연습을 했던 그대로였다. 성명과 아버지의 직업을 묻는 말에 일본말로 답변하자, 면접관은 아주 흡족한 표정으로 고개를 끄덕이고는 그 이상 더 묻지 않았다. 일본말을 모르는 아이들에겐 우리말로 주소와 나이, 아버지의 직업, 시계 보기, 숫자 세기 등을 시시콜콜하게 캐물었다.

입학식은 4월 2일에 거행되었다. 놀랍게도 나처럼 학생복을 입은 아이들이라곤 통틀어 다섯 손가락 안에 들 정도였다. 대부분은 검정물을 들인 핫옷 차림새였으며, 게다가 소매마다 콧물을 닦아 누룽지처럼 누런 더께가 덕지덕지 눌어붙어 있을 뿐만 아니라, 고무신에 양말을 신은 아이도 극히 드물었다. 대개는 발싸개를 감은 발에 짚신을 신고 있었던 것이다.

▲ 산내국민학교 제5학년 남학생 일동 맨 원편이 저자

입학식은 길고도 지루했다. 군복 차림의 교장선생이 일본말로 일장 연설을 했지만 무슨 내용인지 한마디도 알아들을 수가 없었다.

우리말을 일절 못 쓰게 하는 가운데, 한 달 동안은 어미닭을 따라다니는 병아리들처럼 30대 중반의 여자 담임선생을 졸졸 따라다니며, 학교, 운동장, 화단, 나무, 꽃, 교실, 복도, 변소, 칠판, 공책, 연필, 지우개 따위를 일본말로 익혔다. 통제 불능에 가까울 정도로 아이들이 몹시 떠들 때마다 담임선생은 "야까마시이!"를 연발하다가 급기야는 비상수단으로 "메이모꾸눈감앗!" 하고 강제로 눈을 감기곤 했다.

등하교 때는 어떠했던가. 부락별로, 학년별로, 부락에서 학교까지,

학교에서 부락까지 발을 맞춰 행진하면서 고래고래 군가를 불러야만 했다. 교문 안으로 들어서면 우선 운동장 한가운데로 들어가 '차려' 자세를 취한 다음, 국기게양대 옆에 세워져 있는 '호안뎅奉安殿'을 향하여 구십도 각도로 허리를 굽혀 절을 한 데 이어, 그 자리에서 '우향우'를 하여 동편 화단에 세워져 있는 '니노미야 긴지로二宮金次郞=니노미아 손토쿠二宮尊德의 면학상勉學像'을 향하여 같은 동작을

▲ 니노미야 긴지로의 면학상

되풀이해야만 했다. 전자는 일본 천황 내외의 사진과 교육칙어教育勅語 따위가 봉안되어 있는 자그마한 모형 건물이었으며, 후자는 일본 에도막부江戶幕府 후기에 농촌부흥에 힘썼던 니노미야 긴지로가 어릴 적에 나무 등짐을 지고 책을 읽으며 걷고 있는 석상이었는데, 전국의 각 국민학교 교정에다 세워 두고 근검절약과 면학의 본보기로 삼게 했던 것이다.

뿐만 아니라, 뜻도 모른 채 지겹도록 읊조렸던 '고오고꾸 신민노 세이시', 툭하면 '구우슈게이요空襲警報' 사이렌을 울리며 전교생을 대밭 속에다 몰아넣고 눈과 귀를 가리고 이마를 땅바닥에 처박게 했던 방공훈련……. 그렇게 함으로써 저들은 식민지 백성의 굴종도를 저울질하면서 정복자의 쾌락을 만끽했던 것이다.

매일 아침 운동장조례 때마다 교장선생은 예의 알아들을 수 없는 일본말로 장광설을 늘어 놓곤 했는데, 연신 입으로 비행기 소리를 내며 양손을 부지런히 놀리는 걸로 보아, 적군과의 공중전에서 연전연승하고 있으니 아무 염려하지 말고 열심히 공부하라는 뜻이려니 여겨졌다.

그러나 연전연승하고 있다던 일본은 마침내 1945년 8월 6일과 9일 두 차례에 걸쳐 히로시마와 나가사키에 원자폭탄이 투하되자, 불과 일주일 만에 연합군 측에 무조건 항복하고 말았다.

11

'해방이 되었다.'는 뜨거운 소문은 면내의 구석구석을 뜨겁게 달구었다. 일본인 교장, 교사, 순사 가족 들이 야반도주해버린 팔풍으로 면민들이 구름 떼처럼 모여들었다. 사지死地로 끌려갔던 남편이, 아들이, 손자가, 사위가, 딸이 그날로 당장 살아 돌아오는 줄 알고 몰려든 사람들로 팔풍 바닥은 온종일 파시波市처럼 들끓었다.

그 성스럽고 위대한 호안뎅과 니노미야 긴지로의 면학상은 장대와 몽둥이를 꼬나든 5, 6학년 형들에 의하여 일격에 허물어지고 말았다. 학생들은 일시에 백주의 무법자가 되었다. 흙신발을 신은 채로 교실마다 돌아다니며 칠판 위에 걸려 있는 일장기, 교훈, 급훈 따위의 액자들을 박살내어도, '와장창! 와장창⋯⋯!' 교실과 복도의 유리창을 마구 깨뜨려도, 두 팔로 풍금 건반을 한꺼번에 눌러 '붕붕붕 파아⋯⋯!' 하고 비행기 날아가는 소리를 내어도, '땡땡땡땡땡땡땡⋯⋯' 비상종을 아무리 난타해도, 수박과 참외가 한창 익어가고 있는 실습지를 쑥대밭으로 만들어도 어느 누구 한 사람 간섭하거나 저지하는 이가 없었다.

오후가 되자, 아버지를 위시한 면서기들이 태극기 다발을 들고 나와 군중들에게 배포했다. 남편이, 아들딸들이 징병에, 징용에, 정신대에 끌려 나갈 때마다 한 자루씩 나눠주며 '반자이만세'를 부르도록 강요했던, 그리고는 다시 거둬들이곤 했던 광목천으로 만든 일장기에다 먹칠을 입혀 날림으로 만든 것이었다.

 아버지가 학교 운동장 조회대 위에 올라가 '조선독립만세'를 선창했던 것은 전연 뜻밖이었다. 그러나 군중들은 어제의 친소도 은원도 따질 새 없이 모두 한 덩어리로 뭉쳐 목이 터지도록 만세를 연창했다. 수차례에 걸친 유기 공출로 놋숟가락 하나 제대로 남아 있지 않던 당시에, 어디에서 나왔는지 풍물들이 요란하게 풍악을 울렸다. 마치 그 풍물들은 모진 학정에도 끝내 굴하지 않고 살아남은 불사신과도 같았으며, 그걸 울리며 나선 면서기와 게이보단警防團[9] 단원들은 위대한 개선장군처럼 여겨지기도 했다.

 그날 이후, 근 일주일 동안 밤낮을 가리지 않고 면내를 일주하고 돌아온 아버지는 집에 들어서자마자 마루에 쿵 쓰러지더니, 꼬박 이틀 낮 이틀 밤을 세상모르고 잠만 잤다.

 그리고 사흘 만에 일어나서 제일 먼저 착수한 일은 내게 한글을 가르친 것이었다.

 "방학이 끝나고 학교에 가며 이 글을 배우게 된다. 우리나라 글이란 말이다."

 불과 몇 번을 따라 읽고 '가나다라마바사아자차카타파하'와 'ㅏㅑㅓㅕㅗㅛㅜㅠㅡㅣ'의 원리를 스스로 터득하고 거미줄처럼 줄줄 내려뽑자, 아버지는 무릎을 탁 치며 기뻐했다.

 "허허, 이놈 이거, 천재다, 천재!"

 나는 도무지 아버지를 이해할 수 없었다. 앞으로 조선말을 하면 순사가 잡아간다고 한 게 엊그저껜데 어떻게 이렇듯 백팔십도로 달라질

---

9) 게이보단 : 일제 때 화재예방, 전시동원체제 구축, 대중통제 등을 담당하던 기관.

수 있느냐 말이다.

어디 그뿐인가. 내 방 벽면에다 태극기 액자를 거는가 하면, 어디에서 구했는지 '우리말 모음삼각도'와 한글로 토를 단 '알파벳 대소문자'까지 붙여놓고 나더러 횅하게 욀 수 있도록 연습에 연습을 거듭하라는 것이었다. 나는 내 이름은 물론 또래 친구들의 이름을 알파벳으로 적어줌으로써 한껏 우월감을 뽐내기도 했다.

12

개학을 일주일가량 앞두고 있던 어느 날, 오랜만에 할아버지 댁엘 다니러 갔다.

"할매!" 하고 마당 안으로 뛰어들자, 마루에 앉아 있던 할머니가 "아이고, 내 강생이!" 하며 맨발로 뛰어 나와 덥석 끌어안았다.

"할부지하고 양자는?"

"할배는 마실 가셨고, 양자도 동무들캉 놀러 나갔다."

"껌둥이는?"

"껌둥이도 양자캉 같이 나갔다."

"할매, 나도 동무들캉 놀다가 올게."

그러자 할머니는 혹시 낯선 사람이 나타나서 할아버지 이름을 대며 뭐라고 묻거든 무조건 모른다고 대답하라는 것이었다.

왜 그러냐고 물어보자, 암행어사가 다닌다고 했다. 암행어사가 뭐냐고 묻자, 아무튼 모른다고만 하면 된다고 했다. 아마도 어수선한 해방정국을 맞아 암행사찰을 하러 다니는 이들이 있으니 그들을 경계하라는 뜻일 터였다.

일단 알았다고 하고 공실로 가보았더니, 마침 연전에 감자 추렴을 함께했던 형들이 한데 모여 사방치기를 하고 있었다. 나도 한몫 끼어 한창 재미나게 놀고 있을 때였다.

"복아, 너거 할부지 오신다."

한 형이 귀띔해 주는 소리에 보니 할아버지께서 마당 안으로 들어서고 계셨다.

얼른 다가가 꾸벅 절을 올리자 할아버지께서 물으셨다.

"방금 이리 낯선 사람 하나 안 지나가더나?"

언제 왔느냐고 반기지도 않고 불문곡직 엉뚱한 질문부터 던지는 품이 한때 애국반장을 지낸 게 꺼림칙하신 모양이었다. 나는 능청스레 거짓말을 했다.

"지나갔습니더예."

"뭐라고 안 묻더나?"

"어……, 이 마실에 일제 때 애국반장을 지낸 김희철이라는 사람이 살고 있다는 말을 듣고 왔는데, 그 사람 집이 어데 있노 캅디더예."

그러자 할아버지께서는 대번에 안색이 싹 달라지시는 것이었다.

"그래 뭐라 캤더노?"

"할매가 시키는 대로 모른다 캤습니더예."

"잘했다."

"헤헤헤헤……, 그런데 거짓말임더."

아이들이 폭소를 터뜨리자 할아버지께서도 멋쩍게 따라 웃으셨다.

그날 저녁나절 무렵이었다, 이태 전에 징병에 끌려간 이후로 행방이 묘연했던 희태 아재가 돌아온 것은……. 해방이 된 지 열흘이 지나도록 종내 소식이 없자 집안에서는 다들 불귀객이 되고 만 것이라고 단념하고 있던 터라, 그 반가움은 말로 표현할 수 없었다. 대소가는 물론 온 마을 사람들이 굼실 할배 댁으로 몰려가 그를 환영했다.

할머니 손을 잡고 가면서 은근히 겁이 나기도 했는데, 뜻밖에도 희태 아재는 나를 보자 "이놈 많이 컸구나." 하고 큰소리로 웃으며 머리를 쓰다듬어 주는 것이었다.

13

방학이 끝나고 등교하자 학교가 너무나 달라져 있었다. 호안뎅이며 니노미아 긴지로의 면학상은 이미 흔적조차 없어졌으며, 교실마다 일장기가 걸려 있던 자리에 떡하니 태극기가 걸려 있는가 하면, '대일본전도'가 부착되어 있던 자리에는 '조선전도'가 대신하고 있었다. 깨어진 유리창들도 모두 말끔하게 보수되어 있었다.

내 이름도 더 이상 '가네야마 모리기찌'가 아니라 '김수길金守吉'이었다. 그러나 그것은 임시방편이었을 뿐, 빼앗긴 본래의 이름을 되찾은 것은 2학년이 되면서부터였다.

달라진 것은 그뿐만 아니라, 처음으로 보는 낯선 얼굴들이 대거 편입해 있었다. 면접시험에 불합격했거나 가정형편이 어려워 입학하지 못했던 아이들이 해방 덕분에 뒤늦게 들어왔던 것이다. 그들의 대다수는 또래들보다 한두 살 위였으며, 심지어 서너 살이나 더 많은 형뻘 되는 아이들도 끼어 있었다.

우리들 1학년은 새로이 입학한 꼴이 되었다. 매년 4월초부터 이듬해 3월말까지가 한 학년도이던 것이 해방으로 인하여 9월초부터 이듬해 8월말까지로 학제가 변경되었기 때문이다. 따라서 어느 학교, 어느 학년 할 것 없이 1945학년도는 2학기가 아닌 3학기 과정을 이수하게 되었던 것이다.

  10월경에 새 교과서가 손에 들어올 때까지, 1학년의 경우 '수업시간표'라는 것이 따로 없었다. 제1교시 국어, 제2교시 보건, 제3교시 청화廳話, 제4교시 산수, 하는 식으로 매일같이 똑같은 일과가 반복되었다.

  한 가지 특기할 것은, 국어 시간과 청화 시간엔 새로 부임해온 20대 후반의 남자 담임선생을 대신해서 내가 수업을 진행했다는 사실이다. 첫날 국어 시간에 '가갸거겨고교구규그기'에서부터 '하햐허혀호효후휴흐히'까지를 한 칠판 가득히 써놓고 두어 차례 시범을 보인 담임선생이 내게 지휘봉을 넘겨주었던 것이다.

  담임선생은 무슨 일거리가 그리도 많은지, 떠드는 아이가 있을라치면 두 눈을 부릅뜨고 두리번거리기만 했을 뿐, 교단 바로 옆에 놓여 있는 책상에서 일어날 줄을 몰랐다.

  아이들이 어느 정도 깨칠 때쯤 되자, 나는 '가'에서부터 '히'에 이르기까지 순서대로 한 자씩 짚어가며 가르치는 방법을 지양하고, 내 맘 내키는 대로, 가령 '아버지', '어머니', '누나' 하는 식으로 여기저기를 골라 짚어가며 낱말을 구사하는 방법을 시도했다. 그러나 그러기에는 한계가 있었다. '할아버지', '할머니', '오빠' 따위의 낱말은 속수무책이었던 것이다. 집에 가던 길로 어머니에게 물어봤더니, '가'에다 'ㄱ' 하면 '각', 'ㄴ' 하면 '간', 'ㄷ' 하면 '갇', 'ㄹ' 하면 '갈'……, 하는 식으로 받침 사용법을 깨우쳐 주었다. 다음날 당장 실행에 옮기자 담임선생님이 아주 기뻐했다.

  바로 그날, 우연히 유리창을 통해서 6학년 교실 뒷벽에 붙어 있는 수업시간표를 들여다보던 나는 '구거'·'으막'이라고 적지 않고 어째서 '국어'·'음악'이라고 적었는지 도무지 이해할 수가 없었다.

저녁에 아버지의 설명을 듣고서야 의문이 풀렸다.

"그건 말이다, '나라 국國'자하고 '말씀 어語'자가 합쳐져서 만들어진 말이기 때문이다. 즉 '나라말'이란 뜻인 기이라."

▲ 사진 제공 : 세종교과서박물관

그러나 그것만으로는 한글을 완전히 깨쳤다고 말할 수 없었다. 'ㄲ, ㅆ, ㄳ, ㄿ, ㅄ, ㅒ, ㅖ, ㅙ, ㅢ' 따위의 겹글자까지 완전히 깨친 것은 새 교과서 『한글 첫 걸음』과 『초등 국어교본』이 나온 이후였다.

'청화' 시간이란, 말 그대로 말하기와 듣기 실력을 향상시키기 위하여 이야기를 하고 듣는 시간이었다. 지난날 숲마 마을에 있을 때 동네 할머니들을 졸라서 들었던 이야기보따리가 그렇게 요긴하게 써먹힐 줄은 미처 몰랐다. "너그 안 있나, 그자.", "그래가지고시나 떡" 하는 따위의 허사를 남발하는 말버릇이 있긴 했지만 아이들은 내 이야기 듣기를 아주 좋아했다.

나는 졸지에 마을 사람들로부터 '김 선생'이라는 별명을 얻게 되었다. 길에서 마주치는 이웃사람들마다 "어이, 김 선생, 어데 가노?", "김 선생아, 너거 엄마 지금 집에 있나?"라는 식으로 말을 걸곤 했는데, 그럴 때마다 얼굴이 빨개지긴 했지만 듣기 싫지는 않았다.

새로 받은 교과서는 비록 우리말과 우리글로 만들어지긴 했지만, 이른바 '똥종이'에다 인쇄 상태 또한 조잡하기 이를 데 없었다. 게다가 공책 역시 지질이 형편없었으며, 연필은 심이 잘 부러지는 통에 깎기가 여간 힘들지 않았다. 지우개 역시 글자가 지워지기는커녕 공책을 찢기 일쑤였으며, 크레용은 아예 양초 표면에다 색깔만 입혀 놓은 꼴이었다. 담임선생은 말했다.

"지금 여러분이 사용하고 있는 교과서와 학용품은 해방 이후에 우리나라 사람들 손으로 만든 것들이다. 이전에 비해서 형편없이 질이 떨어지는 것은 일본 사람들에 비해서 그만큼 기술이 뒤떨어지기 때문이다. 그러니 앞으로 여러분이 열심히 공부해갖고 훌륭한 국산품을 만들어내어야 할 것이다."

그래서였을까, 아버지와 어머니는 자나 깨나 공부였다.

『계절풍』의 주인공인 '관섭'을 '나'로 환치하여 한 대목을 원용해 본다.

아버지는 탁상시계로 나의 일과를 철저히 통제했다. 하루에 한 차례씩 태엽을 감게 하면서도 안심이 안 되어 손수 확인을 하고 나서야 마음을 놓는 것이었다. 그때마다 한마디씩 하는 것도 잊지 않았다.

"농사짓는 집 아아들이 새벽에 일나서 소 믹이러 가는 거를 생각해봐라. 일찍 일나갖고 맑은 정신에 공부하며 얼마나 머리에 쏙쏙 잘 들오노.", "니만 열심히 하며 대학교가 아이라 미국 유학도 시키준다 말이다.", "훌륭한 사람치고 어릴 적에 공부 열심히 안 한 사람이 어딨겠노……?"

따라서 제때에 알람 소리를 그치게 하지 않고 꾸물댔다간 돌벼락이 떨어지게 마련이었다. 이것만은 아주 철저하여 아버지가 출타하고 없는 날엔 어머니가 이를 대행했다. 잠자는 시간도 여름철엔 밤 11시, 겨울철엔 밤 10시로 아주 고정되어 있었다. 그 이전에는 세상없는 일이 있어도 눈을 붙일 수가 없었다. 대개의 아이들이 다 그렇듯이, 나 역시 숙제만 다하고 나면 공부할 거리가 없는지라, 학교 운동장에서 밤이 깊도록 술래잡기며 진찍기, 숨바꼭질을 하느라 떠들어대는 마을 아이들의 함성을 들으며 오금을 못 쓰다가 끝내는 책상 위에 엎드린 채 곯아떨어지기 일쑤였는데, 그때마다 아버지는 귀신같이 알고 건너왔다. 그럴 수밖에 없는 것이, 당시의 공부란 것은 지난날 서생들이 그랬듯이 밖에까지 들리도록 큰소리를 내어 읽어야 했기 때문이다.

"이놈우 자석, 또 자나? 허허, 이거! 호롱을 털치갖고 불을 내며 우짤라 카노, 앙? 곱게 말아라, 말아! 11시까지도 못 참아갖고 장차 뭣이 될 것고? 나는 이전에 서당 공부 할 적에 자부름(졸음)이 오머 눈에다 고춧가루를 넣어 가미 공부했다……."

아버지의 말대로 나는 실제로 호롱을 넘어뜨려 석유를 쏟은 적이 두어 번 있었지만, 다행히 동시에 불이 꺼지는 바람에 무사히 넘어갈 수 있었다. 하지만 석유에 흠뻑 젖은 공책은 난감하기 짝이 없었다. 에라, 모르겠다, 하고 대충 닦아낸 다음 태극기 액자 뒤에 숨겨두었다가 얼마쯤 지나 꺼내어 보면 신기하게도 멀쩡한 모습으로 되돌아와 있곤 했다.

14

분가해 내려온 이래 어머니는 본격적으로 삯바느질을 시작했다. 입소문을 타고 십 리, 이십 리 밖에서도 주문이 들어왔다. 설이나 추석 대목 같은 때에는 몇 날 며칠 동안 눈을 붙일 수가 없었다.

어머니가 재봉틀을 돌리는 동안 나는 둘째누이 정숙이를 돌봐줘야만 했다. 어린 것이 칭얼대며 어머니 발을 잡으려다가 발판에 손가락을 낀 적이 한두 번이 아니었던 것이다. 나보다 두어 살 위인 분이가 있긴 했지만, 부엌일만 해도 벅찼으므로 아기까지 업힐 수는 없는 노릇인지라, 방과 후나 일요일 같은 날엔 여지없이 내 차지가 되곤 했다.

　누이가 엄마한테 가려고 떼를 쓸 때마다 어머니는 한길에 나가 바람을 쐬어주라고 했지만, 차마 대문 밖으로 나설 용기가 나질 않았다. 그랬다간 당장 '에에, 얄궂데요오, 머슴아가 알가를 다 업고요.' 하고 놀림감이 될 게 뻔했기 때문이다. 계속 칭얼대는 누이를 업고 마당 주위를 바장이던 어느 날, 문득 기발한 착상이 떠올랐다. 큰소리를 내어 국어책을 읽는 것이었다. 아기도 달래고 공부도 하고, 그야말로 꿩 먹고 알 먹고, 도랑 치고 가재 잡는 게 아닌가! 과연 그 효과는 만점이었다. 누이는 이름 그대로 이내 '정숙' 해졌으며, 어머니는 어머니대로 대단히 만족해했다. 그 누군들 예상이나 했으랴, 해방과 동시에 자취를 감춘 '니노미야 긴자로의 면학상' 이 우리 집 마당에서 '김춘복의 면학상' 으로 부활할 줄을……!

　또 한 가지 힘들었던 것은, 어머니가 꼭두새벽에 단잠을 깨워 다리미질을 도와 달라고 강요하는 것이었다. 아이론과 달라서 재래식 다리미로 치마나 이불호청 따위를 다릴 때에는 누군가 한 사람이 마주앉아 붙잡아 줘야만 했기 때문이다. 빨랫줄에 널어 밤새 맞힌 이슬이 마르기 전에 다려야 하므로 새벽잠을 깨우는 것은 당연한 일이었겠지만, 문제는 아직도 내가 잠에서 덜 깨어났다는 점에 있었다. 어머니가 손목에 잔뜩 힘을 넣어 내 쪽으로 다리미를 밀고 올 때면 아무리 정신을 바짝 차려도 나도 모르게 꾸뻑 졸기 십상이었는데, 그때마다 '쿵!' 하고 내려찍힌 다리미에서 튀어 오른 불티와 재가 치마나 이불호청을 덮치게 마련이었다. 기겁을 하며 사태를 수습한 어머니는 이럴 때에 대비해서 미리 준비해 둔 기다란 대자를 들고 사정없이 정수리를 내리치는 것이었다.

한두 번도 아니고, 내 쪽에서도 철저하게 대비하지 않으면 안 되었다. 다리미가 '쿵!' 하는 순간, 전광석화처럼 맨발로 대문 밖으로 삼십육계를 놓는 게 수였다. 그럴 때마다 어머니는 두 눈을 부릅뜨고 "요놈우 손, 쌔기 안 들오나!" 하고 고함을 질렀고, 나는 "가머 또 때릴라고?" 하고 맞서곤 했다.

"안 때리꾸마. 쌔기 들온나."

"거짓말하는 줄 누가 모를 줄 알고."

답답한 사람이 우물 판다고, 종당에는 어머니 쪽에서 통사정을 하다시피 했다.

"참말로 안 때리꾸마, 쌔기 들온나."

이제 와서 회고해보면, 나도 어머니도 힘들었던 시기였다. 내가 딸로 태어났더라면 어머니가 한결 더 수월했을 것을……. 그래서 첫딸은 살림 밑천이라고 했던가.

팔풍 마을이 시례와 확연히 다른 점은 뭐니 뭐니 해도 닷새마다 한 번씩 서는 장마당이었다.

햇살이 채 퍼지기도 전에 '도락구트럭'를 타고 들어온 장돌뱅이들이 난전을 벌이기가 바쁘게 인근 마을은 물론, 십 리 이십 리 밖에서 장꾼들이 꾸역꾸역 몰려드는 광경은 면내에서는 유일하게 팔풍에서만 볼 수 있는 진풍경이었다.

장날은 그야말로 축제 그 자체였다. 장돌뱅이들이 풀어 놓은 비단, 옷감, 신발, 농기구, 주방기구, 철물, 잡화, 건어물, 생선 등과 토박이들이 이고 지고 몰고 나온 각종 농산물을 위시하여 광주리, 소쿠리, 갈퀴, 멍석, 염소, 닭, 강아지, 토끼, 돼지새끼하며, 꿩·너구리·오소리·족제비 등의 가죽이며, 말린 두꺼비, 지네 등이 한데 어우러지면서 호객하는 소리, 흥정하는 소리, 여기에다 엿장수 아저씨의 흥겨운 가위 소리, 뻥튀기 아저씨의 "자아, 뻥이요!" 하는 예고와 동시에 "펑!" 하고 터지는 폭발음은 축제의 분위기를 한껏 띄워주는 추임새 역할을 톡톡히 했다.

장터는 물건을 사고파는 거래처일 뿐만 아니라, 시집간 딸과 친정어머니가, 사돈과 사돈이, 벗과 벗이, 일가친척들이 반갑게 만나 인사를 나누고 회포를 푸는 만남의 장소이기도 했다. 그런가 하면, 야바위꾼이나 박포장기에 끼어들었다가 쌈짓돈을 날리기도 하고, 자칫 한눈 잘못 팔았다가 소매치기를 당하는 낭패스런 일이 종종 발생하기도 했다.

파장 무렵이면 으레 흥겨운 노랫가락으로 호객하던 생선장수 아저씨의 불콰한 얼굴이 떠오른다.

> 났구나 났구나아 팔풍장 생칼치이/ 오늘 장에 못 다 팔면/ 조올타 모레 장에는 구더리구더기다……

반면에 나는 장날마다 할머니 생각이 간절했다. 눈깔사탕이며 떡이며 엿이며 수박이며 참외며 눈에 띄는 것마다 근침이 돌았지만, 말 그대로 그림의 떡일 뿐이었다. 어머니가 한사코 돈을 주지 않았기 때문이다. 필요할 때 타 쓰라고 할머니가 말했는데 왜 안 주느냐고 대들었지만 아무런 소용이 없었다.

"이놈우 자석, 그동안 믹이고 입힌 돈 다 내놔라."

하루는 어머니가 이발료 15전을 주며 머리를 깎고 오라고 해서 이발소에 갔더니 공교롭게도 '정기휴일'이었다. 일간 수중에 들어온 이상 내 마음대로 사용해도 되는 줄 알고, 나는 얼씨구나 하고 과자점으로 직행했다. 평소에 잔뜩 눈도장을 찍어 두었던 팔뚝만 한 엿가래를 가리키며 얼마냐고 묻자 안성맞춤으로 15전이라고 했다.
 엿가래를 꼬나들고 의기양양하게 대문 안으로 들어서며 나는 큰소리로 외쳤다.
 "엄마, 오늘 이발소 문 닫았더라."
 그러자 어머니는 기겁을 하며 당장 도로 갖다 주고 돈을 받아 오라는 것이 아닌가! 나는 눈앞이 캄캄했다.
 "한번 샀는데 우째 물아돌라 카노?'
 "이놈우 손이 뭐라 카노, 쌔기 안 갈 기이가?"
 "그라머 전에 맽기논 돈에서 제하머 될 거 아이가."
 "이놈우 손아, 그동안에 믹이고 입힌 돈 다 내놔라."
 하는 수 없이 가게 앞에까지 가긴 했지만 입이 떨어지질 않아 난감한 표정으로 서 있자, 눈치를 챈 친구 어머니가 "쯧쯧쯧……, 내 이럴 줄 알았다." 하고 선뜻 돈을 돌려주었다. 그러나 뒤이어 뱉은 한마디는 두고두고 잊히질 않았다. "이놈우 자석, 요담부터는 절대로 그라지 마라. 바늘 도둑이 소 도둑 되니라."
 당시에는 어머니가 몹시 야속했지만 자라면서 차츰 이해하게 되었다.
 평생 단 한 번도 아버지한테서 월급봉투를 받아본 적이 없었다고 뒷날 어머니는 푸념했다. 하다못해 할아버지에게 몇 차례 하소연도 해봤지만 그때마다 되레 퉁만 맞았다는 것이다.
 "양식은 시례에서 니라보내는 걸로 충분할 기이고, 만고에 드는 거라곤 반찬값뱊이 더 있나? 그 정도는 미느리 니가 해결해야 될 거 아이가. 자봉틀을 괜히 사준 줄 아나, 다 앞날을 내다본 기이라."
 "아붐예, 아무리 그렇지마는 월급을 술값으로 다 날리뿌리다이 그 기이 말이 됩니꺼예?"
 "허허, 모리는 소리, 평생 면서기로만 지낼 기이가, 출세를 할라 카머 인심을 얻어야 되는 법이다."

"아아들이 크머 중학교에도 보내야 될 기인데, 돈은 언제 모읍니꺼예?"

"누가 미느리 니보고 그런 걱정 하라 카더나, 다 내가 알아서 할 기이다."

밤낮없이 재봉틀을 돌렸지만 어머니는 노상 돈에 쪼들렸다. 오죽했으면 간혹 손님들이 주고 가는 돈까지 빼앗아 가용에 보태었을까.

장날마다 들이닥치는 손님들 또한 어머니로선 여간 부담스러운 존재가 아닐 수 없었다. 시례에 사는 일가친척들이며 진외가가 있는 들마 마을, 외척들이 사는 용전 마을에서 오는 친인척들에다 삯바느질 고객들에 이르기까지, 장날이 되면 우리 집은 잔칫집을 방불케 했다. 아침참마다 세숫대야만 한 양푼에다 고봉으로 밥을 담아 두어야만 했으니 오죽했으랴.

그럴수록 할아버지나 아버지는 손님 접대를 소홀히 하지 말라고 강다짐을 하곤 했다.

15

한번은 아버지와 어머니를 따라 용전에 있는 외가에 간 적이 있었다. 나보다 열두어 살 위인 외육촌형의 신부가 신행해 오는 날이었다. 아버지와 어머니는 폐백幣帛을 마치고 나서 곧장 돌아가고, 마침 다음 날이 일요일이어서 나 혼자만 남게 되었다.

마루에 앉아 저녁밥을 먹는데 생전 처음 먹어보는 미꾸라짓국추어탕이 그렇게 맛있을 수가 없었다. 국그릇에다 밥을 듬뿍 말아 거의 밑바닥을 비울 때쯤 꽃같이 예쁜 어떤 색시가 다가와 꾀꼬리 같은 목소리로 "대림도련님예, 한 그릇 더 드릴까예." 하는 게 아닌가! 나는 난생 처음 들어보는 '대림'이란 말이 너무나 황홀해서 몸 둘 바를 모르며 고개를 끄떡였다. 백번 사양했어야 옳았던 것이, 그릇을 비우느라 진땀을 흘려야만 했다. 예쁜 형수님이 '대림'이라는 호칭에다 존댓말까지 써가며 주는 밥을 남긴다는 것은 상상도 할 수 없는 일이었다.

결국 그게 사단이 되어 밥숟갈을 놓기가 바쁘게 마당을 가로질러 뒷간이 있는 헛간채를 향하여 죽자구나 뛰었지만, 미처 똥통 위에 오르기도 전에 좌르르 설사를 하고 말았다. 볼일을 다 보고 나서 뒷수습을 해보았지만, 굵은 무명실로 촘촘하게 짠 내복 틈새에 끼어든 똥찌꺼기를 볏짚으로 닦아내는 데는 한계가 있었다.

나는 곧장 집으로 가버릴까 하다가 어둠이 깔린 뒤라 무섭기도 하고, 방 한쪽 구석에 가만히 처박혀 있으면 설마 별일이야 있을까 싶어 신랑 또래의 청년들 대여섯 명이 한창 신나게 화투를 치고 있는 건넌방으로 들어갔다.

아니나 다를까, 뜨겁게 달구어진 방구들 위에 앉아 있자니까, 내가 맡기에도 아주 고약한 악취가 코를 찔러오기 시작하는 것이었다.

결국 일이 터지고야 말았다.

"어느 늠이 방구 꿨노?"

"캬아, 뒷산 풀을 다 뜯어 처무웄나, 지독하다, 지독해!"

"이 새끼 니가 꿨제?"

"이 새끼야, 한번 맡아봐라, 내가 꿨는가."

그들은 서로서로 옆 사람의 궁둥이에 코를 갖다 대며 범인을 색출하기 시작했다. 나는 간이 콩알만 하게 쪼그라든 채 숨도 제대로 쉬지 못하고 있었다.

드디어 코를 킁킁거리며 여러 얼굴들이 내 궁둥이를 향해서 몰려들기 시작하는 것이었다. 이럴 땐 얼른 그 자리를 벗어나는 게 상수였다.

나는 방문을 박차고 나가 사립문 밖으로 뛰쳐나갔다. 십 리 길을 재촉하여 집에 도착하자 어머니가 놀란 눈으로 물었다.

"밤중에 우짠 일고, 내일 안 오고……?"

"어, 숙제할 걸 깜박 잊어뿌갖고……."

나는 내 방 안에 들어가자마자 문제의 내복바지를 벗어 들고 완벽하게 처리할 수 있는 방안을 궁리한 끝에 내 방 아궁이 속에다 깊숙이 쑤셔 넣었다. 아버지나 어머니가 군불을 때게 되면 흔적도 없이 사라지고 말 것이라고 생각했던 것이다.

그러나 그것은 큰 오산이었다. 다음날 어머니가 나를 부르더니, "니 지금 내복바지 입고 있나?" 하는 게 아닌가! 고개를 푹 숙이고 아무 말도 못하자, 어머니는 뜻밖에도 웃으며 말했다.

"이놈우 자석아, 와 엄마한테 사실대로 말을 못했더노? 까딱했으며 고마 그 아까분 걸 태야 없앴을 뿐 안했나. 이 삼동설한에 내복 구경을 못하는 사람들이 얼마나 많은 줄 알기나 아나? 앞으로는 곤란한 일이 생기거든 뭣이든지 사실대로 솔직하게 말하도록 해라."

단단히 혼찌검을 당하리라 각오했던 것과는 정반대의 결과였다. 똥을 싸갖고 쩔쩔매다가 도망치듯 십 리 밤길을 걸어온 고충을 어머니도 십분 이해했던 것이리라

16

이듬해 초봄의 어느 날이었다. 아침을 먹고 나자, 꼭 해방이 되던 그

날처럼 나들이차림을 한 남녀노소들이 손에 손에 태극기를 들고 팔풍으로 몰려들었다.

군내의 각 면민들이 단체로 김원봉 장군을 환영하러 간다는 것이었다. 아버지도 자전거를 몰고 읍으로 나갔다.

당시 김원봉 장군으로 말하면, 항우같이 생겼다느니, 말밥을 먹는다느니, 왜놈들이 잡으러 오면 둔갑술을 써서 똥파리로 변신한다느니, 축지법을 써서 하룻밤 사이에 평양으로 가서 김일성과 담화를 나누고 온다

▲ 약산 김원봉 장군

는 등, 밀양 지역에서는 가히 전설 속의 주인공과도 같은 존재였다.

열아홉 살의 어린 나이로 중국으로 건너가 '의열단' 및 '조선의용대'를 조직하여 민족해방을 위하여 누구보다도 혁혁한 업적을 세우고, 해방을 맞아 30여 년 만에 고향땅을 밟는 그를 어찌 환영하지 않을 수 있었으랴!

그런데 저녁 무렵에 돌아온 이들의 말에 의하면, 어떻게나 인산인해를 이루었던지 김원봉의 얼굴 구경도 제대로 못했다는 것이었다.

나는 졸고 「약산 김원봉의 생애와 사상」에서 그날의 장면을 이렇게 묘사했다.

무안─마흘리─제대리로 연결되는 대로 양변은 태극기의 물결로 뒤덮이고, '약산 장군 만세!'를 외치는 함성으로 메아리쳤다. 제대리에 당도한 약산은 '아버지가 계시는 곳에 차를 타고 갈 수가 없다.'고 하며 검정색 세단에서 내려 군중들과 악수를 나누며 흰 광목천이 깔린 길을 걸어서 읍내로 들어갔다. 너무나 많은 사람들이 몰려 나와 뒷전으로 밀려난 나약한 부

녀자들은 약산의 얼굴을 보지도 못하였다.[10]

 자전거 뒤에 웬 가방 두 개를 싣고 아버지가 귀가한 것은 다음날 점심나절이었다. 자전거 때문에 인파 속으로 들어갈 수가 없어 김원봉의 얼굴은 보지 못했지만, 그나마 자전거 덕분에 '유성기留聲機=축음기'를 싣고 올 수 있었다고 아버지는 무척 기뻐했다. 어떤 지인이 집으로 데리고 가더니, 이웃에 살던 일본인이 본국으로 들어가면서 넘기고 간 물건이라면서 웃돈을 조금 얹어주고 사라고 권유하더라는 것이었다.
 큰 가방 뚜껑을 열고 옆구리에 뚫려 있는 조그마한 구멍에다 손잡이를 꽂아 한동안 돌린 데 이어 작은 가방에서 둥글납작하게 생긴 물건을 꺼내어 둥글게 생긴 판 위에다 얹고 뱀 대가리같이 생긴 물건을 빙글빙글 돌아가기 시작하는 가장자리 위에다 얹자, '찐찌리린찌 찌리리…… 자고 나도 사막의 길/ 꿈속에서도 사막의 길/ 사막은 영원의 길/ 고달픈 나그네 길……' 하고 노래 소리가 흘러나오는 것이 아닌가!
 누가 들어있는 것도 아닌데 어떻게 노래 소리가 흘러나오는 것인지, 대구에 있는 어느 사진관에서 라디오 소리를 처음으로 들었을 때처럼 나는 너무나 신기했다.
 레코드의 가느다란 홈 속에 저장되어 있는 소리를 바늘이 재생해내는 것이라고 아버지가 설명해주었지만 그게 어떻게 가능한 일인지 받아들여지질 않았다.
 레코드 라벨의 상단부를 가리키며 내가 물었다.
 "아부지예, 이거는 강아지 아입니꺼, 와 여게 강아지가 앉아 있습니꺼예?"

---

10) 김춘복, 『밀양문학』 제14집, p. 91. 2000.

◀ 1940년대식 축음기

▲ 레코드 라벨
주인의 노래 소리를 듣고 있는 니퍼

"유성기 소리를 듣고 있는 기이라."
"이것도 유성기라예? 그런데 와 이거하고 다르게 생깄는데예?"
"에디슨이라 카는 미국 사람이 발명했을 당시에는 그렇게 생겼던 기라."
"그런데 와 사람을 안 기리고 강아지를 기맀는데예?"
그러자 아버지는 다음과 같은 이야기를 들려주었다.

　　니퍼Nipper'라는 이름을 가진 강아지 한 마리를 자식처럼 키우는 어떤 성악가가 있었다. 성악 연습을 할 때마다 그 강아지는 주인 옆에 쪼그리고 앉아 시간을 함께 보내곤 했다. 그러다가 성악가는 과로로 쓰러져 죽고 만다.
　　주인을 잃은 강아지는 매일같이 거리를 방황하던 중, 어느 날 우연히 어느 가게에서 흘러나오는 주인의 노래 소리를 듣게 된다.
　　축음기 앞에 쪼그리고 앉은 니퍼는 노래가 끝나면 으레 주인이 나타나려니 하고 기다리지만 나타날 리가 만무했다.
　　애타게 주인을 기다리던 니퍼는 결국 어느 날 그 자리에서 죽고 만다.

　그날부터 우리 집엔 연일 손님들의 발길이 끊이질 않았다. 낮에는 어머니의 친구들이, 밤에는 아버지의 친구들이 유성기 소리를 들으러 몰려들었기 때문이다.

그리고 한 달에 한 번 꼴로 아버지, 어머니가 제사를 모시러 시례로 올라가는 날이면, 으레 우리 집은 온통 축제장이 되곤 했다. 나는 나대로, 분이는 분이대로 또래들을 불러들여 밤참을 해먹어가며 유성기를 틀어댔다.

나는 이미 그 무렵에 백년설, 고복수, 남인수, 고운봉, 이난영, 이화자, 박단마, 황금심, 이애리수 등의 가수 이름을 알았으며, 그 당시 익혔던 「사막의 한」, 「선창」, 「번지 없는 주막」, 「타향살이」 등은 지금껏 나의 애창곡으로 굳혀져 있다.

17

1학년 말 종업식을 마치자마자 집으로 달려가 통신표, 우등상장, 개근상장을 보여주자, 아버지와 어머니는 대단히 기뻐하면서 그 길로 곧장 나를 시례로 올려 보냈다.

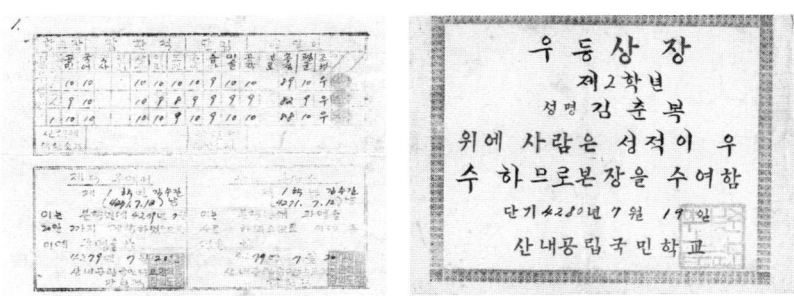

▲ 1학년말 통지표 및 2학년말 우등상장
창씨개명의 잔재인 1학년 때의 '김수길'이 2학년 때 본명으로 환원되었다.

할아버지, 할머니의 칭찬을 받은 것까지는 좋았지만, 결과적으로는 차라리 아니 감만 못했다.

단짝동무였던 껌둥이가 보이질 않아 할머니에게 물어 보았더니, 한 집에서 개를 10년 키우면 주인에게 해코지를 한다는 속설에 따라 두 달 전에 십 리 밖에 있는 석골 마을의 어느 지인에게 팔았다는 것이었다.

순간, 눈시울이 뜨거워지며 눈물이 핑 돌았다. 양자가 말했다.

"오빠, 어제 낮에 껌둥이가 와갖고 내하고 한참 놀다가 저거 집에 갔대이."

"할매, 참말가?"

할머니가 보충설명을 해주었다.

"참말로 영물인 기이라, 보름마다 꼭꼭 한 분씩 댕기가는 거 보머……. 두 달 동안에 니 분이나 댕기갔다. 지난분에는 큰물이 져갖고 사람도 건널 수 없는 큰거랑을 헤엄을 쳐갖고 왔더라."

나는 귀가 번쩍 틔었다.

"그라머 앞으로 열넷 밤만 자머 또 오겠네?"

"암, 오고말고."

나는 뛸 듯이 기뻤다. 그렇다면 방학 동안에 두 번까지는 모르지만 최소한 한 번은 만나볼 수 있을 것이 아닌가!

다음날부터 나는 껌둥이가 올 날짜만을 손꼽아 기다렸다. 아니나 다를까, 정확하게 당일 정오경에 마당 안으로 뛰어든 것은 분명히 껌둥이가 아닌가! 녀석은 나를 보자마자 낑낑거리며 길길이 날뛰었다.

"껌둥아, 내가 니를 얼마나 보고 싶었는지 아나?"

껌둥이는 저도 그랬다는 듯이 '끙끙' 소리를 내며 한사코 내 입술을 핥으려고 집요하게 덤볐다.

"그, 그래 알았다, 아, 알았다! 아, 알았다!"

나는 입을 한번 맞추어 주고 나서 할머니를 쳐다보며 말했다.

"할매, 껌둥이 배고프겠다. 어서 밥 줘라."

"오냐, 그렇잖아도 미리 준비해 놨다."

부엌에 들어간 할머니가 누룽지 위에다 생선대가리 삶은 걸 수북이 담은 세숫대야를 내어주자 껌둥이는 허발을 하며 먹어대기 시작했다.

"할매, 생선대가리는 어데서 났는데?"

"껌둥이 오머 줄라고 그동안에 모아놨던 기이다."

이윽고 껌둥이는 내게로 다가와 낑낑대며 온몸을 비벼댔다. 양자가 말했다.

"오빠, 인자 저거 집에 간다고 오빠한테 인사하는 기이다. 지난분에 내한테도 그라더라."

"알았다, 껌둥아. 겨울방학 때 또 보재이."

하지만 그게 마지막이 되리라고는 꿈에도 생각해본 적이 없었다. 추석 때 올라가서 할머니한테 껌둥이가 그 뒤로도 다녀갔느냐는 말부터 먼저 물어보았더니, 무슨 일이 생겼는지 한 번도 오지 않았다는 것이었다. 나는 제발 아무 일이 없기를 간절히 빌었다.

겨울방학 때 가서 껌둥이가 다녀갔느냐고 다시 물어보았더니, 할머니는 믿을 수 없는 말을 전해주었다.

"우리 마실 사람들이 언양장에 갔더니 껌둥이가 반갑다고 꼬랑대기를 흔들더란다."

"그라머 언양 사람한테 팔았단 말가?"

"그랬기에 거기에 안 있겠나."

"언양은 너무 멀어서 못 찾아오는강?"

"그런 기이 아이라, 인자 늙어서 걸음을 지대로 걷지도 못하더란다. 지가 아무리 댕기가고 싶어도 그 높은 석남재를 우째 넘어올 것고? 관세엠보살!"

18

 3학년 때였다. 3·1절을 며칠 앞둔 어느 날 사회 시간이었다. 할아버지가 생존해 계시는 학생은 손을 들어보라고 담임선생이 말했다. 나를 위시해서 여남은 명이 손을 들자, 3·1운동 때 할아버지께서 어떤 일을 하셨는지 여쭤갖고 일주일 후에 서면으로 제출하라는 것이었다. 바로 그 다음날로 정하지 않고 시간적 여유를 넉넉하게 준 것은 나를 의식해서가 아닌가 싶었다. 계산해보니까 할아버지는 당시 스물한 살, 호랑이라도 무섭지 않을 연세였다. 잔뜩 기대가 되었다.
 토요일 오후에 시례로 올라가자마자 할아버지께 여쭤보았다.
 "할부지예, 기미년 3·1운동 때 우리 산내면에서도 만세를 불렀습니꺼예?"
 그러자 할아버지는 뜨악한 표정을 지으며 반문하셨다.
 "그믐밤에 홍두깨도 아이고 각중에 그거는 와 묻노?"
 "선생님이 조사해 오라 캅디더. 숙제라 말임더."
 "숙제 낼 기이 독하기도 없던갑다, 그런 걸 다 조사해오라 카구로."
 "교과서에도 3·1운동 이야기가 나온단 말입니더. 좌우지간에 우리 산내면에서도 만세를 불렀습니꺼, 안 불렀습니꺼예?"
 "불렀지러."
 "자, 잠깐만, 잠깐만예!" 하고 나는 재빨리 필기도구를 챙겨들고 할아버지 무릎 앞으로 바짝 다가들며 물었다. "며칟날입니꺼예?"
 "날짜꺼정은 모리겠고, 단장면 태룡리에 있는 용회동 장날이었는 기이라."
할아버지의 말씀인즉슨 이러했다.

아침을 먹고 나자, 수백 명의 장꾼들이 도래재를 넘어가고 있었다. 그 당시만 해도 산내면에는 주재소가 들어서기 이전이었으므로, 공격의 표적은 단장주재소가 될 수밖에 없었다. 주재소를 불 지르고 순사들을 때려죽이러 간다는 아랫동 사람들의 말에 숲마 사람들도 벌 떼처럼 일어났다. 대장간에 성냥을 하러 가는 양으로 위장한 채 도끼·곡괭이·낫 등을 챙겨 넣은 망태기를 하나씩 둘러메고 도래재를 넘어갔다.

"할부지예, 그라머 할부지도 그때 갔습디꺼예?"
"갔고말고!"
"캬아! 할부지는 뭘 들고 갔습디꺼예?"
"도끼를 들었지."
아아, 이 대목은 얼마나 나를 흥분시켰던가!

정오가 가까워오자, 좁은 장마당은 대목장날보다도 더 붐볐다.
이목구비가 준수하게 생긴 어떤 양반이 군중들 앞에서 「독립선언문」을 낭독했다.

"어떤 내용이었습니꺼예?"
"좀 알아듣기 쉽게 쓴단 말이지, 조선 독립을 선언한다 카는 말을 빼고는 한마디도 못 알아듣겠더라."
"그래서예?"

이어, 산천을 뒤흔드는 만세 소리……. 군중들은 '조선독립만세!'를 외치며 주재소를 향해 노도처럼 밀려갔다.

"왜놈 순사들이 가만히 있습디꺼예?"
"중과부적인데 지깐 늠들이 우짤 것고? 헌병 한 사람하고 순사 한 사람하고 딱 둘밖에 없는데……."
"그래가주고예?"
"허허허……, 그런데 막상 주재소를 포위해놓고서는 감히 어느 누가 앞장설 사람이 있어야 말이지, 헌병하고 순사가 안에서 문을 걸어 잠구고 총구영을 딱 내놓고 있는데……. 그러다가「독립선언문」을 읽은 그 양반이 주재소 안을 향해서 돌팔매질을 하자 '와장창' 카민서 유리창 깨지는 소리가 들리는 순간에 난데없이 총소리가 한 방 '팡!' 나는 기라."
"그래가주고예?"
"물어볼 거 뭐 있노, 모지리 서로 살 기이라고 죽을 판 살 판 달라빼기 바빴지, 뭐. 히히히히……, 신발이 빗기져도 줏을 생각을 안 하고 산지사방으로 흩어지는 꼴이 똑 거미새끼들이 흩어지는 거 겉던구로, 히히히히……."
"그래서예?"
"그래서는 뭣이 그래서고, 그뿐이지!"
"할부지는 우쨌습니꺼예?"
"히히히히……, 벨 수 있나, 나도 쌔 빠지기 도래재를 넘어 와뿠지, 뭐. 지금 생각해보머 참 얼이 빠진 짓을 했지그리."

잔뜩 기대했던 종말이 너무나 큰 실망을 안겨주었을 뿐만 아니라, 그보다 처음 들어보는 할아버지의 괴기스럽기까지 한 웃음소리에 온몸이 오싹했다. 여태까지 내가 보아온 할아버지가 아니라, 전혀 다른 낯선 사람으로 보이기까지 했다. 나는 그냥 듣고 넘길 수가 없었다.

"그라머 애초에 뭐할라고 갔습디꺼예?"

"우째 안 갈 수가 있노, 독립이 되고 나머 꼼짝없이 역적으로 몰릴 판인데……?"

"그러머 비겁하게 도망은 와 쳤습니꺼예, 끝까지 만세를 안 부르고……?"

"이늠 이거, 참말로 큰일 날 소리 하네. 총을 쏘는데 우짤 것고? 내가 살아야 나라도 있고 겨레도 있지, 내가 죽고 나머 나라가 어데 있을 기이며 겨레가 무신 소용 있노?"

큰할아버지의 죽음으로 인한 트라우마 때문이었을까, 할아버지도, 아버지도 학교에서 배운 '애국 애족' 하고는 멀어도 한참 멀리 떨어진 거리에 계시는 분들이라는 생각이 들었다. 동시에 아버지에 이어 그때까지 우상시했던 할아버지에 대한 외경심이 일시에 무너지는 아픔을 맛본 최초의 사건이기도 했다.

결국 나는 과제물을 제출할 수가 없었다. 그리고 그것은 참으로 잘한 결정이었다. 다른 애들이 발표한 공통적인 내용과 할아버지께서 구술했던 그것과는 달라도 너무 달랐기 때문이다.

다른 애들이 발표한 바에 의하면, 1919년 4월 4일, 음력으로 치면 3월 4일, 민간인으로 가장한 표충사 승려들의 주도하에 약 5천여 명의 군중들이 만세를 부른 뒤, 돌을 던져 주재소를 완전히 박살내고 일본 헌병을 짓밟던 도중에 밀양읍에서 긴급 출동한 헌병과 순사들이 발포를 가하며 무차별로 검거함에 따라 하는 수 없이 해산하고 말았다는 것이었다.

이는 '이날 시위운동으로 364명이 검거되고 71명이 검사국으로 송

치되었다.'고 기술한 『밀양의 독립운동사』[11]의 내용과도 일치하는 것이다.

그렇다면 할아버지께서는 어째서 이와 전혀 상반되게 구술했던 것일까? 하기야 당신의 구술도 일부는 사실이라고 나는 믿는다. 그날 모인 5천여 명의 군중 가운데 '총소리 한 방에' '죽을 판 살 판 달라빼기 바빴'던 사람들이 어디 한둘뿐이었겠는가. 그러나 아무리 그렇기로서니 그 뒷얘기를 듣지 않았을 리가 만무하거늘 그걸 쏙 빼먹은 것이라든지, '총을 쏘는데 우짤 것고, 내가 살아야 나라도 있고 겨레도 있지, 내가 죽고 나머 나라가 어데 있을 기이며 겨레가 무신 소용 있노?'라는 할아버지의 말은 두고두고 마음에 걸렸다.

할아버지에 대한 외경심을 완전히 소멸시킨 두 번째 사건은 바로 그 며칠 뒤에 일어났다. 과학 시간에 담임선생이 질문을 던진 게 그 단초였다.

"비가 어떻게 해서 오는지 대답할 수 있는 학생……?"

아무도 손을 드는 학생이 없었다.

"예!" 하고 번쩍 손을 치켜들자, 일제히 탄성이 터지면서 모든 시선이 내게로 쏠렸다.

"어디 한번 말해 봐라."

나는 벌떡 일어나 일전에 할아버지한테 들었던 그대로 말했다.

"동해용왕님이 소나무 가지를 꺾어 바닷물에 적셔갖고 공중에다 휙 뿌리면 비가 되어 내리는 것입니다."

그러자 온 교실이 떠나갈 듯 폭소가 터졌다. 담임선생이 웃으며 물었다.

---

[11] 강만길 편, 『밀양의 독립운동사』, 밀양문화원 p.p.147-148, 2003.

"도대체 누구한테 들었나?"

"우리 할아버지한테 들었습니다."

나는 그때 담임선생이 바로잡아준 말을 토씨 하나 틀리지 않고 그대로 기억하고 있다.

"그런 게 아니라, 추운 겨울날 밖에서 놀고 있을 때, 어머니가 밥 먹으러 오라고 불러서 집에 들어가 밥주발 뚜껑을 열어보면 어떤 현상이 생기지?"

한 아이가 대답했다.

"김이 서리갖고 뚜껑 안쪽에 맺혀 있던 물방울이 주르르 흘러내립니더예."

"바로 그거다. 땅에서 올라간 수증기가 하늘의 찬 공기와 만나면 구름이 되고, 그 구름이 무게를 이기지 못해서 떨어지는 게 바로 비다."

얼굴이 홍당무가 된 채 내가 물었다.

"셈예, 그라머 천둥은 어떻게 해서 치는 겁니까?"

"할아버지께서는 뭐라고 설명해주시대?"

나는 두 번 다시 망신을 당하고 싶지 않아 거짓말을 했다.

"그건 안 물어 봤습니다."

"물어봤더라면 십중팔구 이렇게 대답하셨을 거야. 하늘에 있는 영등 할배 내외가 부부싸움을 하면서 농짝을 굴리는 소리라고……. 옛날 사람들은 모두 다 그렇게 믿었거든." 하고 그는 계속했다. "그렇다면 번개와 천둥은 어떻게 해서 생기는 것일까? 우리가 살고 있는 이 대기 속에는 양전기와 음전기가 있는데, 이 두 가지가 서로 부딪치게 되면 어마어마하게 큰 불꽃이 일어난다. 그게 번개다. 그리고 그 온도는 자그마치 섭씨 만 도가 넘는다.

그러면 그 주위의 대기가 어떻게 될까? 가열될 수밖에 없겠지? 가

열된 대기는 어떻게 될까? 엄청나게 팽창하면서 마침내 폭발할 수밖에 없겠지? 그 폭발음이 바로 천둥인 거야. 우레라고도 하지. 그런데 어째서 번개가 치고 나서 한참 있다가 천둥소리가 들리는지 궁금하지? 그건 빛과 소리의 속도가 다르기 때문이야. 빛은 1초 동안에 지구를 일곱 바퀴 반 돌 만큼 엄청 빠른 반면에, 소리는 고작 340미터밖에 나가지 못하거든."

이어서 지동설과 태양력과 태음력에 관해서도 알기 쉽게 설명해 주고는 집에 가서 할아버지, 할머니, 아버지, 어머니에게 잘 설명해드리라는 당부까지 했다.

나는 단단히 별렀다, 당장 오는 토요일에 시례로 올라가 할아버지에게 설명해드려야겠다고……. 과연 할아버지께서 받아들이실지 의문이었다. 실로 그것은 어마어마한 문화적 충돌의 예감이기도 했다.

내 예감은 그대로 적중했다. 천둥과 번개와 비에 대해서 담임선생의 말을 거의 그대로 옮겼을 정도로 아무리 완벽하게 설명을 해드려도 할아버지의 맹신은 확고부동했다.

"네 이놈, 동해용왕님을 무시하면 천벌을 받는다. 누가 니한테 그따우 소리를 하더노?"

그렇다고 굽힐 수는 없었다.

"할부지예, 그라머 기후 변화를 알라 카머 양력이 정확하지 싶습니꺼, 음력이 정확하지 싶습니꺼예?"

"니가 시방 그걸 말이라고 묻나? 입춘·우수·경칩·춘분·청명……, 절기 변화를 이보다 더 정확하게 짚어줄 수 있나. 양력에는 어데 그런 기이 있나?"

"그렇게 말씀하실 줄 알았습니더. 양력에는 와 그런 기이 없는고 하면예, 해마다 3월 21일경이 되며 낮하고 밤하고 길이가 똑 같은데 굳이 '춘분'이라 카는 말을 맹글어낼 필요가 뭐 있습니꺼예? 할부지 말씀대로 음력이 더 정확하다 카머, 어째서 24절기가 해마다 날짜가 바뀝니꺼예?"

"이놈이 그래도 내 말을 못 알아듣고……, 할애비가 한번 옳다 커머 옳은 줄 알 일이지, 어데 자꾸 이길라고 대더노, 대들기를!"

옆에 잠자코 앉아 있던 할머니가 옆구리를 쿡 찔러 왔다. 더 이상 말대꾸를 하지 말라는 신호였다.

"……."

나는 입을 다무는 수밖에 없었다. 한 번만 더 벙긋했다간 돌벼락이 떨어질 것만 같았기 때문이다.

"구신 씨나락 까묵는 소리를 해도 분수가 있지그리. 아까 뭐라 캤노, 대기 중에 전기가 있다 캤나?"

할머니가 다시 옆구리를 툭 건드렸다.

"……."

나는 생각할수록 억울하고 분했다. 돌벼락을 맞을 각오를 단단히 하고 비장의 무기를 꺼내어 들었다.

"할부지예, 한 가지만 더 여쭤보겠습니더. 할부지 생각에는 우리가 살고 있는 이 땅덩어리가 돌지 싶습니꺼, 해가 돌지 싶습니꺼예?"

"네 이놈, 땅덩어리가 도는 것도 아이고, 해가 도는 것도 아이고, 인자 보이 바로 니 대가리가 돌았구나. 삼척동자도 알 수 있는 그따우 문제를 감히 할애비한테 묻다이!"

할머니가 옆구리를 꼬집었지만, 나는 조금도 개의치 않았다.

"할부지예, 제 말씀 한분 들어보시이소, 그런 기 아이라……."

미처 말을 끄집어내기도 전에 할아버지께서는 온몸을 부들부들 떨며 불호통을 치셨다.

"뭣이 우짜고 우째라? 이놈 이거, 인자 보이 아무짝에도 못 씨겠구나. 공부하라고 핵교에 보내놨더이 버르장머리 없이 할애비한테 대드는 거 배웠더나?"

나는 그만 "으와앙……!" 하고 왕울음을 터뜨리고 말았다.

여느 노인들과는 달리 우리 할아버지만은 미몽에서 깨어나게 해드리고 싶었을 뿐인데, 이런 결과를 초래하게 되다니! 할머니가 옆구리를 찌르며 말했다.

"어서 할배한테 잘못했다고 빌어라."

"……"

도대체 무엇을 잘못했다고 빌라는 것인가! 할아버지의 불호통은 계속되고 있었다.

"핵교 선상이 그따우로 가르치더나, 앙? 당장 가서 한분 따져보자."

할머니가 꾸짖었다.

"쌔기 안 빌고 뭐하노, 다시는 안 그라겠심더 캐라, 어서!"

더 이상 버티었다간 무슨 변을 당할지 몰라 나는 흘쩍이며 빌었다.

"자, 자, 잘못해. 했심더. 어, 어, 엉……."

"어데 니 입으로 한분 말해라 보자. 땅덩어리가 도나, 해가 도나?"

"다, 다, 다시는 아, 아, 안 그라겠심더. 어, 어, 엉……."

"어서 말해라. 땅덩어리가 도나, 해가 도나?"

나는 연신 딸꾹질을 삼키며 말했다.

"흑, 흑……, 해, 해가, 흑, 흑……, 해, 해가 도, 돕니더."

그제야 할아버지께서는 다소 화가 풀리는지 언성을 낮추셨다.

"앞으로 한 분만 더 그따우 언동을 하면 당장 집에서 쫓겨날 줄 알아라."

나는 갈릴레오 갈릴레이가 된 양 속으로 부르짖었다.

'하, 할부지예, 그, 그래도 지, 지구는 도, 도, 돕니더예.'

19

해방 이듬해부터 3·1절이나 광복절 같은 국경일에 단 한 차례도 축사를 빠뜨린 적이 없는 아버지였다. 가령 "날씨 맑안 오날, 하날도 내 땡이요, 땅도 내 땡인데……." 하고 초장부터 심한 사투리와 오발로 장내를 웃기며 밑도 끝도 없이 중언부언하다가 사회자가 몇 번씩이나 다가가 귀띔을 해주어야만 마지못해 내려오는 면장이나, 앞뒤 조리도 없이 냅다 통고함만 질러대는 지서장에 비하면, 아버지의 그것은 단연코 압권이었다. 그럴 수밖에 없는 것이, 아무런 준비도 없이 단상에 올라가는 그들과는 달리 아버지는 적어도 한 달 전부터 원고를 준비해갖고 아침저녁으로 거울 앞에서 맹연습을 하기 때문이었다.

한때 나는 그러한 아버지가 무척이나 자랑스러웠다. 그러나 3학년 초에 새로 부임해온 담임선생의 말을 듣고 나서부터는 완전히 생각이 달라지고 말았다.

"일제 때에 왜놈들한테 붙어가지고 조선 사람을 등쳐먹던 놈들이, 해방이 되자 열 몫 더 애국 애족을 찾는 판이다. 심지어 살인을 저지르고 감옥살이를 하고 나온 놈들까지도 독립운동을 하다가 형무소에 들어갔다고 주둥아리를 놀려대는 세상이다.

여러분은 잘 모르겠지만, 우리 주위에는 그런 자들이 너무나 많다. 왜놈 앞잡이가 돼갖고 천황 폐하를 위해서 총칼을 들고 싸움터로 나가야 한다고 목에 핏대를 올리던 자들이 해방이 되자 뻔뻔스럽게도 민족이 어떻고, 국가가 어떻고 떠들어대는 판이니 모조리 쳐죽일 놈들이 아니고 뭐냐?"

담임선생의 한마디 한마디는 그대로 비수가 되어 날아와 내 심장에 꽂혔다.

"더욱 웃기는 건, 그런 자들이 이번에는 또 미국놈들한테 빌붙어갖고 온갖 알랑방귀를 뀌어대니, 이거야말로 피를 토할 일이 아니고 뭐냐! 자기 편리한 대로 간에 붙었다, 쓸개에 붙었다 하는 그런 자들은 모두 기회주의자들이다. 여러분은 절대로 그런 자들을 본받아선 안 된다."

학교를 파하기가 무섭게 집으로 달려갔더니, 마침 아버지가 개천절 축사를 연습하고 있었다. 『계절풍』의 한 장면을 보자.

―아부지예, 앞으로는 기념식 때 제발 축사 좀 하지 마시이소예.

아버지의 두 눈이 휘둥그레진 것은 너무나 당연했다.

―니 그기이 무슨 소리고?

―일제 때에는 일본에 온갖 충성을 다해놓고, 해방이 되자 와 아부지 혼자서 애국자 행세를 다할라 카십니꺼예?

―뭐, 뭐, 뭣이 우째라? 어느 늠이 그카더노?

―카기는 누가 캐요, 제가 다 알지예.

―임마야, 왜놈 시절에 친일파 아닌 늠이 몇이나 되노? 지금 우리나라 정치가들 중에는 내카머 더한 자들이 수두룩빽빽하다.

―치, 그기이 다 기회주의자들이란 말임더.

―뭣이 우째라? 어느 늠이 니한테 그따우 소리를 하더노?

관섭은 건넌방으로 건너와 벽에 붙어 있는 '우리말 모음삼각도'와 '알파벳 대소문자'를 북북 찢어낼 참이었다. 그러나 이내 마루가 쿵쾅쿵쾅 울린 데 이어 험상궂게 일그러진 아버지의 얼굴이 들이닥쳤다.

―이놈우 자석, 밥 처믹여 키워갖고 학교에 보내놨더니, 부모한테 눈까리 땍땍 뿔시고 대드는 거 배워 왔나?

　그해 개천절 행사 때엔 그야말로 점입가경이 아닐 수 없었다. 아버지의 축사에 이어 설상가상으로 어머니까지 망신을 시켰으니 말이다.
　사회자가 "에……, 이번에는 대한여성단 밀양군지부 산내면분회장님의 기념사가 있겠습니다." 했을 때, 청중들은 경악을 금치 못했다. 그런 단체가 있다는 것도 금시초문이었거니와, 여자가 연사로 등단하여 대중연설을 한 예가 여태껏 한 번도 없었기 때문이다. 산내면 여성을 대표해서 기념사를 하는 여성이 과연 누구일까 하고, 모두들 잔뜩 목을 뽑아 들고 내빈석 쪽을 휘둘러보았지만 여자라고는 구경조차 할 수 없었다. 아무리 기다려도 나타나지 않자, 사회자가 교무실 안으로 뛰어드는 촌극까지 연출했던 것인데, 이윽고 어린애를 업고 나타난 여성은 다름 아닌 어머니가 아닌가! 여기까지는 좋았다 치자. 단상에 올라서자마자 사회자가 '경례!' 하는 구령을 붙이기도 전에 대뜸 낭독을 시작한 것까지도 좋았다고 치자. 그 긴 두루마리를 펼쳐들자마자 청중들의 귀에 들리건 말았건 전혀 신경을 쓰지 않은 채, 시례에 있을 때 부녀자들 앞에서 고대소설을 낭독하던 가락으로 목소리를 죽죽 뽑아 읊어대었으니 망신도 그런 개망신이 없었다. 배꼽을 잡고 웃어대는 학생들을 제지하기 위해 선생님들이 바쁘게 뛰어 다니는가 하면, 사회자는 사회자대로 연신 조용히 하라고 언성을 높였다.
　솔끝까지의 시위행진을 마치고 곧장 집으로 달려가 보았더니, 마침 아버지와 어머니가 티격태격 다투고 있었다.
　"아니, 도대체 누가 니보고 읽어라 카더노, 앙?"
　"당신이 나가고 난 뒤에 부면장이 와서 주고 가데요."

"허허……, 그 사람 그거 참! 무슨 일을 그따우로 처리하노? 메칠 전에 미리 줘갖고 연습할 시간을 충분히 준단 말이지……, 못 읽겠다 카지 와?"

"말도 마소! 억지로 떠맽기고 달아나뿌리는데 우짜는게?"

"허허허……, 그래, 분회장 자리는 주긴 준다 카더나?"

"뭐하는 건지 도리지마는 하라 카데요."

"그런데 알라는 뭐 할라고 업고 나왔더노, 분이한테 안 맽기고……?"

"아이고, 시끄럽구메, 고마! 혼자 올라가는 거카머 둘이서 올라가머 좀 덜 부끄럽을까 싶어서 그랬구마는!"

20

3학년 초에 권태식 교장선생의 후임으로 장환기 교장선생이 부임해 왔다. 놀라운 것은, 우리 반 친구인 장은의 아버지라는 사실이었다. 그때까지 양촌 마을 할아버지 댁에서 다니고 있던 장은이 일약 학교 뒤편에 있는 교장 사택 안에 들어가 살게 되었으니, '사람 팔자 시간문제' 라는 말이 딱 어울렸다.

어느 날 장은을 따라 교장 사택 안에 들어갔던 나는 두 가지 사실에 크게 놀랐다.

우선 우리네 한옥과 사뭇 다른 가옥 구조를 들지 않을 수 없다. 마루 전체를 가리고 있는 유리창문이나 다다미방은 그렇다 치고, 무엇보다 특이한 것은 변소의 위치였다. 우리네와는 판판으로 복도 끄트머리에 달려 있는 문을 열면 곧바로 변소였으므로, 눈비가 내리는 날이나 캄캄한 오밤중이라 할지라도 아주 편리하게 이용할 수 있을 것 같았다.

다음으로 놀란 것은 교장선생의 방 안에 꽂혀 있는 어마어마한 분량의 장서였다. 장은은 그 가운데에서 엄청스레 두꺼운 책 한 권을 뽑아 들었다. 청남靑嵐 문세영文世榮이라는 이가 지은 『우리말辭典사전』이었다.

"히히히……, 춘복이 니, 이거 한번 읽어 볼래?"

"뭔데?"

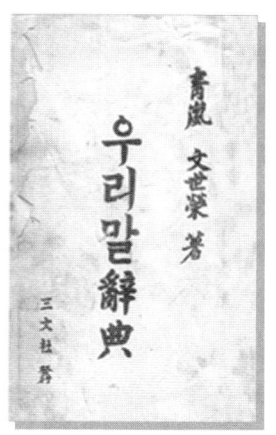
▲ 『우리말사전』 표지

책장을 뒤적이던 장은이 무엇을 찾아냈는지 "여깄다." 하고 책을 내밀었다. 나는 눈을 의심하지 않을 수 없었다.

"히히히, 이것도 한분 읽어봐라, 히히히…… 히히히……, 어떻노? 이것도 읽어봐라."

'보×'니, '×지'니, '빠×리' 같은 말을 용케도 척척 찾아내는 장은의 솜씨도 놀라웠지만, 그보다 그런 금기어들이 버젓이 책에 실려 있다는 사실에 경악하지 않을 수 없었다.

즉석에서 사전 보는 법을 배워 내가 찾아보고 싶은 낱말들을 뒤적여 보는 재미란 참으로 흥미로웠다.

장은은 또 트럼프만 한 크기의 카드로 '시조놀이' 하는 방법을 가르쳐 주었다. 그가 초, 중장이 적힌 카드를 읽으건 내가 방바닥에 펼쳐져 있는 카드 가운데에서 종장이 적혀 있는 짝을 찾아내는 게임이었는데 시조공부에 많은 도움이 될 것 같았다.

어느 날 담임선생이 좌석 배정을 다시 정해주었는데, 장은과 내가 짝지가 되었다. 공부 잘하는 아이와 그렇지 못한 아이를 짝꿍이 되게 했던 통상 관례에 비하면 상당히 파격적인 조치였다. 아마도 교장선생을 의식해서 특별히 배려했던 게 아닐까 싶었다.

국어 시간에 새로운 단원이 시작될라치면 으레 담임선생은 학생들에게 읽기를 시켰는데, 여느 선생님에 비해 그 방식이 좀 특이했다. 손을 들고 지명을 받아서 읽는 것이 아니라 누구든지 먼저 일어나 읽으면 되었다. 그러다가 한 군데라도 오독을 하게 되면 그 즉시 먼저 일어나 읽는 학생에게 읽을 권리가 부여되었다. 그러다 보니 때로는 두 학생이 동시에 일어나 읽는 촌극이 연출되기도 했는데, 이 경우엔 끝내 양보하지 않는, 배짱이 두둑한 학생이 이기게 마련이었다.

한번은 장은과 내가 동시에 일어난 적이 있었다. 학생들이 키득거리며 흥미진진하게 지켜보는 가운데 우리는 누가 이기나 보자는 식으로 서로 목소리를 높여 가며 막무가내로 읽어 나갔다.

한 페이지가 끝나도록 도무지 양보할 기미가 없어 보이자, 나는 지는 척하고 자리에 앉음과 동시에 녀석의 걸상을 살그머니 뒤로 빼버렸다.

이윽고 읽기를 마치고 무심코 자리에 앉던 장은이 어떤 꼴이 되었는지는 읽는 이의 상상에 맡기겠다.

21

담임선생은 서예가였다. 어느 날 미술 시간이었다. 4학년 때부터 습자 교육을 받게 되어 있음에도 불구하고 조기교육을 시키고 싶었던지, 담임선생은 칠판에다 '무궁화/삼천리'라고 큼지막하게 써놓고는 집에 가서 습자지에 써서 다음 시간에 제출하라는 것이었다. 다들 난

감해했지만 나는 묘안이 떠올랐다.

귀가하자마자 어머니가 소장하고 있는 예의 필사본들을 샅샅이 뒤적여 여섯 글자를 집자하는 데 성공한 나는 뛸 듯이 기뻐하며 연습에 연습을 거듭한 끝에 과제물을 완성할 수 있었다.

일주일 뒤 내가 제출한 과제물을 받아든 담임선생은 두 눈을 크게 뜨고 누가 쓴 것이냐고 물었다. 내가 썼다고 하자 무엇을 보고 썼느냐고 캐묻는 것이었다. 그도 그럴 것이 담임선생이 칠판에 썼던 '정자체'와는 사뭇 다른 '흘림체무궁화/삼천리'였기 때문이다.

"어머니가 쓴 여러 책에서 글자를 하나하나 찾아내어 그걸 보고 썼습니다."

그러자 그날 방과 후에 가정방문차 들른 담임선생은 어머니의 필사본들을 확인하고 나서 감탄을 연발했다.

"어머님, 놀랍습니다. 예사 글씨가 아니십니다.", "모전자전이라더니 어머니를 닮아갖고 소질을 타고 났군.", "꾸준히 연습하면 장차 훌륭한 서예가가 되겠어."

그러나 나는 4학년에 올라가서 졸업할 때까지 일주일에 한 시간씩 들어 있는 습자 시간에만 충실했을 뿐, 서예가가 되겠다는 생각은 단 한 번도 가져본 적이 없었다.

그런데 그게 밑천이 되어 군대에 있을 때 각종 차트며, 교직에 있을 때 상장이며 졸업장 따위를 혼자 도맡아 쓰다시피 했다.

22

그해 겨울방학을 시례에서 보내고 팔풍에 내려온 지 며칠 지나지 않아서였다. 만삭인 어머니가 산기가 있다면서 나더러 빨리 가서 할머니를 모시고 오라는 것이었다.

이십 리 길을 걸어가는 건 하등 문제될 것이 없었지만, 혼자서 백동골모롱이를 지나쳐 가야 할 일이 여간 난감하지 않았다.

▲ 백동골모롱이의 백호를 닮은 바위

아니나 다를까, 원당골은길을 지나 백동골모롱이의 바위가 시야에 들어오는 순간, 머리끝이 쭈뼛 서고 등골이 오싹해지는 것이었다.

숲속에 드러나 보이는 바위는 보면 볼수록 거대한 백호를 연상시켰다.

나는 잔뜩 오금이 저린 채 당시 또래들 사이에 크게 유행했던 노래를 큰소리로 부르기 시작했다.

원숭이 궁둥이는 빨갛다/ 빨간 것은 사과/ 사과는 맛있다/ 맛있는 거는 빠나나/ 빠나나는 길다/ 긴 거는 기차/ 기차는 빠르다/ 빠른 거는 비행기/ 비행기는 높다/ 높은 거는 백두산// 백두산 버드낭게 매미 세 마리/ 그 매미 잡으려고 올라가다가/ 소똥에 미끄러져 코가 깨졌네/ 아야 아야 아야 아야 대한이로세……

'높은 것은 백두산'까지는 요즘 말로 '랩'으로 부르다가 그 다음부터는 목청을 한껏 높여 「대한의 노래」를 개사해서 부르는 것이었다. 꼭 호랑이가 뒤따라오는 것만 같아 감히 뒤돌아볼 엄두를 내지 못한 채 사태방모롱이에 이를 때까지 계속 불러댔다.

이 대목에서 일화 한 토막을 짚고 넘어가야겠다.

뒷날 양자 누이가 입학하고 나서부터는 둘이서 함께 다니곤 했는데, 백동골모롱이가 시야에 들어올라치면 누이는 으레 내 옆구리에 찰싹 달라붙어 팔뚝을 꽉 붙잡게 마련이었다.

백호를 쏙 빼닮은 바위를 최단거리에서 바라볼 수 있는 지점에 이르러 짐짓 공포에 질린 표정을 지으며 갑자기 우뚝 멈춰 서면, 누이는 기겁을 하며 와락 내 팔뚝을 끌어안았다. 이때가 타이밍이었다.

"니, 할매가 준 돈 안 있나, 그거 내한테 맽기라. 범이 뺏아 갈지 모른다."

내 입에서 이 말이 떨어지기가 무섭게 누이는 "오빠, 자!" 하고 꼬깃꼬깃 접힌 지전을 선뜻 내어주며 말했다. "팔풍에 가머 돌려줄 기이제?"

"그래아이머."

팔풍에 도착하자마자 누이가 돈을 돌려달라그 하자, 나는 어머니한테 배운 수법을 그대로 써먹었다.

"그러머 니 내 팔띠기 잡은 값 내놔라. 요담부터 다시 데꼬 댕기는가 봐라."

'요담부터 데리고 다니지 않겠다.'는 한 마디에 누이는 더 이상 아무 말도 하지 못했다. 그리하여 그날 이후로 예의 장소에서 멈추어 서기만 해도 누이는 자진해서 돈을 내밀었음은 물론, 돌려 달라는 말을 아예 입 밖에 꺼내지 않는 것이 오히려 이상스러울 정도였다.

뒷날 밝혀진 바에 의하면, 그 사실을 알게 된 할머니가 누이의 팬티 안쪽에다 비밀주머니를 만들어 그 안에다 돈을 넣어주는 한편, 나한테 상납할 돈은 윗저고리 안주머니에다 별도로 챙겨주었던 것이다.

각설하고, 마침내 도착하여 어머니의 말을 전하자, 할머니는 들뜬 기분으로 부랴부랴 집을 나섰다. 내 밑으로 내리 둘이나 손녀를 보았으므로, 할머니는 제발 이번에만은 손자이기를 간절히 소망했다. 할머니가 물었다.

"너거 오매 배가 우쪽이 부리더나, 아래쪽이 부리더나?"

"잘 모르겠다. 그건 와 묻는데?"

"우쪽이 부리머 아들이고, 아래쪽이 부리머 딸이다."

땅메산모롱이에 이르렀을 때 할머니는 뜬금없이 땅메 마을로 접어드는 것이었다. 족집게로 소문난 원당댁을 찾아가 점을 한번 쳐보자는 것이었다.

할머니와 원당댁은 구면인 모양으로 서로 반갑게 인사를 나누었다.

푸른빛을 내뿜는 퀭하게 뚫린 두 눈하며 달랑 한 개만 남아 있는 대문니가 말할 때마다 방금이라도 빠질 듯이 흔들흔들 놀아나는 품이 꼭 요귀를 대하는 것만 같아 나는 머리끝이 쭈뼛했다.

할머니는 단도직입적으로 용건부터 말했다.

"원당댁이요, 지금 우리 미느리가 몸을 풀라 카는데, 아들인지 딸인지 한분 알아봐주시이소."

그러자 원당댁은 공고상 위에 놓여 있는 여남은 개의 엽전을 주섬주섬 주워 모으더니, '휘이익!' 하고 휘파람 소리를 내며 상 위에다 던지는 것이었다.

원당댁의 입을 뚫어져라 쳐다보며 할머니는 침을 꼴깍 삼켰다. 원당댁은 같은 동작을 한 번 더 되풀이하고 나서 말했다.

"꼬치를 달고 나오겠심더."

"아이고, 지발! 틀림없겠십니꺼?"

"꼬치가 아이머 복채를 돌려드리겠심더."

그러자 할머니는 입이 귀에 걸리며 말했다.

"원당댁이요, 이왕 보시는 짐에 여게 앉아 있는 우리 손자가 몇 살 때 장개가겠는지 그것도 한분 봐주시이소."

나는 할머니의 생뚱스런 물음에 얼굴이 화끈했다.

원당댁은 푸른 눈빛으로 한동안 나를 뚫어지게 응시하고 나서 할머니에게 물었다.

"생년월일이 우째 되는게?"

"무인년 유월 유두일 유십니더."

그녀는 다시 엽전을 두 차례 던져보고 나서 말했다.

"시물여섯 살에 가겠심더."

나는 얼굴이 홍당무가 된 채, 아무리 족집게라지만 설마 그런 것까지 맞힐 수 있을까 싶어 속으로 픽 웃었다.

이윽고 서둘러 팔풍에 도착하자, 어머니는 언제 배가 아팠느냐는 듯이 꼭 거짓말처럼 재봉틀을 돌리고 있는 것이 아닌가!

꼬박 사흘을 기다려도 아무런 징후가 없자, 할머니는 도로 시례로 올라가고 말았다. 그런데 바로 그 다음날, 어머니는 또 다시 할머니를 모시고 오라는 것이었다.

이번에는 틀림없겠거니, 하고 나를 앞세우고 허겁지겁 내려오는 그 와중에도 할머니는 땅메 마을에 들러 점을 보는 걸 잊지 않았다.

희한한 것은, 이번에도 어머니는 언제 배가 아팠느냐는 듯이 바느질을 하고 있었다.

이러기를 자그마치 열세 차례나 반복한 끝에 마침내 점괘대로 남동생 봉섭이 태어났던 것이다.

그리고 더욱 놀라운 사실은, 그 점괘대로 나는 스물여섯 살 되던 해 정초에 부산 영도 출신의 규수와 결혼하게 되었으니, 우연의 일치인지 운명의 소치인지 알다가도 모를 일이다.

23

 정부수립을 앞둔 1948년 상반기는 제주4·3사건을 위시하여 전국적으로 어수선하기 짝이 없던 시기였다. 우리 고장 역시 예외일 수 없었다. '부자도 거지도 없는 지상낙원을 이룩한다.'는 미명 아래 숲마 마을에서도 희태 아재가 집집마다 돌아다니며 도장을 받아간다고, 어느 날 팔풍에 내려온 할아버지께서 말씀하셨다. 그리고 도장을 찍은 사람들을 매일 밤마다 은밀히 모아놓고 새터 할배가 사상 교육을 한다는 것이었다. 아버지가 물었다.
 "아버지도 도장을 찍어주셨습니꺼?"
 "아직 안 찍어줬다."
 "잘하셨습니다. 절대로 찍어주지 마시이소. 그라고 앞으로는 절대로 그런 자리에 나가지도 마시이소."
 "그렇잖아도 그 땜에 내려왔는데, 한분 물어 보자, 새터 동생 말을 들어보머 일일이 옳은 말이더라. 고마 이참에 도장을 찍어주는 기이 어떻겠노?"
 그러자 아버지는 펄쩍 뛰었다.
 "새터 아재가 아무리 '남아수독오거서男兒須讀五車書'를 강조하미 신학문을 공부했다 카지마는 길을 잘못 들어선 기라요. '부자도 거지도 없는 지상낙원'을 이룩하다이, 그기이 어디 가당키나 한 말입니꺼? 두고보이소, 패가망신할 징줍니다."
 부자도 거지도 없는 지상낙원 이룩하려는 게 어째서 '패가망신할 징조'가 되는지 나는 아버지의 말을 이해할 수 없었다.
 어릴 때 서당 공부를 함께한 사이이면서도, 새터 할배는 아버지와는 확연히 다른 면이 있었다. 해마다 입춘이 되면 '立春大吉입춘대길'이니,

'建陽多慶건양다경'이니 따위의 상투적인 입춘방을 써 붙이는 아버지와는 달리, 새터 할배는 노모가 기거하는 큰방 문지방 위에는 "어버이 살아신 제 섬길 일란 다하여라/ 지나간 후면 애닲다 엇지하리/ 평생에 고쳐 못할 일이 이뿐인가 하노라", 건넌방 문지방 위에는 "한 몸 둘에 난화 부부를 삼기실샤/ 이신 제 함께 늙고 죽으면 한 데 간다/ 어디서 망녕읫 것이 눈 흘기려 하나뇨", 그리고 부엌문짝에는 "쓴 나물 데온 물이 고기도곤 맛이 이셰/ 초옥 좁은 줄이 긔 더욱 내 분이라/ 다만당 님 그린 탓으로 시름 계워하노라" 등의 고시조를 써 붙였던 것이다.

나는 아무쪼록 새터 할배가 하는 일이 잘되어 '패가망신' 하는 일이 없기를 속으로 간절히 빌었다.

학교에 가면 아이들 사이에서도 '좌익'·'우익'이란 말이 서슴없이 오가던 시절이었다.

"너거 집은 좌익이가, 우익이가?"

"우리 집은 좌익이다."

"우리 집은 우익이다."

"우익 그기이 뭣이 좋노? 울 아부지가 카는데 좌익이 좋다 카더라."

"에에, 김일성이, 저거가 김가라고."

"치, 이승만이는 뭣이 좋노? 옷에 있는 이, 이, 물머 아프고, 히히히히……."

"우리는 그자, 아부지는 좌익이고, 엄마는 우익이대이."

그러다가 한 아이가 시종 입을 열지 않고 있는 내게 물었다.

"춘복이 너거 집은 어느 쪽고?"

"……"

나는 딱히 어느 쪽이라고 말하기가 난처했다.

"너거 집에서는 도장을 찍어 줬나, 안 찍어 줬나?"

내가 고개를 강하게 내젓자, 녀석들이 이구동성으로 말했다.
"그러머 우익이네, 뭐."

그로부터 얼마 뒤에 터진 것이 소위 '2·7폭동사건'[12]이었다.
대구에서 철도파업을 단행하며 폭동을 일으켰다느니, 폭도들에 의해 왜관경찰서장이 피살되었다느니, 아무데 군수는 장작더미 위에 얹혀 화형을 당했다느니, 머지않아 세상이 뒤집힌다느니, 그전부터 흉흉한 소문이 꼬리에 꼬리를 물더니만 결코 남의 일이 아니었던 것이다.
밤 10시쯤 되자, 난데없이 "조선민주주의인민공화국 만세……!" 하는 함성이 팔풍 마을을 에워싸고 양 사방에서 봇물처럼 터졌다. 군중들에 의해 삽시간에 마을이 포위되고 말았던 것이다. 경찰의 위협사격도 아무런 소용이 없었다.
장터 쪽에서 누군가 한동안 유창한 어조로 변설을 토하는가 하면, 이따금씩 "옳소오!", "옳소오!" 하는 함성이 일었다.
이윽고 한길과 골목을 누비는 발자국 소리, 구호 소리, 만세 소리……. '중단하라', '반대한다', '처단하라' 는 등의 말을 제외하곤 구체적인 내용은 전연 알아들을 수가 없었다.
우리 식구는 부엌바닥에 엎드린 채 숨도 제대로 쉬지 못했다.
한 시간쯤 지났을까, 갑자기 콩 볶듯 요란한 총소리가 들려왔다. 그때까지 지서 쪽에서 산발적으로 들려오던 그것과는 사뭇 차원이 달랐다.
이튿날 아침에 밝혀진 바에 의하면, 밀양경찰서 소속의 기동경찰대

---

[12] 2·7폭동사건 : 1948년 2월 7일, 남한 단독정부 수립을 반대하기 위하여 남로당이 주동이 되어 봉기한 사건. 이 사건을 계기로 미군정에 반대하는 세력은 지구전 태세로 돌입하여 각 지역의 산악지대를 중심으로 조선인민유격대의 초보적 형태를 구성하면서, 결국 '제주4·3사건'이라는 무장봉기로 이어졌다.

원들이 다섯 대의 트럭에 나눠 타고 지원사격을 퍼부으며 들이닥치자, 죽창이며 도끼며 낫 따위를 든 군중들이 혼비백산한 채 산지사방으로 흩어졌다는 것이었다.

　나는 날이 밝기가 무섭게 대문 밖으로 뛰쳐나갔다. 마을 사람들이 삼삼오오 무리를 지어 길바닥에 깔려 있는 삐라들을 수거하고 있었다.

　삐라에는 간밤에 잘 알아들을 수 없었던 구호의 내용이 상세하게 적혀 있었다.

　　조선인의 분열, 침략계획을 획책하는 유엔은 모든 행동을 중단하라!/ 남조선 단정수립을 반대한다!/ 국제제국주의자의 앞잡이 리승만·김성수 등의 친일반동분자를 처단하라!/ 노동법과 사회보호 제도를 즉각 실시하라!/ 노동임금을 배로 올려라!/ 지주의 토지를 몰수하여 소작농민에게 무상 분배하라……!

　학교 정문에는 '조선민주주의인민공화국만세'라고 쓰인 깃발이 나부끼기도 했다.

　나는 또래들과 마을을 휘젓고 다니며 부지런히 탄피를 주워 모았다. 지서에 갖다 주기 위해서가 아니었다. 그렇다고 딱히 용도가 있는 것도 아니었다. 그저 반질반질 윤이 나는 쇠붙이 그 자체에 매혹되었을 뿐이다.

　맨 위초리에 있는 사진관 앞에 이르러, 나는 차마 두 눈 뜨고 볼 수 없는 끔찍한 참상을 목격하고 말았다.

　흰 바지저고리에 까만 조끼를 걸친 어떤 중년 사내 한 명이 바람벽에 상체를 의지한 채 두 다리를 쭉 뻗치고 앉아 신음을 토하고 있는 것이었는데, 놀라운 것은 핏자국이 흥건한 두 다리 사이로 꾸불꾸불하게 생긴 창자가 팔 하나 길이만큼 쑥 빠져나와 있는 것이 아닌가! 그 집에서 갓 내어준 듯한, 하얀 김이 모락모락 나는 물그릇 한 개가 그 앞에 댕그라니 놓여 있었다.

그날부터 지서 안에서는 연일 매타작하는 소리가 끊이질 않았다. 경찰과 청년단들이 각 부락의 청장년들을 마구잡이로 잡아들여 몽둥이찜질을 가했던 것이다.

가장 충격적이었던 것은, 바로 옆 반인 3학년 2반 담임선생이 수업 도중에 끌려 나갔던 것인데, 잠시 뒤에 숨넘어가는 비명소리가 교실에까지 들려왔다.

"아이고, 내 죽는다아……! 사, 사람 살리주이소. 바, 바른말 하겠심더……!"

면민들은 밤만 되면 불안과 공포에 떨지 않을 수 없었다. 더군다나 얼마 전에 산 너머 단장지서와 산 밖에 있는 산외면사무소가 하룻밤 사이에 잿더미로 변했을 뿐만 아니라, 숱한 사람들이 화형을 당했다는 끔찍한 소문까지 나돌았다.

어느 날, 면내의 각 기관장과 유지들이 모여 숙의한 끝에 특단의 조치를 취하기로 했다. 우선 폭동에 가담하지 않은 각 부락의 장정들을 윤번제로 동원하여 지서 건물 안팎에다 철옹성을 쌓는 한편, 이들에게 기본기를 훈련시켜 팔풍 마을 외곽지대에다 철통같은 경비망을 구축함으로써 아예 '폭도'들의 근접 자체를 봉쇄하자는 것이었다. 그리고 일몰 1시간 뒤부터 일출 1시간 전까지 일반인의 통행을 일절 금지하고, 암호를 모르는 자는 무조건 방아쇠를 당기도록 조치했다. 혹여 경비꾼들이 근무지를 무단이탈하거나 잠을 자기라도 할세라 고유번호를 부여하여 연쇄적으로 번호를 외치게 했던 것도 기발한 착상이었다. 간혹 자다가 일어나 오줌을 눌라치면 "열아호옵……! 스무울……! 스물

하나아……!" 하는 소리가 아련히 들려오기 마련이었는데, 마치 그것은 안심하고 꿈나라로 가라는 자장가처럼 들리기도 했다.
  2·7폭동사건 이후 몇 차례의 습격에도 산내지서가 끝내 건재할 수 있었던 것은, 지서 안팎에 성벽처럼 쌓아올린 견고한 돌담과 사방 모서리마다 우뚝우뚝 솟아 있는 망루와 지서 안팎에 거미줄처럼 얽혀 있는 미로와 그 요소요소에 뚫려 있는 총구들, 그리고 이들 야경꾼들의 물샐틈없는 경비 덕분이었다.

  팔풍 마을이 어느 정도 안정권에 접어든 것과는 달리, 새로운 골칫거리가 생기고 말았다. 밤마다 빨치산들이 이 마을 저 마을에 내려와 식량이며 의류며 침구며 소 따위를 약탈해 가기 시작했던 것이다. 그때마다 그들은 주민들을 모아놓고, 앞으로 두 달만 더 기다리라느니, 부자도 가난뱅이도 없는 신천지가 열린다느니, 위대한 해방군 전사들이 진격해 오는 그날 모두들 만세를 부르며 열렬히 환영하라는 등의 호언을 서슴지 않았다. 따라서 주민들은 저녁밥 숟가락을 놓기가 무섭게 잠자리에 들어가 가랑잎 굴러가는 소리에도 귀를 쫑긋 세우고 불안과 공포에 떨어야만 했다.
  아버지가 사직서를 낸 것도 그 무렵이었다.

    경고!!
    친일행위도 모자라 리승만 괴뢰의 하수인이 된 김원두는
    공직에서 즉각 사퇴하고 혁명과업에 동참하기 바란다.
    불이행시에는 목숨을 잃게 될 것이다.
                             남로당 백

누가 갖다 붙이는지 사흘이 멀다 하고 이 같은 괘서가 대문짝에 나붙는 통에 더 이상 버틸 재간이 없었던 것이다. 약방가게 옆에 딸린 조그만 공간을 얻어 '김원두대서사무소'라고 쓰인 간판을 내건 것은 사직서를 제출한 지 한 달쯤 지난 뒤였다.

빨치산에 대응하기 위하여 급조된 것이 향토방위대였다. 오합지졸이나 다름없는 농투성이들의 훈련 장면은 구경거리도 그런 구경거리가 없었다.

"야, 너거 아부지 저게 있다."

"히히히히……, '우향우!' 카는데 '좌향좌' 한 사람 있제, 저거 영수 저거 삼촌이대이."

"하하하하……, '뒤로 돌아가!' 칼 때 껑충 뛰면서 돈 사람 있제, 저거 영대 저거 힝야대이."

박 순경의 거침없이 쏟아내는 상소리 또한 아이들의 귀를 즐겁게 했다.

"야, 이 호롱따까리 심지 같은 늠들아, 사흘에 피죽도 한 그릇 못 얻어처묵었나,

와 이래 동작이 느리노, 앙? '찔러총!' 카는 구령이 딱 떨어지며, 눈까리 앞에 난데없이 빽갱이새끼 한 마리가 탁 튀어 나왔다고 생각하고 젖 먹던 힘을 다해갖고 팍 찌르란 말이다. 번갯불에 ×하듯이 동작이 빨라야지, 안 그라머 '와다구시나' 내가 뒈진다 말이다……."

24

그해 8월 15일 남한에서는 대한민국 정부가, 다음달 9일 북한에서

는 조선민주주의인민공화국 정부가 수립됨으로써 북위 38도선을 경계로 한반도는 완전히 두 동강이 나고 말았다.

정부 수립 이후에도 좌익과 우익과의 대립과 갈등은 날로 격화되어 갔다. 그야말로 낮에는 태극기가 휘날리고 밤이면 인공기가 꽂히곤 하던 시절이었다.

신불산에 아지트를 두고 이틀이 멀다 하고 이 마을 저 마을에 내려와 소위 보급투쟁을 일상화해온 빨치산들은 마침내 민간인으로 변장하여 대명천지에 팔풍장에 출몰하는 대범함까지 보였다.

어느 장날 이튿날 아침이었다. 출근하자마자 다시 집으로 들어오며 아버지가 말했다.

"허, 참, 기가 맥힐 일이제."

어머니가 물었다.

"와요, 또 무신 일이 생깄는게?"

"간밤에 여자 수빠이 한 년을 생포했다 카네."

"뜬금없이 그기이 무신 소린게?"

아버지의 말인즉슨, 산내지서 이○녕 차석次席이 어제 장마당에 나타난 어떤 미모의 여인과 눈이 맞아 경일옥에서 잠자리를 같이 하던 도중에 이것저것 꼬치꼬치 캐묻는 게 수상쩍어 지서로 끌고 가 추달한 끝에 정체를 밝혀냈다는 것이었다.

"그래서요?"

"방금 본서로 이송했단다."

"시상에, 부처님 가운데 토막 겉은 양반이 우째 그런 맘을 먹었을꼬? 그나저나 그 양반 한 계급 올라가게 생깄네."

그랬다. 어머니의 말대로 한 달 뒤에 그는 무궁화 한 개를 달고 본서로 영전해갔다.

그로부터 몇 년 뒤였다. 부산에서 중학교에 다니고 있던 어느 날, '부인과 함께 광안리해수욕장에서 빙과류 장수를 하던 전직 경찰관 이○녕 씨 생활고로 자살' 했다는 신문기사를 읽고 충격을 받지 않을 수 없었다. 경찰복을 벗고 빙과장수를 하게 된 동기도 궁금했거나와, 얼마나 가난에 시달렸으면 스스로 목숨을 끊었을까, 생각할수록 마음이 짠했다. 시커먼 눈썹하며 갓 면도질을 한 시퍼런 구레나룻 자국이 지금도 눈에 선하다.

바로 그다음 장날 점심때쯤, 아버지가 다시 놀라운 소식을 갖고 대문 안으로 들어섰다.

"또 수빠이 한 놈을 잡았단다."

어머니가 물었다.

"언제, 누가, 어데서요?"

"좀 전에 조○제 씨가 장마당에서……."

'조○제 씨' 라면 대한청년단 산내지단장이 아닌가!

"시상에, 우째 용케 알아냈을꼬?"

"역시 직책이 무서운 기이라. 실은 그 자가 대서방에 들와갖고 한참 얘기를 나눴지만, 나는 전혀 그런 낌새를 채리지 못했는 기라. 대한청년단 경남도단부 감찰부에서 나온 아무개라고 자기소개를 하는 통에 믿을 수밖에!"

"그래 무신 얘기를 나눴던게?"

"이 차석에 대해서 이것저것 캐물어 보길래 바른 대로 대줬지, 뭐."

"아이고, 이핀도 참, 복수를 할라고 물어본 긴데 그 눈치를 못 챘던 게? 그런데 조○제 씨는 우째 용케 알아냈을꼬?"

아버지의 말에 의하면, 장마당에서 배회하고 있는 웬 낯선 사내를 발견한 조○제 씨는 그가 짚고 있는 지팡이가 굵직한 '사꾸라' 몽둥이인 데다 자루목에 동여맨 괴죄죄한 손수건이 눈에 들어오는 순간, 육감적으로 칼이라고 단정하고 전광석화처럼 목에다 '니뽄도日本刀'를 들이댔다는 것이다.

그 당시 면내에서는 당해낼 자가 없을 정도로 힘이 장사였던 그는 단연코 나의 우상이었다. 단옷날이나 추석 같은 명절에 면민씨름대회가 열릴라치면 그는 도맡다시피 심판을 봤다. 벌거벗은 두 선수의 구릿빛 등판때기를 양손바닥으로 내리침과 동시에 '학, 기하이 노고따 학, 기운 남았어!' 하고 내지르는 기합소리는 어린 가슴을 얼마나 흥분케 했던가! 게다가 '니뽄도'에다 다락같이 높은 호마胡馬를 타고 고을을 휘젓고 다니는 그의 위세는 가히 지서장을 능가하고도 남았다.

간혹 그는 아홉 살짜리 딸을 앞자리에 앉히고서 팔풍 바닥에 나타날 때도 있었는데, 그때마다 나는 그 딸아이가 마냥 부러웠다. 숲마 마을에서 빤히 건너다보이는 깻들 마을 입구에 있는 그의 집에서 팔풍까지 달려오는 동안 그 딸아이가 느꼈을 쾌감과 숲마 마을에서 팔풍까지 자전거 뒷자리에 앉아 달려오는 동안 내가 맛보았던 감정이 대비될 때마다 나는 말할 수 없이 초라해지는 자신을 의식하곤 했다.

하루는 아버지에게 우리도 말을 한 필 사자고 졸라 보았지만, 되돌아온 대답은 실망 그 자체였다. 조○제 씨가 말을 소유할 수 있었던 것은, 사자평에서 군납용 말 방목장을 경영하던 다가우찌樋口라는 일본인이 해방이 되자 본국으로 쫓겨 들어가면서 헐값에 넘기는 말들 중의 한 마리를 요행히 구입할 수 있었지만, 요즘은 꿈도 꿀 수 없다는 것이었다.

그러나 몇 개월 뒤의 어느 날 밤, 조○제 씨는 자택에 침입한 토착좌익분자들에 의하여 암살당하고 말았다.

그날 이후 희태 아재는 영영 집에 들어오지 않았다. 족보에 남아 있는 '1948년 무자戊子 3월 일[13] 실적失跡'이란 여남은 자구가 말해주듯 그의 행방에 관해서는 영영 알 길이 없다.

한 달쯤 뒤, 할아버지 댁에 다녀온 어머니가 실로 놀라운 사실을 전해 주었다.

마침 삼짇날이어서 마을 뒷동산인 다완등에서 부녀자들끼리 한창 신나게 답청놀이를 즐기고 있는 도중에 누군가 "와이고, 삼들아, 동네에 불 났다아!" 하고 외치는 소리에 놀라 보니 시커먼 연기가 마을을 뒤덮고 있더라는 것이었다.

청년단, 경찰, 향토방위대 들이 들이닥쳐 굼실 할배 댁 두 채 건물의 추녀 끝을 뼁 둘러가며 솔가지를 세우고 불을 처질렀던 것이다.

팡!, 팡!, 팡……! 고막을 찢는 총성, 하늘 높이 솟구치는 불기둥, 장독이 깨어지는 소리, 가족들의 울부짖음…….

마을 사람들이 몰려들었지만, "어느 늠이든지 빗자루 한 개라도 끄집어내는 늠은 같은 빨갱이로 보고 그늠 집에도 불을 지를 기이다!" 하고 으름장을 놓는 통에 발만 동동 구를 뿐이었다.

다만 할아버지를 위시하여 집안 장정 여남은 명이 우리 집 쪽으로 건너오는 불길을 필사적으로 막고 있을 따름이었다. 굼실 할배 댁의 사랑채와 거의 맞붙다시피 한 헛간채 지붕에 멍석을 덮어 씌우고, 그 위에다 집 안에 있는 샘물을 쉴 새 없이 길어다 부음으로써 가까스로 화를 모면할 수 있었다고 했다.

조○제 씨 암살사건의 후폭풍은 대단했다. 면내의 여러 청장년들이 검속되는 한편, 이를 피하기 위하여 아예 부산 등지로 솔가해간 이들이 속출했던 것도 그 무렵의 일이었다. 새터 할배도 그들 중의 한 분

---

[13] '1948년 무자戊子 3월 일'은 '1949년 무자戊子 1월 19일'의 오기. 따라서 조○제 씨가 사망한 날짜는 음력으로 무자년 12월 21일이다. '3월 일'은 1949년 기축己丑년이다.

이었다.

25

빨치산 이야기를 마저 해야겠다. 처녀작 「낙인」에서부터 최근작 『칼춤』에 이르기까지 어느 작품을 막론하고 일관되게 등장해 왔을 만큼 빨치산은 나의 정신세계에 지대한 영향을 미쳤다.

나는 그 실체를 세 차례에 걸쳐 목격했다.

첫 번째는 3학년말 여름방학을 맞아 할아버지 댁에 다니러 간 첫날 밤이었다.

저녁상을 물리기가 바쁘게 할아버지께서는 헛간채 뒤에 있는 나무볏가리 뒤에다 소를 숨겨 놓고 사립문 밖으로 사라지셨다. 당시 할아버지께서는 만일의 사태에 대비해서 매일 밤마다 동네 사랑방을 전전하며 동냥잠을 주무셨던 것이다.

방 안에는 할머니랑 단 둘뿐이었다. 캄캄한 방 안의 분위기에 공포감을 느낀 나머지, 나는 할머니에게 연신 말대답을 시켰다.

"할매, 뺄갱이는 우째 생깄노?"

"나도 모린다, 밤에는 그런 소리 함부로 하는 거 아이다."

"할매는 어른이 돼갖고 와 그것도 모르노?"

"어른이라도 안 봤으이꺼내 모리지."

"와 뺄갱이라 카는데, 눈까리가 빨갛나, 옷이 빨갛나?"

"어허, 밤에는 그런 소리 하는 거 아이라 캐도!"

"와 안 되는데?"

"야까마시이!"

나는 입을 다무는 수밖에 없었다.

바로 그때였다, 뒷골목에서 구둣발자국 소리가 들려온 것은……. 나는 한껏 목소리를 죽여 물어보았다.

"할매, 저거 빨갱이 오는 소리 아이가?"

"야까마시이!"

두 번째로 무안을 당하자, 나는 오히려 속으로 제발 빨갱이이기를 바랐다. 공포감에 앞서, 예감이 적중한 데서 오는 희열감을 맛보며 할머니의 코를 납작하게 만들어주고 싶었던 것이다.

아니나 다를까, 잠시 멀어졌던 발자국소리가 저벅저벅 크게 되살아나며 마당 안으로 들어오는 것이 아닌가!

'쿵!' 하고 마루에 개머리판을 내려찍는 소리와 동시에 노리쇠 소리가 '철커덕!' 하고 울렸다.

"주인 계시오?"

"봐라, 할매. 내 말이 안……."

할머니의 손바닥이 내 입을 덮쳤는가 하면, 이번엔 다른 목소리가 좀더 크게 들렸다.

"주인 계시오?"

"으, 으……, 누, 누, 누군게?"

할머니는 짐짓 잠에서 막 깨어난 시늉을 하며 내 입을 덮치고 있는 손을 와들와들 떨었다.

"산손님들이오. 빨리 나와 보시오."

그제야 나는 더럭 겁이 났다. 할머니는 부스스 일어나 앉더니 적삼을 찾아 껴입기 시작했다.

"뭘 하는 거요, 빨리 나오질 않고……?"

"가만히 좀 있으소 봅시더, 이놈우 소매가 어데 가뿠노?"

할머니가 애써 침착성을 되찾으며 적삼을 껴입고 방문을 열자, 강렬한 플래시 빛기둥이 방 안으로 쏟아져 들어왔다. 역광으로 인해 전혀 얼굴을 볼 수 없었으나 무척 키가 커 보였다. 몇 명이나 되는지 마당에도 시커먼 그림자들이 어른거렸다.

  방 안을 구석구석 비춰보던 플래시 불빛이 '꽉!' 하는 소리와 동시에 꺼졌다.

  "아이고 시상에, 이 어둡은 밤중에……, 참말로 고생이 많심더."
하고 할머니가 엉너리를 치며 토방에 내려서자 그들 중의 한 명이 말했다.

  "모친, 여러 말 안 해도 알겠죠? 빨리빨리 뭐 좀 주시오."

  "아이고, 디리고 말고요……, 선상님들 고생하시는 거 생각하며 아깝울 기이 뭐가 있겠십니꺼."

  할머니가 그들을 이끌고 곳간으로, 부엌으로, 사랑채로 오가는 소리가 멀어졌다 가까워졌다 하고 있었다.

  발자국 소리가 다시 큰방 쪽으로 다가오자, 나는 얼른 홑이불을 뒤집어썼다. 방문이 벌컥 열리며 '이 새끼, 넌 왜 이불 속에 숨어 있어?' 하고 총구를 들이댈 것만 같아 잽싸게 이불을 벗겼다. 그러자 이번엔 '너 이 새끼, 손님이 왔는데 왜 누워 있는 거야, 앙?' 할 것만 같아 벌떡 일어나 앉았다. 다음 순간 '너 이 새끼, 아까는 누워 있었는데 왜 일어나 앉았어, 연락하러 가려는 거지?' 할 것만 같아 도로 누웠다. 이러기를 여러 차례 반복하는 동안 가슴 속에선 연신 콩닥콩닥 방망이질을 해대고, 아무리 어금니를 꽉 깨물어도 아래윗니가 연신 '딱딱딱딱……' 하고 맞부딪치는 소리를 냈다.

  그날 밤 마을 전체를 통틀어 빼앗긴 소가 다섯 마리나 되었지만, 천만다행히도 우리 집은 무사히 넘어갈 수 있었다.

두 번째로 목격한 것은 그 시체였다.

단장지서를 함락한 여세를 몰아 산내지서를 습격했던 이튿날 아침, 당나뭇걸 짚동더미 속에서 발견된 빨갱이의 시체는 즉시 담배창고 앞 광장으로 운반되어 연 이틀 동안 면민들에게 공개되었다.

나는 어른들의 겨드랑이 사이로 고개를 들이밀고 똑똑히 바라보았다. 마치 공기를 잔뜩 주입시킨 거대한 풍선인형처럼 팽창한 시체는 거인의 나라에서 표류해온 동화 속의 주인공을 방불케 했다. 총을 맞고 죽은 몸에 바람이 들어가면 그렇게 된다고들 했다.

박 순경이 요강단지만 한 시체의 머리통을 '헨조오까' 발로 툭툭 건드리며 말했다.

"요런 호롱따까리 같은 놈으 새끼, 우리 동지들을 몇 명이나 쥑있노, 앙? 바린말 해라."

구경꾼들도 한마디씩 거들었다.

"저 새끼 저거, 인자 보이 지난여름에 우리 집 소를 몰고 간 그 새끼네."

"쯧쯧쯧쯧……, 뉘 집 새낀지 니 인생도 불쌍타, 불쌍해!"

시체의 호주머니를 뒤지던 박 순경이 무엇을 꺼내어 들면서 외쳤다.

"씨팔, 이기이 뭣고?"

네모로 자른 신문지 쪽지들이 싸잡혀 나오지 않았더라면, 차마 그 가랑잎 부스러기들이 평소에 그가 애용했을 대용 담배라고는 아무도 믿으려 들지 않았을 것이다.

"니그리, 이거는 또 뭣고?" 하고 윗주머니에서 몽당숟가락을 찾아낸 박 순경이 시체의 입에다 꽂으며 말했다. "생시에 많이 굶었으이꺼내, 저승에 갖고 가서 배때지가 터지도록 처무우라."

구경꾼들이 일제히 폭소를 터뜨리자 박 순경은 더욱 신바람을 냈다.

"오늘 내 적선한다. 죽어도 소원이나 없게 ㅁ-구초궐련도 한 대 피아 봐라."

불을 붙인 '공작' 담배를 몽당숟가락 옆에 나란히 물려주자, 구경꾼들의 흥미는 절정에 달했다.

"히야, 진짜로 피우는 거 겉다, 그자?"

"저라다가 담배가 다 타들어가며 '앗, 뜨거라!' 카고 벌떡 일어날 거 아이가?"

잠시 후에 정말 시체가 벌떡 일어날 것만 같아 나는 간이 조마조마했다.

마지막으로 본 것은, 압록강까지 밀고 올라갔던 아군이 뜻하지 않은 중공군의 개입으로 다시 밀려 내려오기 시작했을 무렵이었다.

하루는 순경과 방위대들이 하양지 어느 민가에 들어온 빨갱이를 생포해 온다는 소식을 듣고, 동무들과 함께 일찌감치 땅메산모롱이로 올라가 눈이 빠지도록 기다리고 있었다.

드디어 대여섯 명의 경찰과 방위대들이 포로를 에워싸고 내려오고 있는 광경이 시야에 들어왔다.

점점 가까워져 오는 빨갱이의 실체를 지켜보던 나는 심한 실망감으로 맥이 풀리고 말았다.

생포된 몸이라면 응당 몰매를 맞아 피투성이가 된 채 개처럼 끌려오거나, 아니면 '명천하늘을 우러러볼 수 없는 다 역죄인'으로서 고개를 푹 떨어뜨려야 함에도 불구하고, 얼굴을 빳빳하게 치켜들고 상체를 잔뜩 뒤로 젖힌 채 너무도 위풍당당한 모습으로 걸어오고 있었기 때문이다. 어떻게 당당했던지 순경과 방위대원들에 의해 연행되어 오는 것이 아니라, 오히려 그들의 호위를 받으며 정중히 모셔져 오고 있는 것처럼 보이기까지 했다. 누군가 옆 사람에게 물었다.

"아이고 시상에! 맨 첨에 그 집에 들와서 뭐라 카던고?"

"배가 고프다 카면서 빨리 밥을 좀 지어 달라 카더라느메. 아마도 낙오병 신세가 됐던 모양이라요."

"그런데 집 주인이 우째 용케 지서에다 신고를 했을꼬?"

"식구들을 모조리 정지 안에다 가둬 놓고 누구든지 움직이면 쏴 죽인다고 으름장을 놓던 늠이 쌀을 안치고 아궁이에다 불을 지피자 고마 드렁드렁 코를 골미 곯아떨어지더라느메."

"쯧쯧쯧쯧……, 그라이꺼내 지딴엔 억시기 춥고 배가 고팠던 모양이제."

"인자 저늠 입을 통해서 온갖 정보가 다 쏟아져 나오겠구나."

▲ 빨치산 포위작전
사진 출처 : 지리산빨치산토벌기념관

그러나 주임 이하 여러 순경들이 이틀 낮 이틀 밤을 두고 갖은 고문을 가하며 아지트가 있는 장소를 대라고 했지만, 그는 끝내 입을 열지 않았다. 최후의 수단으로 난로용 불쏘시개를 벌겋게 달구어 허벅지를 지지자, 비로소 딱 한 번 입을 열었던 것인데, 그의 입에서 나온 것은 말이 아니라 혀를 깨물어 내뿜은 피의 분무였다.

나는 빨치산에 대한 나름대로의 소감을 최근작 『칼춤』에서 여주인공 최은미의 입을 통하여 간접적으로 언급한 바 있다.

무엇 때문에 그들은 대한민국의 체제를 전복하려 했던 것일까? 무엇이 그들로 하여금 부모처자도 버리고 산속으로 들어가 풍찬노숙을 하면서 목

숨을 걸고 저항하게 했던 것일
까……? 곰곰이 생각해보니까 그들
역시 보다 나은 조국을 건설하기 위해
서 그랬을 것임에 틀림없다는 결론에
도달하게 되더라구. 그들이야말로 이
념의 갈등이 빚어낸 가장 억울한 피해
자들이라는 생각이 들자, 무조건 증오

▲ 빨치산과 국군과의 화해
사진 출처 : 지리산빨치산토벌기념관

하고 저주할 것이 아니라 오히려 우리 쪽에서 따뜻하게 보듬어줘야 할, 오 갈 데 없는 역사의 미아들로 다가오는 거 있지. 그와 동시에 데모하는 대학생들, 지식인들, 노동자들까지도 새로운 시각으로 바라보게 되더라구.

26

4학년 초의 어느 날이었다. 어디에서 이승만 대통령과 김구 선생의 사진을 구해 온 아버지가 나더러 우선 이승만 대통령부터 한번 그려보라는 것이었다. 자신이 없었지만 받아들이는 수밖에 없었다.

아버지가 집을 비울 때를 기다렸다가 유리창에다 사진과 도화지를 겹쳐 대고 얼굴의 윤곽과 이목구비의 선을 본뜨서 연필로 명암처리를 하자, 내가 보기에도 아주 그럴싸해 보였다.

아버지는 크게 만족해하며, 연이어 김구 선생의 얼굴도 그려보라고 했다. 역시 같은 방법으로 그려내자, 아버지는 두 그림을 각각 액자에 다 넣어 태극기 바로 아래에다 걸어 두고는 하루에도 몇 번씩이나 감상하곤 했다.

그리고 처음으로 찾아오는 손님마다 으레 잊지 않고 이렇게 물었다.

"보소, 저 이 박사하고 김구 선생 얼굴이 사진이겠는게, 그림이겠는게?"

손님들의 십중팔구는 첫 마디가 "사진이지 뭐." 하게 마련이었는데, 그건 바로 아버지가 노리는 바였다.

▲ 이승만 대통령과 김구 선생
저자, 종이에 4B연필, 2017

"하하하하……, 자알 한분 보소. 사진이 아이라, 우리 아들이 그린 그림이라요!"

"으앵?"

손님이 두 눈을 크게 뜨고 벌떡 일어나 탄성을 연발하는 동안, 아버지는 연신 어깨를 좌우로 흔들며 콧구멍을 벌름거리곤 했다.

그다음 순서는 1학년 때부터의 통신표와 우등상장과 개근상장을 보여주는 것이었다. 나는 그때마다 아버지라는 이름의 조련사 밑에서 길들여지고 있는 한 마리의 가축과도 같은 처지를 느끼곤 했다.

그러던 중, 그해 6월 26일 애석하게도 김구 선생이 현역 육군 소위 안두희가 쏜 흉탄에 맞아 서거함으로써 온 국민은 충격에 빠지지 않을 수 없었다.

열흘 뒤인 7월 5일 국민장을 거행함에 따라 우리 학교 교정에서도 장례식이 엄수되었다. 그날따라 공교롭게도 부슬부슬 비가 내렸다. '하늘도 슬퍼하며 눈물을 뿌립니다.'라고 하던 교장선생의 목멘 목소리가 지금도 귀에 쟁쟁하다.

김구 선생의 서거를 둘러싸고, '나라의 대들보가 무너졌다.'느니, '나라의 큰 별이 떨어졌다.'고 비유하는 이들이 있는가 하면, 반대로

'언젠가 죽을 바에야 차라리 잘된 일'이라는 이들도 있었다. 생전에 이룬 업적만으로도 청사에 길이 빛날 어른이거늘, 만에 하나 불미스런 일로 옥에 티를 남기지 않게 되었으니 오히려 다행이라는 논리였다.

  나로서는 풀리지 않는 의문이 한 가지 있었다. 암살범이 무슨 까닭으로 위대한 독립운동가에게 총부리를 겨누었을까 하는 점이었다. 아버지에게 물어 보았지만, 권력을 손아귀에 넣기 위해서는 어제의 동지가 오늘의 적이 되는 게 동서고금의 역사라는 아리송한 대답만 들었을 뿐이다. 일개 육군 소위가 김구 선생의 정적일 리는 만무할 터, 그렇다면 그 배후가 누구일까, 생각할수록 궁금하기 짝이 없었다.

27

  여름방학이 끝나고 신학기를 맞아 5학년이 되었다. 새로 부임해온 이십대 중반의 젊디젊은 김진순 선생이 우리 반 담임을 맡았다. 부임 직후 용전에 있는 외육촌 누나와 결혼을 한 그는 아버지를 보고 '아재'라고 불렀다. 그러나 내게는 오로지 '선생님'이었을 뿐, '자형'이니 '매형'이라는 호칭을 한 번도 사용하지 않았다.

  그는 졸업할 때까지 내리 2년 동안 우리 반 담임을 맡았는데, 그만큼 교장선생으로부터 두터운 신임을 받았다는 증좌일 터였다. 그는 우리 학교 전 선생님들 가운데에서 가장 인기가 높았다.

  그의 수업 방식은 매우 특이했다. 학생들을 교과서 안에 가두어 놓고 가르치는 여느 선생님과는 달리, 그는 곧장 교과서 바깥세상으로 끌고 나가 시야를 넓혀주고 상상력을 키워주려고 애썼다. 바다와 육지의 비율이 7대 3이라는 말을 들으면서, 우주 공간에는 우리가 살고 있는 은하계 외에도 수많은 은하계가 존재한다는 이야기를 들으면서, 머지않아 인간이 우주선을 타고 달나라에 갈 수 있는 날이 올 것이라는 말을 들으면서, 나는 지금까지 살아온 세상과는 또 다른 공간에 새로이 태어나는 기분을 맛보곤 했다.

어느 날 미술 시간에 그는 말했다.

"이번 시간에는 옆 사람의 얼굴을 마주 바라보면서 초상화를 그린다."

그러자 학생들이 짝지의 얼굴을 마주 바라보며 폭소를 터뜨렸다.

"서엠예, 너무 에렵습니더예, 어떻게 닮게 그릴 수 있습니꺼예?"

"결코 어렵지 않다. 초상화를 그릴 때 가장 중요한 게 뭐고 하면, 그 사람 얼굴의 특징을 잘 살리는 거다. 스탈린의 특징은 뭐지?"

누가 말했다.

"수염입니더."

"맞다. 이승만 대통령의 특징은 뭐야?"

내가 말했다.

"입가에 있는 팔자주름입니다."

"맞다. 그럼 백범 김구 선생의 특징은……?"

"내가 말했다.

"검정 뿔테안경하고 두터운 입술입니다."

"그래, 그런 특징을 잘 살려서 그리면 되는 거다. 자, 짝지 얼굴의 특징이 뭔지 서로 한번 살펴봐라."

이 대목에서 한 아이가 엉뚱한 질문을 했다.

"셈예, 그런데 김구 선생은 와 호를 '백범'이라고 지었습니꺼예? '백곰'이란 말은 들어봤지만, '백범'이란 말은 처음 들어 봅니더예."

내가 날름 받았다.

"좌청룡 우백호라 카는 말도 못 들어봤나?"

그러자 담임선생은 파안대소하면서 칠판에다 '白凡백범'이라고 크게 쓰고 나서 말했다.

"이 '흰 백'자는 가장 천한 '백정'인 동시에 우리 백의민족의 상징이다. 그리고 여기에다 '평범하다'는 뜻을 합친 거다. 어떤 분들은 아주 거창한 뜻을 지닌 호를 짓지만, 백범 선생은 늘 우리 삼천만 민중과 뜻을 함께하고 싶었던 기이라."

나는 이때다 싶었다. 안두희라는 육군 소위가 무슨 이유로 김구 선생을 암살했는지 물어보았다.

『계절풍』의 한 장면을 그대로 인용해 본다.

—셈예, 그런데 와 김구 선생이 살해당했습니까?
—한마디로 말해서, 강대국을 등에 업고 정권 노리기를 좋아하는 우리 민족의 식민지 근성이 그대로 나타난 거다. 남북한이 따로따로 두 개의 정부를 세우는 걸 한사코 반대했던 김구 선생을 가만히 놔둘 리가 있겠어? 이제 두고봐, 누가 사주했는지 백일하에 드러나고 말 테니까…….

담임선생의 말을 듣는 순간 육감적으로 짚이는 데가 있었다. 그렇다고 감히 함부로 발설할 수는 없는 일이어서 속으로만 짐작할 뿐이었다.

몇 달 뒤 아버지의 생일날 아침에 몇몇 유지들이 초대를 받고 모인 자리에서 마침내 내 짐작이 틀리지 않았다는 걸 확인할 수 있었다.

이승만 대통령과 김구 선생의 초상화를 쳐다보며 다들 입을 모아 그림 솜씨를 칭찬하고 있던 도중에 지서주임이 '김구 선생이 암살된 것은 결과적으로 국가와 민족의 앞날을 위해서 오히려 잘된 처사'라고 말하자, "아니, 주임장님은 무슨 말씀을 그렇게 하십니까?" 하고 담임 선생이 정면으로 맞받고 나온 데서부터 문제의 발단은 시작되었다.

편의상 담임선생인 '권 선생'을 '김 선생'으로, '김 주사'를 '아버지'로 환치하여 『계절풍』의 한 장면을 인용해 본다.

—벌도 여왕벌이 두 놈일 때는 말여, 저들끼리 한 놈을 죽이는 법여! 내 말은, 한 국가에 지도자가 둘이 있으면 국론이 분열된다, 그 말이지! 그렇게 되면 어찌 될 것이여? 김일성이를 당해낼 재간이 없다, 그 말씀이여!

면장도 주임의 편을 들었다.

—암, 좌우지간 이 박사가 영웅은 영웅이라!

—천만에 말씀입니다. 김구 선생 암살사건을 그런 시각으로 보시면 안 됩니다. 하고 담임선생은 흥분을 가라앉히며 차분한 어조로 말했다.

—김구 선생의 서거로 민족 통일의 앞날에 어둠과 혼란을 가져오게 됐지 뭡니까?

주임이 맞받았다.

—이봐요, 김 선생! 도대체 당신은 뭘 말하겠다는 겨?

—내 말은, 우리가 왜 억울하게 미·소 양국 간의 세력 다툼에 제물이 되어야만 했느냐 이겁니다. 생각해 보십시오. 이 박사가 백범 노선을 반대하고 굳이 단정을 수립한 이유가 뭡니까?

—그럼, 김구를 죽인 게 이 박사란 말이여?

—내가 언제 이 박사라고 단정했습니까? 그러나 과연 누가 죽였는지는 앞으로 살해범이 어떻게 처벌되는지 두고 보면 자명해질 거 아닙니까?

—좋소! 근데 방금 민족 통일의 앞날에 어둠과 혼란을 가져오게 되었다고 한 건 또 무슨 뜻이오?

—백범이 사라졌으니, 백범 노선 또한 사라진 거 아닙니까? 두고 보십시

오. 백범 선생이 남긴 말처럼 분단으로 인한 엄청난 비극이 언제 폭발할는지, 지금 우리 민족은 시한폭탄을 안고 있는 거나 다름없다 이겁니다. 이는 전적으로 이 박사에게 책임이 있는 겁니다.

　두 사람의 논쟁이 아주 심각해졌으므로, 면장이나 교장은 감히 끼어들지 못하고 귀동냥만 하고 있을 뿐이었다.

　—이봐요, 김 선생! 알고 보니, 당신 아주 형편없구먼!

　주임의 언성이 별안간 격렬해졌다.

　—아니, 형편없다뇨?

　—암, 형편이 없어두 아주 없지! 당신은 지금 국가 원수를 모독하구 있다는 걸 알구 있는겨?

　—국가 원수를 모독했다뇨?

　—모독이잖구!

　—민주 사회가 좋다는 게 뭡니까? 국민이 정치나 사회에 대해서 비판을 좀 했기로서니, 그게 어떻게 대통령을 모독한 겁니까? 우리나라는 엄연히 언론·출판·집회의 자유가 있는 민주국갑니다.

　—아니, 그래……, 대관절 이 박사가 어째서 나쁘다는겨?

　—우선 주임장님한테 한 가지 물어 봅시다. 작년 6월에 경찰대가 반민특위 소속의 특경대를 습격한 사건을 주임장님은 어떻게 보고 계십니까?

　—흥! 사람 웃겨주는구만! 미안하지만, 그 특경대 개새끼들은 내무부가 임명한 게 아니라, 지들 멋대로 조직한 단체였당께. 대통령 각하께서 수차례에 걸쳐 해산할 것을 권고했는데도 불구하고, 그 새끼들은 콧방귀두 뀌지 않았다구. 총살을 시켜야 헐 놈들은 바로 그놈들이여!

　—하하하하……, 애당초 그들에게 무기를 대여해준 게 누군데요? 내무부 아닙니까? 대통령이 반민족행위자 처벌을 지지한 입장이었더라도 감히 그렇게 할 수 있었을까요?

―그럼 김 선생은 나라에서 소위 친일 부역자들을 처벌하지 않는 게 그렇게두 배가 아파?

주임은 동정이라도 구하듯이 좌중을 둘러보았다. 한 가지 묘한 점은 방 안에 앉아 있는 면장·교장·아버지 등 담임선생을 제외한 일동이 하나같이 부일분자附日分子라는 사실이었다.

―배가 아프다 뿐입니까, 분통이 터져 죽을 지경입니다! 생각해보시오. 미군정의 무책임한 친일파 등용은 그런 대로 덮어둡시다. 어째서 이 박사마저 친일파들을 감싸고 보호하느냐, 이 말입니다. 반민법反民法[14]을 망민법亡民法이라고 비난하질 않았나, 추진위원들을 공산당원들이라고 매도하질 않았나, 웃겨도 이만저만 웃겼어야죠!

―이봐요, 김 선생! 당신은 하나만 알고 둘은 모르누먼. 그럼 당신은 국회프락치사건[15]도 믿지 않겠군!

―누가 안 믿는다고 했습니까? 까마귀 날자 배 떨어지는 격으로 불온분자들이 적발되었으면 그건 그것대로 처리했어야 옳지, 그걸 빙자해서 역사적인 과업을 중단시킨 건 언어도단이죠.

―…….

―주임은 비로소 당혹한 빛을 띠기 시작했다. 방 안에 앉았던 사람들도 저마다 밑이 구린지라, 서로 쳐다보기 민망한 얼굴들을 한 채 곤혹을 치르고 있었다.

―자, 이제 그쯤하고 그만둡시다.

---

14) 반민법 : 반민족행위처벌법反民族行爲處罰法의 준말. 일제강점기 당시 일본에 협력한 친일파를 반민족 행위로 규정하고, 이를 처벌하기 위하여 1948년 9월에 제정한 법률. 동년 10월부터 반민족행위특별조사위원회약칭, 반민특위가 구성되어 친일반민족행위자들에 대한 예비조사를 시작으로 의욕적인 활동을 벌였으나 친일파였던 장경근에 의해 1949년 10월에 강제로 해체되었다.
15) 국회프락치사건 : 1949년 5월부터 8월까지 남조선노동당의 프락치 활동을 했다는 혐의로 현역 국회의원 10여 명이 검거되고 기소된 사건.

하고 면장이 카이저수염을 꼬며 가래 끓는 소리로 한마디 끼어들었다.

―다 지나간 걸 갖고 왈가왈부하면 뭐합니까, 앞으로 잘하면 되지!

―주임장!

하고 담임선생이 날카롭게 소리쳤다.

입장이 거북했던지, 교장이 슬쩍 담임의 허벅지를 건드렸지만, 담임선생은 오히려 더욱 기승을 돋우었다.

―주임장! 지금 일본은 어떤지 아십니까? 우리와는 대조적으로 전쟁이 끝난 이듬해부터 대대적인 숙청작업이 진행되고 있다 이겁니다. 군국주의 본고장인 일본에서는 민주주의의 싹이 트는가 하면, 정작 싹이 터야 할 이 땅에선 일제 잔재가 그대로 대물림을 하고 있으니 가공할 일 아닙니까?

담임선생은 이제 주임을 향해서라기보다 좌중을 향해서 외치고 있었다.

―자, 이렇게 되고 보니, 제일 큰 문제가 뭔지 아십니까? 선생들이 학생들을 가르치기가 힘들어졌다 이겁니다. '사필귀정事必歸正'이니, '정의는 이긴다'는 말을 아무리 역설해도 도통 실감이 나야 말이죠. 받아들이는 학생 쪽에서 거부반응이 안 일어나겠어요? '거짓말하지 마라.', '요령껏 재주껏 살아가는 자만이 승리한다.', '정의 찾고 양식 찾다간 바보 되는 세상이다.' 속으로 이렇게 비웃을 거 아닙니까? 실제로 해방이 되고 난 뒤의 사회상을 보십시오. 왜놈 밑에 빌붙어 알랑거리던 자들은 지금도 여전히 떵떵거리며 잘살고 있고, 정작 광복을 위해서 신명을 바친 애국지사들과 그 후손들은 여전히 끙끙거리며 겨우 연명해 가고 있는 실정 아닙니까?

―아니, 그럴 거 없이 당신 지난번 국회의원 선거 때 출마하지 그랬어?

궁여지책으로 지서장이 비아냥거리고 나오자, 담임선생은 냉소를 띠며 말했다.

―내, 이 말만은 사실 끝내 안하려고 맘먹었지만, 당신이 끝끝내 나를 모욕하는 이상 나도 더 이상 참을 수가 없소.

이어서 터져 나온 담임선생의 말은 주임을 보기 좋게 때려뉘었다. 그리고 일동은 실로 경악을 금치 못했다.

—주임장! 당신을 내가 진작 알아 모시지 못해서 죄송합니다. 이번에 서울 친구의 편지를 받고 알게 된 사실인데, 일제 때 충청도 어느 경찰서 고등계 형사로 있으면서 애국지사들을 잡아들이는 데 혁혁한 공을 세워갖고 특진에다 표창장까지 받은 자가 누굽니까. 바로 당신 아닙니까?

28

그해 10월경, 교육청 주최로 군내 학생과학경진대회가 열렸다. 본선에 앞서 산내·단장·산외 등 3개 면을 묶어 지역예선을 치렀던 것인데, 우리 학교에서는 유일하게 내가 출품한 필통이 예선에 뽑혔다고 담임선생이 전해주었다.

주위에서 부러워들 했지만, 나는 결코 박수를 받을 처지가 못 되었다. 실은 내 손으로 만든 것이

▲ 입선작 「필통」

아니라 앞집에 목공소를 차려놓고 있는 친척 아저씨의 손을 빌렸던 것이다. 내가 한 일이라고는 부엌에 있는 일제 수저통을 갖다 보여주며, 이렇게 생긴 필통을 한 개 만들어 달라고 부탁한 것이 전부였다.

산외국민학교 강당에서 예선에 입선한 작품들을 전시하는 첫날이었다.

마침 일요일이어서 전시회를 관람하러 간다는 명분을 앞세우고 우리들 일행 네댓 명은 아침밥을 먹던 길로 집을 나섰다.

어느 학교 누구의 어떤 작품이 최우수작으로 뽑혔는지 따위는 아예

관심 밖이었다. 염불보다 잿밥에 마음을 두었다고나 할까, 전시장을 후딱 둘러보고 나서 그 길로 곧장 '범북굴뚝'과 '영남루'를 구경하러 가기로 모의해 놓고 있었기 때문이다.

네댓 명의 일행 가운데에서 유일하게 기억에 남아 있는 이름은 그날 길라잡이 역할을 톡톡히 했던 '이선일'이다. 드레보다 두어 살 위인 그는 소를 팔러가는 어른들을 따라 병아리 상자를 짊어지고 읍에 자주 드나들어 그만큼 지리에 밝았던 것이다.

용전 마을을 지나 물레소모롱이를 돌아나가며 그가 말했다.

"옛날부터 우리 산내 골짜기를 가리켜 '호리병 속의 별천지壺裏乾坤 : 호리건곤'라 칸 이유가 바로 이 물레소모롱이 때문인 기라. 이봐라. 이 물레소를 사이에 두고 바싹 조여든 산세가 꼭 호리병 주둥이맨키로 생깄다 아이가. 인자부터는 산외면 땅이다."

우물 안에 갇혀 지내던 개구리가 처음으로 바깥세상으로 나가듯, 우리는 한껏 해방감을 만끽하며 산외면 땅으로 진입했다.

평소에 어른들을 따라 읍에 다녀온 아이들이 영남루와 범북굴뚝을 구경한 자랑을 늘어놓을 때마다 얼마나 그들을 부러워했던가! 나는 영남루보다 범북굴뚝이 더 보고 싶었다. 아무리 '벽돌'을 구워내는 공장이기로서니, 어른들 양팔로 서너 발도 더 넘는 굵기에 학교 정원에 세워져 있는 국기게양대보다 두 배나 더 높다니, 세상에 어떻게 그런 굴뚝이 존재할 수 있단 말인가!

희곡을 지나 용바우모롱이에 올라서자, 아버지의 자전거 뒤에 타고 시례골짜기를 벗어나면서 받았던 느낌과는 사뭇 다른 경이로운 풍광이 시야에 펼쳐졌다.

저만치 개활지 한가운데에 진시황의 능이라도 되는 양 우뚝 솟은 경주산이 한껏 위용을 뽐내고 있는가 하면, 가지산에서 발원한 동천이

재약산에서 비롯된 단장천을 받아들여 '가람소'라는 거대한 유수지를 만들어 놓고, 다시 경주산 마작을 S자로 휘감으며 흐르고 있었다.

뒷날 안 사실이거니와, '경주산'을 한자로 '競珠山경주산' 또는 '慶州山경주산'으로 표기하는바, 그 배경설화가 흥미롭다. 전자는 용암산, 용회산 등 주위를 에워싸고 있는 마치 용처럼 생긴 여섯 개의 산줄기가 여의주를 닮은 이 산을 서로 차지하려고 다투고 있는 형국에서, 그리고 후자는 아득한 옛날 옥황상제의 명을 받은 마고할미가 원래 남해에 있던 산을 경주에 갖다 놓기 위하여 짊어지고 오다가 멜빵끈이 끊어지는 바람에 떨어뜨려 놓고 갔다는 전설에서 유래된 것이었다.

▲ 경주산 전경

이는 밀양문화원에서 발행한 『밀양지명고』에 실려 있는 내용이거니와, 10여 년 전에 서울에 있는 모 대학 대학원생들이 학위논문 자료수집차 방문했을 때, 어머니는 다음과 같은 내용을 더 보완해 주었다.

그러자 그 이듬해에 경주 부사가 밀양 단장 마실 사람들한테 가서 산값을 받아오라 카면서 군사들을 한 뻬까리 보낸 기라. 본시 경주산이 될 걸 마고 할매가 실수를 해갖고 너거가 공짜로 갖기 됐으이, 해마다 새경을 바치라 카는 기라. 이 말 한마디에 고마 단장 마실 사람들은 끽 소리도 못하고 새경을 물어주게 됐는데, 한 해 두 해도 아이고 할 짓이 아인 기라.

그라다가 설상가상으로 그해에는 흉년이 들어갖고 양곡도 모자라는 판인데, 새경 줄 나락이 어딨노 말이지. 마실 사람들이 걱정을 태산같이 하고 있는데, 한 마실에 사는 다섯 살짜리 꼬마가 썩 나서더니만, '어르신네들요, 그까짓 거 하나도 걱정할 거 없구메.' 카는 기라.

어른들이 놀래갖고, '응? 시방 니 뭐라 캤노? 그까짓 거 하나도 걱정할 거 없다 캤나?' 카고 묻자, '두 번 말하면 잔소린 기라요.' 카는 기라.

하룻강아지 범 무숩은 줄 모리고 덤비는 꼴이지마는, 평소에 하도 똑똑하다고 소문이 난 아아라서 혹시나 싶어 기대하는 차에, 마침 백여 명이 넘는 군사들이 떼거리로 와아 들이닥치갖고 새경을 내놔라 카는 기라.

이때 그 다섯 살짜리 꼬마가 앞으로 썩 나서주고는, '대관절 한분 물어나 봅시더. 당신네들이 우리 마실에 와서 해마다 새경을 받아가는 건덕지가 도대체 뭔게?' 카고 물었는 기라.

그라자 우두머리로 보이는 자가 출반주하기를,

—요 쥐새끼 불알만 한 늠이 까마구 아래턱 뚤어질 소리를 해도 분수가 있지, 늠으 산을 사용하고 있으며 마땅히 그만한 대가를 치러야 할 거 아이가?

—그래요? 우리가 할 말을 사돈이 하고 있네요. 우리 땅에다 당신네들이 산을 갖다 놨으니 대가를 치러야 할 쪽은 오히려 당신네들 아인게? 우리 마실 사람들이 하도 인심이 좋아갖고 작년꺼정은 못 이기는 척하고 꼬박꼬박 새경을 바쳤지마는, 올해부터는 당신네 쪽에서 새경을 내도록 하이소. 만약에 새경을 안 내놓을라 카머 지금 당장 저 산을 짊어지고 가시오.

우리 마실 사람들한테는 아무짝에도 쓸모없단 말이오.
　이 한마디에 고마 모지리 코를 우둡아 싸가주고 뒤도 안 돌아보고 달라 빼뿄는_{빼뺐} 기라."

　이내 금곡 마을로 들어섰다. 팔풍보다 규모는 작지만, 그러나 팔풍에는 없는 농협의 전신인 '금융조합'이란 것이 있었다. 그만큼 당시 금곡은 산내·산외·단장 등 3개 면의 교통·산업·금융의 중심지였던 것이다.
　금곡을 지나 반시간쯤 더 걸어가자 바른편에 산외면사무소가 나타나고 그 뒤로 고랫등 같은 기와집들이 즐비한 마을이 나타났다. 이선일이 말했다.
　"여게가 그 유명한 '다원茶院'이라 카는 마실이다."
　내가 물었다.
　"옛날에 손 병사孫兵使가 살았다 카는 그 마실가?"
　이선일이 그렇다고 하자, 한 아이가 물었다.
　"병사라 카는 계급이 요즘으로 치머 뭐쯤 되겠노?"
　이선일이 대답했다.
　"정식 명칭은 병마절도사兵馬節度使인데, 요즘으로 치머 각도의 군대를 지휘하는 사령관쯤 된다 카더라."
　"너거 안 있나 그자." 하고 나는 어릴 때 어머니한테 들었던 「손 병사 이야기」를 일행에게 들려주었다.
　"손 병사라 카는 사람이 그자, 총각 때 장개를 갔는데, 하루는 장인 영감이 집안 청년들한테 뭐라고 시키는고 하이, 사위캉 냇가에 가서 목을 감다가 옷가지를 몽땅 들고 집으로 뛰어와뿌라 캤는 기라."
　한 아이가 물었다.

"와 그라라고 시킸을꼬?"

"장차 얼매나 큰인물이 될 긴지 한분 시험해볼라고 그랬을 거 아이가."

"킥킥, 그거 볼 만하겠다."

"그래가 안 있나 그자, 시키는 대로 한창 신나게 목을 감고 있는 도중에 집안 청년들이 옷을 몽땅 갖고 달아나뺐는 기라."

"하하하하……, 그래서?"

"지깐늠이 우짤 것고, 알몸으로 처갓집으로 들어갈 수밖에 더 있겠나, 늠으 눈에 안 띄일라고 불알에 요롱 소리가 나도록 막 뛰어가는데, 사랑채 마루에 서서 이 광경을 지키보고 있던 장인영감이 이번에는 며느리를 보고 뭐라고 시킸는지 아나?"

"뭐라고 시킸는데?"

"지금 즉시 새밋걸에 나가서 물을 한 동이 길어 오라 캤는 기라."

"하하하하……, 그래서?"

"처갓집 앞에 거의 당도한 신랑이 대문간을 쳐다보이꺼내 저거 처수씨가 물동이를 들고 나오는 기라……."

"하하하하……, 재밌다."

이 대목에서 나는 이야기를 중단한 채 일행에게 물어보았다.

"안 있나 그자, 너거 겉으며 이럴 때 우짜겠노, 한분 말해봐라."

그러자 의견들이 분분했다.

"나는 뒤로 돌아서뿌리겠다."

"나는 그 자리에 주잖아뿌겠다."

"내 같으며 손으로 ×지를 가라뿌지."

내가 말했다.

"손 병사도 손으로 ×지를 가라뺐는 기라. 그라자 장인영감이 뭐라 캤는지 아나?"

"뭐라 캤는데?"

"'허허, 그놈 참, 언가이어지간히 높으기 해물 줄 알았더이마는 병사백이 못 해 묵겠구나!' 카더란다."

한 아이가 말했다.

"그거는 말도 아이다, 아무리 그렇지마는 처수씨한테 우째 ×대가리를 비이주노 말이다."

내가 말했다.

"못 비이줄 거 뭐 있노, 내 같으며 절대로 안 가루지!"

"니 참말가? 참말로 니 그랄 자신 있단 말가?"

나는 큰소리로 말했다.

"내가 언제 헛소리 하는 거 봤나?"

"좋아, 어데 한분 두고 보자."

이런저런 말을 주고받으며 모롱이를 돌아나가자, 마침내 산외국민학교가 모습을 드러내었다. 운동장보다 두 단계 더 높은 지대 위에 덩그렇게 세워져 있는 점을 제외하곤 우리 학교 건물 규모와 별로 다르지 않았다. 일요일이었음에도 꽤 붐비고 있었다.

나는 교문 안으로 발을 들여놓고 싶은 마음이 추호도 없었다.

'어라? 이거 우리 집에 있는 수저통하고 똑 같네. 우째 이런 기이 입선이 됐노, 그자?'

'목수한테 부탁해갖고 맹글었지 어데 지가 맹글었겠나?'

이런 말들이 귀에 들리는 듯했다.

나는 이선일에게 동의를 구했다.

"어이, 드가봤자 개코나 볼 거 뭐 있겠노? 바로 범북굴뚝하고 영남루를 보러 가는 기이 어떻겠노?"

"안 그래도 막 그 말을 할라 카는 참이다. 저게 드가서 꾸물댔다간 한밤중이 돼야 집에 드갈 기이다."

이선일의 말에 너도나도 한마디씩 했다.

"여게서 범북굴뚝꺼정 얼매나 되노?"

"한 십 리 될 기이다."

"그라머 거게서 영남루꺼정은?"

"그것도 한 십 리 될 기이다."

"그라머 앞으로 이십 리를 더 걸어야 된단 말가?"

"이십 리가 뭣고, 집에꺼정 갈라 카머 칠십 리다, 칠십 리!"

"씨발 거, 다리 아픈 거는 고사하고 나는 배가 고파 죽겠다."

"나도."

"나도……."

결국 범북굴뚝은 후일로 기약하고 영남루로 직행하기로 했다.

▲ 김상섭 화백 「긴늪숲이 보이는 강」
70×50cm, 화선지에 수묵담채, 2001

읍내로 통하는 길은 두 갈래가 있었다. 다원벌판을 가로질러 범머리나루와 앞내다리를 건너 동문 쪽으로 가는 '앞냇길'과 긴늪다리를 건너 범북고개를 넘어가는 '뒷냇길'이 그것인데, 우리는 지름길인 전자를 택하기로 했다.

이윽고 범머리나루에 이르자, 가람소 방면에서 흘러온 동천이 긴늪 숲 쪽에서 내려오는 북천과 합류하며 가람소보다 훨씬 넓은 월연月淵을 이루고 있었다. 여기서부터 '앞내' 또는 '남천강'이라고 이선일이 말했다.

월연 아래초리에 있는 섶다리를 건너 '섬불' 땅으로 들어섰을 때였다.

난데없이 "꽤애액……!" 하고 기적을 길게 울리며 열차가 쏟아져 내려오고 있었다.

"으와아……!"

"기차다, 기차……!"

양팔을 치켜들고 환호하던 일행 중의 한 녀석이 갑자기 주먹쑥떡을 먹이며 외쳤다.

"씨발늠들아, 이기이나 처무우라아!"

그러자 모두들 약속이나 한 듯이 왼 주먹, 오른 주먹, 왼 다리, 오른 다리를 번갈아 가며, 심지어는 머리통까지 동원해가며 같은 동작을 반복했다.

"야, 이 개새끼들아, 이것도 처무우라아!"

"야, ×새끼들아, 이것도 처무우라아!"

"씨발새끼들아, 니미 ×에다 아갈 박고 다갈 박고 영천대말× 박아라아……!"

"하하하하하하……."

"우하하하하하하……."

열차가 지나가고 나자 우리는 서로 마주 바라보며 배꼽을 잡고 웃어댔다. 급기야는 찔끔찔끔 눈물까지 다 나왔다. 마치 삼 년 묵은 체증이 뻥 뚫린 것처럼 그렇게 시원할 수가 없었다.

한참을 더 걸어가자, 전방에 바라보이는 아담한 동산을 가리키며 이선일이 말했다.

"인자 얼추 다 왔다. 저게 보이는 아동산 너더 언덕 우에 영남루가 있니라."

한 아이가 물었다.

"선일이 니는 영남루 우에 몇 분이나 올라가 봤더노?"

"두 번."

"엿장수들이 '영남루 기둥가래보다 더 굵은 울릉도호박엿 사소오.' 카는 거 보머 기둥이 엄청시리 굵은 모양이제, 얼매나 굵더노?"

"어른 팔로 두 아름도 더 넘을 기이다."

"캬아, 그 우에 올라서머 동서남북이 다 내리다빈다 카는 말이 참말가?"

"이따 올라가보머 알 거 아이가, 밀양 읍내가 한눈에 다 들어온다."

"와아, 산내면 촌늠들 오늘 읍내 구경 한분 하기 생깄네."

남천강을 끼고 아동산 기슭을 한참 돌아나가자, 마침내 가파르게 솟아있는 돌계단이 시야를 가로막고 나섰다.

이선일이 말했다.

"인자 다 왔다. 저 우에 올라서머 바로 영남루다."

우리는 계단을 쳐다보며 입들을 쫙 벌렸다.

"으와아, 서른 계단도 더 넘겠다."

"뭐라 카노, 오십 계단도 더 넘겠구마는."

▲ 구 영남루 입구 계단
사진 제공 : 밀양문화원장 손정태

"서른 개거나 오십 개거나 간에 좌우지간 빨리 올라가보자."

그러자 이선일이 앞을 가로막았다.

"그런데 너거 돈을 얼매씩 가지고 있노?"

내가 물었다.

"무슨 돈?"

"영남루 안에 드갈라 카머 입장권을 끊어야 된다."

우리는 모두 놀란 눈으로 서로의 얼굴을 쳐다보았다.

이런 낭패가 있나, 네댓 명이나 되는 일행 가운데 단돈 일 전도 가진 애가 없지 않은가!

저마다 볼멘소리를 터뜨리기 시작했다.

"씨발거, 이럴 줄 알았으머 진작 범북굴뚝이나 보러 가는 긴데……."

"점심을 쫄쫄 굶어가미 여게꺼정 와갖고 이기이 뭣고!"

"니기미, 지붕따까리도 한번 쳐다보지 못하고 그냥 돌아선단 말가?"

그랬다. 이대로 돌아설 수는 없었다.

저만치 다리 위로 이따금씩 왕래하고 있는 차량들을 가리키며 내가 물었다.

"선일아. 그러머 읍내는 여게서 얼매나 더 가야 되노?"

"바보야, 바로 여게가 읍내 아이가. 다리 저쪽은 삼문동, 이쪽은 내일동하고, 내이동."

"내일동, 내이동에는 어떤 기이 있노?"

"온갖 물건을 다 파는 백화당도 있고, 빠숫간도 있고, 경찰서도 있고, 소방서도 있고, 은행도 있고……."

"꽁 대신 닭이라 안 카더나, 이왕 여게꺼정 온 짐에 읍내 구경이나 한분 하고 가자."

모두들 내 말에 찬성했다.

그러나 이선일은 뜻밖의 반응을 보였다.

"너거 모르는 소리 하지도 마라."

"모르는 소리라이?"

"읍내 아아들이 얼매나 벨난지 안죽꺼정 모르는가베."

"얼매나 별난데?"

"촌늠들을 보머 무조건 잡아갖고 돈을 뺏는 기라."

"우리는 뺏길 돈이 없다 아이가."

"돈이 없으머 '와 돈을 안 갖고 댕기노?' 카민서 때리는 기라."

"그런 법이 어데 있노, 아무 죄도 없는데……?"

"텃세하는 거 아이겠나, 개도 낯선 개가 동네에 들오머 떼거리로 달려들어갖고 물고 뜯고 안 하더나, 와."

"호문차도 아이고 이렇게 여럿인데 설마……."

"아무리 여럿이머 뭐하노, 읍내 아아들이 얼매나 싸움을 잘하는데……?"

"얼매나 잘하는데?"

"두발내기 한 번 '타닥' 올리머 턱조가리가 늘라가뿐다."

이 말 한마디에 우리는 완전히 기가 꺾이고 말았다. 전혀 이질적인 두 세계의 경계선에서 본능적으로 감지되는 공포감이었다.

어느새 냄새를 맡고 방금이라도 읍내 아이들이 떼거리로 들이닥칠 것만 같았다. 우리는 누가 먼저랄 것도 없이 허겁지겁 그 자리를 뜨기 바빴으니, 그야말로 범도 안 보고 똥부터 싼 꼴이었다.

회고해보면 어리석기 짝이 없었다. '두발내기'는 그렇다 치고, 계단을 오르는 데야 돈을 받을 리가 만무했을 텐데, 어째서 올라가볼 엄두조차 내지 못했던 것일까? 매표소 바깥에서도 얼마든지 영남루를 구경할 수 있었을 것이 아닌가! 말 한 마디에 천 냥 빚 갚는다고, 어쩌면 공짜로 들어갈 수도 있지 않았을까 말이다.

그날 내가 절감했던 것은 '돈'과 '주먹'의 위력이었다. 이 두 가지가 없이는 앞으로 아무것도 할 수 없다는 사실을 뼈저리게 통감하며 집으로 돌아오는 오십 리 길은 멀고도 멀었다.

29

4월 5일 식목일을 며칠 앞둔 어느 날이었다. 애림사상愛林思想을 고취한다는 취지 아래 전교생을 대상으로 표어짓기대회가 열렸다. 소발에 쥐잡기로 내가 써 낸 '나무 한 주 심는 것도 애림의 사상'이 영예의 1등상을 차지하게 되었다.

전교생을 모아 놓고 시상식을 거행하는 자리에서였다. 교장선생이 단상에 올라가 3등을 차지한 학생부터 불러내어 시상한 데 이어, 2등을 차지한 학생을 호명했다. 6학년 신 아무개 여학생이 들릴락 말락 한 가녀린 목소리로 대답하며 앞으로 나가자, 교장선생은 큰소리로 대답하라고 하며 제자리로 들여보내는 것이었다. 그러나 두 번, 세 번, 여남은 번까지 반복했지만, 그 여학생의 목소리는 조금도 달라지질 않았다. 나는 그 과정을 딱하게 지켜보며 내 차례가 되면 하늘 똥구멍을

찌를 만큼 큰소리로 대답하리라고 단단히 별렀다.

결국 지치고 말았는지 교장선생이 더 이상 들여보내지 않고 상장을 주고 나자, 드디어 내 차례가 되었다.

"1등 김춘복!" 하는 소리가 떨어지기가 무섭게 나는 젖 먹던 힘을 다해서 "예에에엣!" 하고 통고함을 처질러 온 운동장을 웃음바다로 만들었다.

30

연중행사 가운데에서 가장 인기 있었던 것은, 오늘날의 '소풍'에 해당되는 '원족遠足'이었다.

가을에 한 차례씩 열리는 운동회도 좋긴 했지만, 그러나 단 하루를 위해서 치러야 했던 한 달여간의 예행연습이 너무 지겹고 고되었을 뿐만 아니라, 그 단 하루란 것도 희비가 엇갈리는 경쟁의 연장선상일진대, 딱딱한 일상과 경쟁에서 벗어나 자연의 품에 안겨 하루를 즐길 수 있는 원족에 비할 바가 못 되었다.

탁삼재卓三齋[16]를 비롯하여 미륵암·백운암·석골사·건지산·운문산·구만폭포·시례호박소, 얼음골 등 면내의 명승고적지를 두루 섭렵할 수 있었던 것도 6년간의 원족을 통해서였다.

▲ 탁삼재 충효각

---

16) 탁삼재 : 임진왜란 때 의병장 김유부 모자의 충효와 병자호란 때 전사한 김기남· 김란생 형제 부부 등의 충절을 기리기 위해 세운 재사로서 산내면 봉의리 봉촌 마을에 위치하고 있다. 1997년 12월 31일, 경상남도 문화재자료로 지정되었다.

이들 가운데에서 가장 인상에 남아 있는 것은 5학년 2학기 4월 하순에 찾아갔던 시례호박소와 얼음골이었다.

아홉 시경에 교문을 빠져나와 남명국민학교가 있는 마전을 거쳐 중마 마을에 도착했을 때는 이미 한나절이 지나 있었다.

배냇골로 가면서 두 차례 지나친 경험이 있는 나와는 달리, 아랫동 아이들에게는 눈과 귀로 보고 듣는 하나하나마다 경이로움의 대상이 아닐 수 없었다. 수정같이 맑은 물, 기암절벽 위의 낙락장송, 너덜경을 타고 달아나는 염소 떼, 한 마리의 나비, 한 송이의 들꽃마저도 새롭고 신비로운 양 연신 탄성을 질러댔다.

이윽고 쇠지미[17] 방면으로 가는 길을 버리고 가지산 쪽에서 흘러내려오는 지류를 끼고 톺아 오르는데 선두 쪽에서 환성이 터졌다.

▲ 시례호박소

---

17) 쇠지미 : 구연 마을 동북쪽에 있었던 땅 이름. 옛날에 석남고개를 오르내리는 나그네의 말편자를 갈아 끼워주기도 하고 술도 팔던 주막이 있었다고 하여 붙여진 지명으로, '쇠점 金店'의 변이음이다.

"와아, 호박소다아!"

말로만 들었을 뿐 눈으로 직접 본 것은 나도 그날이 처음이었다.

10여 미터나 되는 높은 벼랑에서 쏟아지고 있는 물기둥하며 그 아래 거대한 암반 속에 고여 있는 시퍼런 웅덩이가 한데 어우러져 그야말로 장관을 이루고 있었다.

한 아이가 내게 말했다.

"캬아, 꼭 호박확겉이 생겼다, 그자?"

"그라이꺼내 호박소라고 이름을 지었지."

"그러머 구연폭포라는 이름은 뭔데?"

"'호박 구臼'자, '못 연淵'자니까 그기이 그거 아이가, 건시나 곶감이나, 공책이나 노트나."

다른 아이가 끼어들었다.

"어이, 복아. 도대체 얼매나 짚은지 니 알고 있나?"

"어른들이 카는데, 명주실꾸리 한 타래를 다 풀어 옇어도 밑바닥이 안 닿는다 카더라."

"자, 다들 조용히 들어라." 하고 담임선생이 말했다. "지금부터 선생님이 이 호박소에 얽혀 있는 「이무기 전설」을 들려주겠다."

나는 그날 들었던 내용을 다음과 같이 정리하여, 10여 년 전에 밀양문화원의 기관지인 『밀양문화』 창간호에 「호박소의 이무기」란 제목으로 기고한 바 있다.

옛날 이 고장에 이목梨木이라는 이름을 가진 아홉 살짜리 어린 아들을 데리고 다니는 홀아비 소금장수가 살고 있었다.

하루는 인곡재를 넘어가다가 날이 저물어 대티사大悲寺[18]에서 하룻밤을 묵게 되었다.

▲ 대비사 요사채

절간에는 노승 한 분이 있을 뿐, 호젓하기 이를 데 없었다.

소금장수는 어린 아들의 앞날을 위해 미천하나마 자기의 아들을 행자로 거느려 줄 것을 노승에게 간청하였다. 하루에 수십 리씩, 특히 전라도 땅으로 소금을 받으러 갈 때에는 수백 리를 걸어야 했으므로, 어린 아들이 너무나 큰 짐이 될 뿐만 아니라, 무엇보다 자식만은 소금장수로 키우고 싶지 않았던 것이다.

그 이튿날부터 행자 노릇을 하게 된 이목은 총명이 뛰어나 하나를 들으면 능히 백을 아는지라, 불과 열세 살에 출람出藍의 경지에 이르게 되었다.

어느 날, 노승은 자는 잠결에 문득 소름이 끼치는 싸늘한 냉기를 느끼고 눈을 떠본즉, 옆에 누운 행자의 몸뚱이가 얼음장처럼 차갑지 않는가! 이상야릇한 생각이 들었지만 캐묻지 않았다.

그런데 이해할 수 없는 것은 그 다음날 밤에도 마찬가지였다.

사흘째 되던 날, 노승은 짐짓 코를 골며 자는 척해보았다.

자정쯤 되자 노승의 숙면을 확인한 행자가 살그머니 방문을 열고 밖으로 빠져나가더니 산중턱에 있는 대비못을 향하여 쏜살같이 쏟아져 내려가는 것이었다.

노승은 은밀히 그 뒤를 밟았다.

드디어 못둑 위에 다다른 행자가 옷을 훌훌 벗고 물속으로 풍덩

▲ 대비못

---

18) 대비사 : 경북 청도군 금천면 백곡리에 있는 절.

뛰어들자, 난데없이 모여든 먹장구름이 뇌성 벼락을 치며 소나기를 퍼붓기 시작했다.

다음 순간, 도무지 믿을 수 없는 광경이 눈앞에 펼쳐지고 있었다. 행자가 한 마리의 이무기로 화하여 허공으로 날아올라 너울너울 춤을 추기 시작하는 것이 아닌가!

그런데 이건 또 무슨 조화인가? 못 안에는 창대비가 쏟아지고 있건만, 노승이 숨어 있는 둑 밖으로는 빗방울 하나 듣지 않는 것이었다.

서둘러 절간으로 돌아온 노승은 이불을 뒤집어쓰고 숨도 제대로 쉬지 못한 채 이목이 돌아오기만을 기다렸다.

이윽고 돌아온 행자의 몸에서 예의 소름이 끼치는 냉기가 감돌았다.

이튿날 아침 공양을 하며 노승은 시치미를 떼고 말문을 연다.

―얘, 이목아. 너도 알다시피 몇 달 동안 가뭄이 계속되는 통에 만백성이 하늘을 우러러 비를 고대하니 참으로 딱한 일이로다. 비를 내리게 할 수 있는 신통력이 있다면 얼마나 좋겠느냐?

행자는 몹시 당혹한 표정을 지으며 얼버무린다.

―황공하오나, 비란 본시 옥황상제님의 분부를 받잡고 동해용왕님만이…….

―음, 그렇구나. 용왕님이 아니면 비를 내리게 할 수가 없지.

―황공하오나 그러하옵니다.

―얘야. 정 그러하다면 저 앞뜰에 있는 우리 상추밭만이라도 해갈을 좀 시킬 방도가 없겠느냐?

―원, 스님도, 감히 소승이 어찌 그런 재주를 알기나 하겠사옵니까?

그러자 노승은 벌컥 화를 낸다.

―네 이놈! 무엄하도다. 하찮은 일개 소금장수의 아들을 이렇게 키워 준 게 누군데 감히 내 말을 거역하다니!

─…….

─실은, 간밤에 내가 네 뒤를 밟았느니라. 배은망덕한 것 같으니라고!

─…….

노승의 간청을 차마 더는 거역할 수가 없어 행자는 일대 결심을 하고 허공으로 날아 나간다. 과연 희한한 조화가 아닐 수 없다. 햇볕이 쨍쨍한 가운데 한 장의 먹구름이 앞산을 넘어오더니만, 이내 상추밭 위에다 창대 같은 빗줄기를 세우는 것이었다.

다음 순간, 이목은 새파랗게 질린 얼굴로 돌아와 아뢴다.

─스님! 큰일났사옵니다. 이제 소승은 죽게 되었사옵니다.

─아니, 그게 무슨 소리냐, 죽게 되다니?

─옥황상제께서 소승을 그냥 놔 둘 리가 없사옵니다. 이제 곧 하늘나라에서 저승사자가 저를 치러 올 것이옵니다.

─그렇다면 내가 큰 실수를 저질렀구나. 아니, 그럼 왜 진작 그 말을 하지 않았느냐?

─아니옵니다. 간밤에 스님에게 들킨 그 순간에 이미 잘못은 저질러졌던 것이옵니다. 스님, 곧 사자가 와서 저를 찾으면, 도량에 있는 저 배나무를 가리켜 주시옵소서.

이목이 벽장 속으로 막 몸을 숨기는 순간이었다.

─네 이놈, 이목아! 어서 썩 나서지 못하겠느냐?

허공에서 호통이 터진 데 이어 '쿵!' 하고 도량으로 내려선 저승사자가 노승을 향해 불칼을 휘두르며 다그친다.

─네 이놈, 이목이는 어디 있느냐?

노승 또한 꼿꼿한 자세로 배나무를 가리키며 일갈한다.

─우리 가람에 그런 사람은 없다. 다만 저것이 이목일 따름이다.

저승사자는 불칼로 배나무를 내리치고는 다시 하늘로 올라가 버린다.

벽장 안에서 나온 이목이 읍소한다.

―스님! 목숨을 구해 주신 은혜, 백골난망이로소이다. 하오나 스님께서 사흘만 더 기다리셨더라면, 소승은 용이 되어 승천할 수가 있었사옵고, 스님 또한 성불할 수가 있었사온데……, 그만 애통하게 되었사옵니다. 이제 소승은 이곳을 떠나야만 목숨을 부지할 수가 있사옵니다. 스님, 부디 귀체 보중하시옵소서.

노승이 이목의 옷자락을 붙잡으려 했지만, 이미 허공으로 날아 나가버린 뒤였다.

이목은 대비사 상공을 세 바퀴 선회하더니, 정상에 있는 암벽을 꼬리로 쳐서 두 조각으로 갈라놓고는 동쪽 하늘로 사라졌다.

한 해가 지나고 또 한 해가 지나는 동안, 노승은 주야장철 이목이 보고 싶어 뜬눈으로 밤을 지새운 적이 한두 번이 아니었다.

어느덧 삼 년이 가까워 오는 어느 날, 노승은 바랑을 짊어지고 장도에 오른다.

방방곡곡을 다 뒤져서라도 꼭 이목을 찾아내어 같이 살자고 애걸할 작정이었다.

드디어 어느 날, 용솟골로 들어서던 노승은 호박소 상공에서 갖은 조화를 부리고 있는 이목을 발견하고는 너무나 반가운 나머지, "이목아!" 하고 큰소리로 부른다.

그러자 이목은 노승 앞에 나타나 눈물을 쏟으며 울부짖는다.

―스님, 어이하여 스님께서는 소승의 앞길을 번번이 망치시나이까? 그 동안 소승은 낮에는 이 깊은 웅덩이 속에서 잠자고, 밤이면 저 굴속에서 글공부를 열심히 하여, 옥황상제님의 특별 배려로 사흘 후면 승천하기로 되어 있었사옵니다. 스님, 일이 이 지경에 이르렀으니, 장차 이 일을 어이 하면 좋사옵니까? 소승이 다시 기회를 잡으려면 앞으로 천 년을 기다려야

하옵니다. 이제 곧 늙은 이무기와 힘겨루기를 하기로 약조되어 있사오나 저는 이미 정기를 잃어 패배한 것이나 다름없사옵니다.

이때였다. 구름과 빗줄기를 몰고 쇠지밋골 쪽에서 웬 늙은 이무기 한 마리가 비늘을 곤두세우고 날아들었다.

―네 이놈, 이목아! 내 오늘 기어코 네 놈을 이기고야 말리라.

순식간에 두 마리의 이무기가 허공에서 뒤엉켰다. 동시에 빗줄기와 빗줄기가 엉키고 천둥 벼락이 서로 맞부딪쳤다.

하지만 노승에게 정기를 빼앗긴 이목은 끝내 역부족이었다.

마침내 온몸이 피투성이가 된 이목은 피울음을 울며 상투봉 너머로 사라지고 말았다.

이야기를 마친 담임선생은 이무기굴에 가보자고 하며 앞장을 섰다. 다들 신발을 벗고 물을 건너 떡갈나무가 울창한 가파른 비탈을 타고 오르자, 돌버즘이 희끗희끗 피어있는 커다란 바위더미가 나타났는데 그 한쪽에 입구가 있었다.

▲ 이무기굴 입구와 그 내부 동굴

조심스레 안으로 들어서자, 천연 동굴이라기에는 너무나 인공적인 인상을 주는, 마치 석공이 징으로 파고 들어가 빚은 듯, 거의 직육면체에 가까운 반듯한 돌방이 나타났다.

"애들아, 여기 한번 쳐다봐라." 하고 담임선성이 머리 위의 천장을 가리키며 말했다. "이무기가 밤마다 관솔불을 켜놓고 공부했던 흔적이다."

아닌 게 아니라 천장 한가운데에 그을린 흔적이 남아 있었다.

전설을 그럴 듯하게 꾸미기 위해서 누군가 일부러 조작해 놓은 것이라고 나는 생각했다.

호박소에서 도시락을 까먹고, 다음 코스인 얼음골로 이동했다.

오늘날 입구에 버티고 있는 매표소를 위시하여 아이스벨리호텔이며, 천황사는 훨씬 뒷날 생긴 것들로, 당시에는 아무런 시설도 표지판도 존재하지 않았다. 다만 원시림을 방불케 하는 울창한 밀림만이 협곡을 가득 메우고 있었을 뿐이다.

가느다랗게 뚫린 오솔길을 따라 100여 미터가량 걸어 올라가자, 담임선생은 왼편 비탈에 깔린 너덜겅 쪽으로 학생들을 인솔했다.

마침내 목적지에 다다랐는가 보다 싶었으나 그게 아니었다. 담임선생이 말했다.

"얼음이 어는 장소는 여기에서 300여 미터가량 더 올라가야 한다. 여러분을 이 자리로 인솔한 목적은 돌부처에 관한 이야기를 해주려는 거다."

뜬금없이 '돌부처'라는 말에 학생들은 어리둥절할 수밖에 없었다.

지팡이로 주위의 너덜겅 일대를 가리키며 담임선생은 계속했다.

"문헌에 의하면, 바로 이 자리에 통일신라시대에 세워진 '빙곡사'라는 절이 있었는데, 고려시대에 산사태가 덮쳐갖고 매몰되었다고 한다. 이 돌부처 토막이 바로 그 증거다."

그가 지팡이 끝으로 가리킨 것은, 두상도 팔도 없이 몸통만 달랑 남아 있는, 얼핏 보면 너덜겅을 이루고 있는 수백 개의 바윗돌 가운데 한 점일 뿐이었다.

담임선생은 계속했다.

"이 너덜겅을 뒤지면 분명히 부처님의 머리와 팔과 대좌臺座가 나올 거라고 본다. 누군가 그걸 찾아내어 이 자리에다 역사 속으로 사리진 빙곡사를 꼭 복원했으면 좋겠다."

나 역시 마음속으로 꼭 그렇게 되기를 간절히 빌었다.

다시 오솔길을 타고 올라가 개울을 건너자 갑자기 서늘한 냉기가 아랫도리를 휘감아 오는 것이 아닌가! 얼음이 어는 장소에 근접했다는 증좌였다. 가파른 비탈길을 5분가량 톺아 오르자, 마침내 널따란 너덜겅이 눈앞에 펼쳐졌다.

너나없이 다람쥐처럼 재빠르게 바윗돌을 넘나들며 얼음을 찾기 시작했다.

▲ 얼음골 결빙지 및 그 내부의 결빙 모습

"우와아, 얼음이닷!"

한 학생이 외친 데 이어 여기저기에서 다투어 소리를 질러댔다.

"우와아, 여게도 있다아!"

"여게도 있다아……!"

바윗돌 틈새를 들여다보자, 꼭 거짓말처럼 얼음이 목격되었다. 종유석처럼 거꾸로 매달려 있는 것들도 있고, 석순처럼 아래에서 솟아오른 것들도 있었다.

아이스케이크가 따로 없었다. 학생들은 저마다 얼음을 따내어 와싹와싹 씹기도 하고, 혀로 핥아대며 환호작약했다.

나라에 큰일이 있을 때마다 땀을 흘리는 무안에 있는 '사명대사의 표충비'와 두들기면 종소리가 나는 크고 작은 물고기 모양을 한 삼랑진에 있는 '만어사의 경석磬石'과 더불어 '밀양의 3대 신비'라는 일반론만 펼쳤을 뿐, 여름에 얼음이 어는 이치에 대해서는 담임선생도 '풀리지 않는 수수께끼'라고 말했다.

사실 결빙 원인에 관한 연구와 논쟁은 지난 60년대 후반부터 지금까지 지속되고 있지만, '대기팽창설', '기화열설', '대류결빙설' 등 각종 설만 무성할 뿐, 명징하게 검증된 정설이 없는 가운데, 1970년에 천연기념물 제224호로 지정되었다.

오늘날 관광객들을 반갑게 맞아주고 있는 천황사의 내력에 대해서도 몇 마디 언급하지 않을 수 없다.

담임선생의 바람대로, 천황사의 모태라고 할 수 있는 '빙곡사'가 들어선 것은 그로부터 9년 뒤인 1959년이었다. 그러나 명칭만 '빙곡사'였을 뿐, 담임선생의 바람과는 사뭇 거리가 멀었으니, 남편의 피부병을 다스리기 위하여 이곳에 들어온 '무안보살'이라는 분이 4칸짜리

초가를 지어 엉뚱하게도 불교용품상에서 구입한 등신대의 석고불상을 모신 데 불과했기 때문이다.

▲ 최보월화 보살　▲ 김외출 여사　▲ 선우옥진 씨

가마불폭포수에 냉수욕을 하는 등 4년간의 치료 끝에 남편의 병이 완치됨에 따라 방매로 내놓은 건물을, 1963년 언양에서 넘어온 최보월화 보살과 그녀의 딸 김외출 여사와 사위 선우옥진 씨가 공동명의로 이를 매입하여 집 뒤편 언덕에다 자그마한 법당을 신축하고 처음에는 예의 석고불상을 모셨다가, 너덜겅 속에 매몰되어 있는 대좌를 발굴하여 김봉구라는 화공의 손을 빌려 수차례의 시행착오 끝에 현재의 비로자나불로 거듭나게 함으로써, 마침내 1995년 문화재청으로부터 보물 제1213호 지정까지 받아내었으니, 참으로 경축할 일이 아닐 수 없다.

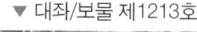
◀ 비로자나불상

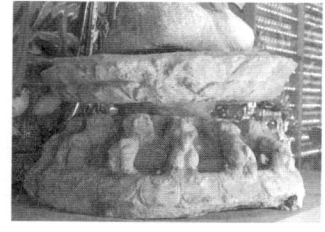
▼ 대좌/보물 제1213호

천황사 비로자나불상의 문화재로서의 가치는 불상의 본체가 아니라, 아이러니하게도 그를 떠받들고 있는 11마리의 사자가 환조로 새겨져 있는 대좌인바, 이는 우리나라 불상에서는 그 유례를 찾아볼 수 없는 독창적인 구상력과 정교한 기법, 그리고 세련되고 우아한 양식 등으로 당대 최고의 걸작품으로 평가받고 있다.

내친김에 이 불상과 우리 가족과의 깊은 불연佛緣도 소개하지 않을 수 없다.

1966년의 어느 봄날, 당시 홍제중학교[19] 교사로 재직하고 있던 나는 얼음골로 가족소풍을 가기로 하고 아내와 세 살짜리 딸, 그리고 밀양중학교 1학년을 수료하고 홍제중학교로 전학해 와 있던 둘째 남동생 장섭이를 데리고 본가에 당도하자, 어머니와 둘째 여동생 정숙이도 흔쾌히 합류했다.

당시 어머니는 '수원보살'로 불리며 숲마 마을 신도들로부터 건대를 거둬 보시하는 등, 이미 수년 째 돈독한 관계를 유지하고 있던 터라, 우리 가족 일행이 당도하자 최 보살을 위시하여 절 식구들의 반색이 대단했다. 이유인즉슨, 신축 법당 안에 대좌를 옮겨 놓고도, 정작 몸통을 운반할 인력이 부족하여 엄두를 내지 못하고 있다는 것이었다.

◀ 석불 운반 장면

← 앉아서 놀고 있는 자녀들
← 김 화공·선우옥진 씨
← 둘째 누이 정숙·아내 류문자
　둘째남동생 장섭
← 저자·어머니 수원 보살

현묵 스님 ▶

---

19) 홍제중학교 : 밀양시 단장면 단장리에 위치하고 있는 불교종단 사립중학교. 1948년 9월 영정고등공민학교로 설립 인가를 받아 표충사에서 개교한 이래, 1953년 6월 현 위치로 이전하여 이듬해 3월 홍제중학교로, 2005년 동국대학교시·범대학부속홍제중학교로 교명이 변경되었다.

이에 우리 가족이 벌 떼처럼 덤벼들어 사다리 위에다 예의 몸통을 얹고 로프로 묶어 법당 안에다 무사히 모셨으니, 이 어찌 불연이 아니겠는가.

게다가 둘째 남동생 장섭이 뒷날 구산九山 스님의 문하에 입문하여 '현묵玄默'이라는 법명을 받은 이래, 칠불암에서 10년간 묵언수도를 한 데 이어 현재 송광사 유나 겸 전국선원수자회 공동대표로 정진하고 있으니, 이보다 더한 불연이 또 어디 있겠는가!

31

5학년 때였다. 하루는 한 마을에 사는 6학년 형이 뜬금없이 또래 동무들에게 도道를 닦으러 갈 의향이 없느냐고 묻는 것이었다. 도롱골 마을에 도사 한 분이 살고 있는데, 최면술로 전생을 구경시켜 줄 뿐만 아니라 신통력을 발휘할 수 있도록 주문을 가르쳐 준다고 했다. 아무나 가도 받아주느냐고 묻자, 남녀노소를 가리지 않고 쌀 한 되만 가지고 가면 저녁밥과 다음날 아침밥까지 제공해준다는 말에 회가 동하지 않을 수 없었다.

도사가 되어 이야기 속의 주인공처럼 축지법을 써서 수백 리 길을 눈 깜박할 새 도달할 수 있다면, 둔갑술을 써서 감쪽같이 내 몸을 감추거나 다른 사물로 변신할 수 있다면, 분신술을 써서 내 몸을 여러 개로 나타나게 할 수 있다면 얼마나 좋을까 싶었다.

뽈은 단김에 빼랬다고, 우리는 당장 그날 실행에 옮겼다.

도롱골까지의 십 리 길을 걸어가는 동안 우리는 각자 입을 굳게 잠그기로 했다. 도를 닦거나 기도하러 갈 때에는 절대로 말을 해서는 안 된다고, 이를 어길 경우 부정을 타서 아무리 정성을 다해도 효험이 없다고 6학년 형이 엄포를 놓았기 때문이다. 이는 할머니의 말과도 일치하는 것이었다.

그런데 나는 그만 깜박 잊고 그 금기를 깨뜨리고 말았다.

땅메산모롱이를 돌아들면서 나도 모르게 "김월봉 장군이 참말로 축지법을……." 하는 순간, 6학년 형이 검지를 입술에 갖다 대며 엄숙한 표정을 지어보이는 것이었다. 나는 '아차!' 싶었다. 혹시 부정을 타면 어쩌나 해서였다.

도롱골 마을로 접어들어 들머리에 다다르자, 6학년 형이 목적지에 다 왔다는 뜻으로 추녀가 몹시 낮은 초가를 가리키며 빙긋 웃어 보였다. 전에도 더러 와본 것 같았다.

조심스런 걸음으로 사립문 안으로 들어서자, 쇠죽을 끓이고 있던 상투쟁이 노인이 "어서들 오시게." 하고 일행을 반갑게 맞았다. 아마도 6학년 형의 어머니나 아버지가 사전에 연통을 넣은 듯했다.

저녁밥을 먹고 나서 사랑방에 들어가 이른바 '수행'에 들어갔는데, 다른 건 기억에 남아 있지 않고, 최면술에 의한 전생 체험과 「운장주呪雲長」 주문을 외웠던 대목은 지금도 생생하다.

먼저 전생 체험의 경우부터 설명하자면, 가부좌 자세로 눈을 지그시 감게 한 다음 도사가 말했다.

"자……, 숨을 기일게 처언천히…… 아주 처언처언히…… 깊게 들이마시고 내쉽니다……. 모든 근심 걱정이 내쉬는 숨결과 함께 내 몸에서 사라지는 것을 느낍니다……. 자아……, 나는 지금 숲속으로 난 오솔길을 걸어가며 아주 맑은 공기를 마시고 있습니다……. 지금 무슨 소리가 들려오고 있습니까?"

그러자 6학년 형이 말했다.

"꾀꼬리 소리가 들려오고 있습니더."

다른 아이가 말했다.

"뻐꾸기 소리가 들립니더예."

"저는 매미 우는 소리가 들립니더예."

그런데 내 귀에는 아무 소리도 들리지 않는 것이었다. 도사는 계속했다.

"이번에는 왼편을 한번 바라보시오……. 무엇이 보입니까아?"

한 아이가 말했다.

"호수가 보입니더예."

다른 아이가 말했다.

"고랫등 같은 기와집들이 보입니더예."

"저는 강이 보입니더예."

역시 나는 아무것도 보이질 않았다.

"좋습니다……. 각자 다른 소리가 들리고 다른 경치가 보이는 것은 저마다의 전생이 다르기 때문입니다……. 이제 여러분은 저마다 다른 전생에 들어와 있습니다……. 자, 이제 자신이 어떤 신발을 신고 있는지 한번 내려다보시오."

"짚신을 신고 있습니더에."

"저는 나막신을 신고 있심더."

"저는 여자 고무신을 신고 있습니더예."

6학년 형의 말대로 부정을 탔던 것일까, 나는 그 어느 것도 보이는 것이 없었다.

그 대신에 암기에는 자신이 있었던 터라, 다음 단계인 주문만은 다른 아이들보다 먼저 외워야겠다고 다짐했다. 우리는 뜻도 모르는 채 도사를 따라 읊조리기 시작했다.

도사의 말에 의하면, 주문이기 때문에 무슨 뜻인지 전혀 알 필요가 없으며, 의지가 약해지거나 꺾일 때, 일이 잘 풀리지 않을 때, 또는 누가 괴롭히거나 아플 때 무조건 소리를 내어 읊조리는 순간 만사가 형통된다고 했다.

얼마나 마음속에 깊이 각인되었는지, 70여 년이 지난 지금도 횅하게 욀 수 있을 정도다.

  천하영웅관운장 의막처 근청천지팔위제장/ 육정육갑 육병육을 소솔제장 일별병영사귀/ 엄엄급급 여율령 사파하
  天下英雄關雲長 依慕處 謹請天地八位諸將/ 六丁六甲 六丙六乙 所率諸將 一別屛營邪鬼/ 唵唵唵唵 如律令 娑婆訶

다음날 아침 우리는 매주 토요일마다 찾아가기로 약조하고 그 집을 나섰다. 그러나 그게 처음이자 마지막이었다. 집집마다 어른들이 다시는 가지 못하게 했기 때문이다. 어른들의 한결같은 말에 의하면, '훔치교吽哆敎'를 믿으면 패가망신한다는 것이었다. 왜 나쁜 것인지, 어째서 패가망신하는지는 모르지만, '도둑질'을 연상시키는 '훔치'라는 어감이 다소 찜찜했던 것도 사실이다.

훨씬 뒷날 증산교甑山敎[20]에 관심을 가지게 되면서 '훔치교'가 증산교의 다른 이름이라는 사실을 알고, 당시 그 도사의 정체가 궁금해서 증산교 밀양지회에 문의해 봤더니, 일제 말기에 탄압이 워낙 극심하여 심산궁곡으로 은신한 이들이 한둘이 아닌 터라 누군지 알 수 없다고

---
20) 1902년 강일순姜一淳이 창시한 신흥종교. 학자들에 따라서는 한국사상의 원류인 단군사상이 신라의 화랑도, 고려의 팔관회, 조선의 선비도, 조선 후기의 동학을 거쳐 증산교의 사상으로 연결되는 것으로 분석하기도 한다.

했다.

　도롱골로 다시 갈 수 없게 되자, 예의 6학년 형은 차선책으로 '백년 묵은 산삼'을 화제에 올렸다. 그의 말에 의하면, '그걸 한 뿌리만 먹으면 장군 소리를 들을 만큼 힘이 세어질 뿐 아니라 무병장수할 수 있다.'는 것이었다.

　어째서 그런가 하면, 천길 벼랑 위에서 천년 묵은 학의 똥과 봉황의 오줌만을 받아 마신 결과 온갖 약성분을 두루 갖추고 있기 때문이라고 했다.

　그러나 속인들의 눈에는 결코 띄는 법이 없이 오직 산신령의 영험을 입은 자만이 발견할 수 있다니 못내 아쉽고 안타까울 따름이었다.

32

　1950년 6월 25일 새벽, 시한폭탄이던 38선이 기어이 터지고야 말았다. 나는 처음에 그 말을 듣고 '38선'이 어떻게 생긴 물건이기에 터지는가 싶었다.

　며칠 뒤, 민간 트럭을 징발하여 느닷없이 들이닥친 장병들이 골짜기의 구석구석을 누비고 돌아다니며 20세 이상, 30세 미만의 청장년들을 닥치는 대로 끌어 모았다. 영장이고 뭐고 있을 리가 없었다. 도민증을 소지하지 않았다가 붙잡혀 온 30세 이상 되는 장정들도 부지기수였다. 순식간에 이들 청장년들로 꽉 차버린 학교 운동장 안에서는 고함 소리, 호루라기 소리, 매타작 소리가 끊이질 않았다. 사람들은 기회만 있으면 달아날 궁리를 했으며, 실제로 도주하다 붙잡혀 치도곤을 당하는 이들이 속출했다.

에……, 듣는다…….

조례대 위에 올라간 소령이 메가폰을 잡고 외쳐대기 시작했다.

귀관들은 조국의 부름을 받고 이 자리에 모인 자랑스러운 대한의 아들들이다. 유엔군의 반격으로 드디어 괴뢰군은 전의를 상실하고 후퇴 일로에 들어섰다. 귀관들은 앞으로 소정의 군사훈련을 수료한 다음, 일선에 투입되어 이들 물러가는 적들을 한 놈도 남김없이 섬멸해야만 한다…….

M1에 착검을 한 병사들이 삼엄한 경계망을 펼치고 있는 가운데, 운동장 주위의 울타리 밖에서는 가족들의 아우성과 통곡 소리가 끊이질 않았다. 주먹밥을 싸들고 아들의 이름을 부르는 노파들, 비상금을 쥔 주먹손을 흔들며 애타게 남편의 이름을 부르는 아낙네들……, 아비규환이 따로 없었다.

소령의 지휘에 따라 장병들이 우선 환자와 불구자를 가려내기 시작했다. 절름발이나 벙어리 시늉을 하다가 들통이 나서 초주검이 되기도 했다.

순경과 면서기들이 울타리 밖으로 돌아다니며 큰소리로 외쳐댔다.

"보소, 보소! 울기는 와 우요, 누가 죽었는게?"

"운다고 전쟁이 끝나는게?"

"빨갱이 새끼들한테 나라를 뺏기도 좋단 말이오, 앙?"

"왜놈 시절에는 '반자이'를 처부르던 사람들이 내 나라를 지키러 나가는데 울기는 와 우요?"

나는 이해할 수가 없었다. 왜정 때 출정하는 장정들의 어깨에다 '武運長久무운장구'라고 쓰인 띠를 걸쳐 준 이들이 누군데, 운집한 인파의 손에 일장기를 쥐어주며 '반자이를 불러라', '웃어라' 하고 소리쳤던 이들이 누군데, 정작 내 나라, 내 겨레를 위하여 출정하는 이들의 가슴에는 손수건도 한 장 달아주지 않으면서, 어쩌면 저렇게도 뻔뻔스러울 수 있단 말인가!

소령에 이어 단상에 올라간 신임 면장의 일장연설이 계속되고 있었다.

…… 드디어 우리 힘으로 남북통일을 이룩할 그날은 오고야 말았습니다. 36년간 나라 잃은 설움 속에 신음해야만 했던 우리 민족은 또다시 분단의 비극 속에서 오직 오늘이 오기만을 학수고대해 왔던 것입니다…….

뒷날 들린 바에 의하면, 그날 실려나간 장정들은 특별열차편으로 부산으로 이송되어 사흘간의 속성 훈련 과정을 마치자마자 일선 부대에 배속되었다고 했다.

피난민들의 행렬이 팔풍으로 밀려들어오기 시작한 것은 그로부터 불과 며칠 뒤였다. 달구지나 황소 위에 짐을 실은 이들이 간혹 눈에 띄긴 했지만, 대부분은 양식자루, 옷보따리, 침구, 간단한 취사도구 등을 챙긴 초라한 행색들이었다. 그도 그럴 것이, 노약자와 어린 아이들만으로도 벅찬 짐이 되어 보였다.

학교는 졸지에 피난민수용소가 되고 말았다. 학제개편에 따라 그해 따라 5월말에 종업식을 거행하고 8월말까지 유례없는 장기 방학에 돌입했던 것은 그나마 다행이었다.

유엔군만 출동하면 금방 끝장이 나고 말 것 같던 당초의 예상을 뒤집고 정부는 일사천리로 부산까지 밀려 내려오고 말았다. 이대로 나간다면 우리도 대만 정부처럼 제주도나 울릉도로 밀려나지 않는다는 보장이 없었다. 부산과 마산에는 정부의 고위관료들이 여차하면 일본으로 도망하기 위하여 앞바다에 배를 대기시켜 놓고 인근 호텔이나 여관에 가족들과 함께 은신해 있다는 풍문이 나돌기도 했다.

하루는 비행기가 지나가는 소리도 없었건만 수만 장의 삐라들이 물비늘처럼 반짝이며 기류를 타고 비스듬히 이동하고 있는 광경이 시야에 들어왔다.

"삐라다, 삐라! 줏으러 가즈아!"

낙하지점으로 예상되는 땅메산 쪽을 향하여 아이들은 줄달음을 치기 시작했다. 마침내 삐라를 주워 들자 이렇게 적혀 있었다.

> 친애하는 한국 국민 여러분에게 고함!!
> '킹 작전' 드디어 성공!
> 8월 7일, 미 제35사단, 제5전투부대와 증강된 제3해병여단으로 구성된 '킹 작전'은 오전 6시 30분 현재, 마산·진주 25km전선에서 일제히 맹렬한 반격을 개시하여 적 3개 사단을 섬멸하였습니다.
> 이 공격이야말로 개전 이래 우방 연합군의 최대의 쾌거로서 마침내 마산·부산 공격의 위험은 분쇄되었습니다…….

마치 그 사실을 증명이라도 하듯 새로운 조짐이 일어났다. 아아, 제트기의 첫 출현은 얼마나 많은 사람들을 매료시켰던가! 아스라이 높은 상공에 네 줄기로 수놓이는 구름타래를 바라코며, 누군가의 입에서 '쌕쌕이'라는 비행기에서 뿜어내는 배기가스라는 말이 나왔을 때 아무도 그 말을 곧이듣지 않았다. 구름타래의 훨씬 전방에 별처럼 가물가물 빛나는 네 대의 비행체를 어렵사리 포착했을 때에도 그것이 차마 비행기라고는 도무지 믿기질 않는 것이었다. 그러다가 어느 날 느닷없이 출현한 거대한 괴물체가 순식간에 머리 위를 스친 환각에서 깨어나기도 전에 하늘을 쪼개는 듯한 굉음이 뒤따르는 것을 듣고서야 비로소 사람들은 그 존재를 실감하게 되었다.

실로 안타까웠던 것은, 그럼에도 불구하고 피난민들의 유입이 연일 계속되고 있었다는 사실이다.

게다가 며칠 전부터는 간간히 원뢰遠雷처럼 들려오는 소리가 있었다. 어른들의 말로는 '대포 소리'라고 했다. 그 소리는 하루가 다르게 점점 더 가까워지고 있었다. 구름이 잔뜩 끼거나 한밤중이 되면, 지진이라도 난 것처럼 땅울림이 전달되면서 한동안 문풍지가 '따르르르……' 소리를 내며 미세하게 떨리곤 했다.

정말 이대로 나간다면, 일주일 안으로 '전쟁'이라는 이름의 괴물체가 아가리에 시뻘건 불길을 토하며 눈앞에 들이닥칠 것만 같았다.

하루는 어머니가 말했다.

"보소, 야, 인민군들이 창녕꺼정 쳐니리 왔다느메. 이라고 있을 기이 아이라 우리도 피난을 가야 안 되겠는게?"

그러자 아버지는 버럭 역정을 내었다.

"가기는 어데로 간단 말고?"

"이대로 죽을 수는 없잖은게?"

"『정감록鄭鑑錄』에 의하면, 삼산三山이 제일 안전한 피난처라고 기록돼 있단다."

"삼산이 어딘데요?"

"어데긴 어데라, 부산하고 마산하고 대구지. 우리 밀양은 삼산을 연결하는 삼각지대 안에서도 그중 한가운덴 기이라."

"그런데 대구는 산이 아니지 않은게?"

내가 냉큼 끼어들었다.

"엄마, '언덕 구邱' 자니까 언덕도 산은 산 아이가."

"이 자석아, 언덕이 우째 산이고? 훨씬 더 커야 산이지!"

"그라이꺼내 그 앞에다 '큰 대大' 자를 붙여 논 거 아이겠나."

그러나 어머니는 고집을 꺾지 않았다.

"보소, 정감록 겉은 소리 고만하고 당장 피난 갈 준비합시더. 하루하루가 불안해서 못 살겠심더."

"걱정도 팔자다. 메칠 안으로 유엔군이 압록강, 두만강꺼정 쳐올라 가게 돼 있는 기이라."

"그라머 중공하고 소련이 가만히 있다 카던게? 대반에 3차전쟁이 일라고 말지!"

"혼자 다 아는 소리 하고 있네. 중공하고 소련이 미국을 이기지 싶으나? 원자폭탄 한 방만 터자 봐라, 지깐놈들이 손을 안 들고 우짤 것고?"

"하이고, 소련에는 원자폭탄카머도 더 무서운 수소폭탄이 있다는 말도 못 들어봤는게?"

"그래, 피난을 간다고 치자. 부산으로 갈 것가, 일본으로 갈 갈 것가? 뭐라 뭐라 캐쌓아도 여게가 젤 안전한 줄 알아라."

"암만캐도 임시수도가 된 부산이 더 안전하지 않겠는게?"

"또, 또, 또, 혼자 다 안다. 전쟁 마중 나갈 일이 있나, 외라 부산 사람들이 이리로 피난 올 기이다. 두고 봐라, 어데 내 말이 틀리는 강……."

33

아버지의 예언은 적중했다. 바로 그 다음날 부산에 사는 길천 할매가 맏아들 영훈이와 둘째아들 영길이를 데리고 우리 집으로 피난해 왔으니 말이다. 할아버지의 종제인 길천 할배가 두 아들의 안전을 도모하느라 특단의 조치를 내렸던 것이다. 길천 할배로 말하면, 큰할아버지께서 일찍이 타계하신 이후로 외동이 되신 할아버지로서는 가장 가까운 혈육이었다. 할아버지의 숙모뻘인 골안 할매가 아직도 생존해 계실 때이기도 했다. 이러한 관계를 차치하고서라도 우리 집으로서는 그들을 기꺼이 받아들이지 않을 수 없었던 것이, 내년에 내가 부산으로 유학하게 되면 그 집 신세를 지기로 이미 어른들끼리 약조가 되어 있었던 것이다. 아버지와 어머니가 영훈이와 다투지 말고 친하게 지내라고 신신당부했던 것도 그 때문이었다.

마침 방학 중이었으므로 그와 나는 노상 붙어 지내게 되었는데, 그의 출현은 한마디로 말해서 문화적 충격이었다.

우선 피난민 막사로 변신한 우리 학교의 1층짜리 목조건물을 보더니, 자기가 다니는 초량국민학교 변소만 하다는 말로 기를 판 죽이는 것이었다. 게다가 '교가'를 한번 불러보라는 말에 당혹하지 않을 수 없었다. 그때까지 나는 '교가'라는 단어조차도 들어본 적이 없었으니 말이다. 그는 신바람을 내며 자기 모교의 교가를 불렀다.

태백산 정기 맺힌 구봉언덕에/ 하늘 높이 우뚝 솟아 장엄도 하다/ 아침 바다 고운 해 맑고 밝음은/ 아름답다 초량 아이의 마음이로세/ 배워라 튼튼하라 씩씩하여라/ 우리는 이 강산을 메고 나가리⋯⋯

이상하게도 그가 교가를 부르는 동안 '태백산의 정기'가 내 몸 속으로 전이되어 오는 느낌을 받으면서, 열심히 배우며 튼튼하게 씩씩하게 자라 장차 우리나라를 메고 나갈 역군이 되리라는 결의가 용솟음쳐 오르는 것이었다. 마치「애국가」를 부를 때처럼……

뿐만 아니라, '구슬치기'와 '줄팽이' 따위도 난생 처음 대하는 생소한 놀이인지라, 내년부터 본격적으로 부딪히게 될 '부산'이라는 곳의 도시 생활이 은근히 두렵기도 했다.

그가 내 기를 완전히 꺾은 것은 "에이 비이 씨이 디이 이 에프 지……." 하고 영어로 부른 노래였다. 알파벳을 읽고 쓸 줄 아는 것으로 우쭐댔던 그동안의 자존심이 여지없이 뭉개지는 순간이었다.

그러나 내게도 뭉개진 자존심을 회복할 수 있는 기회가 오고야 말았다.

종이에다 연필로 'Kim Choonbok'이라고 써서 읽어보라고 하자, 그는 얼굴이 빨개지며 당혹감을 감추지 못했다. 나는 글자를 짚어가며 또박또박 큰소리로 세 번이나 반복해서 읽어주었다.

"킴, 춘, 복! 킴, 춘, 복! 킴, 춘, 복!"

그러자 기어드는 소리로 그가 말했다.

"니 내 이름도 쓸 수 있겠나?"

나는 말이 떨어지자마자, "Kim Yeonghoon"이라고 일필휘지하여 역시 하나하나 짚어가며 세 번 반복해서 읽어주었다. 뿐만 아니라, 시례에 가서 통발로 물고기를 잡는다든가, 싸리나무 꼬챙이 끝에 개구리 다리를 미끼로 묶어 바위 밑에 숨어 있는 가재를 잡아낸다든가, 고누놀이 따위를 가르쳐주는 사이에 둘의 처지는 완전히 역전되어 있었다.

길천 할매가 두 아들을 앞세우고 다시 부산으로 돌아간 것은 방학이 거의 끝나갈 무렵이었다. 하직마당에서 길천 할매가 내 머리를 쓰다듬어주며 말했다.

"복이 니는 맹년부텀 우리 집 식구 될 거 아이가. 우야든동 열심히 공부해갖고 부산중학교에 척 합격하도록 해라."

그러자 옆에 서 있던 영훈이 말했다.

"니, 합격할 자신 있나, 낙타가 바늘구멍에 드가는 거보다 더 에렵다 카는데……?"

나는 조금도 망설이지 않고 즉답했다.

"태산이 높다 하되 하늘 아래 뫼이로다."

모두들 큰소리로 한바탕 웃었다.

34

각 부락에서 차출된 인부들에 의해 솔섬에 피난민 막사가 들어섬으로써, 다행히 9월초에 정상적으로 신학기를 맞이할 수 있었다.

그런데 그게 아니었다. 첫 운동장조례를 하던 도중이었다. 조회대 위에서 한창 열변을 토하고 있던 교장선생이 갑자기 말문을 닫고 솔끝 쪽을 향해 고개를 잔뜩 뽑아 올리는 것이었다. 그러자 학생들의 대오가 봇물처럼 터지면서 울타리 쪽으로 와르르 쏟아져 갔다.

"으와아아……!"

학생들의 입에서 일시에 함성이 폭발했다. 솔끝으로 이어진 곧은길을 따라 비상라이트를 켠 수십 대의 군용차량들이 먼지바람을 일으키며 진군해오고 있는 것이 아닌가! 도대체 몇 대나 되는지 행렬의 꼬리가 끝없이 이어지고 있었다.

저 많은 차량들이 도대체 어디를 향해 가려는 것일까?

그러나 이내 그 의문이 풀렸다. 선두에 선 지프차가 클랙슨을 빵빵 울리며 교문 안으로 진입한 데 이어 꽁무니에 꽁무니를 물고 들이닥친 각종 차량들로 순식간에 운동장이 가득 메워져버렸던 것이다.

나는 그날 처음으로 미국 사람을 목격하게 되었다. 껑충한 키에 유난히 큰 코를 가진 백인들이나, 빤질거리는 새까만 피부에 엄청나게 두터운 입술을 가진 흑인들이나, 소나 돼지가 얼굴로는 쉽게 식별이 안 되듯이 모조리 그 얼굴이 그 얼굴인 듯했다.

우리는 그날부로 학교에서 쫓겨나야만 했다. 교장선생 이하 전 선생들은 그들이 시키는 대로 5, 6학년 학생들을 동원하여 교무실 안에 있는 각종 서류함과 책걸상, 그리고 각 교실의 책걸상들을 모조리 들어내어 인근에 있는 담배창고 안으로 옮기도록 했다.

학생들이 교무실에 들어갈 때마다 현관 입구에 마주보고 서 있는 두 명의 미군이 껌을 한 개씩 나눠주었다. 껌이란 것도 그때 처음 씹어보았다.

그 다음날부터 전교생은 별 수 없이 피난민 신세가 되어야만 했다. 비가 오지 않는 날엔 야산의 숲속에서 가마니를 깔고 앉아 소위 임간수업林間授業을, 비가 오는 날엔 이웃 마을의 재실이나 빈 창고를 찾아 다니며 동냥 수업을 해야만 했다.

우리는 수업을 마치자마자 학교 주변을 서성이며 미군들을 향해 "헬로우, 껌!", "헬로우, 기브 미 쪼꼬레또!"를 연발했다. 요행히 껌이나 초콜릿이 날아오면 서로 주우려고 쟁탈전을 벌였으며, 아무것도 던져주지 않고 "갓뎀, 썬 오브 비치!" 하고 욕설을 날려 보내어도 그 자체만으로도 재미있었다.

미군들은 학교 변소를 도외시한 채 그 옆에다 엄청스레 큰 구덩이를 파더니, 나무판자를 걸친 위에다 여러 대의 변기를 설치하고는 거기에 걸터앉아 용변을 보는 것이었다. 벽과 지붕이 완성되기까지의 이틀 동안, 행인 따위는 아예 안중에도 없는 듯, 아니 오히려 보라는 듯이 볼썽사나운 장면들을 연출하곤 했다.

미국놈 ×은 사이다병만 하다는 입소문이 파다하게 퍼지는 가운데 호기심이 발동한 아이들은 일부러 그 옆을 지나치면서 곁눈질로 힐끔힐끔 훔쳐보곤 했다.

그런데 정작 기절초풍할 일은 따로 있었다. 첫날 초저녁이었다. 마치 굶주린 짐승들이 우리를 박차고 뛰쳐나와 먹이사냥을 하듯, 일부 미군들이 가정집에 들어와 부녀자들을 붙잡고, "헬로우, 시비시비 오케이?", "헤이, 맘마상, 머니 마니 닥상 돈 많이 많이! 시비시비 오케이?" 했던 것이다. 어느 집에서는 부엌에 뛰어든 어떤 흑인 병사가 설거지를 하고 있는 아낙네를 뒤에서 끌어안고 수캐처럼 헐떡거린 해괴망측한 사건이 벌어지기도 했다는 후문이었다. 따라서 집집마다 대낮에도 문단속을 단단히 하지 않으면 안 되었다.

급기야 마을 유지들이 긴급대책회의를 연 끝에 면사무소 옆에 있는 가정집을 매입하여 유곽遊廓을 차리기로 결의하고, 외지에서 데리고 온 두 여인을 들여 놓음으로써 비로소 밤의 공포에서 벗어날 수 있었다.

무럭무럭 김이 나는 세숫대야를 들고 수시로 방 안으로 들락거리던 두 여인의 모습이 지금도 눈에 삼삼하다.

아이들 사이에는 "헬로우, 시비시비 오케이?", "헤이, 맘마상! 머니, 마니 닥상! 시비시비 오케이?"라는 새로운 유행어가 생겼는가 하면, 버려진 콘돔을 씻어 풍선놀이를 즐기다가 어른들한테 들켜 혼쭐이 나기도 했다.

미군들은 매일같이 수십 대의 차량을 몰고 시례 방면으로 오르내렸다. 가지산 정상에 극동통신기지를 설치하는 것이 그들 공병부대의 임무라고 했다.

겨울방학이 되어 시례로 올라간 나는 마침 숲마 마을 뒤편을 관통하고 있는 신작로를 확장하고 있는 공사현장을 목격할 수 있었다.

수십 대의 포클레인과 불도저와 덤프트럭들이 일사불란하게 움직이고 있는 희대의 구경거리를 놓칠세라, 현장에는 인근 마을에서 몰려든 주민들로 연일 북새통을 이루었다. 노인네들은 귀빈을 맞이할 때처럼 의관을 정제하고 나와 연신 경탄을 연발했다.

"허허, 놀랍다, 놀랍아! 시상에 우째 이런 일이!"

그랬다. 조상 대대로 오로지 삽과 괭이와 지게에만 의존해 왔던 그들에게 실로 그것은 경천동지할 대사건이 아닐 수 없었다. 확연하게 다른 외모로 보나 괴력을 발휘하는 장비로 보나, 도무지 같은 땅덩어리에 사는 인종들이라고는 믿기질 않았던 것이다.

이질적인 문화에 대한 호기심은 그들 역시 마찬가지였다. 자신들의 방한모와 달리 한여름에나 어울림직한 갓이 아주 신기한 모양으로 작업을 하는 틈틈이 촌로들과 어울려 기념사진을 찍는가 하면, 심지어는 갓과 두루마기만으로는 모자라 담뱃대까지 빌려 들고 독사진들을 찍기도 했다.

임간수업에 종지부를 찍고 전교생이 다시 학교 건물을 되찾은 것은, 1·4후퇴로 적군들에게 빼앗겼던 서울을 재탈환한 유엔군이 그 여세를 몰아 38선 일대까지 밀고 올라갔을 무렵이었다.

35

이제 첫사랑 비슷한 이야기를 할 차례가 된 것 같다. 상대는 1·4후퇴 때 서울에서 피난해온 최○숙이란 소녀였다. 산내지서 최 순경의 누이동생으로 『계절풍』과 『꽃바람 꽃샘바람』에서 '최옥경'이란 이름으로 등장하는 바로 그 인물이다.

이들 두 작품에서 가미했던 소설적인 윤색을 일절 배제하고 사실 그대로 재연해보고자 한다.

6학년 2학기 초, 그러니까 4월 초순이었다. 서울에서 한 예쁜 소녀가 전학해 왔다. 멜빵바지를 입고 있는 것만으로도 그녀는 전교생의 이목을 끌기에 충분했다.

첫날 국어 시간이었다. 「개나리」라는 동시를 낭독한 소녀의 음성을 나는 지금껏 잊지 못한다.

    캐나리 피어쿠나
    캐나리 피어쿠나……

'개나리'를 '캐나리'로, '피었구나'를 '피어쿠나'로 발음하던 감미로운 음성은 시낭독이라기보다 차라리 노래라고 해야 옳았다. 낭독이 거의 끝나갈 무렵, 음악 시간처럼 박수를 치며 재창을 요청할 수 있다면 얼마나 좋을까 싶었다. 그런데 뜻밖에도 담임선생이 한 번 더 시키는 것이 아닌가! 나는 그때처럼 담임선생이 고마운 적이 없었다.

종례 시간에 담임선생이 말했다.

"에에……, 오늘부터 1, 2학년 동생들의 변소 청소당번을 새로 정하겠다. 자, 누가 1학년 1반 변소를 자청해서 맡을 학생?"

그러자 아이들은 코를 움켜잡고 킬킬거리며 앞에 앉은 아이의 등 뒤에다 얼굴을 숨기기에 바빴다.

"아무도 없나?"

담임선생이 재차 묻기가 바쁘게 나는 큰소리로 "옛, 제가 하겠습니다." 하고 손을 번쩍 쳐들었다.

교실 안의 모든 시선이 내게로 집중되었다. 최○숙의 고개가 살며시 돌아오는 것을 훔쳐보며 나는 주먹을 한껏 높이 치켜들었다.

"역시 모범생이 다르구나. 이번에는 1학년 2번……?"

"옛!"

이어 나와 친한 아이들이 차례로 손을 들었다.

청소 시간이 되자, 우리는 각자 오물이 잔뜩 굳어 있는 변기를 떼어 들고 학교 뒤편에 있는 봇도랑을 향해 뛰어갔다.

봇도랑에는 이미 각 학년의 청소당번들이 몰려나와 걸레들을 빠느라 부산스러웠다.

그날따라 유달리 날씨가 쌀쌀했다. 대부분의 학생들은 풍덩 한번 담그기가 바쁘게 물이 철철 흐르는 걸레를 두 손가락 끝으로 집어 들고 교실을 향해 냅다 뛰기 바빴다.

맨 아래초리로 내려간 우리는 변기를 물속에 담그고는 막상 씻을 엄두를 내지 못한 채 서로 눈치들만 살폈다.

뒤늦게 도착한 한 무리의 여학생들이 걸레를 빨면서 깔깔거리고 있었다. 그들 속에 최○숙이 끼어 있는 것을 확인한 나는 가슴이 콩닥거리기 시작했다.

"야, 임마들아, 빨리 씻즈아!"

하고 나는 일부러 큰소리로 외치고는 물속에서 모래를 한 움큼 건져 올려 변기를 씻기 시작했다.

"아이고, 손 씨립아라!"

뒤따라 물속에 손을 담그던 아이들이 갑자기 불에 댄 것처럼 폴짝폴

짝 뛰기 시작했다. 한 녀석이 허벅지 사이에다 두 손을 찔러 넣고 마구 비비며 내게 물었다.
"캬아, 춘복이 니 손 안 씨립나?"
나는 필요 이상의 큰소리로 대꾸했다.
"야, 임마, 이기이 뭣이 씨립단 말고?"
"거짓말하지 마라."
"내가 뭣 때문에 거짓말할 것고, 나는 지금 당장 뺄가벗고 드가서 헤엄도 치겠다."
그러자 녀석은 모욕이라도 당한 것처럼 발끈했다.
"뭐, 뭣이 우째? 니 참말로 뺄가벗고 드가서 헤엄칠 수 있단 말가?"
"그래, 치머 우짤래?"
정말이지 나는 조금도 손이 시리지도, 춥지도 않았다.
"히히히……, 니까짓 기이 진짜로 헤엄친다 카머, 내 돈 백만원 주꾸마!"
다른 녀석들도 가만히 있질 않았다.
"나는 새끼손가락에 불을 딩가갖고 하늘로 올라가꾸마."
"나는 니 평생 묵을 거 다 대어 주꾸마!"
나는 두말없이 옷을 훌훌 벗기 시작했다. 윗도리, 아랫도리에 이어 내복까지 벗어버리자 팬티만 달랑 남았다. 그것마저 홀랑 벗어버리고 풍덩 물속으로 뛰어들자 등 뒤에서 일제히 함성이 터졌다.
"야아, ×지 바라으!"
"우와! 데쯔가부도 썼다아!"
그랬거나 말았거나, 나는 적진을 향하여 돌격하는 맹장처럼 "야아아아앗……!" 하고 외치며 여학생들이 있는 쪽을 향하여 전속력으로 질주하기 시작했다.

누군가 등 뒤에서 "데쯔가부도 도쭈게끼이돌겨억!" 하고 외치는 소리가 들려왔다.

순간, 손 병사의 일화를 두고 친구들에게 호언장담했던 일이 번개처럼 스쳤다.

아아, 그것은 실로 폭발적인 환희였다. '첨벙첨벙첨벙첨벙······' 연신 키 높이로 솟구쳐 오르는 물보라를 앞세우고 달려가자, 여학생들이 혼비백산한 채 달아나기 시작했다. 물이 철철 흐르는 걸레를 집어 들고 맨 꽁무니에 뒤쳐져 방금 스러질 듯 뒤뚱거리고 있는 최○숙을 바라보며 나는 전신을 관류하는 희열을 만끽했다.

유속에 몸을 맡기고 유유히 개헤엄을 쳐 내려가자, 아이들이 이구동성으로 탄성을 아끼지 않았다.

"으와! 춘복이 니 진짜로 용감하다! 참말로 안 춥나?"

나는 일부러 천천히 옷을 주워 입으며 큰소리로 외쳤다.

"야, 임마들아! 사나아 대장부가 춥긴 뭐가 춥단 말고, 앙?"

다음날부터 나는 딴 아이가 되어 갔다. 우선 어머니로부터 아침마다 지청구를 들으면서도 마냥 게을리 했던 양치질이며 물만 찍어 바르곤 했던 고양이세수가 하루아침에 싹 달라졌음은 물론, 사흘이 멀다 하고 아버지의 면도칼을 몰래 끄집어내어 눈썹을 다듬고 코밑의 솜털을 밀어내는 색다른 버릇까지 생기게 되었다.

나는 갑자기 운동화가 신고 싶었다. 짚신을 신은 애들이 태반이 넘는 걸 생각하면 고무신을 신은 것만도 감지덕지했지만, 운동화를 신고 있는 최○숙이 보기에 도무지 체면이 서지 않았기 때문이다.

하루는 큰맘 먹고 어머니에게 전에 맡겨 놓은 돈으로 운동화를 사 달라고 하자, 예상했던 대로 고무신에 비해 값은 갑절로 비싸면서 수명은 절반에도 미치지 못하는 운동화가 가당키나 하냐고 퇴박을 놓았다.

필요할 때 타 쓰라고 할머니가 말했는데 왜 안 주느냐고 다시 한 번 대들어 보았지만, 되돌아온 답은 한결 같았다.
"이놈우 자석, 그 동안 믹이고 입힌 돈 다 내놔라."
며칠 뒤 일요일 아침에 용전거랑에서 열린 부락자치회는 그 어느 때 보다도 나를 흥분시켰다. 최○숙이 그 자리에 참석했기 때문이다. '부락자치회'란 학교 당국의 지시에 따라 각 부락 단위로 일요일마다 한 장소에 모여 마을 청소를 하고 난 뒤에 청백으로 편을 갈라 릴레이 경주나 축구경기 따위를 즐기며 친선을 도모하는 모임이었다.
1학년부터 6학년까지 50여 명의 이름을 다 부르고 나서 출석부를 덮자, 6학년 여학생들 쪽에서 기묘한 합창이 일어났다.
"하나, 둘, 셋, 와 한 사람 이름은 안 부리노오?"
모닥불을 뒤집어쓴 것처럼 얼굴이 화끈거리는 가운데, '최○숙' 이름 석 자를 적어 넣고 나서 막 본회의에 들어가려는데 여학생들이 그냥 넘어가지 않았다.
"이름을 적었으머 불러야 할 거 아이가."
"하하하하하……."
"뭣 때문에 못 부리노, 야코가 죽나?"
"하하하하하……."
계집애들은 한사코 이름을 부르라는 것이었다.
"어이, 회장, 까짓거 못 부를 거 뭐 있노?"
"씨발거, 귀창이 떨어지도록 똥고함을 한번 처질러주뿌라."
남학생들이 용기를 북돋워주었지만, 차라리 노래를 불렀으면 불렀지, 도무지 입이 떨어지질 않았다. 마침내 용기백배하여 "최○숙!" 하고 부르자, 목구멍 안으로 기어드는 빈약한 내 목소리에 반해, "니엣!" 하고 얼마나 쾌활하면서도 고운 목소리가 그녀의 입에서 터져 나왔던가!

나는 한시도 그녀를 보지 않으면 안달이 날 지경이었다. 그러나 그 무렵만 해도 남녀칠세부동석이란 고착관념으로 남매간이라 할지라도 일단 대문 바깥에 나서기만 하면 피차 남남이 되었던 시절이라, 먼발치로 애간장을 태우며 달떠 갔을 뿐, 말을 건넨다는 것은 상상조차 할 수 없는 일이었다.

그러던 어느 날 초저녁 무렵이었다. 한 여학생이 대문간에 나타나 고이 접은 쪽지를 던져주고는 줄행랑을 치는 것이었는데, 뜻밖에도 최○숙이 보낸 편지가 아닌가!

김훈복 각하 보시라!

새봄을 맞아 하늘에는 강남 갔던 제비가 날고, 산에는 진달래가 울긋불긋 피고, 들에는 나물 캐는 아가씨들의 노래 소리가 흥겨운 이때 각하께서는 안녕하십니까?

그런데 앞으로 까불면 톡인다. 너 요사이 행동이 약간 수상하더라. 공부 잘한다고 뽐내지 말란 말야. 누가 보면 큰일 나니까 이 편지 읽어보는 특시 찢어서 없애주기 바란다.

꼭 답장해주기 바랍니다. 기다리겠습니다.

4284년 4월 15일
각하를 사모하는 최○숙으로부터

나는 희열과 흥분으로 온몸이 터질 것만 같았다. 잘나가다가 '앞으로 까불면' 어쩌고 하는 대목에서 김이 팍 새기도 했지만, 보다 중요한 것은 편지를 보냈다는 사실 그 자체가 아닌가! 더구나 나를 '각하'라고 호칭하면서 사모한다는 표현까지 했음에랴!

답장을 쓰기로 작정하고 책상 앞에 붙어 앉았지만 막상 뭐라고 써야 좋을지 막막했다. 한동안 궁싯거린 끝에 그대로 본을 떠서 아주 정성스레 썼다.

최○숙 여사 보시라!

새봄을 맞아 하늘에는 종달새가 울고, 산에는 신록이 우거지고, 땅에는 아지랑이가 아른거리는 이때 여사께서는 안녕하십니까?

그런데 내가 까분 게 뭐 있어? 너야말로 여자가 주봉을 입고 까불더라. 나는 이미 찢었으니 여사께서도 읽어보는 즉시 찢어서 없애주기 바랍니다. 답장 기다리겠습니다.

4284년 4월 15일
여사를 사모하는 김춘복으로부터

둘 사이에 공공연하게 편지가 오간 사실이 퍼지자 이내 그 파급효과가 나타났다. 평소에 점찍어 두었던 여학생에게 편지를 보내어 답장을 받아내는 데 성공한 녀석들이 세 명이나 되었으니 말이다. 그런데 문제는 어떻게 된 영문인지 이 사실이 담임선생의 귀에 들어가고 말았던 것이다.

어느 날 종례 시간이었다. 회초리 다발을 한 아름 안고 들어온 담임선생이 화가 잔뜩 난 표정으로 각자 종이와 연필을 꺼내라고 말했다. 어쩐지 분위기가 심상치 않았다.

"학교에 입학하고 나서부터 오늘까지 학생 신분에 어긋나는 행동을 한 학생은 그 사실을 숨김없이 죄다 적어 내주기 바란다. 언제, 어디서, 누구와, 무엇을, 왜, 어떻게 했는지 육하원칙에 의해 적어야 한다. 깊이 반성하고 뉘우치는 학생은 용서해줄 수 있지만, 추호라도 속이거나 거짓말을 하는 학생은 절대로 용서할 수 없다."

나는 고개를 바로 들 수가 없었다. 꼭 나를 지목해서 하는 말 같았기 때문이다. 담임선생은 계속했다.

"그리고 절대로 비밀을 보장해줄 테니까, 자신이 한 일이 아니더라도 잘못한 행동을 한 친구가 있으면 소상하게 적어 내주기 바란다. 이것은 친구를 고자질하는 것 같지만 그렇지 않다. 오히려 그렇게 함으로써 그 친구를 올바른 길로 이끌어주는 진정한 우정의 발로인 것이다. 자, 그럼 시작한다."

옆 사람이 볼세라 모두 손을 가리고 열심히들 적기 시작했다. 나 역시 연필을 들긴 했지만 참으로 난감했다. 최○숙과 편지를 주고받은 사실을 자백하는 것은 스스로 무덤을 파는 꼴이나 다름없었기 때문이다. 게다가 최○숙은 비밀을 지키는데, 괜히 나 혼자 실토했다간 상대를 곤경에 빠뜨릴 우려마저 있지 아니한가. 한편으로는 그게 뭐 큰 잘못이냐는 생각이 들기도 했다. 말 한마디 나눠본 적이 없을 뿐만 아니라, 편지 내용 또한 누가 봐도 부끄러워 할 건더기가 없지 않은가 말이다. 써야 하나 말아야 하나, 한동안 고심에 고심을 거듭한 끝에 속으로 '에라 모르겠다.' 하고, 공부께나 한답시고 그동안 만만한 급우들을 대상으로 요즘말로 '갑질'을 했던 몇몇 사례들을 적어내는 것으로 대신하고 말았다.

반성문을 수거하여 검토를 마친 담임선생은 교실 바로 옆에 있는 서편 현관에 자리를 잡고 출석번호 순으로 한 사람씩 불러내기 시작했다.

맨 처음으로 불려나간 여학생이 잠시 후에 들어와 자리에 앉는 것을 지켜보며, 무슨 말을 주고받았는지 궁금하기 짝이 없었다. 여남은 명의 여학생들이 불려나간 다음에 드디어 최○숙이 불려나가더니만, 이내 손바닥을 때리는 매타작 소리와 동시에 "에구구구, 자, 잘못했어요!" 하고 자지러지는 비명소리가 들렸다. 한 대씩 칠 때마다, 마치 내가 맞는 것처럼 온몸이 움칫움칫해지며 손바닥이 따끔따끔했다.

여학생들은 손바닥을 열 대씩 맞는 것으로 마무리되었지만, 나를 포함한 남학생 네 명은 뒤편에 있는 4학년 1반 교실에 격리된 채, 싸리나무 회초리 다발이 동이 나도록 얻어맞았다. 처음에는 종아리에서부터 시작하여 고통을 견디다 못해 대굴대굴 구를라치면 어깻죽지며 등짝이며 엉덩이를 가리지 않고 닥치는 대로 마구 내리쳤다.

그렇게 매타작을 한 데 이어 교실 네 구석에다 한 명씩 꿇어앉혀 놓고 교무실에 다니러 간 담임선생은 다시는 나타나지 않았다. 처음에는 징계 수위를 놓고 선생님들 간에 의견 조율을 하느라 늦어지는 줄로 알았다. 그러나 어둠이 내린 뒤에도 끝내 나타나지 않자 대표로 내가 가보았더니, 출입문이 굳게 닫힌 채 교무실 안에 아무도 없지 않은가!

잊어버렸을 리는 만무할 테고, 아마도 그만큼 혼찌검을 당했으면 앞으로 알아서 처신하라는 엄중한 경고로 받아들이고, 우리는 각자 흩어졌다.

그로부터 한 달 뒤에 최○숙은 어디론가 전학해 갔다. 그리고는 종무소식이었다.

6, 7년 뒤에 들은 바에 의하면, 밀양읍 외곽에 있는 제15육군병원에서 간호장교로 근무하고 있다는 것이었다.

대학 1학년 때, 겨울방학을 맞아 밀양에 내려와 있던 어느 날이었다. 제일극장 앞을 지나치던 나는 우연히 최○숙을 쏙 빼닮은 아가씨와 마주치게 되었다. 혼자가 아니라 어떤 청년과 함께였다. 잠시 망설인 끝에 다가가 조심스레 말을 걸었다.

"혹시 저를 기억하시겠습니까?"

그녀는 두어 발짝 비켜서 있는 청년 쪽을 한번 힐끗 쳐다보고 나서 말했다.

"누, 누구신지요?"

"김춘복입니다, 산내국민학교 제26회……."

그러나 그녀는 "사람을 잘못 보셨어요." 하고는 몸을 돌려세우는 것이었다.

군복 대신에 사복을 입었을 뿐, 얼굴로 보나 말씨로 보나 최○숙이 분명했다. 나는 뒤따라가며 재차 물었다.

"최○숙 씨 맞으시죠?"

그러나 그녀는 "아녜요." 하고는 저만치 앞서가고 있는 청년 쪽을 향하여 총총걸음을 놓는 것이었다.

나는 가끔씩 생각해본다.

지금 그녀는 어느 하늘 아래에서 어떤 모습으로 살아가고 있을까?

그리고 그 당시 담임선생은 그렇게밖에 처리할 수 없었던 것일까?

36

끝으로, 1951년 7월에 실시되었던 중학교 진학을 위한 국가연합고사 이야기를 해볼까 한다. 전시 중이어서 각 학교마다 개별고사를 실시할 수 없는 형편이었으므로, 그해따라 국가가 이를 총괄하여 연합고사를 실시하게 되었다. 말하자면, 중학교 진학을 지망하는 전국의 모든 6학년 수험생들이 문교부에서 출제한 똑같은 문제를 풀게 되었던 것이다.

아버지의 소망은 '낙타가 바늘구멍 안으로 들어가는 것보다 더 어렵다.'는 부산중학교에 나를 입학시키는 것이었다. 시험을 앞두고 아버지는 누누이 강조해 마지않았다, 특히 피난민들이 밀려 내려와 전국의 수재들이 부산에 총집결해 있는지라, 적어도 군내에서 열 손가락 안에 드는 점수라야 안심하고 지원할 수 있으니 실수 없이 잘 치러야 한다고…….

우리 학교는 '밀양 을구'에 해당되어 부북국민학교에 가서 치르게 되었다. 각자 읍내에 있는 친지 집에서 하룻밤 신세를 지고 당일 아침 일찍 서둘러 현장으로 몰려갔다.

제1회 국어를 비롯하여 제8회 예체능에 이르기까지 전 문항이 오엑스OX문제로 출제되었으며, 1문항에 1점씩 500점 만점이었다.

나름대로 시험을 끝내고 귀가하자 아버지가 물었다.

"어떻더노, 쉽더나, 에럽더나?"

"그저 그렇고 그렇습디더예."

"부산중학교에 드갈라 카머 적어도 300점 이상은 받아야 된다 카는데 자신 있나?"

"아무리 안 나와도 그 정도는 안 나오겠습니꺼예."

아들의 천재성을 저울질해 볼 수 있는 절호의 기회라고 생각한 아버지는 점수 발표를 당사자인 나보다도 더 초조하게 기다렸다.

마침내 발표 날짜를 하루 앞둔 날 저녁 무렵이었다. 대문간에 들어선 아버지가 나를 보자마자 대뜸 호통부터 치는 것이었다.

"보자, 대관절 시험을 우째 쳤건데, 점수가 행핀없이 나왔다 카노?"

어머니가 나섰다.

"점수가 나왔다 카던게?"

"나왔으니까 카는 말 아이가!"

"몇 점이라 카던게?"

"그거꺼정은 안 가리쳐주고, 좌우지간 그 점수 갖고는 부산중학은 커녕 밀양중학에도 못 드가게 생깄단다. 허허, 인자 이 일을 우짜면 좋노 말이다."

아버지가 들려준 이야기의 전말은 이러했다. 교육청에 가서 채점 결과물을 수령하여 걸어오는 도중에 교장선생은 학생들의 성적이 궁금해서 견딜 수가 없었지만, '내일 아침 9시 이전에는 절대로 개봉해서는 안 된다.'는 교육장의 엄포가 귀에 쟁쟁하여 함부로덤부로 손을 댈 수 없는 노릇이었다.

그러나 용바우모롱이에 이르자 생각이 달라졌다. 사면팔방을 휘둘러봐도 사람이라곤 그림자 하나 눈에 띄질 않자, 오직 당신 혼자만 알고, 심지어 담임에게도 발설하지 않는다면 무슨 상관일까 싶었다.

길섶에 쪼그리고 앉아 떨리는 손으로 가죽가방 안에 든 봉투를 꺼내어 든 그는 당신의 아들인 장은을 제쳐놓고 내 성적부터 먼저 확인했다. '수재 김춘복'이 발군의 성적을 획득하여 군내는 물론, 도내에 '산내국민학교'의 위상을 크게 떨칠 수 있기를 간절히 바랐지만, 점수를 확인하는 순간 하늘이 무너져 내리는 것 같았다고 하더라는 것이다.

아버지와는 달리, 그러나 나는 조금도 걱정이 되질 않았다. 그만큼 스스로를 믿었던 것이다.

이튿날 아침에 등교해서 평소와 조금도 다름없이 아이들과 어울려 공을 차면서 즐거운 시간을 보낼 수 있었던 것도 그 때문이었다.

그러나 9시 정각에 담임선생이 교무실 외벽에 붙이는 두루마리 방문榜文을 바라보는 순간, 망연자실할 수밖에 없었다.

최고 점수는 '332점', 그 다음으로 '308점'·'297점'·'272점'·'268' 점…… 이런 순위였는데, 6년 동안 1등자리를 한 번도 내놓은 적이 없는 내 점수가 고작 164점이라니! 마른하늘에 날벼락이 따로 없었다.

"야아, 기분이다!"

하고 한 아이가 느닷없이 "딩까딩까! 왁샤왁샤! 딩까딩까! 왁샤왁샤……!" 하며 막춤을 추기 시작하자, 나머지 아이들도 덩달아 한데 어울리는 것이었다.

"딩까딩까! 왁샤왁샤! 딩까딩까! 왁샤왁샤……!"

나를 중심으로 빙글빙글 돌아가며 환호하는 군무 속에서 나는 심한 어지럼을 느끼며 눈물이 핑 돌았다.

"기분이닷, 목감으로 가즈아!"

"가즈아!"

나 혼자만 달랑 남겨 놓은 채 썰물처럼 운동장을 빠져나가며 그들은 계속 환성을 질러댔다.

"야아, 기분 째진다아……!"

"완 스트라이꾸 투 보올……!"

그랬다. 그들은 먹감으러 가는 것이 아니라, 6년 동안 켜켜이 누적되어 왔던 그 무엇을 단 한 방에 통쾌하게 날려 보내고 있었던 것이다. 그 어느 누구도 나더러 같이 가자는 말을 하지 않았다.

텅 빈 운동장의 눈부신 모래알과 교무실 앞 화단의 무성하게 뻗어 있던 파초 잎들이 지금도 눈에 선하다.

"복아, 들온나 보자." 하고 열려 있는 창문틀에 상체를 드러낸 아버지가 나를 불러들인 것은 잠시 뒤였다.

담임선생이 시험지를 내놓으며, 그날 내가 푼 그대로 대답해 보라고 했다.

　화가 몹시 난 아버지가 바로 옆자리에 앉아 지켜보는 가운데, 나는 담임선생의 질문에 시종 울먹이는 목소리로 '으흐흑, 오', '으흐흑, 엑스', '으흐흑, 오' 하는 식으로 내가 푼 그대로 읊어 나갔다.
　"그러면 그렇지! 딱 200점 차이가 납니다." 하고 1회부터 8회까지 채점을 마친 담임선생이 말했다. "아재요, 도학구국에 가서 도둑맞은 점수를 찾도록 하이소."
　"과연 찾을 수 있을까?"
　"그럼요, 지금 당장 가시이소. 괜히 비싼 차비 써가며 왔다 갔다 할 거 없이, 아예 두둑하게 입학금까지 준비해갖고 가시이소. 점수 찾는 건 시간문젭니다."
　도둑맞은 점수를 찾으러 간다는 기쁨보다, 나는 난생 처음으로 부산 구경을 하게 된 사실이 더 기뻤다.
　마침 그날따라 우리 집 앞에 부정임산물숯을 밀반출하기 위하여 야간이 되기를 기다리는 화물차가 한 대 있었다. 운전수와 교섭한 끝에 검문소를 통과할 때마다 지불해야 하는 '와이로뇌물'하며 통행금지 시간밤 12시~새벽 4시에 투숙해야 하는 여인숙 숙박비까지 아버지가 부담하는 조건으로 편승할 수 있었다.
　아버지는 운전수와 조수 사이에 끼어 타고, 나는 화물칸으로 올라가 숯포대 한 개를 들어낸 자리에 들어가 몸을 눕혔다. 새로 지어준 흰색 옥양목 '도리닝구추리닝'가 더러워질세라 어머니가 헌 이불보를 올려주며 깔고 덮으라고 했다.
　차가 흔들릴 때마다 덩달아 출렁이는 밤하늘의 뭇별들을 바라보며 꼭 꿈을 꾸는 것만 같았다.
　부산은 얼마만큼 큰 도시일까, 제일 높은 건물은 몇 층이나 될까, 전차는 어떻게 생겼을까, 사람들은 어떤 모습으로 살아가고 있을까, 임시수도가 되었으니 대통령의 얼굴을 직접 볼 수 있는 기회도 있을까……?

삼랑진 어느 여관에 들어가 잠시 눈을 붙였다가 통금이 해제되는 꼭두새벽에 다시 차가 출발했다.

당시 부산 입구에 해당하는 사상굴다리에 이르자, 아버지와 나는 트럭에서 내려야만 했다. 그대로 시내로 진입했다간 교통경찰의 단속에 걸린다는 것이었다.

달리는 트럭 위에서 밤새 찬 공기를 마신 탓인지 배가 살살 아파왔지만, 으리으리한 도시 풍경에 정신이 팔리는 통에 이내 잊어버렸다.

아버지는 전차나 버스나 택시를 타지 않고 계속 걷기만 했다. 가방 안에 가득 들어있는 돈 때문이었다. 혹시 스리라도 맞게 된다면 그런 낭패가 어디 있겠는가.

부산진역 부근에 있는 어느 이발소에 들어가 아버지가 이발을 하는 동안 나는 창가에 놓여 있는 의자 등받이에 상체를 얹고서 바깥 풍경을 내다보느라 여념이 없었다.

'땡땡땡땡땡……' 이따금씩 경종을 울리며 전차가 지나갈 때마다 지붕 위에 달린 바퀴에서 '번쩍번쩍' 불빛이 터지는 광경은 너무도 신비스러웠다. 버스, 트럭, 택시 들이 분주하게 다니고 있는 대로에 소와 말이 이끄는 달구지들이 함께 섞여 다니고 있는 광경도 신기했다.

가방을 든 청장년들, 도시락을 옆구리에 낀 아가씨들이 줄을 잇는 가운데 빈 지게를 짊어지고 가는 중늙은이들도 심심찮게 눈에 띄었다. 곧 방학이 끝나고 등교하는 학생들까지 쏟아져 나온다면 그야말로 장관을 연출할 것 같았다.

드디어 이발을 끝낸 아버지가 가자고 했다. 그런데 문제는 여기에서부터 발생했다. 문밖으로 나서는 순간 갑자기 똥이 마려웠던 것이다.

지금 생각해보면 바보도 그런 바보가, 촌놈도 그런 촌놈이 없었다. 아버지에게 사실대로 말했더라면, 도로 이발소 안으로 들어가 거뜬하게 문제를 해결해주었을 것이 아닌가 말이다. 아니, 가는 도중에라도 염치불구하고 아무 집에나 들어가 사정했던들 그런 낭패는 당하지 않았을 것이 아닌가!

아무튼 초량에 있는 길천 할배 댁까지 걸어가는 동안 죽자구나 참는 수밖에 없었다. 그런 대로 목적지까지는 무사히 당도할 수 있었지만, 용전 외가에서 추어탕을 과식했을 때처럼 변소 위로 올라서는 순간에 그만 실수를 저지르고 말았다. 잽싸게 바지를 끄집어 내렸지만 고무줄이 들어있는 부분을 미처 다 끌어내리지 못했던 것이다. 그나마 다행인 것은 찌꺼기 하나 섞이지 않은 물똥이었다는 점이다. 그러나 변소 안에 비치되어 있는 신문지를 다 쓰고도 누르끄레한 색깔만은 종내 지울 수가 없었다. 하는 수 없이 바지를 한껏 끌어올려 입고 마루에 들어서자 길천 할배와 술상을 마주하고 있던 아버지가 말했다.

"뭐 한다고 이래 오래 걸렸더노? 얼른 골안 할매한테하고, 길천 할배 내외분께 인사 올리라."

참으로 난감했다. 일단 공손히 꿇어앉는 데까진 무사했지만, 문제는 그 다음 단계였다. 하필이면 등 뒤에 영훈이를 위시해서 그 형제들 네 명이 버티고 서 있었기 때문이다. 격식대로 허리를 공손하게 굽혔다간 똥물 자국이 그대로 노출될 판이었다. 궁여지책으로 허리를 꼿꼿이 편 채 머리만 깊숙이 숙이자, 아버지가 말했다.

"허허, 이늠아가야, 무슨 절을 이래 하노?"

그랬거나 말았거나 나는 얼른 일어서버렸다. 다행히 다시 하라고 시키지는 않았다. 골안 할매가 말했다.

"아이고, 니가 춘복이가, 말로만 들었더이 다 컸구나!"

"춘복이 니는 오늘부터 우리 식구다." 하고 길천 할배가 내 앞에 놓인 하얀 사기대접에다 뿌연 막걸리를 가득 따라주며 말했다. "열심히 공부해갖고 장차 훌륭한 사람이 되도록 해라."

나는 두 손으로 공손히 대접을 받아 들고 상체를 돌려 꿀컥꿀컥 단숨에 잔을 비웠다. 그런데 그 맛이 그렇게 시원할 수가 없었다. 한 잔 더 받아먹고 싶은 생각이 굴뚝같았지만 더 이상 주지 않으니 눈치를 보며 참는 수밖에 없었다. 뒷날 막사이사이가 필리핀 대통령 자리에 오르자 이른바 '막사이사이 막걸리' 또는 '막사이사이'라고 일컬어지며, 전국적으로 크게 인기를 끌었던, 막걸리에 사이다를 탄 바로 그 술이었다.

아침밥을 먹고 나서 도학무국으로 가겠다고 하자, 길천 할배가 말했다.

"혼자 갈 기이 아이라, 필진이한테 가서 같이 가자 캐라. 도학무국에 수년 간 인쇄물을 대어주고 있으이꺼내 암만캐도 도움이 안 되겠나."

'필진이'란 굼실 할배의 생질인 동시에 새터 할배의 매제이기도 한, 당시 보수동에 인쇄소를 차려놓고 있던 방 서방 아재를 두고 이름이었다.

아버지로부터 자초지종을 듣자마자 방 서방 아재는 쾌히 앞장을 섰다.

다행히도 방 서방 아재 집에서 나와 한 모퉁이를 돌아들자, 오늘날 동아대학교박물관이 된, 붉은 벽돌로 지은 지하 1층 지상 2층짜리 도청 건물이 나타났다. 임시수도 정부청사를 겸하고 있었으므로 요소요소마다 무장 경관들이 삼엄하게 경계망을 펼치고 있었다.

그런데 막상 학무국장을 찾아가 사정을 이야기하자, 일언지하에 딱 잘라 거절해버리는 것이 아닌가! 규정상 답안지를 공개할 수 없다는 것이었다. 방 서방 아재가 아무리 통사정을 해도 소용없었다.

아버지가 끝내 물러서지 않고 집요하게 간청하자, 그는 버럭 역정을 내며 큰소리로 외쳤다.

"어제도 밀양읍장이란 사람이 찾아와서, 6년간 반에서 1등을 한 우리 애 성적이 이럴 수가 있느냐면서, 하도 책상을 치고 소란을 피우기에 재검을 했더니, 어찌 됐는지 아십니까? 오히려 100점이 깎여버렸어요. 괜히 그 짝 나지 말고 그냥 돌아가세요. 164점도 결코 낮은 점수가 아닙니다."

그러자 아버지는 그 틈새를 놓치지 않았다.

"아니, 도대체 그걸 말이라고 하십니까? 채점이 완벽했다면 재검을 해도 똑같은 점수가 나왔어야지 어째서 100점이나 감점이 됩니까? 100점이 아니라, 164점을 다 잃어도 좋으니 답안지를 보여주시오. 만약에 끝내 거절하신다면, 방금 말한 그 내용을 신문사에 알리겠소."

아버지의 이 말 한 마디에 그렇게 완고하던 학무국장이 태도를 돌변하며 기다란 주산을 챙겨들고 따라오라고 하는 게 아닌가! 복도에 면해 있는 창고 앞에 당도한 그는 황소 불알만 한 자물통을 따고 우리를 안으로 불러들였다.

창고 안을 가득 메우고 있는 사과상자 가운데에서 '밀양 을구' 분을 가려내어 내 답안지를 찾아든 학무국장은 표지에 집계해 놓은 점수를 주판알을 튀기며 합산하기 시작했다. 어깨 너머로 슬쩍 넘겨다보았더니, 3회분까지만 해도 170점을 넘어서는 것이 아닌가! 나는 유유히 창고 밖으로 빠져나와 버렸다.

"이거 보시오. 이러고도 할 말이 있소?"

아버지의 기고만장한 고함소리가 복도 밖에까지 울려 나왔다.
"정말 면목이 없게 됐습니다."
"나, 이거 그냥 넘길 수 없소. 신문사에다 알릴뿐만 아니라, 일당하고 교통비를 다 받아내고 말겠소."
"제발 용서해 주십쇼. 신이 아닌 이상 실수가 있지 않겠습니까."
평생 처음 들어보는 말이었다.
'신이 아닌 이상 실수가 있지 않겠습니까.', '신이 아닌 이상 실수가 있지 않겠습니까.' 세상에, 이런 말이 다 있다니! 참으로 명언이라는 생각이 들었다.
학무국장은 우리 부자와 방 서방 아재를 지하에 있는 구내휴게실로 안내하더니, 차와 빵을 주문했다. 나는 그날 '크림빵'이며 '홀란드빵'이며 '젠자이단팥죽'를 난생 처음으로 맛보았다.
학무국장이 내 머리를 쓰다듬어주며, "아이고, 참 영리하게 생겼네." 하고 아버지를 향해 말했다. "아들내미를 참 잘 키웠습니다. 364점이면 경기중학에 들어가고도 남습니다."
"성적을 찾았으니 더 왈가왈부하지 않겠습니다만……," 하고 아버지는 비로소 만면에 웃음을 띠고 말했다. "그 대신에 한 가지 청이 있습니다."
"말씀만 하십쇼. 뭣이든지 다 들어드리겠습니다."
"경찰국 경비전화로 밀양경찰서 관할 산내지서를 연결해갖고, 산내국민학교 6학년 담임선생하고 통화할 수 있도록 주선해주실 수 있겠습니까?"
산내면 전체를 통틀어 전화기라곤 오직 지서 한 군데밖에 없던 시절이었다.
이미 단단히 코가 꿰여버린 학무국장은 옆 건물인 경찰국으로 우리를 안내해 가더니, 양해를 얻어 전화를 연결해주는 것이었다.

"김 서방, 날세……."

감이 멀어 잘 들리지 않는지 아버지가 한껏 목소리를 높였다. "김 선생, 날세, 나……! 응, 그래! 자네 말대로……!, 자네 말대로……! 200점을 찾았네, 200점을……! 그래 200점! 으리 복이 점수가……! 우리 복이 점수가……! 자그마치 364점인 기이라, 364점! 하하하하하……."

400점대가 수두룩한 대도시 학생들에 비하면 점수 축에 끼인다고 할 수도 없었지만, 졸업 후 40여 년 만에 만난 당시 담임선생이 인근 3개면에서 최고 점수였다고 추켜 주었을 정도로, 산간오지에서는 대단히 높은 점수였던 것만은 사실이다.

그런데 웃고 넘기지 못할 복병이 아버지를 기다리고 있었다.

합격자 발표는 물론, 입학식까지 참관하고 나서 아들 자랑을 하려고 잔뜩 벼르며 개선장군처럼 밀양으로 돌아갔지만, 막상 아버지를 대하는 이들의 반응은 냉담하기 짝이 없었다는 것이다. 돈을 한 가방 가득 싸들고 가더니, '와이로'를 써가지고 점수를 올렸다는 입소문이 당신이 당도하기도 전에 이미 파다하게 펴져 있었던 것이다.

그러나 그러한 터무니없는 입소문을 잠재울 수 있는 호재가 생겼으니, 이듬해 봄방학 때 갖다드린 학년말 통지표와 우등상장이 바로 그것이었다.

아무튼 200점이나 되는 엄청나게 큰 차이가 났기에 망정이지, 50점이나 100점 정도의 착오가 났더라면, 그리고 아버지가 끝내 물러서지 않고 버티었기에 망정이지, 그대로 멋쩍게 물러났더라면 나의 인생 역정 자체가 백팔십도로 달라졌을 것이 아닌가! 당시의 일이 떠오를 때마다 모골이 송연해진다.

비단 나뿐이었을까, 채점이 잘못되어 불이익을 당한 이들이 전국적으로 얼마나 많았을 것인가!

제 2 부

질풍노도, 그 광기의 계절

. . . . .

'싱갑이', '백정', '미칭갱이', '소설가', '사조가' 등의 별명으로
기성세대에 저항하고 맞부딪쳤던
질풍노도, 그 광기의 계절!
가끔씩 그 시절로 되돌아가고 싶은 것은
비단 나만의 감상일까?

— 본문 중에서 —

1

▲ 박재갑 동문,「천막교실」
펜화 / 전 신라대 교수

　1951년 9월 17일, 부산 수정동 철도배수지 아래에 있는 가교사의 손바닥만 한 공터에서 2, 3학년 재학생들의 환영도 없이 신입생들만의 입학식이 거행되고 있었다. 전쟁이 모든 것을 뒤죽박죽으로 만들어 버렸던 것이다.
　김하득[21] 교장선생님의 '입학허가선언'에 이어, 국가연합고사 경남 최고득점자 서인권5백점 만점에 472점이 '신입상선서'를 낭독함으로써 우리들 신입생 5백여 명은 자랑스러운 '부산동중학교'의 1학년이 되었다. 산내국민학교 출신으로는 장은과 나 둘뿐이었다.

그랬다. 입학 당시의 교명은 '부산동중학교'였다. 순은으로 만든 배지 또한 'East'의 이니셜인 'E'자와 '中'자를 합성한 모양ㅌ中이었는데, 무궁화 바탕에 '가운데 중'자를 넣고 그 좌우에다 'ㅂㅜ', 'ㅅㅏㄴ'이라는 글자가 새겨진 원래의 것으로 되찾은 것은 3학년 1학기말, 교명이 '부산중학교'로 환원된 1953년 7월 10일이었다.

각 학년마다 A반부터 H반까지 모두 여덟 개 반으로 편성되어 있었으며, 교실난으로 2개 반이 한 교실 안에 수용되어 합동수업을 받았다.

이름이 좋아 교실이지, 실은 본교를 징발한 연합군부대에서 그 대가로 지어준 군용천막을 덮씌운 판자교실이었는데, 맨땅바닥에다 창문짝마저 없다 보니 여름에는 찜질방이 따로 없었으며, 겨울에는 냉장고 안이나 다름없었다. 교회나 성당처럼 기다란 의자에 다섯 명이 함께 앉았으며, 앞자리의 의자 등받이 상단에 좁다랗게 부착된 나무판대기가 책상 구실을 해주었다.

운동장이 없다 보니, 일주일에 한 차례씩 전체조례를 할 때엔 학교 앞 이면도로를, 체육 시간엔 철도배수지 너머 있는 좁디좁은 공터를 이용할 수밖에 없었다. 하기야 현장에 오르내리는 그 자체만으로도 체력단련이 되고도 남았을 테지만…….

그래도 어느 누구 하나 불평하지 않았다. 피난살이를 하지 않는 것만으로도 감지덕지해야 할 형편이었던 것이다.

---

21) 김하득金夏得 1904-1981 : 부산 출생. 교육자. 호는 연각硯覺. 동래고보를 거쳐 수원고등농림학교를 졸업하고 사학에 투신, 함흥 영생고녀, 영생중, 동래고녀 등에서 교편을 잡다가, 해방 후 경남고녀, 동래중, 부산중, 부산고 교장 및 부산수산대학, 부산교대 초대학장 등을 역임하였다. 1969년 정년퇴임기념으로 부산중·고총동창회에서『보리를 밟는 마음』, 1993년『진리의 창문가에서』 등의 훈화집을 발간하였다.

2

 가족으로부터 해방된 나는 중·고등학교 6년간 '작은집'인 길천 할배 댁에서 성장했다. 굳이 따진다면 '하숙 생활'을 했다고 해야 옳겠지만, 우리 집 입장에서나 작은집 입장에서나 아예 '하숙'이라는 개념 자체가 존재하지 않았다. 골안 할매는 종증조모였으며, 길천 할배는 재종조부, 영훈이와 영길이는 재종숙, 경애 아지매와 영애는 재종고모뻘이니, 증조할아버지 때라면 능히 한솥밥을 먹었을 터였다. 영훈이는 나보다 한 살 아래였기 때문에 노상 이름을 부르다가 얼마 뒤에 길천 할배한테 꾸중을 듣고 나서부터 '아재'라고 불렀으며, 영길이와 영애는 워낙 나이 차이가 나다 보니 그냥 이름을 불렀다.
 작은집은 당시 경남지사 양성봉의 저택으로 통하는 이면도로변에 '통일양복점'이라는 간판을 내단 조촐한 단층집이었다. 나무판자로 된 일각문이 따로 있었지만 일일이 잠그고 열어주기가 번거롭기 짝이 없었으므로, 편의상 세입자가 경영하는 양복점 내부를 통해서 드나들곤 했다.
 양복점 안으로 들어가 미닫이문을 밀면 바로 마루와 통하는 건넌방이 나오고, 건넌방 안쪽 미닫이를 밀면 부엌과 통하는 큰방이 나왔다.
 큰방은 길천 할배 내외분과 경애 아지매와 영애가, 건넌방은 골안 할매와 영훈이, 영길이, 그리고 내가 사용했다.
 영훈이와 나는 한쪽 벽면에 앉은뱅이책상 두 개를 나란히 놓고 사이 좋게 함께 공부했다. 호롱불 밑에서 공부하던 촌놈이 전깃불 밑에서 공부하게 되자 딴 세상에 온 것만 같았다.
 그러나 마냥 좋아할 수만은 없었다. 오늘날처럼 무제한으로 전력을 공급하는 것이 아니라, 격일제로, 때로는 시간제로 공급했기 때문에 전기가 들어오지 않는 날이나 밤늦도록 공부해야 할 때에는 촛불이나 호얏불을 사용해야만 했다. 게다가 시도 때도 없이 정전이 되는 통에 항상 비상 양초나 남포를 대비해 놓고 있어야만 했다. 오죽했으면, 어느 날 모 일간지에 전기료를 징수하러 온 수금원에게 돈을 내밀었다 거두어들였다 내밀었다 거두어들이기를 여러 차례 반복하여 잔뜩 약이 오른 수금원이 "사람을 놀리는 거요, 뭐 하는 짓이오?" 하고 성을 내자, 바로 그러기를 노렸던 집주인이 "당신네들도 전기를 줬다 끊었다 줬다 끊었다 하질 않소?" 하는 풍자만화까지 등장했을까.

수도 사정 또한 열악하기 짝이 없었다. 콧방귀깨나 뀌는 사람들 집에서는 하루 종일 물이 콸콸 쏟아져 나왔지만 일반 가정에서는 마을공동수도를 이용할 수밖에 없었으며, 그마저도 시간제로 공급되는 통에 길천 할매와 경애 아지매는 자다가도 양동이를 들고 나가 장시간 기다린 끝에 한 동이씩 여다 나르곤 했다.

3

나는 학교생활에 비교적 적응이 잘돼 갔지만, 영어 시간만은 여간 곤혹스럽지 않았다.

일찍이 국민학교 저학년 때 알파벳 글자를 익혀 친구들의 이름을 척척 적어주는 것으로 마치 영어를 마스터한 양 우쭐댔던 자신이 말할 수 없이 부끄러웠다.

영어 선생은 새 단원을 시작할 때마다 시범적으로 한번 읽어 보이고는 학생들을 일으켜 세워 낭독을 시키는 것이었다. 그때마다 나는 가슴이 콩닥콩닥 뛰고 목구멍이 바싹바싹 타들어가곤 했다. 유창하게 읽는 다른 아이들과는 달리 번번이 말더듬이가 되어 우스갯거리가 되었기 때문이다.

더욱 당혹스러웠던 것은 읽기 다음 단계인 우리말 해석이었다. 때로는 출석번호 순으로, 때로는 좌석 순으로, 또는 무작위로 출석번호를 불러 한 문장씩 해석을 시키는 것이었는데, 그 역시 대부분의 아이들은 아무런 막힘이 없이 술술 풀이했지만, 차라리 말더듬이라도 되었으면 좋으련만 숫제 꿀 먹은 벙어리가 되어버리기 일쑤였다.

그도 그럴 것이, 대다수의 아이들은 가정교사를 초빙해 놓고 개인지도를 받거나 학원에 나가거나, 하다못해 집에서 형이나 누나의 도움을 받을 수 있었지만 나는 전혀 그럴 처지가 못 되었던 것이다.

이래선 안 되겠다 싶어 자습서를 사 봤지만, 우선 읽기가 불가능했을 뿐더러 해석 또한 마찬가지였다. 가령 'A dog rurs.'라는 문장을 풀이해 놓은 걸 보면 '개가 닫는다.'라고 되어 있었던 것인데, 개가 무엇을 닫는다는 것인지, 설사 '문'이라는 목적어가 생략되었다 쳐도 개가 어떻게 문을 닫을 수 있는 것인지 혼란스럽기만 했다.

나는 학교에서 귀가하자마자 과제물부터 푸는 게 습관화되어 있었다. 영어 과목에 신경을 더 썼음은 물론이다.

과제물을 다 해결하고 나면 해방감을 만끽하며 친구들과 어울려 노는 게 순서겠지만, 그러자면 우선 친구가 있어야 할 것이 아닌가. 사귀면 될 게 아니냐 하겠지만, 그러기에는 언어의 장벽이 너무 높았다.

얼핏 들으면 그게 그거 같지만, 자세히 들어보면 부산 말씨와 밀양 말씨는 확연히 달랐다. 농민과 어민과의 기질 차이라고나 할까, 투박하면서도 친근감을 주는 전자에 비해 후자는 억세고 거칠었을 뿐만 아니라, 특히 어휘 면에서 두드러졌다. 난생 처음으로 '앙콜'이니 '로보또'니 하는 말을 들으면서, 그게 무슨 뜻이지 물어보고 싶은 마음이 굴뚝같았지만 알량한 자존심이 허락하질 않았다. 게다가 말하는 도중에 '그래가지고시나 떠억…', '안 있나 그자' 하는 따위의 허사를 남발하는 고질적인 말버릇으로 급우들의 우스갯감이 된 적이 한두 번이 아니었다.

아무튼 이듬해 2학년이 될 때까지 앉은뱅이책상만이 유일한 친구였다. 밥만 먹고 나면 자석에 끌리기라도 하듯 그 앞으로 끌려갔으니 말이다.

그러나 막상 책상 앞에 붙어 앉으면 막막할 때가 한두 번이 아니었다. 과제물을 다 풀고 나면 복습에 들어갔고, 복습을 마치고 나면, 난감할 수밖에 없는 것이 교과서 이외에는 읽을거리가 단 한 권도 없었기 때문이다. 그럴 때엔 낙서를 하는 게 상책이었다. 골안 할매는 낙서하는 것마저도 공부하고 있는 것으로 알았다.

하루는 동대신동에 사는 새터 할배가 문안인사차 골안 할매를 뵈러 온 적이 있었는데, 이런저런 수인사 끝에 내게 물었다.

"중학교에 들어가니까 참 좋제, 친구들도 많고……?"

내가 미처 대답을 하지 못하자, 골안 할매가 대신해주었다.

"말도 말게. 복이는 암범맹키로 집 밖으로는 한 발자죽도 안 나가고 공부뱎이 모린다, 참말로 기특한 기이라."

은근히 칭찬을 기대하고 있던 차에 청천벽력과도 같은 돌벼락이 떨어졌다.

"그게 무슨 소리고?" 하고 새터 할배는 지엄한 표정으로 질타했다. "춘복이 니가 뭘 몰라도 한참 모르는구나. 원래 학교는 공부하기 위해서 댕기는 데가 아니라, 친구를 사귀기 위해서 댕기는 데다. 내 형편을 봐라. 젊었을 적에 신학문을 한답시고 남아수독오거서라는 말만 믿고 그렇굼 책을 많이 읽었지마는 만고에 써먹을 데가 어데 있노, 학교를 안 댕겨놓으니께내 밀어주고 댕겨줄 선후배가 있어야 말이제."

"……."

고개를 푹 숙인 채 잠자코 있자니까, "이럴 게 아니라, 일나거라 보자." 하고 벌떡 일어나 내 팔을 낚아채며 말했다. "내 따라 나온나."

영문도 모른 채 등을 떠밀리며 막 대문 밖으로 나섰을 때였다.

"친구들하고 놀다가 한 시간 뒤에 들오너라."

하고 안에서 빗장을 질러버리는 것이 아닌가!

나는 갑자기 눈물이 핑 돌았다. 마치 큰 잘못을 저질러 쫓겨난 것처럼 행인들이 힐끗힐끗 쳐다보며 지나갈 때마다 창피스럽기 짝이 없었다. 실로 막막했다. 어디로 가서 누구랑 논단 말인가!

얼마쯤 지났을까, 마침내 시장을 보러 갔던 길천 할매가 장바구니를 들고 나타나자, 구세주를 만난 것만큼이나 반가웠다.

길천 할매의 등에 묻혀 주뼛주뼛 방 안으로 들어서자 "거게 앉거라 보자." 하고 새터 할배가 말했다. "내가 한 말 잘 새겨들어야 하니라. 친구를 사귀되 니보다 똑똑하고 나은 친구를 사귀도록 해라."

그러나 그날 이후로도 달라진 것은 없었다.

학제개편에 따라 한 학기만 마치고 종업식을 가지게 되었는데, 학급석차 1등, 학년석차 10/542등을 차지한 통지표와 우등상장을 받아들고 얼마나 기뻤는지 모른다.

일주일간의 봄방학을 맞아 나는 장은과 함께 밀양에 가기로 약속하고 초량역에서 만났다. 당시에는 철도 행정이 엉망이어서 표를 끊을 때 아예 동전을 거슬러주지 않았을 뿐만 아니라 굳이 받아 챙기려는 이들도 없었다. 요령껏 무임승차를 하는 이들 도한 수두룩했다.

장은과 나도 무임승차를 했다. 어쩐지 제대로 요금을 지불하고 표를 끊으면 바보 축에 속할 것만 같았기 때문이다. 지정좌석이 없다 보니 서서 갈 수밖에 없었는데, 운 좋게도 밀양역에 도착할 때까지 한 번도 검표를 받지 않았다. 게다가 껌을 강매하는 상이군인들의 쇠갈고리도 피할 수 있어 좋았다.

밀양역에 하차하자마자 장은과 나는 최후의 수단으로 역사와 100여 미터가량 상거한 건널목을 향해 다리야 날 살려라 하고 뛰기 시작했다.

마침내 경비초소를 무사히 통과하여 마지막 힘을 다해 뛰고 있을 때였다.

"야, 이 새끼들아, 거기 서! 안 서? 쏜다!" 하는 고함소리에 이어 "찰까닥!" 하고 실탄을 장전하는 노리쇠 소리가 들리는 것이 아닌가!

우리는 동시에 그 자리에 얼어붙고 말았다. 별 수 없이 초소 안으로 불려 들어가 귀싸대기를 네댓 대씩 맞는 것까지는 각오한 바였지만, 학교에서 그렇게 가르쳤는지 확인해보겠다면서 송수화기를 드는 통에 바짓가랑이를 잡고 매달리며 울음을 터뜨린 끝에 간신히 풀려날 수 있었다.

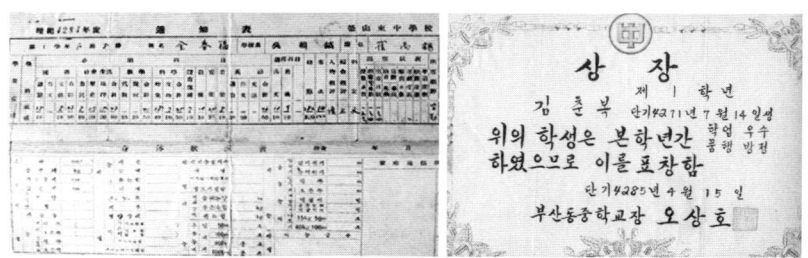

▲ 중1 학기말 통지표 및 우등상장
상장에 기재된 생년월일 중 '14'일생은 '12'일생의 오기임.

집에 도착하던 길로 통지표와 우등상장을 내어 놓자, 아버지는 곧장 그것들을 말아 들고 학교로 달려갔다. 그리고 그날 저녁에 우리 집과 담장 하나를 사이에 둔 요정으로 전 교직원을 초대했다. 주인공인 내가 빠져서야 되겠는가. 그리하여 나의 역사적인 기방 출입은 중1 때로 기록된다.

"이 통지표하고 우등상장만은 와이로 써갖고 맹글어낸 거라 안 카겠지, 안 그렇습니까, 여러 선생님들! 이기이 도두 여러 선생님들 덕분입니다."

나는 그날처럼 아버지가 기분 좋아하는 걸 보지 못했다.

"실례지만, 은이는 성적이 어떻게 나왔습디까?" 하고 담임선생이 묻자 교장선생은 "그 뭐, 성적이랄 거 있나, 겨우 낙제만 면했지, 뭘." 하고 겸손해하며 멋쩍게 웃었다.

"인자 몇 년 후에는 우리 산내면에서도 서울대학생이 나오게 생겼구나."

누군가의 말을 담임선생이 얼른 받았다.

"어디 서울대학뿐입니까, 판검사 자리도 떼 놓은 당상 아니겠습니까?"

"아이구, 총각!" 하고 내 옆에 앉은 한복차림의 아리따운 기생이 머리를 쓰다듬어 주며 말했다. "공부만 잘하는 기이 아이라 인물도 참 잘생겼네. 앞으로 여학생들이 꽁무니에 줄을 막 서겠구나."

나는 몸 둘 바를 몰랐다. 한편 이따 그녀가 따라주는 술을 받아 마실 것을 생각하며 가슴이 마구 울렁거리기 시작했다.

드디어 상다리가 부러지게 차려진 교자상이 들어왔다.

그런데 이 무슨 날벼락이란 말인가!

아버지 가라사대

"니는 인자 고마 집에 가봐라."

4

　스스로도 이해할 수 없는 일이 한 가지 있다. 아무리 시골구석에서 교과서밖에 모르고 자랐기로서니, 중학교에 입학하고 나서야 국어 교과서에 실려 있는 글들이 사람에 의해 씌어졌다는 사실을 비로소 깨달았으니 말이다. 요즘과는 달리 당시 국민학교 국어 교과서에는 지은이의 이름을 일절 밝히지 않기 때문에 인쇄기가 자동적으로 척척 박아내는 줄로만 알았지, '시인'이며 '소설가'라는 별종이 따로 존재한다는 사실을 꿈에도 생각해본 적이 없었다.

　그러다가 누구나 시나 소설을 쓸 수 있다는 지극히 평범한 사실을 깨닫게 된 것은 2학년 초였다. 어느 날 뒷자리에 앉은 이용목이란 친구가 펜글씨로 아주 정성스레 쓴 『오륙도』라는 육필시집을 보여 주는 것이었는데, 표지 장정이며 목차며 서문이며 서지사항에 이르기까지 시집으로서 갖춰야 할 모든 요건을 완벽하게 갖추었을 뿐만 아니라, 수록된 칠십여 편의 시들이 한결같이 감동적이었다.

　도대체 '이용훈'[22]이란 사람이 어떤 분이냐고 물어 보았더니, 제 사촌형이라는 것이었다. 더욱 놀라운 것은, 바로 우리 학교 3학년이라고 하지 않는가!

　나는 그날 예의 시집을 집으로 빌려가 밤을 새우다시피 읽고, 읽고, 또 읽었다. 그러자 새벽녘이 되자, 어떤 충동이 발동하면서 나도 모르게 펜대를 잡게 되었다. 동이 틀 무렵에 시 한 편을 꾸려 등교하던 길로 이용목에게 보여 주었더니, 깜짝 놀라며 소질이 아주 대단하다고 칭찬해 주는 것이었다.

---

22) 이용훈李庸勳1936- : 서울대 사대 국어교육과 졸, 문학평론가. 한국해양대 교수 역임. 저서로 『한국근대문학의 맥락』 등이 있음.

나는 그날부터 하루에 한 편씩 시를 쓰기로 작심하고, 제 아무리 숙제가 많은 날에도 그것부터 이행했다. 때때로 숙제를 해가질 않아 호되게 벌을 받은 적은 있지만, 등교하자마자 나의 신작시를 감상하러 몰려드는 팬들을 실망시킨 적은 단 한 번도 없었다. 그리하여 두어 달 뒤에는 나도 『가죽장갑』이라는 제목으로 육필시집 한 권을 꾸려낼 수 있었다. 그때의 기쁨이란 무엇과도 바꿀 수 없었다.

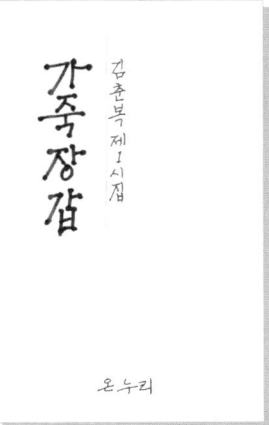

▲ 육필시집 『가죽장갑』 표지

그러던 어느 날 국어 시간에 소설가이신 오영수 선생님이 들어오셨다. 경남여고에서 전근해 오신 것이었다. 교과서에 「윤이와 소」라는 콩트가 수록되어 있는 한 가지 사실만으로도 당신은 나의 우상이 되고도 남았다.

며칠 뒤 부암동에 있는 선암사로 전교생이 봄소풍을 갔을 때였다.

검정 베레모에 꽁무니에 흰 수건을 찬 것도 이색적이었지만 무엇보다도 손에 들고 있는 커다란 가방 안에 든 물건이 궁금했다.

이윽고 '장기자랑대회'가 열렸을 때, 사회를 맡은 3학년 형의 지명과 동시에 학생들의 우레와 같은 박수를 받으며 앞으로 나간 오 선생님은 가방 속에 들어 있는, 커다란 바가지에 길쭉한 자루가 달린 물건을 공개했다. 여기저기에서 '만돌린이다, 만돌린!' 하는 소리가 들려왔다. 사회자가 무슨 노래를 부르시겠느냐고 굴자 오 선생님이 사뭇 진지한 어조로 대답했다.

"에에……또, 우리나라에서 가장 오래된 노래를 부를 거야."

과연 어떤 노래일까……? 학생들은 저마다 호기심이 가득 찬 눈빛

▲ 오영수 선생님

으로 잔뜩 귀를 기울였다.

그러나 막상 만돌린이 튕겨내는 청아한 멜로디를 듣는 순간 완전히 의표를 찔린 전교생의 입에서 폭소가 터져 나왔다. 그리곤 이내 박수로 장단을 맞춰가며 오 선생님과 함께 현인의 「신라의 달밤」을 합창하기 시작했다.

아 신라의 밤이여/ 불국사의 종소리 들리어 온다/ 지나가는 나그네야/ 걸음을 멈추어라/ 고요한 달빛 어린/ 금오산 기슭 위에서/ 노래를 불러보자/ 신라의 밤 노래를……

5

나도 커서 소설가가 되리라, 나도 장차 교직생활을 하면서 소설을 쓰리라, 이렇게 결심하고 그날부터 닥치는 대로 읽고 썼다.

그 당시에는 요즘의 포장마차처럼 길거리 요소마다 학생증을 담보하고 저렴한 비용으로 책을 대여해 볼 수 있는 대본점들이 흔했다.

방인근의 『마도의 향불』·『고향산천』·『새벽길』, 김래성의 『진주탑』·『청춘극장』·『마인』 등을 읽으며 꼬박 날밤을 지새우기도 하고, 수업 시간에 선생님 몰래 읽다가 압수당하기도 했다. 그때마다 선생님들의 말은 한결 같았다.

"소설을 읽으려면 제대로 된 본격소설을 읽어야지, 이따위 통속소설을 수업 시간에 읽다니, 한심한 녀석 같으니라구."

나는 '통속소설'이니 '본격소설'이 무엇을 기준으로 규정되는 것인지도 몰랐으며 굳이 알려고도 하질 않았다. 그저 읽고 재미만 있으면 좋은 작품이라고 생각했던 것이다.

한번은 송도에서 열리는 '문학의 밤'에 참가하기 위하여 친구들과 함께 초량에서 현장까지 걸어간 적이 있었다. 곽목월·노천명·김규동 같은 시인들의 얼굴을 보는 것만으로도 감동적이었다. 특히『나비와 광장』이라는 시집으로 하루아침에 유명세를 탔던 김규동 시인이 군복차림으로 시를 읽고 난 뒤에 지포 라이터블로 원고를 소지燒紙해 올리는 장면은 어린 눈에 보아도 너무나 멋져 보였다.

여름방학을 이용하여 처음으로 30장 분량의 콩트를 한 편 써 보았다. 개학하던 날 급우들에게 보여 줬더니, 이구동성으로 아주 재미있다고들 했다. 그러나 오 선생님의 평가는 전혀 달랐다. 소설이 아니라 이야기 줄거리에 불과하다는 것이었다. 소설에서 가장 중요한 것은 인물이라고 강조하면서, 줄거리를 엮으려고 하기보다 인물을 그리는 데 역점을 두라는 것이었다. 그러기 위해서는, 친구들 가운데 한 명을 선택해서 이름을 밝히지 말고 가명으로 얼굴 생김새랑 체격이랑 복장이랑 말씨, 행동 등을 세밀하게 묘사하여 다른 친구한테 보여줘서 그게 누구인지 알아맞힐 수 있을 만큼 연습에 연습을 거듭하라고 했다.

1학년말에 10등이던 학년 석차가 한 학기 사이에 200등 이하로 곤두박질쳤지만 나는 조금도 개의치 않았다. 작문 시간에 써내는 작품마다 오 선생님이 '모범작문'으로 뽑아 다른 반 수업 시간에도 읽어줄 정도였으니, 그 이상 무엇을 더 바란단 말인가! 그렇게 재미있던 방인근, 김래성류의 소설에 염증을 느끼고, 이효석, 김유정류의 소설에 눈을 뜨게 됨에 따라 통속소설과 본격소설의 개념을 구분하게 되었으며, 선생님들이 왜 그토록 전자를 폄하했는지 비로소 알게 되었다. 우리 동네에 있는 '학우서점'의 단골손님이 되었던 것도 그 무렵이었다. 무작정 읽고 쓸 것이 아니라 체계적으로 파고들고 싶었다. 우선 작문 교과서부터 모조리 구입해서 독파했다. 하지만 오십보백보로 거의 엇비슷한 내용인 데다 제목 그대로 어디까지나 '작문' 교과서일 뿐 소설 창작과는 거리가 멀었다.

어떻게 하면 소설을 잘 쓸 수 있을까 고심하던 중에 하루는 서점에 들렀다가 눈이 번쩍 띄는 서적을 발견했다. 정비석의 『소설작법』이라는 책이었다. 그 속에 소설 창작에 관한 모든 비결이 죄다 들어 있을 것이라 굳게 믿으며 책장을 넘기던 나는 크게 실망하지 않을 수 없었다. '소설가를 지망하는 이에게'라는 제1장의 마지막 문장은 아예 소설을 쓰지 말라는 말이나 다름없었기 때문이다. 그러나 그 말이야말로 만고의 진리임을 나는 훨씬 뒤늦게야 깨닫게 되었다. 설령 지금 내가 『소설작법』을 쓴다고 해도 나 역시 같은 말을 되풀이할 수밖에 없을 것이다.

'소설가가 되기 이전에 먼저 훌륭한 인격자가 되라.'고.

6

중학교 때의 내 별명은 '싱겁이', 또는 '백정'이었다. 둘 다 구자옥 선생님이 지어준 것이었다. 딱딱한 기하 과목이었지만, 우리는 얼마나 그 시간이 기다려졌던가. 그만큼 구 선생님은 어렵고 따분하기 짝이 없는 기하 과목을 아주 쉽고 재미나게 가르치기로 유명했다. 2학년 C반 1학기 수업시간표에는 공교롭게도 기하가 들어 있는 날마다 체육이 함께 들어 있었다. 구 선생님은 숙제를 안 해온 학생을 일으켜 세우고는 학생들의 가방에서 끄집어낸 곤봉으로 사정없이 정수리를 한 대씩 '쿵!' '쿵!' 내리쳤다. 그러나 그 지독한 아픔 속에서도 우리는 마냥 킬킬거리며 즐거워했다. 그러다가 2학기에 들어 시간표가 변경됨에 따라 체육 수업과 겹치지 않은 것까지는 좋았다. 그 대신에 숙제를 안 해온 학생들을 모조리 불러내어 교단 위에다 죽 도열시키고는 '어이, 백정!' 하고 생뚱맞게 나를 불러내어 손바닥으로 뺨을 한 대씩 세게 때리게 했던 것이다. 반장도, 주먹쟁이도, 개코도 아닌 내가 졸지에 왜 '백정'으로 둔갑되었는지 알다가도 모를 일이었다.

어느 날 자습 시간이었다. E반과의 사이를 가로막은 칸막이의 조그만 관솔구멍에 입을 대고 '백정!', '백정!' 하고 부르는 소리가 들려왔다. 구 선생님이 숙제를 안 해 온 학생들을 불러내어 모아 놓고 내게 지원을 요청했던 것이다. '예!' 하고 한달음에 달려가 도축질을 행사했던 나, 그걸 보고 배꼽을 잡고 웃어댔던 학생들이나 요즘 아이들로선 상상조차 못할 일이다.

'싱겁이'는 중3 때 붙은 별명이었다. '백정질'로 맺게 된 친분으로, 구 선생님의 유머러스한 말 한마디 한마디마다 곧잘 싱거운 소리를 보태어 시너지 효과를 높였던 것인데, '이놈 싱겁이!' 교무실에서나 실외에서 마주칠 때마다 당신은 나를 이렇게 부르곤 했다.

내 짝이었던 김선영 또한 내 말꼬리를 물고 곧잘 싱거운 소리를 보탬으로써 '싱겁이 다시'라는 별명을 얻기도 했다.

이상 두 가지의 별명에 얽힌 이야기를 들으면 굉장히 외향적인 성격으로 판단될지 모르지만, 실은 그 당시까지만 해도 나는 지극히 내성적이었다.

2학년 초에 학급운영위원장으로 임명되어, 첫 홈룸시간에 완전히 개망신을 당했던 것도 바로 그 내성적인 성격 탓이었다. 담임선생이 사회를 맡으라고 해서 마지못해 교단 위에 올라서기는 했지만, 도시

입이 떨어지질 않는 것이었다. 시종 부동자세로 꼿꼿이 서 있기만 하자, 보기에 딱했던지 담임선생이 거들어주었다.

"내가 시키는 대로 한번 말해 봐. 지금부터 학급회의를 개최하겠습니다."

"지금부터 학급회의를 개최하겠습니다."

"학급 운영을 보다 원활하게 할 수 있는 좋은 방안이 있으면 말씀해 주시기 바랍니다."

"학급 운영을 보다 원활하게 할 수 있는 좋은 방안이 있으면 말씀해 주시기 바랍니다."

그러자 한 학생이 일어나서 뭐라고 발언을 했는데, 나는 도무지 입이 떨어지질 않았다. 꿀 먹은 벙어리처럼 여전히 부동자세로 서 있기만 하자, 여기저기에서 킥킥거리는 웃음소리와 함께 '로보또, 로보또.' 하는 소리가 들려 왔다. 그러자 몇 차례 더 지원사격을 해주던 담임선생이 도저히 구제불능이라고 판단했던지 급기야는 "들어가!" 하는 것이었다. 그날부로 학급운영위원장이 교체되었음은 물론이다.

7

친구들과 본격적으로 사귀기 시작한 것은 중2 때부터였다. 여기에서 말하는 '친구'란 새터 할배 말대로 '나보다 똑똑하고 나은' 애를 두고 이르는 말이다.

우선 바로 내 앞자리에 앉았던 주석중[23]을 들 수 있다. 나는 무엇보

---

23) 주석중朱石中 1938- : 부산 출생. 서울대 상대 졸. 무역회사 사장 역임.

다 그의 '꽃미남' 용모에 홀딱 반하고 말았다. 지금은 '지나 내나 별 볼일 없는 쭈글밤싱이쭈글밤송이'에 불과하지마는, 당시의 그는 한마디로 '얼짱'이었다. 초량국민학교 3학년 때 『어머니의 힘』이라는 영화의 아역 주연으로 발탁되었을 정도라면 알 만하지 않는가. 그도 나한테 관심을 가졌던지, 어느 날 자기 집으로 데리고 갔다. 재종조부님의 집과 불과 100여 미

▲ 주석중 군

터가량 상거한 아주 가까운 거리였다. 나는 먼저 그의 할머님께 큰절을 올렸다. 성씨를 묻기에 김해김가라고 하자, 일가라면서 아주 반겨주셨다. 그의 집에 가서 우선 놀란 것은, 이화여대에 다니는 큰누나에서부터 국민학교에 다니는 막내에 이르기까지 다섯 공주가 있었는데, 하나같이 미녀들이라는 사실이었다. 알고 보니 어머니가 대단한 미인이었다. 언젠가 '어머니가 참 미인'이라고 했더니, 주석중은 '마산에 계시는 이모님은 진짜 미인'이라고 자랑했다.

그날 이후 나는 거의 매일같이 그의 집엘 들락거렸다. 그리고 갈 때마다 할머님께 큰절을 올리곤 했다. 방 안에 계실 때엔 마루에서, 마루에 계실 때에는 마당에 엎드려 넙죽넙죽 큰절을 올릴라치면, 그때마다 꽃같이 예쁜 그의 누이들이 온몸을 주체하지 못하며 키들거리곤 했다.

나는 주석중과 친구 이상의 관계를 맺고 싶었다. '친구' 정도만으로는 결코 만족할 수 없었던 것이다. 망설이고 망설이던 끝에 어느 날 밤 "사랑하는 석중 군에게…… 나는 그대를 사랑하오. 반달 같은 눈썹, 앵두 같은 입술……" 어쩌고저쩌고 하는 내용의 만지장서滿紙長書를 써가지고 다음날 교실에서 전해주었다. 그리고 간절히 답장을 기다렸다. 그러나 웬걸, 답장은커녕 그 뒤로는 아예 거들떠보지도 않는 것

이 아닌가! 낭패도 그런 낭패가 없었다.

가끔 노상에서 그의 어머니를 만날 때가 있었는데, 그때마다 당신은 남의 속도 모르고 "춘복이 니, 와 요새 우리 집에 놀러 안 오노? 놀러 온나.", 또는 "니 우리 석중이하고 싸웠제? 놀러 오니라." 했지만, 그리고 나 또한 당장 달려가고 싶은 마음이 굴뚝같았지만 벙어리 냉가슴 앓듯 했을 뿐이다.

그러던 어느 날, 주석중이 특유의 거만스러운 폼으로 "오늘 집에 온나." 하는 것이었는데, '화해하자.'는 것이 아니라 마치 '오늘 한판 붙자.'는 투였다.

그런데 막상 그의 집에 갔더니, 마냥 앉은뱅이책상에 붙어 앉아 돌부처 행세를 하는 것이 아닌가. 나 역시 툇마루 가장자리에 붙어선 채, 그의 옆모습을 주시하기만 했다. 기세 싸움이라고 할까, 자존심 대결이라고 할까, 무려 한 시간 가까이 그렇게 대치해 있다가 그냥 집으로 와버렸다. 마침 집 안에 아무도 없었기에 다행이었다.

그 뒤에 어떻게 해서 화해가 이뤄졌는지는 기억나지 않지만, 아무튼 그날 이후로 우리는 더욱 친해졌다.

이학수 이야기도 좀 해야겠다.

하루는 반장인 이학수[24]가 내게 제안했다.

"니 오늘 저녁부터 내캉 같이 공부 안 할래?"

"어데서?"

"내 방에서."

친척집의 비좁은 방에서 불편한 생활을 하

▲ 이학수 군

---

24) 이학수李學守 1938- :부산 출생, 고려대 경영대학원 졸. 동국제강 부산제강소장 등 역임.

고 있던 나로서는 복음이나 다름없는 반가운 말이 아닐 수 없었다.

그가 '우리 집'이라고 하지 않고 굳이 '내 방'이라고 말한 데에는 그만한 까닭이 있었다. 그의 집은 여관인지라, 50여 미터가량 떨어진 매형 댁 문간방을 쓰고 있었던 것이다.

나는 그날 저녁부터 밥숟갈을 놓기가 바쁘게 옆구리에 책을 끼고 봉래국민학교 정문 앞에 있는 그의 공부방으로 직행했다.

방 한쪽에는 오르간과 책장이 놓여 있고, 책장 안에는 문고판 『세계명시선』이 가득히 꽂혀 있었다. 알고 보니, 그 역시 감수성이 풍부한 문학 소년으로 남 몰래 써 모은 자작시들이 대학노트 한 권 분량이나 되었다.

근 반 년 가까이 '같이 공부하기 위해서' 풀 방구리에 쥐새끼 드나들듯 들락거렸지만, 막상 교과서를 펼쳐놓고 제 대로 공부한 적은 거의 없었다.

그 대신에 우리는 문학에 관해서 많은 이야기를 나누었다. 때로는 그가 오르간을 타면 나는 돼지 멱따는 소리를 지르기도 하고, 서로 번갈아 가며 하모니카를 불기도 하고, '고오상항복 받기'를 즐겨 하곤 했다. '고오상 받기'란 마치 레슬링을 하듯 한데 엉켜 붙어 상대방의 입에서 '고오상!'이라는 말이 나올 때까지 힘겨루기를 하는 놀이였는데, '쌈짱'이었던 진○성과 맞장 떠 이겼을 정도로 주먹이 막강한 그였지만, '고오상!' 하고 비명에 가까운 소리를 싸지르는 것은 항상 그의 몫이었다.

이웃에 사는 김영도라는 형님이 가끔 한 번씩 우리 방에 들르곤 했는데, 부산고등학교 1학년으로 럭비 선수라고 했다. 교복 대신에 노상 헐렁한 미군 점퍼를 걸치고 있어서 그런지 도무지 고1로 보이질 않았다. 서울 말씨와 억양은 달랐지만 표준말이 입에 벤 것도 그가 지닌 특징 중의 하나였다.

　그는 한 번씩 나타날 때마다 학수의 영어, 수학 노트를 검열했으며, 때로는 시작노트까지 열람하면서 여러 가지 조언을 해주었다. 마치 학수 어머니의 부탁을 받고 정기적으로 방문하여 학업 상태와 생활 태도를 점검하고 감독하는 것처럼 보이기도 했다.

　그날은 마침 일요일이었다. 꼭두새벽에 찾아온 영도 형님은 학수와 나를 데리고 영주동 뒤편에 있는 박가산으로 올라갔다. 운동 삼아 등산을 하는가 보다고 생각했는데 그게 아니었다.

　마루턱에 올라 숨을 고르고 나자, 영도 형님은 『학생웅변선집』이라는 책을 펼쳐 들고 반쪽 가량 시범을 보이고는 학수에게 넘겨주는 것이었다. 한두 번 올라오지 않은 듯 그들은 죽이 척척 잘 맞았다.

　　전국에 계시는 100만 학도 여러분, 우리의 소원은 통일입니다. 첫째도 통일, 둘째도 통일, 그리고 셋째도 통일입니다. 오직 통일만이 우리 민족이 살 길입니다. 여러분……!

　영도 형님만큼은 아니었지만 한 마디씩 한 마디씩 또박또박 힘을 주어가며 낭독하는 학수의 웅변 솜씨 또한 보통이 아니었다. 학수에게서 받아든 책을 뒤적이던 영도 형님이 "어디 춘복이 너도 한번 해봐." 하는 것이었다.

　그날 나는 쥐구멍이라도 있으면 들어가고 싶을 정도로 완전히 망신을 당하고 말았다. 난생 처음으로 해보는 웅변이 제대로 될 리가 만무했다. 첫 문장을 끝내기도 전에 그들의 입에서 폭소가 터졌다. 영도 형님이 말했다.

　"너는 지금 웅변을 하는 게 아니라 국어 교과서를 읽고 있는 거야."

나는 그날 당장 콩트를 한 편 써서 영도 형님이 나타나기만을 기다렸다. 그날 당한 망신을 만회하기 위해서였다.

그러나 며칠 뒤에 찾아온 그의 입에서 나온 갈은 가히 충격적이었다.

"오영수 선생 제자가 아니랄까봐 이따위를 글이라고 쓴 거야?"

"……?"

나는 기가 막혀 말이 나오질 않았다.

"너 혹시 김정한이라는 소설가가 쓴 「사하촌」이라는 작품 읽어 봤어?"

"안 읽어 봤습니다."

"꼭 한번 읽어봐. 1936년도 『조선일보』 신춘문예 당선작인데 말야, 그 당시 식민지 농촌의 사회적 부조리를 통렬하게 고발한 작품이야. 너도 앞으로 그런 작품을 쓰란 말야. 장마철만 되면 하수구에서 역류해 나오는 물로 부산 시내 간선도로가 강으로 둔갑하는 거 너도 봤지? 그리스 아테네는 7백 년 전에 건설했으면서도 하수도 안으로 사람은 물론 자동차까지 내왕할 수 있을 정도라고 하잖아. 이런 사실들을 쓰란 말야. 현실을 외면하는 작가는 작가라고 할 수가 없는 거야."

가만히 듣고만 있던 나도 이 대목에서만은 한마디 하지 않을 수 없었다.

"그런 건 원래 언론 쪽에서 다뤄야 하는 거 아닙니까?"

"무슨 소리를 하고 있어? 문학 따로 언론 따로다, 그 말인가? 평화로운 시대에는 그럴 수도 있지만 일단 국가가 위기에 처하거나 사회가 혼란스러울 땐 어디까지나 한목소리를 내어야 하는 거야!"

나는 정신이 번쩍 들었다.

"김정한 선생 외에 또 어떤 분들의 작품을 읽으면 좋겠습니까?"

"내가 알기로는 그분 한 분밖에 없어. 해방 후에 대부분 월북하고 말았거든. 그런데 다행히 그분들의 작품은 구해볼 수 있어. 원래는 금서禁書로 낙인찍혀 유통이 불가능하지만, 대본점에 가면 얼마든지 대여해 볼 수 있어. 전쟁 통에 먹고 살 길이 막히다 보니 장서인이 찍힌 애장품들을 마구 내다 파는 게지."

그리고 자기 동네에 있는 단골가게들의 약도까지 그려주며 덧붙이는 것이었다.

"특히 말야, 다른 작품은 몰라도 이기영의『고향』이라는 작품만은 꼭 한번 읽어봐. 중학교 때 국어 선생님이 한국에서 노벨문학상을 받을 수 있는 작품은 오로지 그 작품 하나밖에 없다고 말했을 정도니까."

군이 영주동까지 갈 필요도 없었다. 내가 다니는 대본점에서도 얼마든지 빌려 볼 수 있었다. 이기영의『고향』은 물론,『인간수업』·『신개지』, 홍명희의『임꺽정』, 한설야의『황혼』, 박태원의『천변풍경』, 이태준의『달밤』·『돌다리』·『복덕방』 등의 소설집 외에도 오장환의『성벽』·『병든 서울』, 백석의『사슴』, 이용악의『분수령』·『낡은 집』, 김기림의『기상도』, 정지용의「백록담」 등의 시집이며, 김동석의 평론집『예술과 생활』 등을 닥치는 대로 읽으며 미쳐갔다.

나는 영도 형님과 점점 친근해져 마침내 서로의 집을 오가는 사이가 되었다.

2학년말 통지표를 나눠주던 날이었다. 담임선생이 나를 불러내더니, "1학년 때 전교 10등을 한 녀석의 성적이 이게 뭐냐? 지금 이 순간에도 너거 아버지는 시골에서 똥장군이를 짊어지고 들에 나가 보리밭에 거름을 주고 있을 거 아이가. 이놈 오늘 혼 좀 나봐라." 하고 교무실로 끌고 가 '엎드려뻗쳐'를 시켜 놓고 "한 대씩 맞을 때마다 큰소리로 헤아렷!" 하더니만, 고등학생들이 교련 시간에 쓰는 카빈 목총으로 엉덩짝을 사정없이 내리치기 시작하는 것이었다. 나는 한 대씩 맞을 때마다 큰소리로 헤아리다가 서른 대째에 그만 정신을 잃고 말았다.

8

 본의 아니게 '백정'이 되어 여러 아이들의 뺨을 많이 때리기도 했지만, 반면에 나 또한 여러 선생님들한테 얻어터지기도 많이 했다.
 그 단초는 입학식 이전으로 거슬러 올라간다. 초량유리공장 바로 옆에 붙어 있는 교장 사택에서 교과서를 타던 날이었다.
 비좁은 마당에 아직 국민학생 티를 벗어나지 못한 500여 명의 개구쟁이들이 웅덩이에 몰려든 올챙이새끼들처럼 바글거리고 있는 가운데, 몸집이 비대한 D 선생이 서무과 여직원과 함께 번호순으로 한 명씩 호명하여 교과서를 배본해 주고 있었다. 아이들이 소란을 피워 호명하는 소리가 먹혀들지 않을라치면, D 선생은 기다란 장대를 휘둘러 아이들을 땅바닥에 주저앉히곤 했다.
 차례가 까마득한지라 길거리 구경이나 할까 하고 밖으로 나갔더니, 마침 서너 명의 아이들이 지나가는 누나뻘 되는 연상의 처녀들을 희롱하고 있었다. 그중에도 한 아이는 콩알만 한 돌멩이를 주워 처녀들의 뒤통수를 맞히고는 아닌 보살하곤 했는데, 촌구석에서 자란 나로서는 재미있는 구경거리가 아닐 수 없었다.
 이윽고 서른 살 안팎으로 보이는 파라솔을 든 한복 차림의 두 여인이 내 앞으로 다가와, "학생, 미안하지만 저 안에 계시는 선생님한테 가서 밖에 누가 찾아 왔다고 말 좀 해줄래?" 하는 것이었다.

나는 마당을 가득 메우고 있는 아이들을 비집고 들어갈 엄두가 나질 않아 대문간에서 큰소리로 외쳤다.

"셈예!"

D 선생은 물론, 마당 안의 모든 시선이 내게로 집중했다. 나는 목소리를 한껏 높였다.

"밖에 누가 찾아 왔심더예."

"누고?"

"모리겠심더, 어떤 여자 둘입니더예."

그러자 "와하하하하……." 하고 폭소가 터졌다.

D 선생이 벌겋게 상기된 얼굴로 밖으로 나오자, 길을 틔워 주는 척하며 우우루 일어난 아이들이 한발 앞서 밖으로 쏟아져 나왔다.

이윽고 면회를 마치고 들어온 D 선생이 화가 잔뜩 난 표정으로, "방금 내한테 말한 늠이 어느 늠고?" 하고 묻는 것이었다.

곧이곧대로 "접니더예." 하자 가까이 오라고 하더니, 다짜고짜 야구 글러브만 한 손바닥으로 뺨을 퍽, 퍽 덮치는 게 아닌가!

한 대씩 맞을 때마다 눈에서 불똥이 튀었다. 너무나 황당하고 억울했다. 도대체 무엇을 잘못했단 말인가? 상기 입학식도 치르기 전이었으니, 동기생 중에서 '매타작 제1호'는 단연코 내가 아니었던가 싶다.

그 뒤로도 공민 과목 담당인 D 선생과의 악연은 졸업을 할 때까지 이어졌다.

3학년 때였다. 한 단원을 대충 마치고 그냥 넘어가려 하자 한 학생이 손을 들었다.

"선생님, 익힘 문제 3번인데요, 우리나라의 공업이 낙후된 원인에 대해서 설명을 좀 해주십시오."

그러자 D 선생은 특유의 미소를 머금으며 "누가 말해 볼 사람?" 하는 것이었다.

그는 질문을 받을 적마다 "교과서에 없는 거는 묻지 마라."는 말로 학생들의 질문 그 자체를 숫제 무시해버리는 것으로 유명했다. '선생님, 여게 보이소. 교과서에 있심더.' 할라치면 뚜벅뚜벅 걸어가 직접 눈으로 확인까지 하는 그런 분이었다. 그리고 그 다음에 그의 입에서 나오는 말이 걸작이었다. "아앗다, 뭣이 그리 도게 에럽노." 그리고 그 이상은 아무 말도 하지 않았다. 바로 그게 답이었던 것이다.

"누가 한번 말해 볼 사람?"

"……"

아무도 손을 드는 학생이 없자, 나는 "옛!" 하고 손을 번쩍 쳐들었다. 그는 구세주라도 만난 듯 싱긋이 웃으며 말했다.

"어디 한분 말해 봐라."

나는 힘주어 말했다.

"우리나라의 공업이 낙후된 가장 큰 원인은, 예로부터 사·농·공·상이라 하여 공업이나 상업에 종사하는 사람들을 천시했기 때문입니다. 그리고 그 다음으로 큰 원인은 우리나라를 식민화한 일제가 수탈에만 혈안이 되었을 뿐, 공업육성정책을 전혀 펴지 않았기 때문입니다. 공장을 건설하지 않은 것은 아니었지만, 대륙 침략을 위한 군수공장이 대부분이었으며, 그나마 대륙과 가깝고 자원이 편재되어 있는 북한 쪽에다 건설했던 것입니다."

이쯤 하고 앉았더라면 딱 좋았을 것을, 급우들의 탄성과 성원에 고무된 나머지, 영도 형님을 떠올리며 두 주먹으로 책상을 '쾅!' 내리치면서 "이이 어찌 토웅탄할 일이 아닙니까, 여러부운!" 했던 것이다. 아니, 그랬기로서니, 얼마든지 그냥 웃고 넘길 수 있는 일이 아닌가. 불려 나가 얼마나 된통 얻어터졌는지 모른다.

한번은 이런 일도 있었다. 그 무렵 나는 일주일에 한 차례씩 1, 2, 3학년 교실을 순회하며 주간지『소년태양』을 배포하고 있었다. 용돈에 다소 보탬이 될 거라면서 오영수 선생님이 다리를 놓아주었던 것인데, 실은 푼돈으로 쓰고 목돈으로 갚는 애물단지였다. 게다가 매번 배포할 때마다 왜 그리 부수가 축나는지 귀신이 곡할 노릇이었다.

그날도 점심시간을 이용하여 신문을 돌리고 있는 도중에 종이 울리는 바람에 부랴부랴 교실에 들어와 앉고 보니, 공교롭게도 D 선생의 공민 시간이었다. 돌리다 만 신문을 옆구리에 끼고 앉아 한창 수업에 열중해 있는데, 바로 뒷좌석에 앉아 있는 정성진이 은밀히 신문을 빼내고 있는 미세한 촉감이 느껴졌다.

나는 그만 무의식중에 "뭐야, 이 새끼야!" 하고 고함을 꽥 지르고 말았다.

"나온나."

D 선생이 나를 향해 방아쇠를 당기듯 손가락을 까딱했다.

"뒤에 있는 애가……."

"나온나."

"선생님, 억울합니다. 전 조금도 잘못한 게 없습니다."

"수업방해죄도 모르나?"

"선생님, 그렇다면 말입니다." 하고 나는 반박했다. 이번에만은 결코 황당하게 당할 수 없다고 생각했다. "가령 밤중에 도둑이 침입해 갖고 집주인이 '도둑이야!' 하고 소리를 질렀다면, 남의 집에 침입하여 재물을 훔치려 한 도둑에게 죄가 있습니까, 이웃 주민들의 안면을 방해한 집주인한테 죄가 있는 겁니까?"

"시간이 갈수록 죄가 많다이."

하는 수 없이 나갔더니 쓰러질 때까지 두들겨 팼다. 이렇듯 나는 2학년 때 담임선생님한테 맞은 '사랑의 매' 말고는 한결같이 부당하고 억울하기 짝이 없는 매를 맞았던 것이다.

2학년 때 K 선생, 3학년 때 K′ 선생, C 선생한테 당한 것도 마찬가지였다.

K 선생은 무섭기로 유명한 분이었다. 오죽했으면 '호랭이'라는 별명이 붙었을까.

그날따라 나는 수업이 끝나갈 무렵 16절지 모조지에다 색연필로 그림을 그리기 시작했다. 미모의 한 여성이 손거울을 들여다보며 긴 머리카락을 빗질하는 뒷모습이었는데, 자화자찬이 아니라 거울 속에 비친 여인의 모습은 월궁항아를 무색케 할 만큼 천하절색이었다. 그리고 그 아래에다 'K 선생님의 사모님'이라고 써 넣었다. 바로 그 순간, 뒷좌석에 앉은 야구부 피처 곽상영이 철사를 S자형으로 구부려 놓고 호시탐탐 기회를 노리고 있다가 독수리가 병아리를 채듯 그림을 낚아채 가는 것이었다. 그것으로 끝났더라면 오죽 좋았을까. 녀석은 피처 실력을 과시라도 하듯, 막 천막교실 밖으로 빠져나가는 K 선생의 뒤통수를 향해 그림을 날리는 것이 아닌가. 그러자 묘하게도 윗도리 뒷깃에 딱 걸려버렸던 것이다.

쉬는 시간을 맞아 통로로 쏟아져 나온 학생들이 이구동성으로 괴성을 싸지르고 휘파람을 날리는 가운데 등짝에 희한한 그림을 펄럭거리면서 교무실을 향해 보무당당하게 걸어가는 K 선생의 뒷모습을 상상하는 것만으로도 즐거웠다.

이윽고 헐레벌떡 뛰어온 20대 초반의 사환이 큰소리로 외쳤다.

"이 그림 그린 학생이 누고?"

"전데요?"

그러자 그는 "K 선생님께서 교무실로 빨리 오라 카신다. 니 임마, 가던 길로 무조건 무릎을 꿇고 싹싹 빌어라."고 했다.

내가 부당하고 억울하다는 게 바로 이런 것이다. 불려가도 곽상영이 불려가고, 얻어터져도 그가 얻어터져야 옳지, 어째서 내가 희생양이 되어야 하느냐 말이다. 교무실로 끌려가서 어떤 일이 벌어졌는지는 읽는 이의 상상에 맡기겠다.

▲ 「유관순 누나」
저자, 연필, 2017

어느 날 쉬는 시간에 나는 또 한 장의 그림을 그렸다. 이번에는 국사 교과서에 실려 있는, 바로 그 시간에 배울 유관순 누나의 초상화였다. 주위에서 쏙 빼닮았다고 야단들이었다. 누군가 앞으로 갖고 나가 태극기 액자 바로 아래 칠판 중앙에다 얹어 놓자, 급우들이 일제히 탄성을 싸질렀다. 지난번과는 달리 독립투사를 그린 데다, 마침 그 시간에 배울 단원이었으므로, 분명히 K′ 선생이 칭찬해 줄 것으로 믿어 의심치 않았다.

그런데 웬걸, 인사를 받자마자, 불문곡직 '그림 그린 놈'을 불러내더니 출석부로 두들겨 패는 것이 아닌가. 당신이 유관순 열사의 얼굴을 알아보았던들, 그렇게 하지는 않았을 터였다.

매 맞은 이야기 한 가지만 더하겠다. 역시 중3 때였다.

11월의 어느 날, 담임인 C 선생이 다가오는 아무 날 방과 후에 학급 사친회를 개최하니, 한 학생도 빠짐없이 학부형이 꼭 참석하시도록 하라는 것이었다. 그리고 사정에 의해 도저히 모시고 올 수 없는 학생은 미리 말하라고 했다. 나는 부모님이 밀양에 계실 뿐만 아니라, 농번기라서 도저히 오실 수 없다고 말했다. 그러자 담임선생은 알았다고 하며 교무수첩에다 메모까지 했다.

 그런데 문제는 사친회를 연 다음날부터였다. 조례 시간마다 학부형이 불참한 학생들을 일으켜 세우고는 "언제 오시려고 하대?" 하고 잡도리를 하는 것이었다. 나는 그때마다 "못 오신다고 말씀드렸는데요?" 하는 말을 반복해야만 했고, 그러면 그는 징그러운 벌레라도 대하듯 "알았어!" 하는 말을 되풀이하곤 했다. 그러나 그 때뿐이었다. 근 1주일 가까이 매일 아침마다 불려 일어나 똑같은 말을 거듭해야만 했다. 한번 열고 나면 그것으로 끝날 일이지, 무슨 놈의 사친회가 불참한 학부모들을 강제로 출두시키느냐 말이다. 이름이 좋아 불로초지, 실은 '김장값을 거둔다.'는 말이 학생들의 입에서 입으로 공공연히 나돌기까지 했다. 드디어 나 혼자만 남게 된 날이었다.

 "김춘보옥!" 하고 담임선생이 내 이름을 부르는 순간이었다. 뒷자리에 앉은 양영구가 은밀한 목소리로 '없는 아버지 맹글어 오나?' 하는 말이 내 귀에 쏙 들어왔다.

 "망할 자식, 언제 모시고 올 거야?"

 나는 그만 이성을 잃고 양영구의 말을 그대로 인용하고 말았다.

 "없는 아버지 맹글어 오꾜?"

 담임선생은 출석부로 정수리며 양쪽 뺨을 수없이 구타하고도 직성이 풀리질 않는지 교무실로 끌고 가다가, 무슨 생각을 했던지 서무실로 데리고 들어가 흙바닥에다 꿇어앉히고는 밖으로 휑 나가버리는 것이었다. 공교롭게도 월례고사를 치르는 날이었다. 제1교시를 알리는 시작종이 울렸건만 담임선생은 나타나지 않았다. 나는 그대로 꿇어앉아 훌쩍이고 있을 수밖에 없었다. 일부러 골탕을 먹이려는 것인지, 아니면 깜박 잊어버린 것인지 알 수 없었다. 그러자 이윽고 구세주가 나타났으니, 입학 후 몇 개월 뒤에 바로 뒤쪽에 있는 고등학교로 영전해

가신 김하득 전 교장선생님께서 지나던 걸음에 들르셨던 것이다.
"학생은 시험도 안 치고 왜 여기에 꿇앉아 있지?"
나는 갑자기 울음이 복받쳐 올라 큰소리로 더럭더럭 울기 시작했다.
"3학년 E반이군. 담임선생님한테 말씀드릴 테니까 빨리 들어가서 시험을 치도록 하게."

9

3학년이 되자, 오영수 선생의 추천으로 문예반장에 임명되었다. 그러나 그 기쁨도 잠시, 진학 문제로 고민하지 않을 수 없었다. 부모님의 기대에 부응하자면 자매교인 부산고등학교에 들어가야 마땅하지만, 그러자면 1년간 문학과는 결별해야 했기 때문이다.
소설가가 되자면, 일찍부터 인간이 겪을 수 있는 모든 체험을 섭렵하는 게 더 바람직하지, 대수·기하·삼각함수·물상·생물 따위가, 아니 학력 자체가 무슨 소용이 있단 말인가, 차라리 양아치, 소매치기, 거지 들의 밑바닥 삶을 체험하는 게 더 바람직하지 않을까……?
몇 날 며칠 동안 고심에 고심을 거듭한 끝에 마침내 가출을 결심하고, 하직인사차 오영수 선생님을 찾아가 이실직고하자 펄쩍 뛰는 것이었다.
"그건 하나만 알지, 둘은 모르고 하는 소리다, 소설가가 되려면 학교에서 배우는 모든 과목이 다 필요한 기이다. 내가 요즘 가장 후회되는 기이 뭔지, 니 알기나 아나? 와 대학을 안 나왔던고 카는 거다. 내뿐만 아이다. 김동리, 박목월 같은 분들도 다 후회하고 있다 말이다……."

지금 생각해 보면 어리석기 짝이 없었다. 이왕지사 결심했으면 과감하게 결행할 일이지, 오 선생님은 왜 찾아갔던 것일까? '니 참말로 잘 생각했다. 그래, 맘 변하기 전에 얼른 떠나거라.' 하고 등을 떠밀어 줄 선생이 세상천지에 어디 있겠는가?

10

그해 여름방학을 맞아 밀양에 올라가 팔풍에서 하룻밤을 묵고 이튿날 오후에 시례로 올라갔다. 할아버지와 할머니를 빨리 뵙고 싶었다.

몇 마디 수인사를 나눈 뒤, 할아버지께서 미소를 잔뜩 머금은 표정으로 한동안 내 얼굴을 빤히 바라보시는 것이었다. 내 입에서 무슨 말이 나오기를 잔뜩 기대하는 표정이었지만, 나는 딱히 할 말이 떠오르지 않았다.

"복이 니 내한테 고맙다는 인사 한마디 안 할 것가?"

"예? 무슨 말씀이신지……?"

"이놈이야, 참말로 시치미를 딱 뗄 것가?"

"제가 무슨 시치미를……?"

"너거 아부지가 니한테 뭐 안 주더나?"

"안 주던데요, 뭘 말입니꺼?"

"산삼 안 주더나?"

'산삼'이라는 말에 귀가 번쩍 틔었다.

"우짠 산삼은예?"

"허허, 참 내. 대관절 우째 된 텍고?"

할아버지의 말씀에 의하면, 달포 전에 100여 명의 군인들이 빨치산을 토벌할 목적으로 천황산을 넘어가 장장 다섯 시간 동안 수색전을 펼쳤으나 이렇다 할 성과를 거두지 못한 채 하산한 적이 있었는데, 그 때 어떤 일등병이 은밀히 할아버지를 찾아와서 산삼 한 뿌리를 내밀며 단돈 삼만 환[25]에 사라고 했다는 것이다. 비록 젓가락만 한 굵기였지만 그만큼이라도 자라자면 실히 100년은 걸렸을 것이라고 하셨다.

산신령님의 영험을 입은 자만이 캘 수 있다는 산삼이 제 발로 굴러 들어오다니!

할아버지는 두 말 않고 값을 치르셨다. 그리고 마침 그날 다니러 올라온 아버지에게 건네주며 당부하셨다는 것이다.

"복이 밀일라고 샀다. 팔풍에 내리가는 질로 모래를 담은 깡통에다 숭가 놓고 메칠에 한 분씩 물을 주다가 부산 가는 걸음이 있을 때 갖고 가서 믹이라. 그라고 옆에 딱 지키고 앉아서 꼭꼭 씹어 묵는 걸 두 눈으로 확인해라."

할아버지의 말을 듣는 순간, 나는 아버지가 가로채어 먹은 것이 틀림없다고 단정했다.

마침 그때였다, 뒤가 켕겼던지 구둣발자국 소리가 저벅저벅 난 데 이어 박명 속에 아버지가 모습을 드러냈다.

"아니, 대관절 산삼을 누가 문 텍고?"

아버지가 미처 마루에 올라서기도 전에 할아버지께서 다그치셨다.

"허허······. 일이 고약시리 될라 카이······."

아버지는 궁색한 표정으로 자초지종을 털어 놓았다.

팔풍에 내려가던 길로 만나는 사람마다 자랑을 했다는 것이다. '영

---

25) 환 : 1953년 2월 15일부터 1962년 6월 9일까지 사용되었던 통화 단위. 전쟁의 여파로 산업 활동이 크게 위축되고 물가가 급등하는 등 경제가 큰 혼란에 빠짐에 따라 이를 타개하기 위하여 1953년 2월 15일 화폐단위를 '원圓'에서 '환圜'으로 변경100원 → 1환하는 긴급 통화조치를 단행하였다.

생의 보약'이라느니, '불로회춘의 묘약'이라느니, '기사회생의 신약'이라느니, 워낙 널리 알려진 영물이다 보니 사람들은 구경하는 그 자체만으로도 행운으로 여겼다. 값을 열 배로 쳐줄 테니 팔아라고 통사정을 하는 이들도 있었지만 아버지는 일언지하에 거절했다.

"씰데없는 소리, 당신한테 팔 거 겉으머사 내가 묵지!"

그러다가 하루는 면서기로 재직했을 당시부터 호형호제하는 군서기 한 사람이 출장차 왔다가 그냥 돌아갈 수 없었다면서 대서소에 들렀다고 했다. 아버지는 산삼도 자랑할 겸 그를 집으로 데리고 갔다.

"형님, 혹시 산삼을 잡사아본 적 있습니까?"

"산삼이라니, 난 여태 구경도 한 번 못해 봤네."

"그렇다면 지금 당장 구경을 한분 시켜디리죠."

산삼을 본 군서기는 눈에 불을 켜고 환장을 했다.

할아버지께서 재차 다그치셨다.

"아니, 그라머 그 군서기한테 팔았단 말가?"

"아임더. 그걸 팔 텍이 있습니꺼."

"그라머 대관절 누구 입에 드갔단 말고?"

"허허 참, 얼척이 없어서……." 하고 아버지는 억장이 무너지는 소리를 했다. "큰방에서 아 이미가 술상을 채리놓고 불러서 잠깐 갔다오는 사이에 통째로 입 안에 집어넣고 와싹와싹 씹고 있지 뭡니꺼."

"도대체 아부지는 할부지 앞에 그걸 말씀이라고 하십니꺼?" 하고 나는 앞뒤 가리지 않고 아버지에게 대들었다. '대관절 오만 뭇 사람한테 자랑은 뭐할라고 했습니꺼, 자랑은?"

"어허, 이늠아, 누가 그래 될 줄 알았나?"

"그라이꺼내 아부지는 바로 그런 점이 탈이란 말임더."

나는 너무너무 억울하고 분했다. 할아버지의 입에서 돌벼락이 떨어지기를 바랐다. 아니 솔직히 말해서, 어린 마음에 아버지를 마구 두들겨 패주기를 갈망했다.

그러나 오랫동안 뜸을 들였다가 내뱉은 할아버지의 말씀은 너무나도 엉뚱했다.

"복아, 그런 기이 아이다……. 자고로 산삼이라 카는 거는 임자가 따로 정해져 있는 법이다. 맨 첨에 그걸 캔 그 군인이나 저거 상관이나 내나 너거 아부지나 니는 임자가 아이다. 군서기 그 양반이 바로 임잔 기다."

참으로 이상한 일이었다. 할아버지의 이 말을 듣는 순간, 산삼을 놓친 데 대한 억울하고 분한 마음이 일시에 눈 녹듯 사라져버리는 것이었다.

그리고 한동안 소멸되었던 할아버지에 대한 외경심이 다시 되살아났다. 몸에 좋은 것이라면 개구리, 참새, 방아깨비, 땅강아지 따위를 가리지 않는 당신께서 당신보다, 당신의 아들보다 손자인 나를 챙기려 하셨다니!

그로부터 반세기나 가까이 지나 20여 년 전에 낙향한 나는 어느 날 지나가는 말투로 어머니를 한번 슬쩍 떠보았다.

"엄마요, 옛날에 내가 먹을 산삼을 가로채서 와싹와싹 씹어묵었다 카는 그 군서기가 도대체 어데 사는 사람입니꺼?"

그러자 어머니는 한동안 나를 멀뚱히 쳐다보다가 되물었다.

"우짠 산삼은?"

"허허 참 내, 중학교 3학년 때 할부지가 어떤 군인한테서 산삼 한 뿌리를 사갖고 아버지한테 주시면서……."

"듣고 보이 생각난다. 너거 아부지가 깡통에다 숭가 놓고 매일 들바다보민서 물을 주고 했니라."

"그러던 어느 날 어떤 군서기 새끼가 집에 와갖고 그걸 가로채서 처먹었다면서요?"

"그 사람 죽었다 카더라."

"대관절 어데 사람입니꺼?"

"몰라."

어디 사는지도 모르면서 죽은 줄은 우째 압니꺼?

그러나 나는 이 말은 물어보지 않았다. 이미 죽었으니 더 이상 꼬치꼬치 캐묻지 말고 덮어버리라는 말로 들렸기 때문이다.

지금 생각해보면 남을 원망하기에 앞서 나 자신부터 아주 덜 돼먹은 것이, 설령 아버지가 그걸 부산에 갖고 와서 나더러 먹으라고 했다손 치더라도, 자식 된 도리로 응당 당신께서 잡수시라고 극구 사양했어야 제대로 된 인간이 아니겠는가!

11

바다를 끼고 있다 보니, 광안리·해운대·송정·일광·신선대·송도·감천·다대포 등 부산엔 유난히 해수욕장이 많았다.

따라서 매년 7월 25일을 전후하여 여름방학이 앞서 연사흘간씩 이들 해수욕장에서 이른바 '해양훈련'을 실시하는 게 일반적인 관례였다.

오전 9시경에 전교생이 수영복으로 갈아입고 한데 집결하여 준비운동을 마치고 나면, 오후 5시경에 재집결하기 이전까지 완전 자유 시간이었다.

나는 개울에서 익힌 '개구리헤엄'·'개헤엄'·'송장헤엄'·'모잽이헤엄'으로 송도방파제에서 혈청소 약간 못 미친, 오늘날 미부아트센터가

들어서 있는 지점까지의 왕복 1.5km를 거뜬히 역영할 수 있었다.

　물놀이 가운데에서 가장 신나는 것은 뭐니 뭐니 해도 파도타기였다. 위험한 일이 아니냐고 반문할지 모르지만, 파도의 원리를 터득하고 나면 전혀 그렇지 않다. 파도는 조수나 지진 등에 의하여 발생하는 에너지가 바닷물에 가해져 파동이 만들어지는 현상으로, 그 파동만 전달해 줄 뿐 바닷물 자체는 조금도 이동하지 않은 채 제자리에서 상하좌우로 원운동을 하며 출렁일 뿐이다. 다만 소리만 전달해줄 뿐, 실 자체를 이동시키지 않는 실전화기의 원리와도 같은 것이다.

　이러한 파도의 속성을 터득하고 나자, 바다 쪽에서 밀려오는 파도든, 해안선에 부딪쳐 되밀려나오는 이안류(역파도든 조금도 두렵지 않았다. 점점 몸집을 부풀리며 바로 눈앞에 이안류가 밀려올라치면 잽싸게 깊숙이 자맥질을 하여 등 위로 지나가기를 기다렸다가 수면 위로 솟구쳐 오르면 으레 후방에 그만한 규모의 거대한 파도가 덤벼오게 마련이었는데, 이번에는 반대로 온몸을 띄워 그 위에 편승하는 것이다. 한껏 허공으로 솟구쳐 올라 정점에 다다른 순간, 마치 용마를 타고 한달음에 태산을 뛰어넘는 기분이라고나 할까, 스키점프를 하듯 100여 미터 전방으로 활강하면서 맛보는 짜릿한 쾌감이란 그 무엇과도 비길 수 없는 것이었다. 그러나 아무 날에나 즐길 수 있는 것이 아니라 이안류가 심한 날에만 가능했다.

　그런데 이상하게도 다이빙만은 자신이 없었다. 친구들의 권유에 못 이겨 가장 높은 대 위에 올라서 보았지만 어질어질 현기증부터 이는 것이, 시냇가 바위 위에서 무대포로 풍덩 뛰어내리곤 했던 소위 '불알치기' 실력으로는 감히 엄두조차 낼 수 없었다.

　과연 허공으로 날아오를 수 있을 것인가, 실수로 배치기를 하여 창자가 파열되기라도 하면 어떡하지……?

하는 수 없이 가장 낮은 대 위로 내려가 서보기도 해봤지만, 어지럽고 떨리기는 마찬가지였다.

파도타기 다음으로는 편을 갈라 물싸움을 하는 것도 재미있었지만, 물안경을 끼고 잠수해서 여학생들의 하체를 은밀히 감상하는 것 또한 매력 만점이었다. 그러다가 갑자기 수면 위로 불쑥 솟구쳐 올라 얼굴을 바짝 맞댈라치면 여학생들은 비명을 싸지르며 뒤로 벌렁 나가떨어지곤 했다.

중2 때였다. 그날도 물안경을 낀 채 잠영을 즐기고 있었다. 한참 동안 돌아다니며 물 밑 풍경을 실컷 감상하다가 숨이 가빠 막 수면 위로 부상하는 순간, 바로 눈앞에 흡사 고릴라처럼 생긴 흑인이 떡 버티고 서 있는 것이 아닌가! 서너 명의 백인들과 어울려 있는 걸로 봐서 인근 외인부대에서 외출 나온 병사들인 것 같았다.

흑인이 나보고 뭐라고 '쏼라쏼라' 지껄였지만 한마디도 알아들을 수가 없었다.

듣고만 있어선 안 될 것 같아 한마디 해준다는 것이 하필이면 "유아 라 베리 퍼니 맨You are a very funny man."이었다.

두 눈이 왕방울만 해지며 "홧?" 하고 그가 반문하자, 발음이 시원찮아 못 알아들은 줄로 알고 천천히 또박또박 한 번 더 반복했다.

"유, 아, 어, 베리, 퍼니, 맨."

그러자 그는 무지막지하게 커다란 손으로 다짜고짜 내 뒷덜미를 덥석 움켜쥐더니만 물속 깊이 푹 담그고 놓아주질 않는 게 아닌가! '당신 참 재미있는 분'이라는 뜻으로 어디까지나 장난삼아 했던 말이었건만 아마도 제 귀에는 '너 참 웃기는 놈이군.' 쯤으로 들린 모양이었다. 숨이 막혀 사지를 마구 버둥댔지만 아무런 소용이 없었다. 결국 물을 두어 차례 들이켜고 기절 직전에 이르러서야 숨통을 틔워주는 것이었다.

이주택과 함께 겪었던 일화도 생생하다. 한창 물속에서 신나게 놀고 있는데 쨍쨍하던 하늘이 갑자기 소나기를 퍼붓는 것이었다. 이주택이 내게 긴급제안을 했다.

"어이, 우리 둘이 마라톤 한번 안 할래?"

"우짠 마라톤은?"

"수영복을 입은 그대로 큰길로 나가서 막 달리는 거라."

우리는 의기투합하여 자동차들이 내왕하는 대로로 나가 창대같이 내리꽂히는 빗줄기를 온몸으로 맞으며 마구 달리기 시작했다. 얼굴과 어깻죽지에 내리끊히는 빗줄기가 그렇게 통쾌할 수가 없었다. 그대로 서면까지 달려가고 싶었다.

그런데 파출소 앞을 막 지나쳤을 때였다.

"야, 이 새끼들 거기 서지 못해?" 하고 보초를 서고 있던 순경이 외치는 것이었다. 하는 수 없이 멈춰 서자, 빨리 오라고 소리쳤다.

무임승차를 했다가 철도 간수에게 발각되어 혼찌검을 당했던 일이 떠올랐지만, 그때와는 사정이 다르지 않는가. 우리는 보무당당하게 파출소 안으로 들어섰다.

"이 새끼들, 미풍양속을 헤쳐도 분수가 있지, ×대가리를 팅팅 불아 갖고 뭐하는 짓들이야?"

'×대가리'라는 말에 이주택과 나는 동시에 "쿡!" 하고 웃음을 터뜨리고 말았다.

"어라? 이 새끼들 봐라, 어디 따끔한 맛을 한번 보여줘? 경범죄를 저지른 주제에 감히 웃어?"

결국 우리는 두 손을 싹싹 비비고 나서야 가까스로 풀려날 수 있었다.

12

한창 전쟁 중이던 1952년 11월에 중학생을 위한 월간종합지 『학원』이 창간된 것은 획기적인 사건이 아닐 수 없었다.

노상 교과서만 상대하다가 읽을거리가 듬뿍 실린 잡지를 대하자 꽉 막혔던 숨통이 탁 틔는 것처럼 후련했다.

김용환의 연재만화 『코주부 삼국지』, 정비석의 연재소설 『홍길동전』 등도 흥미진진했지만, 가장 관심을 끌었던 것은 '독자문예란'이었다.

▲『학원』표지

독자들이 투고하는 작품을 권위 있는 시인, 소설가들이 심사하여 선후평과 함께 게재해주는 것이었는데, 수준에 따라 '우수작', '입선작'으로 구분했으며, 보다 질이 떨어지는 것들은 '선외가작'으로 처리하여 교명과 학년 및 성명만 밝혔던 것인데, 선외가작에 오른 것만도 선망의 대상이 되고도 남았다.

오늘날 한국 문단을 대표하고 있는 이들의 상당수가 『학원』 '독자문예란' 출신이란 점을 감안하면, 당시의 그 위상을 짐작하고도 남을 것이다.

1953년 7월 27일, 마침내 정전협정이 체결됨으로써 37개월간 공방에 공방을 거듭하던 전쟁이 휴면상태에 들어가게 되었다.

한 많은 피난살이를 청산하고 몽매에도 잊지 못하던 고향으로 돌아가는 사람들로 부산역·초량역·부산진역 등은 날로 북새통을 이루었다. 부산을 상징하는 3대 가요의 하나인 「이별의 부산정거장」은 당시의 애환을 잘 대변해주고 있다.

서울 가는 12열차에 기대앉은 젊은 나그네/ 시름없이 내다보는 창밖에 기적이 운다……

이를 패러디하여 "서울 가는 씨발놈들아 외상값이나 갚고 가거라……"라는 노래가 크게 유행되기도 했다.

휴전이 되었지단, 그러나 피부로 느끼는 체감온도는 별로 달라진 것이 없었다. 여전히 가교사 신세를 면치 못하고 있었기 때문이다.

2학기에 접어들자, 오영수 선생의 지시로 교우지 『釜中부중』 창간호의 산파역을 맡게 되었다. 원고 모집에서부터 편집·교정에 이르기까지의 전 과정을 나와 하성환이 도맡아 추진했다.

우리는 기획물의 하나로 선생님들의 앙케트를 싣기도 했는데, 다른 건 전혀 기억에 남아 있지 않지만, 오영수·구자옥 두 선생님께서 답변하신 아래의 세 문항만은 아직도 기억에 새롭다.

▲선생님의 중학 시절의 꿈은 무엇이었습니까?
오영수 선생님 : 고래 등을 타고 보물섬을 찾아가는 꿈.
구자옥 선생님 : 몰겠다.

▲선생님의 중학 시절의 첫사랑은?
오영수 선생님 : 나에게 네 잎 클로버를 선물해주던 유난히 목이 긴 소녀.
구자옥 선생님 : 없다.

▲만약 선생님께서 대통령이 되신다면?
오영수 선생님 : 중·고등학교까지 의무교육을 확대시키겠다.
구자옥 선생님 : 안 된다.

나는 교우지에 「대회 전야에 일어난 사건」단편, 「올 때 울고 갈 때 우는 내 고향」수필, 「어머니」시 등 세 편을 실었다. 난생 처음으로 활자화된, 잉크 냄새 물씬 풍기는 작품을 대하는 순간의 그 기분이야말로 평생을 두고 잊을 수 없는 감동이었다.

나는 이왕 내친김에 『학원』 '독자문예란'에 한컨 도전해보고 싶었다.

두어 차례 고배를 마신 끝에 마침내 중3 막바지인 1954년 3월호에 '피의 정전협정이 체결되던 날 밤에' 라는 부제목을 붙인 「그리운 마을사람들」시과 「독구」콩트가 각각 입선작·우수작으로 동시에 뽑히는 영광을 맛보았다. 후자는 이미 앞에서 언급했으므로, 전자만 소개해본다.

온 마을은 백일홍 붉은 꽃으로 붉게 타겠고/ 지붕마다 여물어 가는 박들이 주렁주렁 열렸것다// 흰옷과 평화를 아내처럼 사랑하고/ 방문도 사립문도 열어놓고 자던 마을/ 밤이면 마당마다 반딧불의 Fashion// 이러한 날 밤에/ 여기 순박한 마을 사람들은/ 어느 집 앞뜰에 모여 앉아/ 노인네들을 에워싸고/ 정다운 정치담을 하겠고나// 영웅과 호걸을 찾는/ 그들의 푸른 별을 안고……

13

그 당시엔 졸업을 앞두고 '사인Sign'지를 돌리는 풍조가 대유행이었다. 8절모조지를 다발로 구입하여, 친구는 물론, 알음알음을 통해서 잘 알지도 못하는 이웃 학교 여학생들에게도 마구 돌렸던 것인데, 내 경우에는 무려 백여 장을 써주고, 또한 그만큼 받았다. 누구한테 어떤 내용의 글을 써주었는지 전혀 기억할 수 없지만, 그러나 주석중에게 써 준 것과 경남여중 최○자한테서 받은 것만은 지금도 그대로 외우고 있다. 먼저 전자의 내용부터 보자.

  그대와 함께 손잡고 가면/ 캄캄한 그믐밤에도 밝음을 느끼겠으이!// 그대와 함께 어깨동무하고 가면/ 동지섣달 설한풍에도 따스함을 느끼겠으이!

그리고 그 옆에다 수영복을 입고 멋진 폼으로 다이빙을 하는 장면을 그럴싸하게 그리고는 저 멀리 뭉게구름이 피어오르는 수평선과 여기저기에 날고 있는 갈매기들로 배경 처리를 했다.
뒷날 그의 큰누나는 이렇게 말했다.
"석중이가 받은 사인지 중에서 춘복이 니 기이 기중 낫더라."
나는 이 말을 이렇게 새겨들었다.
'석중이 친구들 중에서 춘복이 니가 최고다!'
다음은 후자한테서 받은 내용이다.

  옥이 흙에 묻어 길가에 버렸으니/ 오는 이 가는 이 흙이라 하는고야/ 두어라 알 이 있을지니 흙인 듯이 있거라

물론 조선 후기의 화가인 윤두서1668-1715의 시조를 인용한 것이지만, 마치 그녀가 나를 염두에 두고 지은 것만 같아 한껏 어깨가 으쓱해지는 것이었다

14

▲ 박재갑 동문, 「천막교실에서 바라본 부산 앞바다」
연필화 / 전 신라대 교수

부고 합격자를 발표하는 날이었다. 주석중과 나는 점심을 먹던 길로 발표 현장으로 향했다. 고등학교에는 그만한 공간이 없는지, 이면도로에 면한 중학교 교무실 벽면에다 붙여 놓은 두루마리 방이 저만치 바라보였다. 일대에는 합격 여부를 확인하러 몰려든 학생과 학부형들로 초만원을 이루고 있었다.

인파를 비집으며 서슴없이 상위권 쪽으로 올라가는 주석중과는 달리 나는 간이 두 근 반 세 근 반 뛰며 꼴찌에서부터 거슬러 올라가기 시작했다.

아니나 다를까, 꽤 한참 올라가도 내 이름은 나타나지 않았다. 이미 쓰라린 경험이 한 번 있는지라, 영락없이 고배를 마시는구나 싶었다. 그때였다.

"복아, 니 이름 여깄다!" 하고 주석중이 저 위쪽에서 다급하게 손짓

247

을 해댔다. 52등이었다.

　결과적으로 나는 두 마리 토끼를 다 잡은 셈이었다. 문학 수업을 열심히 하면서도 원하는 학교에, 그것도 상위권으로 합격했으니 말이다.
　고등학교 입학과 동시에 서라벌예대 문창과로 진로를 굳힌 나는 국어·영어·국사 이외의 과목과는 영원히 결별하고 말았다. 아니, 영어마저도 평소에는 소 닭 보듯이 하다가 마지못해 시험 전날 밤에 소나기공부를 했을 뿐이다. 무슨 까닭인지 모르지만 짝지였던 김용원 역시 영어, 수학 과목 이외에는 담을 쌓다시피 했다.
　'민주통일열사 바우 김용원을 말한다'라는 부제목을 단 수필「그날이 올 때까지」의 한 대목을 인용해본다.

　　그와 내가 앉은 뒤쪽 출입문에 면한 맨 뒷자리는 수업 시간에 선생님들의 눈을 피해 딴전을 피우기에 안성맞춤이었다. 선생님이 눈치를 채고 우리 쪽으로 다가올라치면, 앞에 앉은 학생이 신호를 해주도록 조치해 놓았기 때문에 우리는 안심하고 딴전을 피울 수 있었다. 그 '딴전'이란, 나는 국어·영어·동양사 시간 이외에는 소설책을 읽는 것이었고, 그는 자기에게 필요하지 않는 미술·음악·체육 같은 시간에 영어나 수학 문제를 푸는 것이었다.
　　일본 교토에서 태어나 해방을 맞아 고향인 함안으로 귀향한 그는 급우들의 평균 연령보다 세 살이나 더 많았지만 전혀 그런 티를 내지 않았을 뿐만 아니라 성격이 또한 지극히 단순하고 소박해서 아무런 격의 없이 친구들과 잘 어울렸다.
　　툭 튀어나온 이마에다 잔뜩 위로 치켜 올라간 눈썹이며 눈초리하며 유난히 돋보이는 사각턱하며 투박하기 짝이 없는 얼굴에다 워낙 과묵한 편이어서 '바우'라는 별명이 붙기도 했는데, 본인도 맘에 들었던지 뒷날 스스로 아호로 삼기도 했다.

그날은 벽사碧史 이우성李佑成 선생님의 '동양사' 시간이었다. 선생님의 강의는 마치 책의 내용을 그대로 암송하듯, 90분 내내 불필요한 허사라고는 단 한 마디도 들어볼 수 없는, 언제 들어봐도 완벽 그 자체였다. 때로는 파격적으로 고대소설의 줄거리를 들려주기도 했는데, 그날『채봉감별곡彩鳳感別曲』을 들으며, 어쩌면 저렇게도 언변이 좋으실까, 그대로 녹취한다면 원본의 내용과 거의 일치할 것이라는 생각을 하며, 평양성 밖 김진사의 딸 채봉과 전 선천부사의 아들 강필성과의 기구한 사랑 이야기에 흠뻑 빠져들고 있을 때였다.

▲ 이우성 선생님

선생님이 갑자기 말문을 닫더니 김용원을 노려보며 뚜벅뚜벅 걸어오시는 게 아닌가! 앞에 앉은 학생과 내가 동시에 신호를 보냈지만 김용원은 고개만 바로 들었을 뿐, 보고 있던 수학책은 숨기지 않는 것이었다. 빨리 숨기라는 뜻으로 허벅지를 툭 건드렸지만 그는 아랑곳하질 않았다.

벽사 선생이 학생에게 손찌검을 하신 것은 아마도 그날이 처음이자 마지막이었을 것이다. 당신이 정작 괘씸하게 여겼던 것은 선생이 다가감에도 불구하고 '할 테면 해보라'는 식으로 '버르장머리 없이 버티었다'는 것이었다. 그런데 김용원의 생각은 또 달랐다. 쉬는 시간에 '왜 숨기지 않았느냐?'는 나의 질문에 대한 그의 대답은 간단했다.

"죗값을 달게 받는 게 옳지, 어떻게 거짓을 보여줄 수 있노?"

이렇듯 그는 자신의 행동에 대하여 변명 따위의 군더더기를 덧붙이는 일이 없었을 뿐만 아니라, 무슨 일이든 한번 한다고 마음먹으면 끝장을 내고야 마는 성격이었다.

어느 날 물리 시간에 선생님이 '인간이 자연을 정복……' 운운한 말을 그는 두고두고 곱씹었다.

"말도 아이다, 인간이 자연을 정복하다이……! 위대한 자연을 감히 어떻게 인간이 정복할 수 있단 말고? 정복하는 기 아이라 이용하는 기라, 이용!"

그는 내가 쓴 작품을 가장 먼저 읽는 애독자이기도 했다.

한번은 「가역반응」이라는 단편을 써서 보여줬더니, 집에 가서 읽는 내내 우스워 죽을 뻔했다고 실토하는 것이었다. 이유인즉슨, 주인공인 '나'가 실의에 빠져 방 안에 드러누워 있으면서 천장에 무수히 찍혀 있는 파리똥 자국을 헤아리는 장면이라든지, 석양 무렵에 뒷산에 올라가 통금예비 사이렌이 울릴 때까지 방황하다가 어느 바위에 앉자 낮에 달구어진 열기가 상기 식지 않고 남아 있는 것을 보고 실의를 극복하고 재기를 다짐하는 장면 등은 바로 자신의 이야기라는 것이었다.

그는 내 작품을 읽을 때마다 등장인물들의 성격이나 분위기가 손창섭의 작품을 읽는 듯한 착각에 빠져든다고 했다. 그러나 시종 절망에서 절망으로 끝나는 손창섭의 작품에 비해 내 작품은 실의와 좌절로 끝나지 않고 출구를 암시하고 있는 점에서 더 높은 점수를 주고 싶다는 말까지 했다.[26]

이듬해 쥐도 새도 모르게 검정고시에 응시하여 전국 수석의 영광을 차지한 그는 연이어 서울대학교 문리과대학 물리학과에 당당히 합격함으로써 전교생의 선망의 적이 되었다. 그는 아인슈타인을 가장 숭배하였으며, 따라서 장래 희망 역시 물리학자였다.

---

[26] 경남작가회의, 『경남작가』 제33집, p.p.210-212. 김춘복 산문집 『그날이 올 때까지』, p.p.121-124, 산지니, 2018.

15

모교의 교사진은 실로 막강했다. 부산중·고 제10회 동기회 졸업50주년기념문집 『연찬에 겨운 배들』에 수록된 「우리를 가르치신 스승님들」[27]의 한 부분을 인용해본다.

이우성 선생님, 1학년 때 동양사를 가르치셨다. …중략… 선생님께서는 모교를 떠난 뒤 성균관대 교수를 거쳐 동 대학 대학원장, 한국역사학회장, 한국한문학회장 등을 역임하셨으며, 퇴임 이후에도 학술원 회원, 퇴계학연구원장 등의 중책을 맡아 현재에도 왕성하게 활동하고 계신다. 『한국의 역사상』, 『한국고전의 발견』, 『한국 중세사회 연구』, 『다산경학』 등 많은 저서가 있으며, 특히 4월혁명 당시에 민주화운동등에 적극 가담하였으며, 10·26 이후에 신군부의 등장을 반대하는 '134교수성명'을 주도함으로써 그때마다 교수직을 박탈당하기도 하셨으니, 그야말로 지와 덕을 겸비한 실천적 선비정신의 화신이시다. …중략…

이상근李相根 선생님, 천막으로 지붕을 덮은 판자교실이었지만, 우리는 그나마 음악 수업만은 제대로 시설을 구비한 음악실에서 공부할 수 있었다.

독일제 스타인 바하 피아노에다 수백 장의 명곡 LP판……. 「사월의 노래」, 「카로미오 벤」 등을 배우고, 「목신의 오후」, 「전람회장의 그림」 등을 감상했다. 윤이상 선생님의 후임으로서, 당신께서도 그 당시에 이미 관현악 합창곡 등을 작곡하셨다. 청마 유치환의 「보병과 더불어」라는 시집에서 네 편의 시를 골라 제1악장 「전진」, 제2악장 「전우에게」, 제3악장 「1950년의 크리스마스」, 제4악장 「결의」라는 25분짜리 곡을 창작하기도 하셨다. 당

---

27) 부산중·고 제10회 동기회 졸업50주년 기념문집 발간위원회 『연찬에 겨운 배들』, p.p.76-78. 2008.

신은 모교를 떠난 후 부산교대를 거쳐 부산대 예술대학장을 역임하셨으며, 대표작 「새야 새야 파랑새야」가 있다.

여러 선생님 가운데에서 유독 두 선생님에 관한 기사만 발췌한 데에는 나름대로 그만한 까닭이 있다.

우선 이우성 선생님은 부북면 퇴로 출신으로 동향인 데다, 재직하시는 동안 말 한마디 주고받은 적이 없었음에도 불구하고 20여 년의 세월이 훌쩍 지난 어느 날 뜻밖의 자리에서 인사를 올렸더니 첫눈에 알아보고 "춘복이 아니냐?" 하시는 게 아닌가!

"선생님, 어떻게 저를 기억하고 계십니까?" 하고 여쭙자 "그간 신문 잡지를 통해서 자네 이름을 자주 보아왔네." 하시는 것이었다.

그 뒤로 자연스레 '집현하우스'며 '실시학사實是學舍'로 자주 찾아가 뵈었을 뿐만 아니라, 특히 낙향하여 향토탐구영상물 『미리벌 이야기』를 제작하면서 선생님을 취재하기도 했다.

▲ 춘우정 앞뜰에서 모신 노제 광경
사진 제공 : 이희발 박사 - 이우성 선생님의 장남

2017년 5월 20일 오전 11시경, 얼음골 부근에서 산책을 하고 있는 도중에 족제族弟 되시는 이운성李雲成[28] 선생으로부터 당신의 부음을 접하고 얼마나 당혹했는지 모른다. 12시경에 여주이씨 입향시거지인 용활동 소재 춘우정春雨亭 앞뜰에서 노제를 모신다기에 부랴부랴 달려가 과분하게도 아헌亞獻을 맡아 열명길을 배웅해드릴 수 있었던 것은 천행이 아닐 수 없었다.

다음으로 이상근 선생님과는 좀 별난 관계였다. 다시 말해서, 이 선생님을 대할 때마다 사제 간의 보이지 않는 벽을 전혀 느끼지 않았다는 이야기다. 나는 다른 학생들에 비하여 비교적 교무실 출입이 잦은 편이었다. 일주일에 한 번 꼴로 콩트를 한 편씩 탈고할 때마다 문예반 지도교사인 박지홍 선생님의 지도를 받기 위해서 드나들곤 했는데, 2, 3일 뒤에 찾아가면 정작 박 선생님은 활짝 웃으며 작품을 되돌려주기만 할 뿐 일언반구도 언급하지 않는 반면에, 그 대신 주위의 다른 선생님들이 한 마디씩 던지는 것이었다.

"어이, 소설가 또 왔어?"

"이번엔 어떤 내용이야?"

"잘 썼어. 앞으로 훌륭한 소설가가 될 소질이 있어."

그분들 중의 한 분이 이상근 선생님이었던 것이다. 선생님은 나를 볼 때마다 언필칭 '소설가'라는 별명을 부르곤 했다. 그리고 잊히지 않는 다른 한 분은 영어를 담당했던 김종출[29] 선생님이었는데, 졸업

---

28) 이운성李雲成 1929- : 시인, 국학자. 본명 건성建成. 호 석농石農. 경남 밀양 출생. 1960년 '자유문학 신인상'을 수상함으로써 데뷔. 시집 『석화石花/꽃저』, 『세한의 소나무』, 한시집 『만세여정집晩歲餘情集』 외 『터키에서 만난 동서문명』, 『밀양향교지』, 『사인당리의 옛 가문』 등의 저서와 『기우집騎牛集』을 비롯한 한문고전 역주서 다수가 있다.

29) 김종출金鍾出.1920-1973 : 문학평론가. 경남 김해 출생. 호 가산伽山. 일본 아오야마대학 영어과 및 미국 미주리주립대학교 대학원 졸업. 1964년 『동아일보』 신춘문예에 「엑자일의 문학-이상李箱의 소설」이 당선되었다. 부산고등학교 교사, 부산대학교 교수 역임. 저서로 『김종출문학전집』 등이 있다.

후 몇 년 뒤에 『동아일보』 신춘문예 평론 부문에 당선된 기사를 보고 깜짝 놀랐다.

이상근 선생님은 음악 시간에 노래를 가르치다가 학생들이 잘 따라 부르지 못하면, 가령 김동명 작사, 김동진 작곡 「내 마음」을 가르치는 도중에 "내 마음은 호수요"라는 부분이나 '내 마음은 촛불이요' 라는 부분의 화음이 틀릴라치면, '내 마음은 납덩이요' '내 마음은 똥덩이요' 하고 그때그때마다 적절한 비유로 분위기를 일신시키곤 했다.

▲ 이상근 선생님

한번은 무슨 일인지, 5분가량 늦게 입실하여 이 선생님이 판서하는 틈을 이용하여 맨 뒷자리에 냉큼 끼어 앉았더니, 아니나 다를까, 판서를 마친 이 선생님이 "방금 늦게 들온 놈이 누구야?" 하고 묻는 것이었다.

"예, 접니다." 하고 일어서자 "늦게 들어왔으면, 늦게 들어왔다고 말을 해야지, 하튼 요즘 학생들은 예의가 없어." 하는 것이었다.

그러자 나는 겁도 없이 능청스레 큰소리로 응수했다.

"이게 다 시대사조時代思潮 아닙니까."

순간 폭소가 터지자, 당신께서도 덩달아 웃기만 할 뿐 더 이상 야단을 치지는 않았다.

그 시간엔 주로 악보 읽는 법을 가르쳤는데, 원래 음치인 데다 이론엔 더욱 흥미가 없는지라, 나는 소설책을 훔쳐보며 선생님의 강의를 건성건성 귓가로 흘려듣다가 고개를 들고 당분간 경청해보기로 했다.

단조와 장조에 대한 설명이었는데, 도깨비 여울물 건너는 소리도 아니고, 무슨 뜻인지 전연 알아들을 수가 없었다.

"장조와 단조를 가장 쉽게 구분하는 방법은 장조는 주로 '도, 미, 솔'로 시작해서 '도, 미, 솔'로 끝나고, 단조는 '라'로 시작해서 '라'로 끝난다. 일반적으로 장조는 밝고 깨끗한 느낌을 주고, 단조는 우울하고 슬픈 분위기를 자아낸다."

이 마지막 대목만은 귀에 쏙 들어왔다. 이 선생님은 계속했다.

"누가 단조에 해당되는 노래 제목을……?"

채 말이 떨어지기도 전에 "옛!" 하고 주먹을 번쩍 치켜들었다.

학생들의 놀란 시선이 일제히 내게로 쏠렸다.

"사조가思潮家, 어디 한번 말해봐."

'소설가'에서 졸지에 '사조가'로 둔갑한 나는 벌떡 일어나 큰소리로 외쳤다.

"돈도 명예도 사랑도 다 싫다!"

또다시 폭소가 터졌다. 그러나 이 선생님은 이번에는 따라 웃질 않고 근엄한 표정으로 말했다.

"이리 나와!"

"임마, 니는 인자 죽었다고 복창해라."

옆자리의 짝지가 겁을 주었지만, 나는 조금도 두렵지 않았다. 당당한 걸음걸이로 선생님 앞으로 다가가자 교단 위에 올라서라고 하는 것이 아닌가.

매 맞을 각오를 단단히 하고 올라서자 이 선생님의 입에서 뜻밖의 말이 나왔다.

"어디 한번 불러봐."

나는 '살았구나!' 하고 목청껏 윤심덕의 「사死의 찬미」를 부르기 시작했다.

광막한 광야를 달리는 인생아……

다시 폭소가 터졌다. 초장부터 한 옥타브 높게 잡아 내가 생각하기에도 노래가 아니라 발악에 가까웠지만 좌우지간 끝까지 부르고 볼 일이었다.

… 너는 무엇을 찾으려 왔느냐/ 이래도 한 세상 저래도 한 평생/ 돈도 명예도 사랑도 다 싫다// 녹수청산은 변함이 없건만/ 우리 인생은 나날이 변했다/ 이래도 한 세상 저래도 한 평생/ 돈도 명예도 사랑도 다 싫다

급우들의 열광적인 박수를 받으며, 나는 선생님을 향해 능청스레 물었다.
"선생님, 단조 맞죠?"
그러자 이 선생님은 더 어쩌지 못하고 학생들을 따라 웃으며 "들어가!" 하는 것이었다.
그날의 음악 수업은 그 어느 때보다 알찰 수밖에 없었다. 루마니아의 작곡가 이오시프 이바노비치의 「도나우강의 잔물결」을 번안한 곡이라는 것과 가사 또한 윤심덕이 불렀던 당초의 그것과는 사뭇 다르다는 사실을, 노래를 부른 나 자신조차도 그날 처음으로 알았으니까 말이다. 뿐만 아니라, 윤심덕에 관해서도 현해탄을 건너는 배 위에서 이 노래를 부르고 난 뒤에 투신했다는 말만 듣고 염세주의자 정도로만 알고 있었을 뿐, 관비유학생으로 일본에 건너가 성악 공부를 제대로 받은 우리나라 최초의 소프라노 가수라는 사실도, 유부남인 천재 극작가 김우진과의 이루지 못할 사랑을 비관하여 동반자살을 했다는 사실도, 그로 인하여 죽기 직전에 녹음한 음반이 물경 10만 장 이상이나 판매

되었다는 사실도 이 선생님의 입을 통해서 그 시간에 비로소 알게 되었던 것이다.

한번은 이런 일도 있었다. 이 선생님은 작곡법의 기초이론을 대충 설명하고 나서 오선지를 한 장씩 돌리며 각자 나름대로 작곡을 한번 해보라는 것이었다.

나는 작곡으로나마 음치를 만회해볼 요량으로 연신 콧소리를 흥얼거려 가며 콩나물대가리를 열심히 그려 나가기 시작했다.

책상 사이를 돌아다니다 내가 앉아 있는 뒤쪽으로 다가온 이 선생님이 "소설가." 하고 나를 부른 것까지는 좋았다. "예." 하고 고개를 들자, "요새는 어떤 소설을 쓰고 있나, 연애소설이냐, 탐정소설이냐?" 하는 것이 아닌가!

이건 분명히 상대를 무시하고 조롱하는 말이었다. 나도 질세라 맞받아쳤다.

"선생님께서는 요즘 유행가를 작곡하시느라 얼마나 노고가 많으십니까?"

학생들의 폭소 속에 무안한 얼굴로 돌아서는 이 선생님에게 나는 미완성 악보를 내보이며 한 술 더 떴다.

"선생님, 이거 한번 봐주십시오. 베토벤의「운명」을 능가하는 불후의 명곡이 탄생되려는 순간입니다."

콧소리로 '라아 솔파미레 도오' 하고 나서 선생님이 말했다.

"어쭈, 제법인데? 계속해봐."

▲ 미완성 악보

바로 그날이었다. 텅 빈 교실에 혼자 남아 보던 책을 마저 읽고 뒤늦게 교문 밖으로 막 빠져나오는데, 저만치 비탈길 중간에 멈춰선 채 멀리 오륙도 방향을 바라보고 있는 이 선생님의 뒷모습이 시야에 들어왔다.

그 옆을 조심스레 지나치며 내가 말했다.

"선생님, 머릿속에 악상樂想이 막 뛰노십니까?"

16

문예반에 들고 보니, 신입생 가운데에 중학교 때 『학원』지에 한 번 이상 입선했거나 '선외가작'으로 뽑혔던 이들이 나 이외에도 무려 여섯 명이나 되었다. 김태수30) · 서인권 · 양영모 · 이영찬31) · 정구영32) · 하성환 등이 그들이다.

그들을 한자리에 모아 놓고 동인 활동을 하면 어떻겠느냐고 제안하자 다들 동의했다. 내가 제안한 원안대로 명칭을 '일곱별'로 정하고, 매주 목요일 방과 후에 우리 반 교실에 모여 합평회를 가지기로 했다. 한 사람이 작품을 발표하고 나면 나머지 여섯 명이 차례로 돌아가며 비평을 하는 것이었는데, 작품이 좋은 경우에는 아낌없이 찬사를 보냈지만, 그렇지 못한 경우에는 눈물이 날 정도로 혹평을 가했다. 그러면

---

30) 김태수金泰守 1937-2007 : 서울대 영문학과 졸. 정치가, 수필가, 자연건강 연구가. 제12대 국회의원, 자연건강학회장 등을 역임하였으며, 수필집 『새벽산에 올라』, 『나의 체질 개선기』, 장편소설 『달빛, 달빛을 찾아서』 외 『장을 청소하면 건강해진다』, 『신선한 야채즙과 과일즙』 등의 저서와 『물의 신비』, 『단식의 기적』, 『그러나 암도 나았다』, 『암 식사요법』 등의 역서가 있다.
31) 이영찬李英讚 1938-1994 : 아동문학가. 1959년 『경향신문』 및 『국제신보』 신춘문예에 동화 「별과자와 가방」, 「착한 별들」이 동시에 당선됨으로써 등단. 1964년 학원사의 소설현상 공모에 『바다가 보이는 언덕』이 당선되기도 했다. 작품으로 동화집 『별과자와 가방』, 『괴짜 만세』, 『개구쟁이 만세』, 소년소설 『바다가 보이는 언덕』 등이 있다.
32) 정구영鄭銶永 1938- : 서울대 법대 졸. 23대 검찰총장 역임.

그걸 만회하기 위하여 일주일 동안 그야말로 절치부심, 각고정려하게 마련이었는데, 그러는 사이에 너나없이 괄목할 정도로 발전해 나갔다. 우리는 용기를 내어 2학기 초부터 학교 등사기를 이용하여 동인지 『일곱별』을 발간하기로 했다.

월 4회에 걸쳐 발표한 작품 중에서 한 편씩 골라 각자 손수 필경筆耕을 하되, 단 워낙 악필인 김태수의 작품은 내가 대필해주기로 했다. 표지랑 목차랑 편집후기까지 모두 내 몫이다 보니 보통 일이 아니었다. 그러나 나는 그 자체가 즐거웠다. 매호당 200부씩 찍어 전 선생님들과 전 학년 교실마다 2부씩 배부하고, 시내 고등학교 문예반 앞으로 2부씩 발송했더니, 그 반응은 기대치 이상이었다. 경남여고 여학생들이 정기구독을 신청할 수 없느냐고 서신으로 문의해 올 정도였다. 그 당시 나는 천하에 두려운 것이 없었다. '횃불'이라는 호를 썼다고 하면 대충 짐작이 갈 것이다.

▲『일곱별』창간호 표지

어느 일요일, 일곱 명이 교무실에 모여 한창 제본을 하고 있는 도중에, 마침 김하득 교장선생님께서 들어오더니 곧장 구석자리에 있는 교장실 안으로 들어가시는 것이었다.

나는 얼른 한 권을 들고 뒤따라 들어가 한번 읽어 보시라고 하며 올려드렸다.

이윽고 교장선생님께서 나를 불러들이셨다.

"자네 호가 '횃불'인가?"

나는 의기양양한 목소리로 대답했다.

"예, 그렇습니다."

▲ 김하득 교장선생님

"일제 때 이야긴데 말이야……." 하고 당신께서 차분한 어조로 말씀을 이으셨다. "어느 단체에서 전 일본을 대상으로, 물론 우리 조선까지 포함해서 말이지, '봄'이라는 주제로 '전국미술작품공모전'을 열었는데, 여러 수천 명이 응모했더란 말이야. 그 가운데에는 봄 경치를 그린 풍경화를 위시해서 별의별 그림이 다 있었어. 주제가 '봄'인지라, 남녀의 성기를 그린 것은 약과요, 심지어는 노골적으로 성교하는 장면까지 있더란 말이지."

그리고 나서 한참 뜸을 들인 끝에 질문을 던지시는 것이었다.

"그런데, 자네 생각에는 그 많은 그림 가운데에서 과연 어떤 그림이 1등으로 뽑혔을 거 같은가?"

내가 머뭇거리며 미처 대답을 하지 못하자 당신께서 말씀을 이어셨다.

"우리 조선 사람이 그린 그림인데 말이야, 가운데에 초가삼간이 그려져 있고, 그 주위에 복숭아꽃이 흐드러지게 피어 있는 그림이야. 그것뿐이라면 그리 대수롭지 않겠지만, 자세히 보면 신방돌 위에 남녀의 고무신 두 켤레가 사이좋게 나란히 놓여 있는 거야. 그리고 방문은 꼭 닫혀 있고……."

단지 그 말씀뿐이셨다. 왜 그 이야기를 했는지 전혀 언급하지 않았을 뿐만 아니라, 나더러 어떻게 생각하느냐고 물어보지도 않으셨다. 내가 부끄러워하며 몸 둘 바를 몰라 하자, 나가 보라고 하셨다.

나는 다음호부터 '횃불'이라는 호를 뺀 것은 물론, 아예 그 단어 자체를 두 번 다시 입에 올리지 않았다.

제3호를 내고 나서, 우리는 난관에 부닥치고 말았다. 문예반 지도교사가 『일곱별』에 '부산고등학교'라는 교명을 일절 사용하지 말라는 것이었다. 학교의 공적인 발간물이 아니라는 것이 유일한 이유였다.

우리는 울며 겨자 먹기로 따를 수밖에 없었다. 그 다음호를 내자, 엎친 데 덮친 격으로, 앞으로는 교무실에 있는 줄판가리방이며 등사기 또한 사용하지 말라는 것이 아닌가! 이쯤 되면 숫제 동인 활동을 중지하라는 말이나 다름없었다. 공공기물을 사적인 용도로 사용할 수 없다는 명분이었지만, 실은 우리들의 작품 속에 '노동'이니, '지게꾼'이니 '골목'이니 '판잣집'이니 하는 어휘들이 등장하기 시작하자, 만에 하나 발생할지도 모를 책임 소재를 사전에 미리 차단해 놓자는 연막전술에 다름 아니었던 것이다.

실의와 좌절에 빠져 있던 어느 날, 보기에 딱했던지 오왕수라는 친구가 자기 집에 있는 등사기를 이용하면 어떻겠느냐고 제안했다. 그야말로 천우신조나 다름없었다. 그의 집은 서면에 있었는데, 아버님께서 교회를 운영하고 계셨다. 우리는 한 달에 한 번 꼴로 그의 신세를 져야만 했다. 그의 집 마당에서 처음으로 본 잘 익은 '여자' 열매가 지금도 눈에 선하다. 뒷날 알고 보니 '여자'는 '여주'의 방언이었다.

아쉽게도 『일곱별』은 9호를 마지막으로 종간되고 말았다. 시일이 지날수록 다들 대학 진학에 신경을 써야 했기 때문이다.

이 대목에서 종간호에 실렸던 김태수의 단편 「10환」 이야기를 빠뜨릴 수가 없다. 줄거리는 간단하다.

▲ 김태수 군

편모슬하에서 신문배달을 하며 어렵사리 중학교에 다니고 있는 주인공 '나'는 어느 날 제3부두에서 야간노무자 ○명을 서류전형으로 모집한다는 신문 광고를 보게 된다.

이력서를 구입하여 서류를 갖추자니 증명사진이 필요했다. 시장 바닥에 난전을 벌여놓고 있는 어머니에게 차마 손을 벌릴 수가 없어 친구에게 10환을 빌려 사진관에 가서 사진을 박는다.

그러나 서류를 완비하여 잔뜩 부푼 기대를 안고 막상 사무실을 찾아가자, 이력서를 들여다보던 면접관이 만 18세 이하의 연령 미달이라며 접수를 거부한다. 애당초 광고에는 연령 제한을 명시하지 않았지 않느냐고 항변해보지만 먹혀들지 않는다. 연약한 어린 몸으로 중노동이나 다름없는 하역작업을 어찌 감당해내겠느냐는 것이었다.

밖으로 나온 나는 이력서를 갈기갈기 찢어 바다를 향해 던진다. 출렁이는 파도를 타고 표류하는 이력서 조각들을 바라보던 나는 기어코 참았던 울음을 터뜨리고 만다.

합평회 자리에서 나는 충격을 받지 않을 수 없었다. 그때까지만 해도 그의 작품은 동인들은 물론, 독자들로부터 별로 주목을 받지 못했던 게 사실이었다. 작품마다 주제를 너무 강조하다 보니, 구성이며 문체가 그걸 뒷받침해주지 못했던 것이다.

모든 동인들의 입에서 찬사가 쏟아져 나오자, 나는 김영도 형의 얼굴이 떠올랐다. 그가 그 자리에 있었더라면 내게 눈총을 쏘았을 것임에 틀림없었다.

춘복이 넌 임마, 뭘 하는 거야? 내가 그렇게 타일렀는데도 아직도 미몽에서 깨어나지 못하고 있잖아!

한 살 위이긴 하지만, 나이를 떠나 확실히 김태수는 나보다 한 발짝 앞서 가고 있었다. 이미 그는 프롤레타리아Proletariat문학[33]에 눈을 뜨고 있었던 것이다.

『10환』! 실로 그것은 내게 죽비와도 같은 작품이었다.

여태껏 아무런 이념도 지향점도 없이, 고작 여가의 분비물이나 짜내며 손장난을 치고 있었다는 자괴감에 시달리느라, 나는 그날 밤 잠을 이룰 수가 없었다.

새벽녘에 자리를 박차고 일어난 나는 거듭 태어나는 기분으로 그간 애써 써 모아둔 작품들을 깡그리 태워 없애기로 결심했다. 비단 작품만이 아니었다. 일기장이며 애지중지하던 앨범까지 부엌 아궁이의 활활 타오르는 불길 속으로 던져 넣으며 짐승처럼 울부짖었다.

17

럭비부 얘기도 빠뜨릴 수가 없다.

입학한 지 며칠 지나지 않은 어느 날 점심시간이었다. 느닷없이 교실 앞뒷문으로 한 무리의 상급생들이 쳐들어오는 것이었다. 학도호국단 대대장을 위시하여 중대장, 기율부장 등, 이른바 내로라하는 3학년 거물급들이었다. 모두 럭비부원들이기도 했다. 물론 영도 형님도 끼어 있었다. 교단 위로 올라간 대대장이 큰소리로 외쳤다.

"모두 일어섯!"

영문도 모른 채 일어서서 부동자세를 취하자, 마치 용의검사라도 하러 온 것처럼 한 명씩 한 명씩 아래위를 훑어보다가 "너!" 하고 어깨를 툭 치며 교실 밖에 나가서 대기하라는 것이었다.

찍혀 나가는 급우들의 면면을 살펴보건대, 하나같이 덩치가 듬직한

---

33) 프롤레타리아문학 : 사회주의 이념을 선전하거나 사회주의 건설을 위하여 투쟁하는 인간상을 형상화함을 목표로 하는 문학. 우리나라에서는 1925년에 등장한 카프KAPF가 그 시초였다.

지라, 나는 직감적으로 럭비부원을 뽑는 것이라고 판단했다. 거기에 내가 끼이리라고는 꿈에도 생각하지 않았다. 영도 형님이 찍었던 것이다. 내 체력을 강화시켜 주기 위해서였다.

시키는 대로 방과 후에 중앙국민학교 운동장으로 갔더니, 1학년 전체에서 뽑힌 30여 명이 집결해 있었는데, 주석중도 포함되어 있어 반가웠다.

"제군들더러 이 자리에 모이라고 한 것은 다름이 아니라 럭비부원을 뽑기 위해서다."

이렇게 운을 뗀 럭비부장의 말은 간단명료했다. 다른 학교와는 달리 수업을 정상적으로 받고 나서 방과 후에, 그것도 매일 하는 게 아니라 매주 월, 수, 금 사흘만 연습하기 때문에 학업에 지장이 되기는커녕 체력이 증강됨으로써 오히려 성적이 향상된다는 점을 강조하고 나서, 결코 강요하는 게 아니니까 빠지고 싶은 학생은 지금 당장 빠져도 좋다고 했다.

그러자 절반 가까이 되는 학생들이 슬금슬금 꽁무니를 뺐다. 나 역시 그들 틈에 끼고 싶었지만 영도 형님의 안면 때문에 차마 그럴 수가 없었다.

부장이 공언한 대로 그 다음 주부터 연습에 임하게 되었는데, 종잡을 수 없이 이리 튀고 저리 튀는 공을 다루기가 만만치 않았지만, 오히려 그 점이 매력적이기도 했다.

학교로부터 전폭적인 지원을 받는 야구부와는 달리 감독이나 코치가 따로 있는 것도 아니었다. 부장이 감독이었으며, 3학년 형들이 코치였다.

준비운동에 이어 달리기, 패스, 킥오프, 대시, 스크럼, 스로윈, 태글, 트라이, 드롭킥 등을 차례로 익히고 나면 청백으로 편을 갈라 실전에 돌입하게 마련이었는데, 비가 오나 눈이 오나 상관하지 않았다. 이는 한번 정한 약속은 무슨 일이 있어도 지켜야 하며, 따라서 어떠한 환경에 부닥치더라도 거기에 적응하며 몸과 마음을 단련해야 한다는 교훈을 심어주기에 충분했다.

창대같이 쏟아지는 빗줄기를 뚫고 달리며 "이야아아……!" 하고 포효할 때의 그 찌릿한 쾌감을 어찌 필설로 표현할 수 있을 것인가!

여느 구기 종목과 달리 공을 가진 상대편 선수를 밀치고 잡아당기고 쓰러뜨리고 하는 게 처음엔 다소 야만스레 보이기도 했지만. 시일이 지나면서 나도 모르는 사이에 '인내'·'협동'·'희생'을 기본으로 하는 럭비정신에 깊이 빨려들게 되었다. 경기가 종료됨과 동시에 승자와 패자의 구분이 없이 서로 껴안아주고 격려해주며 참다운 우정을 나누는 '노 사이드No Side 정신' 또한 럭비만의 미덕이었다. 따라서 득점의 쾌감을, 승리의 영광을 만끽하는 세리머니 따위는 아예 럭비경기에서는 찾아볼 수 없었다.

비록 경기에는 졌어도 나 자신이 최선을 다했다면 그것으로 만족했다. 내가 맡은 포지션은 후커Hooker, HK, 즉 스크럼 센터였다. 스크럼을 짜고 상대방의 스크럼과 버티는 가운데 하프가 전해주는 공을 잽싸게 뒤꿈치로 차내어 우리 편으로 전달해주는 역할이었다.

2, 3개월이 지난 어느 날 유니폼과 럭비화를 지급받았을 때의 그 기쁨이란 이루 말로 표현할 수가 없었다. 흰 바탕색에 굵다란 청색 가로 줄무늬가 여러 개 둘러져 있는 가운데, 왼쪽 가슴에는 모교의 상징마크인 노란 색깔의 '高' 자가, 등에는 붉은 색깔의 백넘버 '18' 번이 큼지막하게 부착되어 있는 윗도리를 꿰어 입는 순간, 한 마리의 애벌레가 성충으로 화하여 하늘 높이 날아오르는 기분이었다.

러닝, 반바지, 운동화 차림으로 호된 기합을 받아가며 비지땀을 흘렸던 그때까지의 악몽이 씻은 듯이 사라지며 모교를 대표하는 당당한 선수로 거듭나는 성취감으로 나는 심장이 터질 것만 같았다. 백넘버 '18번'을 두고 동료들이 놀리기도 했지만 나는 아랑곳하지 않았다.

▲ 동래고와의 경기 : 1955년 가을, 구덕운동장

당시 부산 시내에서 럭비부가 있는 학교로 부산공고, 동래고가 있었는데, 시합 때마다 우리 학교는 만년꼴찌였다. 게다가 워낙 비인기종목이다 보니, 야구부와는 달리 시합 당일 재학생의 응원을 한 번도 받아본 적이 없었으며, 무료입장이었음에도 불구하고 관중석 또한 언제나 설렁하기 마련이었다.

그러나 그게 무슨 상관이랴! 오로지 중요한 것은 그날 내가, 우리 팀이 얼마나 최선을 다했느냐 하는 것뿐이었다.

워털루전투에서 개선한 웰링턴 장군이 모교인 이튼스쿨 운동장에 그 영광을 돌렸듯이, 나 또한 오늘의 나를 있게 해준 모교의 운동장과 문예반실에 모든 영광을 돌리고 싶다.

18

1학기말 종업식 날이었다. 영도 형님이 1학년 럭비부원들을 한자리에 소집시키더니, 어렵사리 학교 당국의 지원을 받아 내일부터 광안리 해수욕장에서 1주일간 합숙훈련을 하게 되었다고 했다. 그리고 자신이 감독 역을 맡았노라고 했다.

우리는 모두 환호했다. 작열하는 태양, 출렁이는 파도, 눈부신 모래밭, 원색의 수영복……, 상상만으로도 황홀했다.

집으로 돌아오는 발걸음은 가벼웠다. 양복점 안으로 들어서자마자 주인아저씨에게 백넘버 '18' 번을 '928' 번으로 바꿔 달아달라고 하자 그도 맞장구를 쳐주었다.

"잘 생각했다. 내가 생각해도 영 아이다 싶더라, 좋은 숫자 다 놔두고 해필이며 씨팔이 뭣고, 씨팔이! 차라리 '186' 으로 하는 기이 훨씬 더 낫지, 하하하하……"

우리는 동시에 큰소리로 웃었다. '一八六' 을 세로로 쓰면 무슨 글자가 되는지는 국민학교 1학년도 다 아는 사실이었기 때문이다.

"그런데 와 해필 '928' 로 바꿀라 카노?"

"맥아더 장군이 인천상륙작전으로 수도를 탈환한 날짜가 9월 28일 아닙니꺼. 그런 용감한 정신으로 상대팀을 제압하겠다는 겁니다."

"어쭈구리, 좋았어!"

서랍 속을 뒤져 같은 색깔인 붉은 레자를 찾아내어 완성하기까지 채 10분이 걸리지 않았다. 내가 감탄하자 그는 한슬 더 떴다.

"이왕이며, 양어깨에다 '가다' 를 한 개씩 집어넣는 기이 어떻겠노, 어깨도 보호하고 상대방 야코도 죽일 겸……?"

"좋심더." 하고 나는 이왕 내친김에 스크럼을 할 때 머리와 귀를 보호할 수 있도록 모자도 한 개 만들어 달라고 부탁했다.
　이윽고 상의와 모자를 쓰고 대형거울 앞에 서자 전혀 다른 모습이 나타났다. 주인아저씨가 말했다.
　"야아, 진짜 어울린다, 대낄이다, 대낄!"
　아주머니도 한마디 거들었다.
　"호호호호……, 여학생들이 '나래비줄'를 막 서겠다."
　다음날 집결장소인 럭비부실에 들어서자마자, 나는 재빨리 럭비복 상의를 껴입고 등을 보이며 떠벌렸다.
　"짜자안, 너거 이걸 보고도 또 '씨팔, 씨팔.' 카고 놀릴 기이가?"
　그러자 동료들의 탄성이 터졌다.
　"보자, 928이라 카머 인천상륙작전으로 수도를 탈환한 날짜 아이가?.."
　"우와아, 멋지다!"
　"니, 우째 그런 기발한 생각을 다 했더노?"
　그러나 여기까지였다. 뒤늦게 도착한 영도 형님이 노발대발했다.
　"누가 백넘버를 바꾸랬어?"
　"누가 시켜서 바꾼 게 아니라, 어감이 안 좋아서 제가……."
　"닥쳣!"
　"맥아더 장군이…….."
　"잔소리 말고 엎드려 뻗쳣!"
　우두망찰한 채 그냥 서있기만 하자, 그가 말했다.
　"럭비정신의 기본도 모르는 녀석, 인내·협동·희생 외에 '절대복종' 한 가지가 더 추가된다는 사실을 아직 모르는군. 한번 부여받은 백넘버는 럭비를 그만두는 그날까지 자기 고유번호야. 그리고 어느 구기 종목을 막론하고 세 자리 숫자 등번호는 사용하지 못하도록 규정돼 있어."

나는 '빳다'를 세 대나 맞고 나서 그 자리에서 손수 떼어내지 않으면 안 되었다

19

오늘날과는 딴판으로 1950년대의 광안리해수욕장은 해수욕복이며 물놀이기구 등을 판매하거나 대여해주는 허름한 단층집들이 해안선을 따라 줄지어 있었을 뿐 허허벌판이나 다름없었다.

합숙장소로 정해놓은 곳은 마을 입구에 자리 잡고 있는 S고아원이었다.

미군용 차량들이 수시로 들락거리며 폐기목재, C-레이션 박스, 식수 등을 공급해주는 걸로 봐서 판자로 지은 여러 동의 가건물들도 미군부대에서 지어준 것으로 추정되었다.

원생들은 거의 대부분이 10세 전후의 전쟁고아들이었으며, 코흘리개들 가운데에는 혼혈아들도 상당수 섞여 있었다.

1주일간의 합숙훈련을 통하여 어떠한 훈련을 받았으며, 그로 인하여 기량이 얼마만큼 향상되었는가는 별개 문제로 하고, 뒷날 '전설의 작사가'로 일세를 풍미했던 정두수본명 정두채와의 첫 만남과 그 이후로 이어지는 몇 토막의 일화들을 소개할까 한다.

첫날 저녁밥을 먹고 동료들과 이런저런 잡담을 나누고 있던 중이었다. 누군가 나를 찾아온 학생이 있다기에 나가보았더니, 또래로 보이는 웬 남학생이 고개를 꾸뻑하며 손을 내미는 것이었다. 두 눈이 와이셔츠 단춧구멍만 한 데다 주기가 있는 것처럼 홍조를 띤 얼굴이었다.

"동래고등학교 2학년 정두채라고 합니다. 저희 학교 문예반 앞으로 보내주시는 『일곱별』을 꼬박꼬박 잘 읽고 있습니다. 언제가 한번 뵙고 싶던 차에 이렇게 저희 동네에서 뵙게 되다니 영광입니다."

"반갑습니다. 댁이 이 부근인 모양이죠?"

이상이 그와 내가 나눈 첫 대화였다.

그날 밤 우리는 모래밭에 앉아 파도 소리를 들으며 밤늦게까지 많은 이야기를 나누었다. 참으로 놀라운 것은 문인들에 관한 그의 해박한 정보였다. 마치 영화 마니아들이 배우들의 생년월일, 키, 허리둘레 등을 줄줄이 꿰뚫고 있듯, 예컨대 노천명 시인의 생년월일은 1912년 9월 1일이며, 모윤숙 시인의 '영운嶺雲'이라는 호는 춘원 이광수가 지어 주었으며, 나도향 소설가의 아버지 이름은 나경연이며 직업이 의사라는 것 등 모르는 게 없었다. 그의 입에서 나오는 한마디 한마디를 들으며 나는 마치 처녀림 속을 답사하는 기분이었다. 어쩐지 지금까지 헛공부를 한 것 같은 자괴감이 들면서 그가 존경스럽기까지 했다.

헤어질 무렵 그는 자기 집으로 데리고 가서 식구들을 소개시켜주는 친절까지 베풀었다.

합숙 기간 동안 우리는 매일 그 시간대에 만나 정담을 나누었다. 때로는 주석중도 동석했다. 그리고 앞으로 서로 내왕하며 계속 사귀기로 약속했다.

그로부터 보름쯤 지났을 때였다, 나를 만나기 위하여 그가 초량 바닥에 나타난 것은…….

곧 저녁밥을 먹어야 할 시간인데다 아무래도 자고 갈 것만 같아 염치 불구하고 주석중의 집으로 데리고 갔다.

그날 밤 정두채는 주석중의 가족들 앞에서 자신의 숨겨두었던 진면목을 유감없이 발휘했다. 개그맨이나 만담가가 따로 없었다.

상체를 연신 좌우로 흔듦과 동시에 발바닥장단을 맞추며 "찐찐바라
바라 찐찐바라바라, 역기 드는 여학생의 '도꾜용기', 역기 드는 여학생
의 도쿄, 찐찐바라바라 찐찐바라바라, 그 여자는 왜 웃통을 벗고 도망
갔나, 그 여자는 왜 웃통을 벗고 도망갔나, 찐찐바라바라 찐찐바라바
라……." 하고 주간지 표지 따위에서나 볼 수 있음직한 선정적인 문구
들을 밑도 끝도 없이 읊어대는 것이었다.

주석중과 내가 하도 큰소리로 웃어대자, 다른 방에 있던 여러 여동
생들이 희대의 구경거리를 놓칠세라 한꺼번에 우르르 몰려왔다. 그는
더욱 신바람을 내었다.

여학생의 왼쪽 보게또에 든 고구마사건, 여학생의 왼쪽 보게또에 든 고
구마사건, 찐찐바라바라 찐찐바라바라, 그 남학생은 왜 앉아서 오줌을 누
나, 그 남학생은 왜 앉아서 오줌을 누나, 찐찐바라바라 찐찐바라바라…….

방 안이 떠나갈 듯 폭소가 터지는 가운데 그는 갑자기 레퍼토리를
바꾸어 자기 모교의 「응원가」를 부르기 시작했다.

정월이라네 정의에 불타는 동고東高 건아야/ 행진곡 높이 불며 약동하여
라/ 어와 뿜바라 어와 뿜빠라// 2월이라네 이팔청춘 견줄 것 없다/ 이 세
상 겁날 것이 그 무어냐/ 어와 즐거웁고나……

얼마나 깊이 각인되었던지, 나는 요즘도 그가 생각날 때면 '7월령'
을 혼자서 흥얼거리곤 한다.

7월이라네 7월달 하기방학 닥쳐오면은/ 리베 손목잡고 해수욕 간다/ 어

와 뿜빠라 어와 뿜빠라

▲ 졸업 후 정두수좌, 주석중우과 셋이서 광복동 밤거리를 활보하고 있는 모습

정두채와 사귀면서부터 나는 본격적으로 이른바 '문학청년'이 되어 갔다. 꾀병으로 조퇴하여 곧장 그의 집으로 직행한 적이 한두 번이 아니었다. 요일과 상관없이 그는 항시 집에 있었다. 자신의 말로는 동맹휴학을 주동했다가 퇴학처분을 받았다는 것이었는데, 나는 그 이상 더 알려고 하지 않았다.

서라벌예대 시절에도 그와 종종 만났다. 학교엔 다니지 않았지만, 그 역시 서울에 올라와 살고 있었던 것이다.

1957년 『현대문학』에 「종이 운다」·「여진」·「하늘과 아들」로 혜성처럼 등단했던 정공채 시인이 그의 친형임을 알았을 때의 충격은 컸다. 무슨 연유에서인지 가족들을 소개시켜주었을 때에도, 그 이후에도 한 번도 형에 관한 얘기를 꺼낸 적이 없었기 때문이다.

그를 마지막으로 만난 것은 1978년경이었다. 근 20여 년 만의 해후였다.

사람의 기억이란 게 얼마나 허망한 것인지, 그는 모교의 「응원가」를 전혀 기억하지 못하고 있었다. 마중물 삼아 '7월령'을 불러줘도 따라 부르지 못했을 뿐만 아니라, 심지어는 주석중의 집에 간 사실조차도 전혀 기억하지 못하는 것이었다.

재작년 여름, 아쉽게도 그는 다시는 만나볼 수 없는 불귀객이 되고 말았다.

언젠가 주석중이 있는 자리에서 정두채가 화제에 오르기에 내가 말했다.

"그 친구 작사가의 길로 나가지 않았더라면 십중팔구 개그맨이나 만담가가 됐을 거야."

그러자 기다렸다는 듯이 주석중이 큰소리로 외쳤다.

"내 여동생들이 뭐라 캤는지 아나?"

"뭐라 캤는데?"

"오빠 친구들 중에서 그렇게 못 생긴 사람은 첨 봤다. 앞으로 우리 집에 델고 오지 마라."

그러고도 남았을 게다. 그러나 어찌 얼굴로 인금을 매긴단 말인가. 저들이 꿈엔들 상상이나 했으랴, 그로부터 불과 몇 년 뒤,「덕수궁 돌담길」로 데뷔한 이래「흑산도 아가씨」·「가슴 아프게」·「물레방아 도는데」·「공항의 이별」·「마포종점」등 물경 3,500여 편의 대중가요를 작사했을 뿐만 아니라, 방송가요대상·대한민국연예공로상 등 무려 50여 차례에 걸쳐 수상의 영광을 안은 '전설의 작사가'가 될 줄을……!

20

제5회 영남예술제[34] '전국학생한글시백일장'에 참여한답시고 진주에 갔던 일을 생각하면 지금도 절로 입가에 미소가 맴돈다.

---

34) 영남예술제 : 정부 수립 1주년을 기리고 예술문화의 발전을 도모하기 위하여 1949년에 문총진주특별지부 주최로 개최된 우리나라 최초의 민간 주도 종합예술제. 제10회인 1959년부터 '개천예술제'로 명칭을 변경하였다.

열차를 타고 가는 동안 문예반장인 박정부 형님은 여러 차례 같은 말을 강조했다.

"일곱별 동인들만 믿소. 말이 '전국'이지 실은 '영호남'인 기라. 일곱별동인은 명색이 전국구 아니오."

부반장인 2학년 손일석 형님도 자존심을 죽이고 힘을 실어 주었다.

"맞심더. 제가 장담하는데, 일곱별동인들이 장원, 차상, 차하, 참방을 모조리 싹쓸이할 겁니더. 두고 보이소, 어데 내 말이 틀리는강……."

다소 과분하게 들리긴 했지만, 그렇다고 전혀 근거 없는 말도 아니었다. 우리들 일곱 명은 저마다 자신감으로 충만해 있었다.

처음으로 밟아 보는 진주 땅이었지만, 낯선 느낌이 전혀 들지 않았던 것은 어쩌면 촉석루 때문이었는지도 모른다. 진주교를 건너면서 나는 마치 밀양에 온 듯한 착각을 일으켰다. 동시에 다리 오른편에 있어야 할 영남루가 어째서 왼편에 있는지, 오른쪽에서 왼쪽 방향으로 흘러 내려야 할 남천강이 어째서 역류하고 있는 것이지, 한동안 혼란스러웠다.

▲ 촉석루 전경

내방객을 맞이하는 진주 시민들의 인심 또한 훗훗했다. '외지에서 오신 손님 친절로 맞이하자'는 내용의 현수막과 표어들이 길목마다 전신주마다 나붙어 있는 걸 보며 비로소 안도할 수 있었던 것은, 이전부터 유독 텃세가 심한 고장이라 외지에서 온 학생들을 그냥 보내지 않는다는 말을 많이 들어왔을 뿐만 아니라, 정부 형님도 현지에 가게 되면 절대로 개별 행동을 하지 말라고 누누이 당부했기 때문이다.

따라서 우리는 부벽루·영남루와 더불어 우리나라 삼대 누각의 하나로 손꼽히는 촉석루하며, 임란 당시 왜장을 유인하여 투신한 논개의 충절이 서려 있는 의암義巖이며, 다음날 백일장을 치르기로 예정되어 있는 비봉루까지 마음 놓고 돌아다니며 답사할 수 있었다.

▲ 의암 / 큰 바위 끝에 있는 작은 바위

비봉루 인근에 있는 여관에 여장을 풀고 나자, 정부 형님이 인근에 있는 어느 음식점으로 일행을 안내했다.

밥을 먹기 전에 정부 형님은 우선 술부터 주문했다.

"자고로 문학을 할라 카머 술을 마실 줄 알아야 되는 기이라. 얼큰히 취해야 시상이 떠오르지 맨정신에 무슨 작품이 나올 기이고? 자, 그런 의미에서 한 잔씩 쳐마시더라고."

다들 두어 잔씩 마신 데 이어 맛깔스런 진주비빔밥으로 허기진 배를 채웠다. '주태백'이라는 별명답게 정부 형님은 밥은 쳐다보지도 않고 막걸리로 배를 채웠다.

여기까지는 아주 좋았다. 그런데 어찌된 영문인지 여관방에 돌아오고 나서 얼마 지나지 않아 살살 배가 아파 오기 시작하는 것이 아닌가. 여남은 명이 똑 같은 음식을 먹었음에도 불구하고, 왜 하필 나 혼자만 그런지 이해할 수 없었다.

이윽고 불꽃놀이를 위시하여 각종 공연이 다채롭게 펼쳐질 전야제에 참여하기 위하여 전원이 썰물처럼 빠져나갔지만, 나는 방구들 신세를 지는 수밖에 없었다.

정부 형님이 사다준 소화제를 먹었지만 아무런 효험이 없었다. 급기야 먹었던 음식물을 죄다 토해낸 데 이어 설사까지 하기에 이르렀다.

그런 통증은 난생 처음이었다. 누가 가위로 창자를 마디마디 잘라내는 것만 같았다. 이러다 죽을 수도 있겠구나 싶은 생각마저 들었다. 식은땀이 줄줄 흐르고 정신이 혼미한 가운데 마치 약을 올리기라도 하듯 어디에선가 폭죽을 터뜨리는 소리가 연속적으로 들려오기 시작했다.

10분 간격으로 변소에 들락거리는 게 보기에 딱했던지 주인아주머니가 생강과 대추를 넣어 끓인 물을 권하기까지 했지만, 그 역시 아무런 효험을 보지 못한 채, 밤새 무려 스무 차례나 변소 출입을 해야만 했다.

꼭두새벽에야 잠깐 눈을 붙였다가 깨고 보니 어느새 날이 환하게 밝아 있었다. 다행히 토사는 멎었지만 도무지 맥을 출 수가 없었다. 아침밥 생각도 없었다. 행사장에 참석할 수가 없다고 하자, "허허, 이거야 원……." 하고 정부 형님이 말했다. "우리 춘복 씨가 빠지며 우짜노, 앙꼬 없는 찐빵 아이가."

"그럴 리가 있습니까, 다들 잘할 겁니다."

내가 참여하지 못하게 되어 모두들 애석하게 여겼지만 어쩔 수 없는 노릇이었다.

그들이 떠나자마자 나는 그대로 곯아떨어지고 말았다.

얼마나 잤는지, 떠들썩해서 깨고 보니 어느새 일행들이 막 돌아오는 참이었다.

　시제는 '국화'였으며 의외로 심사가 빨리 끝나는 머리에 결과까지 보고 온다고 했다. '싹쓸이'는커녕 애석하게도 전원 탈락이었다.
　장원의 영예는 진주고 3학년 성 아무개가 차지했다고 했다.
　어느 동료가 들려준 장원 작품의 한 구절을 지금껏 암기하고 있다.

　　……나의 조국은/ 눈보라 치고 있는 저 언덕 너머……

　앞에서 '진주에 갔던 일을 생각하면 지금도 입가에 미소가 맴돈다.'고 한 대목은 바로 이제부터다.
　갈 때와는 달리 돌아올 때엔 시외버스를 이용하게 되었는데, 한 시간쯤 달렸을까, 어느 지점인지 모르지만 갑자기 차가 멈춰 서더니만 도무지 움직일 생각을 하지 않는 것이었다.
　전방에는 짤막한 콘크리트 교량이 하나 놓여 있고, 후방 100여 미터 가량 되는 지점에 오두막이 한 채 보일 뿐 허허벌판 한가운데였다.
　유사한 사고가 워낙 빈번했던 시절이라 승객들은 아무런 불평 없이 기다리는 수밖에 달리 도리가 없었다.
　한동안 차체 밑에 들어가 있다가 올라온 운전기사가 큰소리로 말했다.
　"승객 여러분, 정말 죄송함더. 부레이끼가 파열돼갖고 차가 더 이상 움직일 수가 없게 됐심더. 수리하자면 시간이 좀 걸리겠으이 양해해주시기 바랍니더."
　맨 뒷좌석에 앉아 있던 정부 형님이 큰소리로 물었다.
　"아저씨, 대충 몇 분쯤 걸리겠습니까?"
　"그걸 장담할 수가 없심더. 차장이 본사에 연락을 취하는 데만 해도 꽤 시간이 걸릴 기이고, 정비차량이 도착한다 캐도 부레이끼 말고 또 다른 고장이 났을 수도 있고 해서 정확한 시간을 말씸디릴 수가 없심더. 죄송함더."

정부 형님이 말했다.

"아저씨, 점심을 안 먹어서 배가 고픈데, 저어기 보이는 오두막집에 가서 요기를 좀 하고 와도 되겠죠?"

"가셔도 좋은데 되도록이면 빨리 다녀오이소."

그제야 승객들이 술렁이기 시작하면서 일부는 차에서 내려 바람을 쐬기도 하고, 몇몇 여자들은 다리 쪽을 향해 종당걸음을 치기도 했다.

마침 오두막집은 간이음식점이었다. 여남은 명이 들어서자 가게 안이 꽉 차버렸다. 정부 형님이 호기롭게 외쳤다.

"아지매요, 국수하고 막걸리 좀 주이소."

국수가 준비될 동안 우선 막걸리부터 먼저 마시게 되었다. 큼지막한 대접에다 손수 가득가득 술을 채워주고 나서 정부 형님이 말했다.

"자, 모두 잔들을 드시오. 내가 건배사를 읊을 테니까, 끝나면 다 함께 힘차게 '위하여!' 하고 외치는 거요."

우리는 모두 잔을 높이 들고 그의 입을 쳐다보았다.

"과거에 낙방한 선비가 할 짓이라고는 만고에 술밖에 뭐가 또 있겠소? 실컷 취해갖고 훌훌 다 털고 새 출발을 하는 겁니다. 다들 쓰라리고 아플 줄로 압니다. 자고로 이런 걸 일컬어 성장통이라 카는 거요, 성장통! 자, 모두 우리들의 성장통을 위하여!"

일제히 '위하여!'를 힘차게 외친 데 이어 목구멍마다 꿀컥꿀컥 술 넘어가는 소리가 한동안 요란했지만, 나는 술잔에 입을 대지 않은 채 그대로 내려놓았다. 쳐다보기도 싫었던 것이다.

버스가 다시 움직이기 시작한 것은 무려 두 시간이나 지나서였는데,

지루하기 짝이 없었을 시간을 거뜬히 메워준 것은 다름 아닌 정부 형님의 능수능란한 사회 덕분이었다.

"승객 여러분, 안녕하십니까? 장거리여행에 얼마나 노고가 많으십니까?"

버스에 올라온 순간부터 그는 만년필을 마이크 대용으로 잡고서 분위기를 장악하기 시작했다.

"저로 말할 거 같으면 부산고등학교 3학년 주태백이라는 학생이올시다. 외람되지만 지금부터 제가 사회를 맡아서 '노래 실은 고장 난 시외버스, 노래 실은 고장 난 시외버스' 그 화격한 막을 올리겠습니다. 박슈우……!"

그러자 긴 가뭄 끝에 한줄기 시원한 소나기를 만난 듯 요란한 박수가 터졌다.

"감사합니다. 감사합니다. 자. 그러면 첫 번째로 모실 카수는 누구냐? 자고로 주인 없는 공사가 없다고 했으니, 바로 이 주태백이가 먼저 한 곡조 뽑아 올리겠습니다." 하고는 두 눈을 지그시 감고 가락을 뽑기 시작했다.

　　진주라 천리 길을 내 어이 왔던고/ 촉석루에 달빛만 나무기둥을 얼싸안고/ 아 타향살이 심사를 위로할 줄 모르느냐// 아니리조로 진주라 천리 길을 어이 왔던가 연자방아 돌고 돌아 세월은 흘러가고 인생은 오락가락 청춘도 늙었더라 늙어가는 이 청춘에 젊어가는 옛 추억 아아 손을 잡고 헤어지던 그 사람 그 사람은 간 곳이 없구나// 다시 원곡조르 진주라 천리 길을 내 어이 왔던고/ 남강 가에 외로이 피리소리를 들을 적에/ 아아 모래알을 만지며 옛 노래를 불러본다 박수와 함께 여기저기에서 "재청이야아!", "삐딱구두 뒤창이야아!" 하고 외치자 우리도 가만히 있질 않았다. "앙코올! 앙코올……!"
기다렸다는 듯이 그는 즉시 화답한다.

짜증을 내어서 무엇 하나/ 성화를 받치어 무엇 하나/ 속상한 일이 하도 많으니/ 놀기도 하면서 살아가세/ 니나노 닐리리야 닐리리야 니나노/ 얼싸 좋아 얼씨구 좋다/ 벌 나비는 이리 저리 펄펄 꽃을 찾아서 날아든다// 거짓말 잘하면 소용 있나/ 진정을 다한들 쓸 데 있나/ 한번 속아 울어 봤으니 다시는 속지 않으리라/ 니나노 닐리리야 닐리리야 니나노/ 얼싸 좋아 얼씨구 좋다/ 벌 나비는 이리 저리 펄펄 꽃을 찾아서 날아든다

노래가 끝나자 모두들 열광했다.
"아이고, 누 집 사우가 되는지 장모가 들었으며 오줌을 쫠쫠 싸겠다."
"보소 학생요, 이거나 하나 잡숫고 하소." 하고 어떤 아주머니는 음료수 잔을 갖다 주기도 했다.
"에에……, 이번에는 우리 학교 1학년 김춘복 군을 소개하겠습니다. 고향이 밀양이니까 우리나라 3대 아리랑의 하나인 「밀양아리랑」을 한번 들어보도록 하겠습니다."
승객들의 박수를 받으며 앞으로 걸어 나가자 김태수가 큰소리로 외쳤다.
"야, 춘복아. 보리쌀 씻다가 오줌 싸는 거 안 있나, 그거 불러라."
그렇잖아도 그럴 참이었다.
나는 허리를 한번 꾸벅하고 나서 신나게 목청을 뽑았다.

아리랑 고개가 얼마나 좋아/ 보리쌀을 씻다가 오줌을 쌌노/ 아리아리랑 스리스리랑 아라리가 났네/ 아리랑 고개로 날 넡겨주소// 오줌을 쌌으며 적게나 쌌나/ 서 마지기 마른 논에 물갈이한다/ 아리아리랑 스리스리랑 아라리가 났네/ 아리랑 고개로 날 넘겨주소// 와다그시 내길레 오줌을 쌌지/ 시오마씨 니 겉으며 생똥을 쌀 기다/ 아리아리랑 스리스리랑 아라리가 났네/ 아리랑 고개로 날 넘겨주소

「밀양아리랑」 특유의 생동감과 박진감이 넘치는 가락에다 익살스런 가사 내용이 절묘하게 어우러짐으로써 노래 도중에 승객들이 손뼉장단을 치며 호응해준 것도 뜻밖이었지만, 그보다 더 놀란 것은 노래가 끝나자마자 중간쯤 되는 좌석에 앉아 있던 어떤 칠십대의 노신사가 벌떡 일어나 노래를 자청했던 사실이다.
"지는 진주 칠암동에 사는 박갑동이라고 하는 사람이올시더. 부산 고등핵교 학생들은 공부만 잘하는 줄 았았더이마는 오늘 보이꺼내 봉사정신 또한 아주 대단합니더. 빠수가 고장이 나갖고 난감한 판국에 이렇게 우리 승객들을 즐겁게 해주니 얼마나 고마운지 모르겠습니더.
  해가 있으면 달이 있고, 육지가 있으면 바다가 있고, 남자가 있으면 여자가 있듯이 받는 기이 있으면 주는 기이 있어야 되지 않겠습니꺼. 그래서 비록 잘못 부리는 노래지마는 지도「진주난봉가」 한 곡조 뽑아 보겠습니더."

  울도 담도 없는 집에 시집살이 삼 년 만에 시어머니 하신 말씀/ 얘야 아가 며늘 아가 진주낭군 오실 터이니 진주 남강 빨래 가라// 진주 남강 빨래 가니 산도 좋고 물도 좋아 우당탕탕 두들기니/ 난데없는 말굽소리 철커덕 철커덕 나는구나/ 옆눈으로 힐끗 보니 하늘같은 갓을 쓰고 구름 같은 말을

타고 못 본 듯이 지나더라// 흰 빨래는 희게 빨고 검은 빨래는 검게 빨아 집이라고 돌아오니/ 시어머니 하신 말씀 애야 아가 며늘 아가 진주낭군 오시었으니 사랑방에 나가봐라// 사랑방에 나가보니 온갖 가지 안주에다 기생첩을 옆에 끼고 권주가를 부르더라/ 이것을 본 며늘 아가 아랫방에 뛰어들어/ 아홉 가지 약을 먹고 목매달아 죽었더라// 이 말 들은 진주낭군 버선발로 뛰어 나와/ 이럴 줄 왜 몰랐던가 사랑사랑 내 사랑아/ 화류정은 삼 년이고 본댁정은 백 년인데/ 내 이럴 줄 왜 몰랐던가 사랑사랑 내 사랑아/ 내 이럴 줄 왜 몰랐던가 사랑사랑 내 사랑아 / 어화둥둥 내 사랑아……

21

그동안의 천막교실 신세를 마감하고, 드디어 본교사의 품에 안긴 것은 2학년 1학기 후반이었다.

▲ 당시의 부산고등학교 본관 전경

앞서 소개한 『연찬에 겨운 배들』 중 「1950년대의 부산」의 한 대목을 인용해본다.

그때의 기쁨을 무엇으로 표현해야 좋을까, 우리는 신바람을 내어 괜히 1, 2층을 오르내리기도 하고, 이 구석 저 구석을 돌아다니면서, 앞으로 대강당, 소강당에 음악실까지 갖춘 웅장한 건물과 드넓은 운동장에서 열심히 공부하고 마음껏 뛰놀 것을 생각하자, 하늘에라도 날아오르는 기분이었다. 국민학교 6학년 때부터 '골목길교실', '가마니교실', '천막교실'에서 수업하다가 본교사 수업을 하게 된 몇 달 동안은 꿈같은 시절이었다. 아마 중·고교 학창시절 가운데에서도 가장 감격적인 추억거리가 될 것이다. 각종 운동부가 생기고 문예반·합창반·미술반 등이 조직되어 특별활동을 본격적으로 전개했던 것도 그때부터였으며, 특히 야구부와 합창부는 대외활동에서 큰 성과를 거두기도 했다.

…중략…

입시교육에 찌든 요즘과는 달리 당시 우리는 전교생이 단체로 연극이며 영화를 자주 관람했다.

그 가운데서도 『부룩휠드의 종』이라는 영화와 『춘희 La Traviata』라는 오페라 등이 특히 기억에 남아 있다. 비운의 여주인공인 춘희, 비오레타와 상류가문의 청년 알프레도와의 이룰 수 없는 로맨스, 알프레도에 대한 비오레타의 애절한 연모의 아리아는 가슴 깊이 스며드는 감동이었다. 오케스트라의 반주와 화려한 의상으로 장식한 배우들의 성악과의 절묘한 하모니는 우리들 생애의 최초로 접한 화려한 경험이었다.

영화 관람은 주로 초량동의 중앙극장, 지금은 태양호텔이 들어선 좌천동의 미성극장, 동광동의 시민관, 그리고 동아극장 등을 이용했다.

한 가지 웃기는 일은, 영화를 관람하는 도중에 키스신이 막 나오려는 순간마다 갑자기 스크린이 캄캄해져 버리는 것이었다. 미리 영사실에 대기하고 있던 훈육주임 선생님이 영사기의 렌즈를 막아버렸던 것이다. 영화 한 편을 보자면, 심한 경우에는 열 번 이상 암흑천지가 되곤 했다. 그때마다 우리는 휘파람을 불기도 하고 이구동성으로 "치아라!", "치아라!" 하고 극장이 떠나가도록 고래고래 아우성치곤 했다.

관제데모 이야기도 빠뜨릴 수가 없다. 이전에도 데모에 학생들이 많이 동원되었지만, 휴전이 성립되자 체코, 폴란드 등으로 구성된 중립국휴전감시위원단이 서면에 있는 하얄리아부대 안에 주둔하고 있었는데, 3학년은 대학입시 준비관계로 빠지고 1, 2학년이 동원되어 시내의 여타 학교들과 연대하여 부대 앞으로 몰려가 여러 차례 데모를 했다. 스크럼을 짜고서 "물러가라, 첵코 파란波蘭 : 폴란드!"을 우리말로, 혹은 영어로 외치면서 전진과 후퇴를 되풀이하다가 돌아오곤 했는데, 그런 날은 오후 수업을 망치게 마련이지만, 그래도 수업 진도만은 차질 없이 메워 나갔으며 모두들 열심히 공부했다…….

시도 때도 없이 툭 하면 동원되곤 했던 관제데모, 환영행사……, 나는 졸작 『꽃바람 꽃샘바람』에서 이 대목을 이렇게 묘사했다.

1교시 국어고사를 치르고 교문 밖으로 쏟아져 나왔을 때만 해도 학생들은 하늘로 날아오르는 기분이었다. 이왕이면 '높으신 분'께서 제발 늦게 행차해주시옵기를, 그리하여 제2교시의 수학 시험이 내일로 연기되기를 얼마나 갈망했던가!

그러나 정오를 넘기면서부터 서서히 양상은 달라져 갔다. 우선 견디기 어려울 정도로 다리가 아픈 데다 설상가상으로 극심한 허기까지 겹쳐 오면서 전신이 파김치처럼 늘어지기 시작했던 것이다.

학생들의 입에서 마구 불평들이 쏟아져 나왔다.

—어이, 도대체 이기이 무슨 짓고? 점심도 못 먹고, 씨팔!

—누가 아니래? '미칠 미' 자, '환장할 화' 자가 따로 없구먼!

—야, 야! 웃기고 있네, 어디 오늘뿐인가? 해방 이후 강제로 동원된 연인원을 따진다면 천문학적인 숫자도 넘을 기이다.

그랬다. 휴전회담반대데모, 미군철수반대데모, 적성감시위원단축출궐기대회, 반공궐기대회, 북한동포궐기촉진대회, 이대통령경고안규탄궐기대회, 재일동포북송반대데모 등등……, 실로 이루 다 헤아릴 수 없이 많은 관제데모에 끌려 나가 미리 짜놓은 메시지와 결의문을 앵무새처럼 낭독하고 시가행진을 하는 등, 툭하면 정부의 꼭두각시놀음에 동원되어 깨춤을 추어야만 했으니 말이다. 그중에서도 가장 웃겼던 것은, 경기도 어디에서 있었던 이승만 박사 재출마요청궐기대회였다. 소달구지를 끌고 가던 농부들이 집단으로 강제 동원됨으로써 민의民意에다 우의牛意까지 겹치는 진풍경을 연출했던 것이다.

22

본교사로 이전해오자 나는 무엇보다 등하굣길이 단축되어서 좋았다. 2, 30분 이상 걸리던 시간이 단 1분으로 줄어들었으니 말이다.

연합군이 철수한 바로 그 다음날 꼭두새벽에 나는 눈이 떨어지기가 무섭게 꿈에도 그리던 모교의 품 안으로 누구보다도 가장 먼저 뛰어들었다. 건물에 대한 호기심도 충족할 겸 혹시 주둔군들이 빠뜨리고 갔을지도 모를 물품이라도 있으면 습득하기 위해서였다. 아니나 다를까, 어느 지점에서인지까지는 기억에 없지만 마룻바닥에 떨어져 있는 나팔[35] 한 개와 칼집이 없는 M1대검 한 자루가 눈에 번쩍 띄었다.

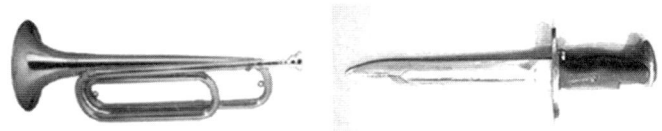

▲ 습득물인 나팔과 M1총검

 나는 허리춤에 대검을 꽂고 본관 현관 옥상으로 올라가 나팔주둥이에 입을 대고 힘껏 불었다. 처음엔 전혀 소리가 나지 않았지만, 숨을 최대한 깊이 들이켠 다음, 주둥이에다 바짝 밀착시킨 두 입술을 마찰시키며 길게 내뿜자 "푸우앙……!" 하고 제대로 된 소리가 울려 퍼지는 것이었다. 순간, 유년시절에 또래들과 어울려 손나팔을 만들어 "헤따이상병정님 헤따이상 김칫국에 밥 말아먹고 빨리빨리 나온나아……!" 하고 놀던 장면이 떠올랐다. 그때의 기분으로 되돌아가 가락에 맞춰 강약 조절을 하자 꼭 거짓말처럼 거의 완벽하게 연주되는 것이 아닌가!

　　헤따이상 헤따이상 김칫국에 밥 말아먹고 빨리빨리 나온나아……!

 아, 실로 그것은 재학생이 본교를 접수한 사실을 만천하에 알림과 동시에 부고의 새로운 역사의 서막을 예고하는 눈부시게 황홀한 팡파르에 다름 아니었다.
 나는 다음날부터 새벽마다 학교 뒷산인 구봉산 중턱에 올라가 아침해가 솟아오르는 수평선을 향하여 나팔을 불곤 했다. 그리고 그 너머에 있을 미지의 세계를 동경하며 꿈을 키워 갔다.

---

35) 병영에서 기상나팔이나 취침나팔을 불 때 사용하는 버글스 트럼펫.

본교사로 이전해 와서 그 다음으로 좋았던 것은 문예반실이 생겼던 점이다.

후관 2층 정중앙에 위치한 교실 절반 정도 넓이의 공간이었지만 반원들이 모여 활동하는 데엔 아무런 지장이 없었다. 쉬는 시간, 점심시간, 방과 후를 가리지 않고 시도 때도 없이 들락거리다 보니, 특히 일곱별 동인들에겐 아지트나 다름없었다.

그 무렵 '회람잡지'라는 상품이 등장했던 것도 특기할 만하다. 사전에 의하면 '동호인끼리 자기네의 원고를 모아 잡지처럼 엮어서 서로 돌려가면서 보는 일종의 동인잡지'라고 정의하고 있지만 천만의 말씀이다. 오류라는 뜻이 아니라, 내가 소개하고자 하는 그것과는 너무나 동떨어진 풀이라는 말이다. 그 당시엔 『현대문학』·『문학과예술』·『자유문학』·『사상계』 등의 월간지가 있었는데, 이들 중에서 세 권을 선택하여 한 권 값만 지불하고 열흘 주기로 돌려가며 열람할 수 있는 상품이었다. 가령 A라는 학생이 『현대문학』을 소장하고 싶을 경우, 『문학과예술』과 『사상계』를, 또는 『문학과예술』과 『자유문학』을 열흘 간격으로 차례로 읽고 돌려주면 마지막으로 돌아오는 『현대문학』이 자기 몫으로 떨어지게 되는 시스템이었다. 학교 당국에서도 학생들의 독서욕을 충족시켜 주기 위하여 외판원들이 교실 안에까지 들어와 상행위를 해도 용인해주던 시절이었다. 코팅을 한 비닐커버를 벗겨내면 두 사람의 손을 거쳐 돌아온 것이라고 믿어지지 않을 만큼 말짱한 새 책이었다.

손창섭, 김성한 등의 소설에 심취했던 것도 그 무렵의 일이었다.

23

　오륙도가 바라보이는 드넓은 운동장에서 매주 목요일마다 한 차례씩 가지는 운동장조례 때 김하득 교장선생님의 그 유명한 '5분 스피치'를 듣게 된 것은 크나큰 행운이 아닐 수 없었다. 우리는 매주 목요일을 고대했으며, 어쩌다가 우천으로 운동장조례가 취소되는 날엔 김이 팍 새기도 했다.

　1956년 5월의 어느 날, 우리들 1,500여 명 재학생들의 연좌데모에도 불구하고 김하득 교장선생님께서는 당시 부산수산대학_{부경대학교의 전신} 학장으로 영전되어 가셨다. 수대에 가서도, 그리고 다시 4년 뒤인 1960년 9월에 부산사범대_{부산교대의 전신} 학장으로 전임해 가서도, 당신의 훈화는 많은 학생과 교직원들에게 감동을 주었던바, 당시 부산사범대 김영송 교수[36]의 글[37] 한 토막을 인용해 보겠다.

　　…처음으로 선생의 강연을 들었을 때 나는 충격에 가까운 감명을 받았다. 내용도 내용이려니와 그보다도 강연의 방법에 더 매료되었다. 학장 훈화라고 하면 으레 따분한 것이라 해서 귀담아 듣지 않는 법인데, 선생이 강연을 하시면 장내가 물을 끼얹은 듯해지니, 저 힘, 저 기술이 어디서 오는 것인지, 나로서는 여간 신비하고 놀라운 일이 아니었다.
　　사람을 감동시키는 연설은 연사의 인품과 연설에 담겨진 내용과 청중을 끄는 화술이 고루 갖추어졌을 때 일이다. 그런데 대부분의 경우 앞의 두 조건은 갖추기 쉬우나 뒤의 조건, 화술에는 소홀하거나 서툴다.
　　내가 선생의 연설에 흥미를 가지게 된 것은 실은 이 화술의 묘미에 있었

---

36) 김영송₁₉₃₁₋₂₀₁₃ : 평북 출생, 부산대학교 명예교수, 부산대대학원 음성학박사.
37) 김영송, 「그만」, 『진리의 창문가에서』, p.p. 309-310, 부산중·고등학교총동창회, 1993.

다. …중략…

연각 선생의 훈화는 훈화답지 않은 훈화였다. 구수한 이야기로 도입되는데 주제가 생경하게 노출되는 법이 없다. 선생의 이야기에는 반드시 구체적인 일화-그것이 위인의 것이든 우리 신변의 잡다한 것이든-가 주종을 이룬다. 훈계나 교훈이나 하는 따위는 아예 입 밖에 내지 않으셨다. 재미나는 이야기를 듣고 있노라면 어느새 강연이 끝났다. 뭔가 좀더 듣고 싶은 아쉬움을 청중에게 잔뜩 남겨 놓은 채…….

연각 선생의 훈화는 이 여운에 있었다. 낭랑한 목청은 아니지만, 힘찬 어조로 세찬 물줄기처럼 흘러내리다가 협곡과 폭포를 지나 거센 물거품이 이제 막 가라앉을 성싶을 때, 이야기는 뚝 끊어진다. 그리고 대갈일성,

"그만!"

굳게 다문 입, 가슴을 꿰뚫는 무서운 안광, 반석같이 우뚝 솟은 자세, 일순 정적이 흐른다. 이 순간, 선생은 단상에서 자신의 연설 효과를 음미하는 듯 내려다보시면서, 어쩌면 스스로 도취하고 계시는 듯도 하셨다.

격류를 한칼에 베어버린 직후에 오는 정적, 이 순간 청중은 무아의 경지로 몰입한다…….

그렇다면 '5분 스피치'로 유명한 당신의 훈화가 구체적으로 어떠한 내용이었는지, 2학년 때 들었던 것 중의 하나를 골라 나름대로 한번 되살려 보겠다.

맥아더 장군이라고 하면 모르는 사람이 없을 것이야. 제2차 세계대전의 영웅이요, 한국동란 당시 인천상륙작전으로 우리의 수도 서울을 탈환한 불세출의 영웅이니까 말이야.

나는 이분의 전기를 읽은 적이 있는데, 위인들의 전기를 읽는다는 것은

두 가지 측면에서 좋은 점이 있어. 그 하나는 그들에게서 본받을 점을 찾아내는 것이요, 다른 하나는 반면에 본받아서는 안 될 점을 발견할 수 있단 말이야.

맥아더가 육군대학 교장으로 있을 때의 일이야. 하루는 상원의원 일행이 육군대학을 시찰하러 온 적이 있었어. 맥아더 교장은 이들을 교내의 구석구석을 보여주며 자신이 학교 발전을 위해서 얼마나 노력하고 있는지를 설명하고 나서. 마지막으로 교장실에 들어가 한쪽 구석에 놓여 있는 초라한 야전용 침대를 가리키며 "여러분, 저 침대가 바로 내가 애용하는 잠자리입니다."라고 말했더란 말이야.

군인으로서의 본분을 다하며 검소한 생활을 하고 있는 맥아더의 인품에 상원의원들은 깊은 감동을 받지 않을 수가 없었어.

시찰이 끝나고 나서 맥아더는 성대하게 파티를 열었어. 음식이 풍성할 뿐만 아니라 놀라운 것은 음식을 담은 그릇들이 모두 황금이나 은으로 만든 값비싼 것들이란 말야. 모든 의원들은 융숭한 대접에 또 한 번 감동을 받지 않을 수 없었어.

그런데 의원들이 돌아가고 난 뒤에 뒷설거지를 하던 요리사가 맥아더에게 보고하기를 금접시 한 벌이 없어졌다는 것이야. 하필이면 평소에 자신이 가장 애용하는 그릇이었단 말이여. 그럴 리가 있느냐, 다시 한 번 잘 찾아 보라고 했지만 되돌아오는 대답은 아무리 샅샅이 찾아봐도 없다는 것이야.

이는 필시 파티에 참석했던 의원들 가운데 어느 한 사람의 소행임이 분명하다고 판단한 맥아더 교장은 즉시 그들에게 편지를 띠웠어, 아주 정중하게…….

"매우 죄송하지만, 어쩌다가 잘못 옮겨져 금접시 한 벌이 그쪽 짐 속에 휩쓸려가 있거든 돌려주시면 감사하겠습니다." 하고 말이지.

며칠 뒤에 맥아더 교장에게 그들 가운데 한 사람이 회답을 보내왔는데,

거기에는 이러한 사연이 적혀 있었단 말이야.

"맥아더 교장님, 그 금접시는 이미 발견되었으리라고 믿습니다. 왜냐하면 교장님이 매일 주무시는 바로 그 침대 담요 속에 넣어 두었으니까요."

그만!

한때 모교에서 한솥밥을 먹었던 김정한 선생은 뒷날 당신의 인품을 이렇게 평가했다.

내가 사귄 동시대인 가운데 오로지 남을 위해 살다 갔다고 생각되는 사람으로서 첫손에 꼽히는 이가 바로 연각 김하득 형이다. …중략…
그는 부임하자마자 교장 사택에 집 없는 교사들을 입주시켜 동거했다. 아마 당시 교장 사택으로서는 부산중학교의 사택이 부산 시내에서는 제일 크지 않았던가 싶다.
당시 어느 학교 교장치고 학교 사택을 자기 소유로 만들지 않은 사람이 거의 없었는데 연각 형만은 그러지를 않았다.
교사의 채용도 대개 교장이 자기 비위대로 했는데, 그것도 그러지를 않았다. 뜻대로 직제에도 없는 고문이란 것을 두어 교사 가운데 가장 나이가 많은 고 이장원 형과 나를 그 자리에 앉히고는 교사 채용만이 아니라 교감 추천권까지도 고문을 통해 전체 교사들의 의견에 따르고, 그밖에 학교 운영에 관한 중요 사항들도 모두 그런 방식에 의해 처리했다. 말하자면 민주적 방식이었다."[38]

---

38) 위의 책, 「남을 위해 살다 간 사람」, p. 286.

24

본교사로 이전해온 지 얼마 지나지 않아서였다. '개교기념일인 6월 22일을 기하여 1주일 동안 대청동에 있는 미공보원 전시장에서 개교 제5주년기념 제1회 시화전을 개최하니 좋은 작품을 많이 응모해주기 바란다.'는 내용의 공고문이 교내 게시판에 나붙었다.

'大路대로는 君子之道군자지도/ 하지만 나는 골목길이 좋다……'로 시작되는 「골목길」이라는 시를 응모했더니, 며칠 뒤에 국어과 담당 송재오 선생이, 이 시 말고 다른 시를 가져오라는 것이었다. '판잣집'이니 '지게꾼'이니 '노동'이니 '구멍가게' 같은 낱말들이 거슬린다는 것이었다. 『일곱별』 표지에 '교명을 넣지 말라고 지시했던 것과 같은 맥락이었다.

"선생님, 엄연히 표현의 자유라는 게 있지 않습니까? 그 대신에 '해바라기', '나팔꽃', '웃음' 같은 단어들도 등장하지 않습니까, 특히 '눈물 어린 눈으로 문득 고개를 들면/ 파랗게 와 안기는 조국의 하늘'이라고 표현한 마지막 연은 그들에게도 희망이 있다는 걸 암시해주는 거 아니겠습니까."

"그따위 표현의 자유는 기성시인이 되고 난 이후에 얼마든지 행사하란 말야. 고등학생의 시는 어디까지나 고등학생다워야 해."

"선생님, 여태까지 제가 쓴 시 중에서 가장 애착이 가는 작품입니다. 재고해주십시오." 하고 버텨보았지만 아무런 소용이 없었다. 어깨를 축 늘어뜨리고 교무실 밖으로 나서는데 "춘복이, 나 좀 보자." 하고 모교 선배이기도 한 문상준 선생이 나를 불러 세우더니 귓속말로 속삭이는 것이었다. "내 맘에 아주 쏙 드는 작품이야. 실은 내가 보름 뒤에 결혼식을 올리기로 돼있는데, 그날 식장에 와서 내게 선물해줄 수 없겠나, 표구 비용은 내가 부담할 테니까……?" 나는 기꺼이 그렇게 해 드렸다. 그리고 뒷날 일곱별 동인들과 함께 문 선생의 신혼방에 초대되어 갔을 때, 벽에 걸려 있는 내 작품을 보며 어깨가 으쓱해지기도 했다.

하는 수 없이 차선책으로「수평선」이라는 시를 제출했더니, 송 선생이 아주 흡족한 표정으로 말했다.

"바로 이거야.「골목길」이 50점짜리라면 이건 120점짜리야."

최종적으로 엄선된 20여 편의 작품이 학예부장 손일석 형님의 손으로 넘어온 데 이어 미술반장 김봉대 형님이 글씨와 그림을 담당할 미술반원들을 우르르 몰고 들어오자 문예반실은 그 어느 때보다 활기가 넘쳤다. 미술반원이라고 해서 모두 글씨까지 잘 쓰는 것은 아니어서 내 작품을 비롯하여 일곱별 동인들과 1학년 몇몇 학생의 작품은 내 손으로 쓰게 되었다.

문예반 지도교사인 P 선생은 매일 점심시간다다 한 차례씩 들러 시와 그림이 어울리지 않거나 조잡할 경우에는 가차 없이 지적하며 다시 작성하라고 지시했다.

여기에 얽힌 일화 한 토막이 있으니, '김민부사건' 이 바로 그것이다.

사건의 발단은 그의 작품「古寺고사」에서부터 출발한다. 그림은 누가 맡았는지 기억에 없지만 글씨는 내가 담당했다.

나는 4절지 켄트지에다 G펜으로 세로로 정성스레 썼다.

낡은 기와쪽 옛 무늬는/ 아련히 먼 적막한 여운/ 먼지 앉은 벽화엔/ 그윽한 눈결 고스란히 담겨서/ 녹색 가느다란 산록을 타고/ 포-란 하늘로 사라져 간다/ 佛堂불당 부처님은 그윽히 고요하고/ 스님의 목탁소리 산당을 울려/ 深심〃長장〃 風景풍경 찾아오신 손님/ 고개를 누그리다/ 山谷산곡 머나 먼 길/

佛道上下불도상하에 깨어진 石佛석불은 서서 얇은 웃음이 감돌아 있다

그런데 문제가 생겼다. 이튿날 점심시간에 들른 P 선생이 '深〃長〃' 넉 자를 지적하며 다른 말로 바꾸도록 하라는 것이었다. 이유인즉, '김소월류의 진부한 표현'이라는 것이었다. 본인에게 그렇게 전하겠다고 하자, 버럭 화를 내며 당장 당신이 보는 앞에서 지우라고 했다. 게다가 도루코 면도날로 감쪽같이 지울 때까지 자리를 떠나지 않고 지켜보기까지 했던 것이다.

"이런 개애새끼. 도대체 어느 새끼가 이랬노?"

쉬는 시간에 들른 김민부는 길길이 날뛰었다.

"야, 임마, P 선생님이 지우라 캐서 지운 거다." 하고 옆에서 누군가 귀띔해주었지만, 그는 더욱 목소리를 높였다.

"지가 국어 선생이머 국어 선생이지, 시인이 쓴 시를 감히 어데 함부로 이래라저래라 입을 댄단 말고, 요 자리에 들어갈 말은 딱 요 말 하나밖에 없는 기라."

'시인이 쓴 시' 운운한 그의 말은 조금도 허풍이 아니었다. 실제로 그는 두 달 뒤에 처녀시집 『항아리』를 출간하여 주위를 깜짝 놀라게 했으니 말이다.

내가 말했다.

"그라머 우짤 것고?"

▲ 김민부 군

"우짜긴 우째요 다시 써넣어야죠. 헤엠요, 한 번 더 수고해주이소."

나는 입장이 난처했다. P 선생의 불칼 같은 성격을 너무나 잘 알기 때문이었다. 솔직하게 말했다.

"야, 정 그렇거든 니 손으로 직접 써넣어라. 괜히 나까지 싸잡아 혼

내키지 말고……."

그러자 그는 G펜에 먹물을 묻히더니 다른 글자들보다 더 큼직하게 적어 넣었다.

'深〃長〃'

다음날 점심시간에 들른 P 선생이 그냥 넘어갈 리가 만무했다. 온 얼굴에 핏발을 세우며 노발대발했다.

"이거 어느 놈이 썼어?"

기어드는 목소리로 내가 말했다.

"거기에 들어갈 말은 그 말 하나밖에 없다면서 본인이 직접 써넣었습니다."

"뭣이 어쩌고 어째? 이건 『우리말큰사전』에도 없는 말이야! 지금 당장 지웟!"

본인을 불러 갑론을박하면 좋으련만 괜히 옆에 있다가 벼락 맞는 꼴이었다. 나는 어쩔 수 없이 시키는 대로 했다. 아주 조심스럽게 긁어 냈기에 망정이지 자칫 잘못했다간 구멍이 날 판이었다.

"웃기는 소리 하고 있네." 하고 그날 방과 후에 들른 김민부는 말했다. "『우리말큰사전』에 있는 어휘들이 어데 단군 시대부터 있었던강, 필요에 따라서 그때그때 만들어낸 거지! '심심장장'은 내가 만들어낸 신조어란 말이오. 뭐 잘못된 기이 있습니꺼?"

그러나 말은 그렇게 하면서도 전날처럼 다시 써넣지는 않았다. 그러고 보니 빈자리를 그냥 내버려 두어도 무방할 것 같았다. 내가 말했다.

"'스님의 목탁소리 산장을 울려/ 풍경 찾아오신 손님', 아니, 이게 더 어울리잖아. 이제 더 이상 칼을 댔다간 빵구가 나고 말 기다."

내 말에 공감했는지 그도 더 이상 가타부타하지 않았다.

이것으로 끝났더라면 굳이 '김민부사건'이라고 하지 않았을 것이다. 마침내 전시회 오픈 바로 전날 오후, 모든 작업이 마무리되어 액자들을 현장으로 운송할 트럭이 도착했을 때였다. 그는 그때를 기다렸다는 듯이 '深〃長〃' 넉 자를 손수 적어 넣었으니 이게 사건이 아니고 무엇인가!

크게 자랄 나무는 떡잎부터 다르다는 속담은 그를 두고 생긴 게 아닌가 싶었다.

그 이듬해인 2학년 때 『동아일보』 신춘문예에 시조 「석류」[39]가 입선됨으로써 문단의 화제를 모은 데 이어, 그 이듬해인 3학년 때『한국일보』 신춘문예에 시조 「균열」[40]이 당선됨으로써 다시 한 번 세상을 놀라게 했으니 말이다.

내 뒤를 이어 서라벌예대 문창과에 입학함에 따라 그와 나는 더욱 가까워졌다. 그와 한반이었던 이근배 시인은 뒷날 어느 자리에서 이렇게 회고했다. "문학계에 계급이 있다면, 저는 일등병, 김민부는 사성 장군 같은 존재였어요."

누가 말했던가, 천재는 단명하다고……. 편입학한 동국대 국문과를 졸업한 이후 방송 작가로 활약하던 도중에 불행히도 서른한 살의 젊디젊은 나이로 유명을 달리하고 말았으니, 김민부가 바로 그런 인물이다.

각설하고, 드디어 하루 전날 작품을 벽에 걸고 방명록을 비치하는

---

39) 「석류」 전문 : 불타오르는 정열에/ 앵도라진 입술로/ 남 몰래 숨겨온/ 말 못할 그리움아/ 이제야 가슴 뻐개고/나를 보라 하더라
40) 「균열」 전문 : 달이 오르면 배가 곯아/ 배곯은 바위는 말이 없어/ 할 일 없이 꽃 같은 거/ 처녀 같은 거나/ 남 몰래 제 어깨에다/ 새기고들 있었다/ 징역 사는 사람들의/ 눈먼 사투리는 밤의 소용돌이 속에/ 파묻힌 푸른 달빛/ 없는 것, 그 어둠 밑에서/ 흘러가는 물소리/ 바람 불어……, 아무렇게나 그려진/ 그것의 의미는/ 저승인가 깊고 깊은/ 바위 속의 울음인가/ 더구나 내 죽은 후에/ 세상에 남겨질 말씀쯤인가

등 일련의 작업을 마치고 나자, 손일석 형이 1. 2학년끼리 의논해서 전시 기간 동안 현장을 지킬 당번을 한 명씩 뽑아 날짜별로 순번을 정하라고 했다. 그러자 다들 난색을 표했다.

하루치 수업을 몽땅 빼먹다니!

서로들 눈치를 살피며 엉덩이를 빼려들자, 용감하게 썩 나서며 내가 말했다.

"당번을 정할 필요 없습니다."

"무슨 소리야, 당번을 정할 필요가 없다니?"

"정의의 흑기사 이 김춘복이 혼자서 1주일 내내 다 맡겠습니다."

"수업을 그렇게 왕창 빼먹고도 괜찮겠나?"

"저한테는 바로 그기이 수업입니다."

모두들 박수를 치며 환성을 터뜨렸다.

전시회는 연일 대성황이었다. 오전에는 한산할 수밖에 없었지만, 오후가 되면 가까운 남성여고를 비롯하여 경남여고·부산여고·경남고·경남상고·부산상고·해동고·동아고는 말할 나위도 없고, 부산대·동아대 학생들까지 몰려들었다.

우리는 그날그날 관람객들이 남기고 간 방명록을 읽어보며 성취감을 만끽하곤 했다.

하루는 경남여고 여학생들이 떼거리로 몰려와 북새통을 이루다가, 원내 영사실에서 무료영화를 상영하자 모조리 그쪽으로 썰물처럼 빠져나가 버리는 것이었는데, 유독 한 여학생만은 예외로, 졸작「수평선」앞에 붙박이로 붙어 서 있는 게 아닌가! 실내에는 그녀와 나, 단 둘뿐이었다. 작품에서 눈을 떼면 방명록을 읽어보고, 다시 작품을 뚫어져라 쳐다보다가는 방명록을 들춰보고……. 무려 1시간 가까이나 병아리 물 먹듯 같은 동작을 반복하던 끝에, 마침내 끈으로 매달아 놓은 연필을 들더니 방명록에다 뭐라고 적고 있었다.
우선 「수평선」의 전문부터 소개하면 이러하다.

> 너는 나의 두 번째 엄마// 너를 볼 때마다/ 울음소리 하늘만 한 백마를 타고/ 질식할 듯 네게로 닿고 싶은 기백// 억겁을 파도에 씻겨도/ 폭풍이 휘몰아쳐도/ 흰 구름이 얼마나 너를 희롱해도……// 너는 두 번째 나의 엄마// 너만은 바르게 살아라/ 너만은 꿋꿋해야 한다/그리고 언제나/ 너만은/ 너만은 푸르러야 한다// 아아/ 그것은/ 엄마의 음성을 듣는 것처럼/ 늘/ 가슴이 쨍해지는 일이다

그녀의 뒷모습에 시선을 박아 놓고 있던 나는 마침내 용기백배하여 다가갔다.
"작품이 어떻습니까?"
동그란 얼굴에 유달리 눈이 크고 입술이 두터웠으며, 안면에 깨알만 한 까만 점이 네댓 개 박혀 있었다. 그녀는 내 명찰을 힐끗 한번 훔쳐보더니만 허리를 약간 굽혀 보이고는 총총히 방을 빠져나가 버리는 것이었다.
나는 얼른 방명록을 들춰 보았다.

> 츈복 님에게 수평선은 두 번째 엄마라지요.
> 엄마 없이 자란 제게 무척 감동적인 작품입니다.
> 앞으로 훌륭한 작가가 되어 좋은 글 많이 써 주시기 바랍니다.
> 　　　　　　　경남여고 문예반 P.S.D

그날부터 나는 P.S.D의 정체를 알아내는 데 총력을 기울였다. 하루

는 김해 대저면에 있는 일곱별 동인의 한 명인 이영찬의 집에 놀러갔다가, 그 동네에 사는 남성여고 여학생을 만나 인상착의를 들려 줬더니, 남성여중을 졸업하고 경남여고로 진학한 '박○두'인 것 같다고 했다. 나는 당장 장문의 편지를 써서 그 여학생 편에 띄웠다. 그러자 며칠 뒤에 답장이 왔다. 그렇게 십여 차례 서신을 주고받다 보니 만나보고 싶은 충동을 억누를 길이 없었다. 만나고 싶다고 하자, 며칠 뒤에 '오는 일요일 오전 9시 정각에 청학동 버스종점에서 만나자.'는 내용의 회신이 왔다. 편지에 인용된 정지용의 「호수」를 몇 번이고 되뇌며, 아, 얼마나 가슴이 설레었던가!

얼골 하나야/ 손바닥 둘로/ 폭 가리지만// 보고 싶은 마음/ 호수만 하니/ 눈 감을밖에

그러나 그날 눈알이 빠지도록 기다려 보았지만, 웬 일인지 그녀는 끝내 나타나지 않았다. 요즘처럼 휴대폰이라도 있었더라면 얼마나 좋았을까! 몇 번이나 단념하고 가버릴까 하다가도, 가고 난 뒤에 꼭 올 것만 같은 예감으로 차마 자리를 뜰 수가 없었다. 그렇게 하다 보니 무려 다섯 시간이나 흘러가 있었다.

며칠 뒤에 편지가 왔다.

……미역 냄새 풍기는 바닷가에서 언제까지고 저를 기다리고 있을 춘복 님을 생각하며, 저는 가슴이 아팠습니다…….

이렇게 시작되는 사연인즉슨, 실은 중3 때부터 교제하는 남학생이 있으므로, 양심상 더 이상 나와 사귈 수 없다는 골자였다.

그러나 나는 결코 포기할 수 없었다. 계속해서 글을 보냈다. 초량목장 옆에 있는 정구영의 자취방에 주석중·김상철·김태수 등이 한데 모여 기말고사 준비를 하느라 밤샘공부를 할 때, 나는 한쪽 구석에 처박혀 그녀에게 보낼 편지를 쓰느라 날을 밝혔다. 그러나 여전히 답장은 오질 않았다.

참다못해 하루는 직접 집으로 찾아갔다. 부평동 2가 ○○번지, 양쪽이 트인 골목 안에 있는 적산가옥이었다. 의외로 서른 살쯤 되어 보이는 그녀의 언니가 반갑게 맞아주었다. 널따란 마루 옆으로 난 낭하를 따라 들어가자 그녀의 방이 나타났다. 다다미방에 책걸상과 철제침대 한 대가 놓여 있었다.

우리는 한동안 말없이 앉아 있기만 했다. 그녀는 책상 앞에 놓인 의자에 앉은 채 정면 벽을 바라보고 있었으며, 나는 침대에 걸터앉은 자세로 그녀의 옆모습을 지켜보고 있었다. 책상 위에 놓인 앙증스럽게 생긴 하얀 호리병에 꽂힌 개나리꽃에 시선이 가 닿자 내가 먼저 입을 열었다.

"아니, 이 한여름에 어디에서 개나리꽃을 구했습니까?"

"이거 말이죠?" 하고 그녀는 비로소 내 쪽을 향해 자세를 고쳐 앉으며 입을 열었다. "학교에서 가사 실습 시간에 만든 겁니다. 집으로 오는 버스 안에서 어떤 아저씨가 자기한테 팔아라고 사정사정했지만 팔지 않았습니다."

"왜, 돈을 많이 받고 팔지 그랬습니까, 그 솜씨가 어데 갑니까, 또 만들면 되지 않습니까?"

그녀는 동문빨래를 했다.

"예쁘죠?"

"아주 예쁩니다. 그렇지만 제 아무리 예뻐 봤자, ○두 씨 발치에나

따라가겠습니까?"

"호호호호……, 지나친 과찬은 오히려 흉을 보는 거랍니다."

이렇게 시작된 대화는 언니가 들여 주는 다고를 먹으며 본격적으로 이루어졌다.

"사귀고 있다는 남학생하고는 언제부터 알고 지냈습니까?"

"중3 때부텁니다. 부모 없이, 남자 형제 없이 자라다 보니, 한 동네에서 자라는 사이에 자연스레 정이 가게 되더라고요."

"부모님께서는 언제……?"

"아버지는 만주에서 독립운동을 하다가 관동군 놈들이 쏜 총에 맞아 돌아가셨고, 어머니는 해방 직후에 공산주의운동을 하다가 체포되어 용두산공원집단학살 때 돌아가셨습니다. 그때 저는 어머니 손을 잡고 있었고, 내 동생은 어머니 등에 업혀 있었더랬는데 천행으로 동생과 저는 목숨을 건질 수가 있었죠."

이 말을 듣는 순간, 온몸이 감전된 듯 전율이 일었다. 동시에 희태 아재가, 팔풍에서 목격했던 창자가 한 발이나 빠져나온 채 신음을 토하고 있던 사내가 떠오르며 눈앞이 하얗게 표백되는 듯했다.

"그때부터 동생하고 저는 줄곧 언니 집에서 자라게 되었죠. 물론 지금도요."

나는 화제를 돌렸다.

"그 남학생하고 사귀지 말라는 말은 절대로 하지 않겠습니다. 그런 말을 할 수 있는 권리도 없고요. 그러나 이 말만은 꼭 드리고 싶습니다. 해바라기처럼 언제까지든지 기다리고 있겠습니다."

"실은 저도 관능적인 S 씨의 육체적인 사랑과 지성적인 춘복 씨의 정신적인 사랑을 놓고 고민을 많이 했습니다. 어느 쪽을 선택해야 하나 하고 말이죠. 결국 전자를 선택하기로 결심했습니다. 첫사랑을 차마 배신할 수가 없었습니다."

여기까지였다. 더 이상 앉아 있다는 것은 고문이나 다름없었다. 자리를 박차고 일어서며 한 번 더 말했다.

"해바라기처럼 기다리고 있겠습니다."

그리고 출입문을 열려는데 그녀가 말했다.

"이걸 갖고 가시이소."

뒤돌아보자 개나리꽃이 아닌가!

며칠 뒤였다. 야구부 K 선수가 일부러 우리 교실로 찾아와 복도로 나를 불러내었다.

"춘복이 니, 박○두라는 여학생 집에 찾아간 사실 있제?"

"니가 그걸 우째 아노?"

"내 친구 S한테 들었다 아이가. 박○두하고 S하고 애인 관계라 카는 거, 니도 알고 있제?"

"박○두한테 들었다."

"니, 일찌감치 단념하고 손따라. 그 친구 주먹이 얼마나 센지 니 모리제? 한 대 맞으머 골로 가뿐다."

'관능적인 S 씨의 육체적인 사랑' 운운 하던 그녀의 말이 떠올랐다.

한 대 맞으머 골로 가다니! 그렇다면 더더욱 물러설 수 없었다. 그녀를 구출해야만 했다.

바로 다음날 저녁 무렵이었다. 부슬부슬 비가 내리고 있었지만 개의치 않았다. 우산에 장화까지 신고, 만약의 사태에 대비해서 M1대검을 허리춤에 꽂고 부평동으로 향했다. 복부에 힘을 줄 때마다 남방셔츠 안에 감춰져 있는 대검이 저를 믿으라는 듯 용기를 북돋워 주곤 했다.

현관문 앞에서 안을 향해 "계십니까?" 하고 부르자 언니가 나왔다.

"안녕하십니까? ○두 씨를 만나러 왔습니다."

그러자 그녀는 안쪽을 한번 힐끗 쳐다보고 나서 난색을 표했다. 직감적으로 S라는 남학생이 와 있구나 싶었다.

"그럼 이따 다시 오겠습니다."

어깨를 축 늘어뜨리고 골목 밖으로 걸어 나오자니 오만 생각이 다 들었다.

방 안에서 무슨 말들을 주고받고 있는 것일까, '관능적', '육체적' 사랑이라면 도대체 그 범위가 어디서부터 어디까지를 의미하는 걸까……?

다행히 비는 그쳐 있었다. 우산을 접고 골목을 빠져나와 보수천 방향으로 어슬렁어슬렁 걸어가는데 뚜벅뚜벅 발자국소리가 뒤따라오고 있었다. 아랫배에 한껏 힘을 주며 뒤돌아보자, 웬 남학생이 보폭을 늦추며 서서히 다가왔다. 그 역시 우산을 접어들고 장화를 신고 있었다. 잘 다듬어진 체구하며 떡하니 벌어진 어깨하며 한눈에 보아도 만만한 상대가 아니었다. 그가 제1성을 내뱉었다.

"니가 춘복이가?"

"그렇다." 하고 나는 아랫배에 잔뜩 힘을 주며 말했다. "니가 S가?"

"그렇다. 그런데 ○두를 알고 지낸 지는 얼마나 오래 됐노?"

"한 서너 달 됐다. 니는?"

"한 삼사 년 됐다."

"나보다 훨씬 오래 됐군."

"문학을 한다며?"

"그렇다."

"○두는 인자 문학 안 할라 카더라. 그라고 니하고도 앞으로 안 만날 거라 커더라. 가서 한분 잘해봐라, 그런데 지금 집에 가도 없을 기이다."

싱겁게도 여기까지였다. 그리고 그는 뚜벅뚜벅 제 갈 길을 걸어가는 것이었다.

나를 만나지도 않고 문학도 하지 않겠다……?

숫제 단념하라는 절교선언이나 마찬가지 아닌가!

지금 집에 가도 없을 거다……?

아니나 다를까, 다시 들렀더니 방금 나갔다고 언니가 말했다. 안에 있으면서 거짓말을 하는 건지, S와 다른 장소에서 다시 만나고 있는 중인지 알 길이 없었다.

"그럼 골목 밖에서 기다리고 있겠습니다."

다시 빗방울이 듣기 시작했다. 골목 입구에 우산을 받쳐 들고 아무리 오래 기다려도 그녀는 나타나지 않았다. 낙숫물 소리에 속아 수십 번도 더 뒤돌아보며 어둠에 용해된 골목 안을 응시하곤 했다.

이따금 가서 물어볼라치면 아직 돌아오지 않았다는 한결같은 대답이었다.

드디어 요란한 통금예비사이렌 소리와 함께 창대비가 쏟아지기 시작했다. 나는 우산도 펼치지 않은 채 버스정류장을 향해 냅다 뛰기 시작했다.

물에 빠진 생쥐 꼴로 버스에 오르자 승객들이 의아한 눈초리로 쳐다보았다.

막상 초량에서 내리긴 했지만 막막했다. 도저히 그대로는 집에 들어갈 수가 없었다. 다행히 가정교사로 들어 있는 김태수의 2층 방에 환하게 불이 밝혀져 있었다.

방 안에 들어서자마자 나는 대검을 뽑아 책상에다 내리꽂으며 울부짖었다.

"태수야아……! 흐흐흐흑……! 나 고마 죽어뿔란다아! S 그 새끼한테 뺏기뺐다 말이다, 흐흐흐흐흑……!"

25

날이 갈수록 사무치도록 박○두가 보고 싶었다. 고심에 고심을 거듭한 끝에 궁리해 낸 것이 '동인회'를 조직하는 것이었다. 그녀를 조직에 끌어넣기만 하면 모임 때마다 자연스레 만나볼 수 있으리라는 일말의 기대감에서였다. 하지만 문학을 포기한다고 선언한 그녀가 과연 참여할지, 더구나 발기인 명단에 내 이름 석 자가 맨 앞머리에 들어 있는 걸 보면서 가입할는지 의문이 들기도 했지만 좌우지간 시작하고 볼 일이었다.

그런데 문제가 또 생겼다. 회원들을 규합한다고 해도 모일 장소가 마땅치 않았던 것이다. 당시에는 남녀 학생이 어울리는 것을 엄금했기 때문에 학교 건물을 이용할 수도 없고, 그렇다고 야외에서 만날 수도 없는 노릇이었다. 그러자 고맙게도 김충엽이라는 친구가 자기 집을 이용하라는 것이었다. 그의 집은 양성봉 전 도지사 저택 아래에 있었는데, 일제 때 육군장교 관사로 사용했던, 전형적인 일본식 주택으로 널따란 다다미방이 여러 개 있었다.

뿔은 단김에 빼랬다고, 장소를 확보하고 나자 나는 곧 착수했다. 각 학교를 대표할 수 있는 학생들에게 취지문을 띄웠더니 의외로 호응도가 아주 높았다. 우려했던 바와는 달리 경남여그 두 여학생 모두 가입하겠다는 의사를 보내왔다.

마침내 5월의 어느 일요일 오후, 충엽이네 집 8조 다다미방에 박○두·정복란 이상 경남여고, 김준오·김중하 이상 경남고, 윤옥순·이옥희 이상 부산여고, 박천석 부산상고, 장병국·홍삼출 이상 경남상고, 그리고 우리 학교의 김태수와 나, 이렇게 열한 명이 역사적인 첫 모임을 가졌다.

우리는 모임의 이름을 '成火성화'로 정하고, 매월 셋째 주 일요일마다 합평회를 가지기로 합의했다. 박○두와 한 방에 함께 앉아 있다는 사실만으로도 나는 행복했다. 그녀의 얼굴에 '빵꾸'가 나지 않는 게 다행이라고, 김태수가 놀렸을 정도로 나는 잠시도 그녀의 얼굴에서 눈을 뗄 수 없었다.

월례모임 외에도 우리는 토요일마다 자주 모였다. 동대신동의 개울가, 강경[41] 형님의 노모가 밀주를 빚어 파는 다 찌그러져 가는 토담집이 우리들의 아지트였다. 마치 손창섭의 소설 속에 등장함직한, 대낮에도 항시 어두컴컴한 방 안에 들어서면 하근찬[42] 왕형님과 강경 형님이 붙박이장처럼 앉아 있다가 반갑게 맞아 주곤 했다. 우리는 밤새도록 술을 퍼마시며 열띤 토론을 벌였다.

남들은 대입 준비로 눈코 뜰 새 없는 경황 중에도 우리는 활판으로 동인지 『成火』 창간호를 발간하여 소속 학교 재학생들에게 판매하는 여유까지 보였다.

11월초의 어느 날 밤, 출판기념 자축모임을 마치고, 박○두와 함께 보수천을 따라 거닐고 있었다. 부평동에 있는 그녀의

▲ 동인지 『성화』 표지

---

41) 강경姜耕 1934- : 시인. 본명 강상구姜尙求. 부산 출생. 당시 동아대 4년, 1960년 『현대문학』지에 유치환의 추천으로 데뷔한 뒤에 일본으로 이주했다. 시집으로 「과수원」, 「종교」, 「시인」 등이 있다.
42) 하근찬河瑾燦 1931-2007 : 소설가. 경북 영천 출생. 당시 동아대 4년. 1957년 단편 「수난이대」로 『한국일보』 신춘문예에 당선됨으로써 데뷔. 작품집으로 『낙뢰』, 『나룻배 이야기』, 『수난 이대』, 『흰종이 수염』, 『일본도』, 『야호夜壺』 등이 있다.

집까지 경호해주겠다는 명분을 내세웠지만, 실은 일생일대의 중대 발표를 하기 위해서였다.
　한동안 분위기를 띄우면서 검정다리에 이르렀을 때, 드디어 말문을 열었다.
　"검은 머리 파뿌리 되도록 이렇게 함께 있고 싶습니다."
　그러자 그녀는 "저는 문학은 좋아하지만, 작가는 가난해서 싫어예." 하고는 뒤도 돌아보지 않고 달아나 버리는 것이었다.

26

　3학년 초에 학예부장에 피선됨으로써 나는 문예반·음악반·미술반·웅변반 등을 총괄하는 수장이 되었다. 웅변반장 성기섭은 이미 고인이 된 지 오래이고, 미술반장 최관도는 졸업 이후로 한 번도 만난 일이 없어 그렇지만, 문예반장 정구영과 음악반장 주석중을 지금껏 아끼고 사랑하는 것도 바로 그러한 연유에서이다. '한번 오야봉은 영원한 오야봉, 한번 꼬봉은 영원한 꼬봉'이 아니겠는가!
　학예부장이라고 해서 특별히 수행하는 업무는 사실상 별로 없었다. 야구시합 때 커다란 북을 '둥둥' 치면서 "잘도오 한다!" 하고 한 번씩 똥폼을 잡는 일 외에는…….
　그러던 차에 마침내 큰 일거리가 하나 생겼다.
　하루는 방과 후에 교문을 막 나서는데, 바로 등 뒤에서 "춘복이." 하고 누군가 다정하게 부르는 소리가 들렸다. 교무주임인 K 선생이었다. '호랭이'란 별명답게 이름만 들어도 머리끝이 곤두서는 당신이 내 이름을, 그것도 다정하게 불러주었다는 사실에 나는 감격했다. 중3

때 있었던 예의 '그림사건'은 이미 잊은 지 오래였다.

"자네한테 한 가지 부탁할 게 있네." 하고 K 선생은 딱한 사정을 털어놓았다. 내용인즉슨, 도 학무국과 경찰국 공동주최로 '제1회 도내고교대항 교통안전가장행렬대회'를 개최함에 따라 우리 학교도 참가하지 않을 수가 없는데, 막상 그걸 맡아 추진할 선생이 한 분도 계시지 않는다는 것이었다. 부득불 학교장 명의로 시말서를 제출해야 할 형편인지라, 방금 긴급교무회의를 연 결과 궁여지책으로 학예부장에게 위임하기로 결정했다는 것이다. 다행히 김춘복이 이를 받아들여 입상할 경우에는 상금의 집행 또한 전적으로 그에게 위임하기로 결정했다는 말까지 들려주었다.

가뜩이나 비육지탄髀肉之嘆에 빠져 있던 나로선 귀가 번쩍 틔는 말이 아닐 수 없었다.

"상금은 어느 정도 됩니까?"

"1등은 10만환, 2등은 5만환, 3등은 3만환이다."

"정말로 그 상금을 저희들이 몽땅 다 써도 되는 겁니까?"

"물론이다. 시화전을 열든지, 음악회를 열든지, 자장면을 사먹든지, 학교 당국에서는 일절 관여하지 않을 테니까, 전적으로 자네가 알아서 집행하게."

내가 쾌히 수락하자, K 선생은 삼 년 앓던 이빨을 뽑은 것보다 더 시원한 모양이었다.

나는 그날 밤을 꼬박 뜬 눈으로 밝힌 끝에 밑그림을 완성했다. 대략 60여 명의 인원이 소요되었다. 방과 후에 1, 2학년 문예반·음악반·미술반·웅변반 반원들을 모두 소집해 놓고 보니, 인원수가 턱없이 부족했다. 하는 수 없이 럭비부를 끌어들이기로 했다. 그들도 흔쾌히 동참했다.

나는 이들을 음악실에 집결시켜 놓고 행사의 취지와 개요를 알린 데 이어 구상해 놓은 밑그림을 설명하기 시작했다.

"맨 선두에는 교기와 학도호국단기를 든 기수가 서고, 바로 그 뒤에는 두 대의 버스가 앞뒤로 선다. 앞차의 유리창에는 '공장행'이라고 표시하고, 뒤차에는 '정비불량'이란 딱지를 부착한다. 말하자면, 정비불량으로 사고를 낸 뒤차를, 같은 회사 소속인 앞차가 정비공장으로 견인해 가는 장면인 것이다. 뒤차의 운전기사는 여러분 가운데 한 사람이 맡아서 기름때에 전 정비복을 입고, 몽키 스패너를 든 두 손을 오랏줄에 묶인 채 두 명의 순경에게 연행되어 간다. 그 뒤에는 상두꾼들이 상여를 메고 뒤따르면서 내가 지은 교통안전표어를「향두가」 가락에 맞춰 크게 외친다. 럭비부가 이를 맡는다.

그 뒤를 굴건제복을 한 여러 상주들이 호곡을 하면서 따르고, 남녀 문상객들, 예컨대 할머니, 할아버지, 군인, 신사, 숙녀, 그 외에 들에서 일하다 급히 달려온 농부, 거지, 양아치 들이 그 뒤를 잇는다.

그리고 가장 중요한 대목인데, 최근 5년간 열차, 자동차, 선박, 항공기 등으로 인하여 발생한 사상자의 통계를 유인물로 작성하여 관중들에게 배포해줌으로써 교통안전의식을 고취하자는 것이다."

여기까지 청산유수로 설명하면서, 나는 스스로 놀랐다. '그래가지고 시나 떠억', '안 있나 그자' 하는 따위의 말버릇이 어느새 씻은 듯이 고쳐졌을 뿐만 아니라, '로보또'와는 더더욱 거리가 먼 자신을 발견했던 것이다.

수정안이 있거나 질의사항이 있으면 발언하라고 하자 무조건 대찬성들이었다.

나는 즉석에서 역할을 분담시키고, 각자 수행해야 할 임무를 부여했다. 부산진경찰서로 가서 경찰 제복을 위시하여 권총, 곤봉, 호루라기 등을 차용하고, 장의사에 가서 상복을 임대하고, 여객회사에 가서 버스 두 대를 계약하고, 학교 목공 아저씨에게 상여 제작을 의뢰하는 일은 전적으로 나의 몫이었다.

> 방심 속에 무단횡단 불행 속에 평생 후회
> 에에 에에 에에홍 어화 남차 에헤호옹……

상두꾼들이 상여를 메고 교내 운동장을 빙빙 돌며 리허설에 돌입하던 날, 수업 시간임에도 불구하고 본관 2층의 모든 교실 창문들이 동시에 활짝 열리며, "와아아아아아아……!" 하고 쏟아내던 전교생들의 환호성이 지금도 귀에 쟁쟁하다.

대회 하루 전날, 교내식당에다 가장행렬을 마치고 돌아오는 즉시 먹을 수 있도록 비빔밥 60여 명 분을 주문하는 것도 잊지 않았다.

마침내 대회가 열리는 날, 우리들 60여 명은 행사장인 구덕운동장에 집결했다.

그러나 우리는 그만 기가 팍 꺾이고 말았다. 제작비를 엄청나게 쏟아 부은 다른 학교의 초호화 장비와 눈부신 분장에 비해서 우리 학교의 그것은 상대적으로 너무나 초라했기 때문이다. 특히 통영수고統營水高의 경우, 거대한 모형 코끼리 위에 현란한 복색과 장신구로 치장한 인도의 왕과 왕비, 일산과 부채를 받쳐 든 궁녀들이 올라가 있는가 하면, 거북선이며 장갑차며 별의별 희한한 볼거리들을 다 동원했던 것이다. 또한 경남고의 경우에는 교복 차림의 재학생이 무개지프차를 몰고 나왔던 것이다. 그 광경을 본 대원들은 너나없이 전의를 완전히 상실하고 말았다.

"야, 야! 조금도 기죽을 필요 없어!"

나는 대원들을 격려하기 시작했다.

"너거 한분 생각해 봐라. 저 코끼리나 인도 왕, 왕비, 거북선, 장갑차가 교통안전하고 만고에 무슨 상관 있노? 눈요깃감으로는 그럴듯할지 모르지만, 개코도 알맹이가 없다 아이가? 그라고 운전면허증도 없는 미성년자가 차를 몰 수 있어? 심사위원들이 제대로 본다 카머 오히려 감점 대상인 기라, 모두 힘내라, 힘내! 천하없어도 1등은 우리 차지다!"

내가 한 말은 조금도 과장이 아니었다. 각 학교의 행색을 면면이 살펴보면, '교통안전'과는 전혀 무관한, 국민학교 운동회 수준의 '변장술대회'에 출전한 것이나 다름없었다.

그런데 정작 문제는 따로 있었다. 마침내 'ㄱㄴㄷ' 순으로 한 학교씩 운동장 밖으로 내보내기 시작하건만, 어찌된 영문인지 그때까지도 예약해 놓은 버스가 도착하지 않는 것이었다. 본부석에서 "부산고등학교 출발, 부산고등학교 출발하세요." 하고 연신 스피커로 외쳐댔지만, 우리는 발을 동동 구르며 출발을 유보할 수밖에 없었다. 요즘 같으면 당장 핸드폰을 쳐 볼 것이지만, 이러지도 저러지도 못하는 그때의 초조하고 답답한 심정은 어떠한 말로도 표현할 길이 없었다. 마지막 학교가 빠져나가도록 버스는 오지 않았다. 하는 수없이 입상을 포기하고 어깨를 축 늘어뜨리고 막 정문을 빠져나갈 때였다.

한 하급생이 외쳤다.

"형님, 저기 보이소. 우리 뻐스가 와 있심더."

"'공장행', '정비불량', 와아, 맞심더, 우리 뻐습니더."

그랬다. 약속 시간보다 조금 늦게 도착한 버스가 학생들에 막혀 운동장 안으로 들어오지 못하고 밖에서 대기하고 있었던 것이다.

"와아, 살았다아!"

우리는 사기충천했다.

도청 정문 앞에 높다랗게 마련된 심판대가 가까워오자, 나는 메가폰을 입에 대고 큰소리로 외쳤다.

"자아, 준비이!"

그러자 모두들 바짝 긴장하며 결의에 찬 눈빛이었다.

"시이작!" 하는 구령과 동시에 각자 혼신의 힘을 다하여 열연에 돌입했다.

    5분 앞서 가려다가 50년 먼저 간다
    에에 에에 에에홍 어화 넘차 에헤호옹

    한 사람의 거리 질서 열 사람이 웃고 간다
    에에 에에 에에홍 어화 넘차 에헤호옹……

상두꾼들은 목이 찢어져라 외치고, 순경들은 오랏줄에 묶여 비틀거리는 기사의 엉덩이를 번갈아 가며 구둣발로 걷어차고, 상주들은 대성통곡을 하고, 조문객들은 연신 눈시울을 훔쳐댔다.

    기분 좋다 과속 말고 바쁘다고 추월 말자
    에에 에에 에에홍 어화 넘차 에헤호옹

    운전자는 사람 조심 사람들은 차조심
    에에 에에 에에홍 어화 넘차 에헤호옹……

들에서 일하다 비보를 듣고 급히 달려온 농부로 변장한 2학년 최광

렬이 삽날 끝에 불똥이 튀도록 아스팔트 바닥을 찍으며 울부짖다가 급기야는 길바닥에 대굴대굴 구르며 입에 거품을 무는, 대본에도 없는 즉흥연기를 펼침으로써 관중들로부터 아낌없는 박수갈채를 받기도 했다. 나는 바로 이때다 하고, 관중들에게 배포해 주던 '최근 5년간의 교통사고 및 사상자 수'를 기재한 유인물을 심사대 위에다 무더기로 살포했다.

이윽고 보수동 거리를 통과하여 부산역 건너편에 있는 공터에 집결하자 시상식이 거행되었다. 그런데, 막상 뚜껑을 열고 보니, 어처구니 없게도 '3등'이라는 결과가 나왔다. 1등은 통영수고, 2등은 경남고였다. 우리는 심사 결과에 결코 승복할 수 없었다.

"말도 아이다. 젤 잘한 부고가 3등이라이!"

관중 속에서 야유가 터져 나왔다.

"심사위원 중에 경고 학부형이 있는 거 아이가?"

"미성년자가 운전대를 잡을 수 있나? 그런 걸 단속하기는커녕 상을 주다이, 혹시 그 학생 애비가 심사위원 아이가?"

"야, 부고, 힘내라, 누가 뭐라 캐도 너거가 1등이다, 아니, 특등이다, 특등!"

그랬다. 우리들 각자는 아무도 3등이라고 생각하지 않았다. 스스로 특등임을 자부했다.

모두 지칠 대로 지쳐 학교로 돌아가는 길은 멀기만 했다.

"야, 모두 힘내라. 비빔밥이 우리를 기다리고 있다!"

"헤엠요, 참말로 비빔밥 줍니꺼예?"

"임마, 내가 누고? 어제 60인분을 타악 시켜 놨다 아이가."

그런데 이런 변고가 있나? 교내 식당 안으로 들어가 한창 배식을 받고 있는 도중에 난데없이 당직 근무 중인 J 선생님이 나타나더니만.

"누가 밥을 시켰어?" 하고 고함을 치는 것이 아닌가!

"제가 시켰는데요……?"

"누구 허락 받았어?"

"……?"

너무나 황당하여 말이 나오지 않았다.

"학교란 엄연히 조직사회야. 위계질서가 있고 계통이 있단 말이야. 아주머니, 당장 배식을 중단하세요."

"선생님, 오늘 저희들 가장행렬에 출전해서 3등을 하고 오는 길입니다."

"3등이 아니라 1등을 했다고 해도 마찬가지야, 학교장의 재가를 받지 않는 한, 당직교사로서 묵인할 수가 없어. 모두 조용히들 집으로 돌아가!"

그리고는 휭 나가버리는 것이었다. 나는 하급생들 앞에 차마 고개를 들 수가 없었다. 식당 아저씨 내외분에게도 면목이 없었다.

하는 수 없이 교무실로 가서 백배사죄했다.

"선생님, 잘못했습니다. 의당 당직선생님께 먼저 보고를 드렸어야 했는데, 철이 없어 미처 거기까지 생각이 미치지 못했습니다. 선생님, 너그러이 용서해 주십시오. 이왕 시킨 음식이니 제발 먹도록 허락해 주십시오. 구덕운동장에서 학교까지 걸어오느라 모두들 몹시 시장합니다."

"배고픈 건 네놈들 사정일 뿐이야. 그렇다고 조직사회의 위계질서까지 깨뜨릴 수는 없는 법이야."

여전히 손톱도 들어가지 않자 나는 K선생을 끌어들였다.

"선생님, 실은 K 선생님께서 허락해주신 거나 마찬가집니다. 상금을 타게 되면 그 집행을 전적으로 학예부장인 제게 위임하신다고 말씀하셨습니다."

"뭣이 어째? 아무리 K 선생이 그런 말을 했다고 해도 일단 상장과 상금을 학교장님께 갖다 올리는 게 순서 아니겠어? 네놈 마음대로 집행하는 건 그 다음 문제야. 그게 조직사회의 질서라는 거야."

나는 최후의 수단으로 마지막 카드를 뽑아들었다.

"선생님, 정 그러시다면 저희들이 각자 돈을 내서 개별적으로 사먹도록 하겠습니다. 식당 아저씨도 손해가 여간 크지 않을 겁니다."

그러자 J 선생님은 자리에서 벌떡 일어나더니 앞장을 섰다. 드디어 허락하나 보다 하고, 속으로 얼마나 기뻤는지 모른다. 그러나 그게 아니었다. 그는 특유의 달변으로 왜 매식을 허락해줄 수 없는지에 대하여 장광설을 늘어놓았다.

결국 우리는 불평 한마디 하지 못하고, 자리를 털고 일어서는 수밖에 없었다.

60여 명의 학생들을 도 대회에 출전시키면서 지도교사 한 명 내보내지 않은 학교 당국의 처사는 그렇다 치자. 점심밥 한 끼마저 챙겨주지 않은 학교 당국의 무관심도 그렇다 치자. 그러나 나는 J 선생님의 처사만은 도무지 이해할 수가 없었다. 지도교사, 인솔교사 한 명 없이 도 대회에 나가 좋은 성적을 거두고 돌아온 제자들을 격려해주지는 못할지언정 입에 들어가는 밥숟갈마저 빼앗아버린 채 집으로 쫓아 보낸 J 선생님의 비정한 처사는 두고두고 잊을 수가 없다.

뒷날 내 뒤를 따라 서라벌예대로 진학한 김딘부의 말을 듣고, 나는 다시 한 번 분통을 터뜨리지 않을 수 없었다.

"혜엠요, 내 기막힌 얘기 하나 해줄까요? 혀엠이 졸업하던 그해에 학생회비를 결산하는데, 아무리 짜맞춰봐도 현금 3만환이 오갈 데 없이 남는 기라요. 몇 날 며칠째 골치를 썩이는 푼인데, 어느 선생이 '그거 혹시 김춘복이 가장행렬에 나가서 타 온 상금 아이가?' 캐갖고 비로소 밝혀졌답니더."

27

1학기가 끝나갈 무렵으로 기억된다. 부산대·동아대 국문과 선배들이 주축이 되어, 글깨나 쏩네 하는 부산 시내 고등학생·대학생들이 동아대 어느 강의실에 모여 '부산학생문학회'라는 동아리를 결성한 적이 있었다.

창립총회이니만치 회장단을 선출하게 되었는데, 대학생보다 고등학생 수자가 월등히 많다 보니, 투표 결과 내가 회장으로 당선되는 이변이 일어나고 말았다.

의당 대학생이 회장으로 당선될 것으로 믿고 추진위 측에서 자격 기준을 정하지 않음으로써 발생한 해프닝이었다. 고등학생이 회장이 되다니! 있을 수 없는 일이었다. 나의 강력한 주장을 받아들여 결국 차점자인 부산대 4학년 K 선배가 회장으로, 동아대 4학년 H 선배와 내가 수석부회장, 차석부회장으로 각각 조정됨으로써 일단락되었다.

단 한 차례의 창립총회만으로 흐지부지 끝나고 말았지만, 나의 문학 수업의 궤도를 바로잡아준, 무엇보다 값진 모임이었던 것은 고문으로 추대된 요산樂山 김정한 선생님의 격려사를 들을 수 있었기 때문이다.

"……자유를 짓밟는 독재에 아부하는 문학이 무슨 문학입니까? 헐벗고 굶주리는 이웃을 외면

▲ 요산 김정한 선생님

하고서, 꽃이 어떻고, 소녀가 어떻고, 낙동강이 어떻고 하는 것이 어찌 훌륭한 시가 되고 소설이 될 수 있느냐 이 말입니다.

지난 일요일, 서면에 있는 성지수원지에 바람을 쐬러 갔다가, 어떤 파렴치한이 부산 시민의 젖줄인 그 물에다 손발을 담그고 앉아 더위를 식히고 있는 장면을 목격했어요. 더욱 가관인 것은, 수행원이며 신문기자며, 심지어는 관리인이며 근무 중인 임석 경관까지 현장에 있었지만, 어느 누구 한 사람 저지하는 자가 없더라 이겁니다. 그래, '경남 관105호' 지프차가 그렇게도 무섭더란 말인가, 썩어빠진 것들 같으니라고……!"

순간, 강한 전류가 내 온몸을 훑고 지나가는 느낌이었다.

훨씬 뒷날 모 학생지에서「나를 만든 한마디 말」이란 주제로 원고를 청탁하기에 나는 서슴지 않고,「'경남 관105호' 지프차가 그렇게도 무섭더란 말인가」라는 글을 써 보냈거니와, 문학이 무엇 때문에 존재하는지, 작가의 사명이 무엇인가를 깨우쳐 준 당신의 이 말 한마디는 그날 이후 나의 금과옥조가 되었다.

28

친구들 이야기를 좀 더하고 넘어가야겠다.

초량 바닥에 사는 김태수와 김상철과 나는 중학교 때에는 주로 주석중의 집에서 어울리곤 했다. 그리고 간혹 소릿사 너머에 있는 이석재·윤의선, 부산진에 있는 설상대 정도로 만족했지만, 고등학교에 들어간 이후로는 점점 행동반경을 넓혀 범일동에 있는 서병호·신경, 서면에 있는 안상영[43]·정구영·조석제, 멀리 동래에 있는 이길우, 김의

근의 집에까지 원정을 갔었다. 가는 곳마다 우리는 항상 웃음판을 몰고 다녔다.

그중에서도 가장 자주 찾아간 곳은 단연코 서면이었다. 대개 출발하는 시간은 초저녁이었는데, 그 행차가 실로 가관이었다. 초량에서 서면까지 네댓 놈이 일렬횡대로 서서 교가 '아스라이'를 위시하여 온갖 잡동사니 노래를 메들리로 고래고래 소리쳐 부르며 대로를 휩쓸었으니 말이다. 특히 유치환 작사 윤이상 작곡인 모교의 「교가」를 부를 때면 온몸의 피란 피가 용솟음치며 천하에 두려운 존재가 없었다.

> 아스라이 한겨레가 오천 재를 밴 꿈이/ 세기의 굽잇물에 산맥처럼 부푸놋다/ 배움의 도가니에 불리는 이 슬기야/ 스스로 기약하여 우리들이 지님이라/ 스스로 기약하여 우리들이 지님이라// 사나이의 크낙한 뜻 바다처럼 호호코저/ 진리의 창문가에 절은 단성 후련서니/ 오륙도 어린 섬들 낙조에 젖어 있고/ 연찬에 겨운 배들 가물가물 돌아온다/ 연찬에 겨운 배들 가물가물 돌아온다

'장송곡' 같다고 비아냥거리는 타교생들이 더러 있긴 했지만, 우리 부고생들은 그 어느 누구도 그런 느낌을 가져본 적이 없었다. '국가'나 '교가'나 그 나라 국민, 그 학교 동문들만이 느낄 수 있는 특유의 사상과 감정을 지니고 있을진대, 어찌 외국인, 타교생들이 그걸 느낄 수 있단 말인가. 교명이 한 번도 등장하지 않음에도 불구하고, '아스라이 한겨레가 오천재를 밴 꿈이' '세기의 굽잇물'을 타고 '배움의 도가니'에 한껏 부풀어 오른 '사나이의 크낙한 뜻'을 이루어 '오륙도 어

---

43) 안상영安相英 1938-2004 : 전남 광양 출생. 관료 및 정치가, 서울대 공대 졸. 부산직할시장, 항만청장, 부산매일신문 사장 등 역임.

린 섬들을' 바라보며 귀항하는 대목에 이르면, 어느새 두 주먹은 불끈 쥐어져 있고 눈시울은 붉어지게 마련이었다.

다음으로 가장 기억에 남는 노래로는 그 당시에 크게 유행했던 「케세라 세라Que sera sera」를 들 수 있다.

> When I was just a little girl/ I asked my mother/ What will I be?/ Will I be pretty?/ Will I be rich?/ Here's what she said to me/ Que sera, sera/ Whatever will be, will be/ The furture's not ours to see/ Que sera, sera/ Whatever will be, will be// When I was just a child in school/ I asked my teacher/ What will I try?/ Should I paint pictures?/ Should I sing songs?/ This was her wise reply/ Que sera, sera/ Whatever will be, will be/ The furture's not ours to see/ Que sera, sera……

> 내 나이 아주 어릴 때/ 어머니에게 물었어요/ 난 커서 뭐가 될까요?/ 미인이 될까요?/ 부자가 될까요?/ 어머니는 이렇게 말했어요/ 케세라 세라/ 무엇이 되든지 간에/ 미래는 우리가 볼 수 있는 것이 아니란다/ 케세라 세라/ 무엇이 되든지 간에// 내가 학교에 다니게 되었을 때/ 선생님에게 물었어요/ 뭘 해볼까요?/ 그림을 그릴까요?/ 노래를 할까요?/ 선생님의 대답은 이랬어요/ 케세라 세라/ 무엇이 되든지 간에/ 미래는 우리가 볼 수 있는 것이 아니란다/ 케세라 세라……

알프레드 히치콕 감독의 영화 『나는 비밀을 알고 있다The Man Who Knew Too Much』에 출연한 도리스 데이가 주제가로 부르면서 더욱 유명해진 '케세라 세라'라는 이 말은 스페인어로 '될 대로 되라'라는 뜻인데, 이는 자포자기식의 '될 대로 되라'가 아니라 '무엇이 되어야 할 것은 결국 그렇게 되게 마련이다', 또는 '꿈은 이루어진다'라는 긍정적 의미를 내포하고 있음은 맨체스터 유나이티드의 응원 구호로 지정되어 있는 것만 봐도 자명하다.

그랬다, 우리는 각자 품고 있는 내일에의 꿈에 대하여 긍정적인 의미를 부여하며 목청껏 이 노래를 불러댔던 것이다.

그것만이라면 '실로 그 행차가 가관'이라고까지 할 수 없겠지만, 그때마다 우리들 중의 누군가의 손에는 초량시장 바닥에서 산 생갈치 네댓 마리가 대롱대롱 들려 있게 마련이었다.

마침내 목적지에 다다르면 우리는 그 집 대문 앞에서 교가 제창으로 피날레를 장식하곤 했다. 잠시 후, 대문이 열리면 우리는 이구동성으로, '와이고, 배고파 죽겠네, 밥 좀 주소오.' 했으니, 누가 보아도 미친 놈들이었다. 그리고 그 중심에는 항상 내가 있었다. 그리하여 새로이 얻어걸린 별명이 '미친갱이'였다. 나는 그 별명이 싫지 않았다. 무슨 일에든지 '미친다'는 것은 좋은 일이 아닌가. '미치다'는 말은 '도달하다'라는 말에 다름 아니라는 궤변까지 늘어놓으면서 나는 더욱 미쳐 갔다. 그러나 간혹 럭비부 편용봉이 주책없이 대로상에서 '어이, 미친갱이!' 하고 큰소리로 부를 때엔 창피스러웠던 것도 사실이다. 그럴 때면 으레 경남여고 여학생들이 무리를 지어 뒤따라오고 있었기 때문이다. 녀석이 노린 것도 바로 그 점이었던 것이다.

중2 때부터 방학을 맞을 때면 나는 친구들 중의 한 명씩을 얼음골 우리 집으로 데리고 가곤 했다. 이주택·김태수·김상철·조석제 등은 겨끔내기로 방학이 끝날 때까지 한 달 내내 함께 생활했던 이들이며, 더러는 며칠간씩 머물다 돌아간 이들도 있었다.

고2 겨울방학 때였다. 하루는 뜬금없이 주석중·김태수·안상영·김상철 등이 얼음골로 쳐들어 왔다. 무전여행을 한다는 것이었다. 나도 흔쾌히 동참했다. 우리 집에서 하룻밤을 묵고 나서, 마산에 있는 김상철의 S누나 집으로 해서 진주에 있는 최병렬[44]의 집에까지 가는 대장정이었다.

마산에 갔을 때였다. 김○영이라는 여학생 집에서 잠을 자고 아침밥을 먹는데 난감한 일이 발생했다. 모처럼 찾아온 귀한 손님들이라고 먹음직한 쇠고깃국이 밥상 위에 올랐건만, 하필이면 사타구니에 난 악성종기 때문에 나는 외면할 수밖에 없었다. 행여 상철의 누나가 오해라도 할까봐, 나는 수저를 들기에 앞서 짐짓 두 손을 경건히 모으고 엄숙한 표정으로 어릴 때 익혀두었던 「운장주」를 외우기 시작했다.

"천하영웅관운장 의막처 근청 천지팔위제장 육정 육갑 육병 육을 소솔제장 일별병영사귀 엄엄급급 여율령 사파하"

합장을 하며 동참해준 일행이나, 덩달아 두 손을 가지런히 모으고 있던 김상철의 S누나를 떠올리면 지금도 절로 웃음이 나온다.

진주에 있는 최병렬의 집은 시례 할아버지 집과 흡사한 전형적인 농가주택이었다. 나는 술을 마시지 않아 별로 문제가 없었지만, 막걸리를 마시고 있는 다른 녀석들은 넓은 마당을 가로질러 저만치 대각선 구석에 있는 정낭에까지 오줌통을 비우러 가는 일이 고역일 수밖에 없었다. 그렇다고 아무데나 대놓고 방뇨할 수도 없는 것이, 큰방에 계시는 어머니가 귀를 막고 있을 리가 만무하기 때문이었다.

나는 문득 기발한 착상이 떠올랐다. 옆문을 열고 나가 녀석들더러, "야, 너거, 앞으로 내가 하는 대로 따라 해라." 하고는 숙달된 조교로

---

44) 최병렬崔秉烈 1938- : 경남 산청 출생. 언론인, 관료, 정치가, 서울대 법대 졸. 조선일보 편집국장, 4선 국회의원, 문화공보부 장관, 노동부 장관, 서울특별시장 등 역임.

부터 시범을 보였다.

"첫째, 좌측 옆구리를 담벼락에 밀착시킨다.

둘째, 물건을 끄집어낸다.

셋째, 오줌 줄기를 담벼락에다 무한히 0에 수렴시킨다."

모두들 박장대소하더니, 이내 내 문하에 입문했다.

한겨울이라 이튿날 돌아오는 날은 너무나 추웠다. 나는 추위를 잊기 위하여 마라톤을 하기로 작정하고 진주에서 마산까지 한 번도 쉬지 않고 뛰었다.

이 이야기를 듣는 친구들마다 놀라 마지않았다.

"히야, 진주에서 마산까지 거리가 얼만데, 한 번도 안 쉬고 뛰었단 말가?"

"숨이 좀 가쁘긴 했지만, 거뜬히 해냈지. 럭비 선수답게……."

"다른 애들은?"

"스팀도 안 들어오는 '고빼칸화물칸'인데 별수 있나, 응달 포수 연장 떨듯 오들오들 떨었지, 뭐."

"그라머 마산에 도착하는 시간차가 엄청 많이 났겠는데?"

"똑같은 시간에 들어왔어, 1분 1초도 안 틀리게…."

"임마, 그걸 말이라고 하나, 니가 열차하고 같은 속력으로 달렸단 말가?"

"열차를 타고 가면서 뛰었다 카머 알아 처묵겠나, 이 멍충아!"

29

하루는 주석중의 집에 들렀더니 어머니 혼자 계신지라, 자연히 큰방에 단 둘만 있게 되었다.

어머니가 말했다.

"춘복이 니는 춥고 배고픈 소설가 될 생각 말고, 공장장이 되거라."

"왜요?"

"요새 세상에는 뭐니 뭐니 캐쌓아도 돈이 최고다. 그라고 시 살 아래 묵은 처자하고 결혼하도록 해라."

"아입니더, 어무이요. 저는 두 살 아래 처자하고 결혼할 겁니더."

"아이다. 시 살 아래가 딱 좋다."

"아입니더. 두 살 아래가 딱 좋심더."

내가 한사코 '두 살 아래'가 아니면 안 된다고 우겼던 것은, 주석중의 바로 손아래 누이가 두 학년 아래였기 때문이다.

"천하없어도 시 살 아래다."

"천하없어도 두 살 아랩니더."

"댁지늠! 여러 말 말고 내 말 들어라."

그런데 뒤에야 안 사실이지만, 그 누이는 국민학교를 일곱 살에 입학했기 때문에 어머니의 말대로 세 살 아래였던 것이다. 그렇게 웅숭깊은 뜻이 함축되어 있는 줄도 모르고 이 멍텅구리가 돼지발톱처럼 어깃장을 놓았으니, 어머니의 심기가 얼마나 불쾌했을까? 그러나저러나 그 누이는 현재 어머니의 소원대로 공장장을 만나 구들농사 잘 짓고 행복하게 살고 있으니, 오히려 얼마나 다행스러운 일인가!

주석중의 집에 드나들었던 친구들 가운데 나의 강력한 라이벌로는 유일하게 정구영을 들 수 있다. 그러나 그는 결코 나의 적수가 되지 못했다.

어느 날 그와 함께 주석중의 집에 들렀더니, 정작 당사자는 보이지 않고 뜻밖에도 마산에 사는 '대단한 미인'이라던 그의 이모님이 와 계셨다. 듣던 대로 과연 미인이셨다. 당시 유명했던 여배우 전계현을 닮은 얼굴형이었다. 정구영과 나는 큰방에서 어머니와 담소를 나누고 계시는 이모님의 얼굴을 마주 바라볼 수 있는 작은방 툇마루에 붙어 서서 우리끼리 이야기를 나누는 척하며 시선은 줄곧 그녀를 훔쳐보고 있었다.

그러다가 한 순간 깜박 잊어버리고 우리끼리 무슨 이야기를 나누고 있는데, 두 분께서 나란히 상체를 내밀고 우리 쪽을 향해 뭐라고 소곤거리시는 게 예사롭지 않아 보였다.

"어무이요, 와예?"

하고 내가 물어 보았다.

"이모님이 미남이라고 야단이다. 저래 잘생긴 학생은 생전 첨 본단다."

그러자 정구영이 촉새처럼 날름 끼어들었다.

"저보고 카는 말씀이지예?"

"말고, 옆에 있는 학생."

이번에는 내가 물었다.

"저보고 카는 말씀이지예?"

"하모, 학생 말고 옆에 또 누가 있노?" 하고 이모님은 계속하셨다. "아이고 세상에, 내가 젤 좋아하는 일본 영화배우 아라시 간지로를 쏙 빼닮았네."

'학예부장'이란 직함과 '아라시 간지로' 이름을 꺼내기만 하면, 정구영이 요즘도 얼굴을 붉히는 이유가 바로 여기에 있는 것이다.

30

12월에 접어들면서부터 고3 졸업반 학생들은 이른바 '대학생'이 되어 출결 문제에 전혀 신경을 쓸 필요가 없게 되었다. 획일적인 수업보다 집에서건 도서관에서건 각자의 취약 과목을 집중적으로 공략할 수 있도록 학교 측에서 특별히 배려해준 것이었다.

나는 김태수를 위시한 몇몇 친구들과 함께 매일같이 아침밥을 먹던 길로 곧장 동광동에 있는 시립도서관으로 직행해서 거기에서 하루해를 보내곤 했다.

그러던 어느 날, 검정고시로 이미 대학생이 될 김용원이 떡하니 서울대 교복을 입고 현장에 나타나자 모두들 그를 부러워하지 않을 수 없었다.

어쩌면 그렇게도 감쪽같이 속일 수 있느냐, 일 년 먼저 대학생이 되니까 소감이 어떠냐, 고등학생 교복을 입고 있는 우리를 보니까 한심하지……? 별의별 말로 놀려댔지만 그는 의외로 정반대의 반응을 보였다.

남보다 일 년 앞서 대학생이 된 성취감보다 꿈 많은 고3 시절을 날려버린 상실감이 더 크다는 것이었다. 그날 이후 거의 매일 현장에 나타나 우리랑 함께 어울렸던 것인데, 그때마다 그는 나랑 윗도리 바꿔 입기를 강요하다시피 했다. 그렇게라도 함으로써 '날려버린 고3 시절'의 기분을 맛보고 싶었던 것이다.

따라서 시립도서관에만 가면 나는 서울대학교 문리과대학 물리학과 1학년 '김용원'으로, 그는 부산고등학교 3학년 '김춘복'으로 둔갑했다.

'히야아, 춘복이 니가 입으이꺼내 훨씬 더 어울린다. 니 평생 언제 또 서울대 교복을 입어보겠노.' 하는 주위의 말에 우쭐거리며, 무리를 지어 시가지를 활보하기도 하고 보란 듯이 전차나 버스를 타고 돌아다 녔으니, 돌이켜보면 치기도 그런 치기가 없었다.

김용원은 나와 김태수와 김상철을 영주동 뒷산 비탈에 있는, 중·고시절 6년간 기식했던 백씨 댁으로 자주 데려가곤 했다.

여기도 부산인가 싶을 정도로 울도 담도 없는 날림집들이 게딱지처럼 다닥다닥 붙어 있는가 하면, 아침마다 공동변소 앞에 2, 30명씩 장사진이 연출되곤 하는 그런 동네였다. 부산역전대화재[45]가 빚은 결과였다.

▲ 김용원의 30대 모습

우리들이 갈 때마다 백씨 내외분은 아주 친절하게 맞아주었다. 후덕하게 생긴 형수님은 세숫대야만 한 큰 양푼에다 흰 쌀밥을 고봉으로 차려주었는가 하면, 밤이 되면 으레 막걸리 파티를 열어주곤 했다.

거나하게 술기가 오를라치면 평소에 과묵하던 김용원의 입에서 불평불만이 쏟아져 나오기 일쑤였다.

제주4·3사건에서부터 여순반란사건, 거창양민학살사건, 농지개혁, 한국전쟁, 국민방위군사건, 반민특위 와해, 김구 선생을 위시하여 송진우·장덕수·여운영 암살사건, 발췌개헌 등에 이르기까지…….

취기가 절정에 이를라치면 그는 곧잘 이 노래를 부르곤 했다.

바람이 분다/ 바람이 분다/ 현해탄에서 불어온다/ 영주동 모퉁이에 불이 붙는다/ 잘 탄다 신난다/ 소방차와 엠피차는 달린다/ 불은 붙어도 물이 없어 못 끈다/ 랄랄라라 랄라라/ 잘 탄다 신난다/ 소방대는 구경만 한다/

---

45) 1953년 11월 27일, 부산 중구 영주동 일대에서 발생한 대화재. 이 사건으로 인하여 당시 부산의 노른자위격인 부산역, 남포동, 중앙동, 광복동, 국제시장 일대가 전소되었다.

잘 탄다 신난다/ 엠피들은 카메라만 찍는다

실은 그 당시에 크게 유행했던 일본 가요 「구고가 유꾸구름이 간다」를 개사한 것이었는데, 경쾌하고 신나는 가락에다 현장감이 있어 모두들 목청껏 합창하곤 했다.

부산에서 활동하던 시절의 '암장巖漿'[46] 멤버들이 이 노래를 「단가團歌」로 정하고 뒷날 성인이 되어 '당黨'을 조직하는 날 '당가黨歌'로 만들고자 했다는 글[47]을 최근에 읽고 나는 깜짝 놀랐다.

아아, 김용원! 그에 관한 이야기를 마무리하던서 새삼 격분하지 않을 수 없다. 뒷날 경기여고 교사로 근무하던 도중에 물리학자의 꿈을 펼쳐보지도 못한 채, 억울하게도 유신정권의 흐생양[48]이 되고 말았으니 말이다.

31

2년 전에 서라벌예대 문창과에 진학했던 박정부 형님이 모교를 방문한 것은 겨울방학을 며칠 앞둔 어느 날이었다

---

[46] 1950년대 중반, 좌장격인 박중기를 중심으로 부산사범의 이수병·유진곤·김종대·김정위·박영섭·염광섭, 부산고의 김금수·이영호·김용원·김터수·황영만 등으로 결성된 비밀독서모임. 뒷날 이들의 상당수가 인혁당사건에 연루되어 유신체제의 희생양이 되었다.

[47] 이창훈, 「이제부터 나도 아버님이라 부를란다」, 『헌쇠 80년』, 헌쇠 박중기 선생 산수문집 발간위원회 엮음, p.205.

[48] 유신 체제에 맞선 민청학련의 배후에 북한의 지령을 받는 인혁당재건위가 있다고 날조 조작하여 1975년 4월 8일 김용원 등 8명에게 사형을 선고한 데 이어 18시간 만에 전격적으로 사형을 집행한 사건. 이로 인해 국내외로부터 '사법살인'이라는 비판을 들었으며, 특히 국제법학자협회는 이날을 '사법 암흑의 날'로 선프하기도 했다. 2002년 의문사진상규명위원회는 이 사건이 고문에 의해 조작된 것이라고 발표했으며, 2007년 법원은 재심에서 8명 전원에게 무죄를 선고했다.

영남예술제 때의 추억이 떠오르면서 우리는 열렬히 그를 맞았다. 다른 학교도 아닌 서라벌예대, 내년에 내가 진학할 바로 그 학교가 아닌가!

그는 작심하고 온 듯, 후배 문예반원들을 계단강의실에 모아놓고 '한국현대문학사'란 제목으로 특강을 했다.

개화기에서부터 해방 직후에 이르기까지의 우리 문학의 흐름을 시기별로, 장르별로, 작가별로 그처럼 일목요연하게 설명해 줄 수 있다니! 여태까지 학교 수업에서는 한 번도 들어볼 수 없었던, 따라서 서라벌예대 문창과로 진로를 굳힌 나의 선택이 백번 옳았음을 확인시켜준 명강의였다.

정부 형님은 그것으로 끝내지 않았다. 3학년을 별도로 모으더니, 초량시장 안에 있는 술집으로 데리고 가는 것이었다. 대다수는 이 핑계 저 핑계를 대고 도중에 빠져버리고 나를 위시해서 김태수와 이영찬, 그리고 문예반원은 아니었지만 강의에 참석했던 최문열과 넷이서 줄레줄레 따라갔다.

다섯 명이 방 안으로 들어가자 치마저고리 차림의 예쁜 아가씨들이 들어와 한 사람 옆에 한 사람씩 끼어 앉는 것이 아닌가!

그날 우리는 젓가락장단에 맞춰 노래를 불러가며 얼마나 퍼마셨는지 모른다.

마지막에는 연화동에 있는 최문열의 집에가 자게 되었는데, 이튿날 아침에 헤어질 때까지 나는 정부 형님에게 수차례에 걸쳐 확인하고 또 확인했다.

"형님, 과연 제가 합격하겠습니까?"

그때마다 되돌아오는 대답은 한결 같았다.

"아무 걱정 마시오. 두고 보시오, 내가 장담하건대, 춘복 씨는 장학생이 되고도 남을 거요."

'합격'이 되는 것만으로도 감지덕지하거늘 '장학생'이라니! 과연 그렇게만 된다면, 그리하여 입학등록금을 비롯하여 졸업할 때까지의 등록금 전액을 면제받을 수 있다면 그보다 더 좋은 일이 어디 있겠는가!
　당시 우리 집은 살림이 완전히 거덜 난 상태였다. 1956년 8월에 치러졌던 지방선거 당시 민주당 공천을 받아 면장선거에 입후보했던 아버지가 개표과정에서 촛불을 두 차례나 끄는 이른바 '올빼미 개표'로 애석하게도 16표차로 당락이 뒤바뀌는 바람에 빚잔치를 하다시피 했던 것이다. 이를 만회하고자 어머니가 두 팔을 걷어붙이고 장마당에 포목전을 펼치기까지 했지만, 엎친 데 덮친 격으로 빚더미만 더 가중시켰을 뿐이다. 결국 1961년 초봄의 어느 날, 팔풍 생활을 접고 도로 남명으로 올라가 합가할 수밖에 없었다.
　그나마 한 가지 위안이 되는 것은, 비록 낙선의 고배를 마셨을지언정, 자유당 공천을 받아 부정선거로 당선된 상대방보다 아버지가 훨씬 더 자랑스럽게 여겨지는 점이었다. 아버지로선 그야말로 대변신이 아닐 수 없었던 것이다.

32

　졸업을 바로 코앞에 둔 1957년 신년 벽두였다. 부산여자보건고등학교에서 주최하고 국제신보사가 후원하는 '제1회 도내중·고등학교 학생문예콩쿨대회' 소설 부문에 단편 「탈출기」를 출품한 결과, 전 장르를 통틀어 한 명에게 주어지는 '특등'에 당선되었으니, 한마디로 말해서, 내 문학소년 시절의 대미를 장식해준 쾌거가 아닐 수 없었다.
　광안리해수욕장에서 럭비부 합숙훈련을 했던 당시의 체험을 바탕에 깔고, 자선사업을 빙자한 채 전쟁고아들을 미끼로 협잡을 일삼는 고아원의 이면을 폭로한 내용이었는데, 심사위원의 한 분이었던 요산 선생님으로부터 '겸손한 태도로써 굳건히 공부해 나간다면 앞으로 대성할 소질이 엿보인다.'는 찬사까지 들었으니 그 이상 무엇을 더 바라랴!

비단 나뿐만 아니라, 시 부문에 김민부, 논문 부문에 오명수가 1등을 차지했는가 하면, 김석규·이영찬이 시 부문에서 각각 3등과 가작에 입선함으로써, 그야말로 우리 부고 문예반이 경남학생문단을 싹쓸이했다고 해도 과언이 아니었다.

공교롭게도 시상식은 졸업식과 겹친 2월 25일에 거행되었다. 나는 시상식 쪽을 택했다. 특등 기념품으로 받은 도지사 컵을 들고 졸업 기분도 낼 겸, 다른 수상자들과 축하하러 온 친구들과 함께 어울려 수정동 구석구석을 샅샅이 뒤졌지만, 음식점마다 술집마다 휴업이었다. 6·25를 기념하기 위하여 정부에서 매달 25일을 '국난극복일'로 정해 놓고, 음식 및 주류 판매는 물론, 음주가무 행위 일체를 법령으로 금지했기 때문이다. 그러나 우리는 단념하지 않았다. 마침내 어느 가게에 들어가 도지사 컵을 보여 주며 통사정을 하자, 마음씨 넉넉해 보이는 주모가 문을 안으로 걸어 잠그고 술을 내놓았다.

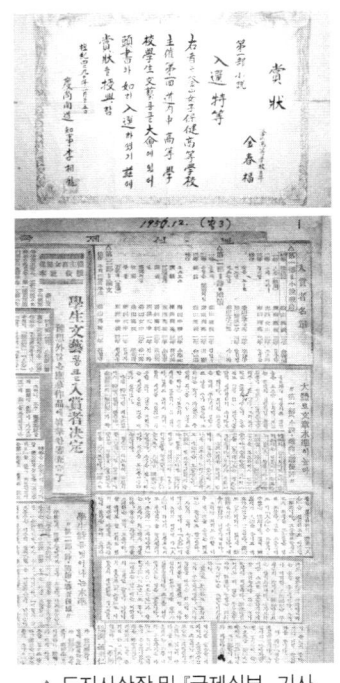

▲ 도지사상장 및 『국제신보』 기사

얼마나 마셨던지 다음날 아침에 깨어나 어떻게 해서 집으로 돌아왔는지 전혀 기억할 수가 없었다. 팔뚝이 쓰라려 내복을 걷어 보았더니, 무엇에 찍힌 듯 살점이 뜯기고 피멍이 들어 있었다. 컵을 신주단지처럼 모시고 시종 수행했던 김석규 후배의 말에 의하면, 고관입구에서 깡패들의 기습을 받았다는 것이었다. 그나마 다행인 것은 그 취중에도 얼굴을 향해 날아드는 머리통만 한 돌을 팔뚝으로 막아내더라고 했다.

졸업장을 받으러 학교에 가자, 어느 선생님이 농을 던졌다.

"임자식, 어제 졸업식에도 참석 안 하고, 하르 종일 색시 궁딩이 뚜디리 가미 술 퍼마셨제?"

그때 상품으로 받았던 컵은 온데간데없어지그 말았지만, 상장과 지상에 발표됐던 요산 선생님의 심사평만은 지금껏 스크랩북에 고이 간직하고 있다.

33

10여 일간에 걸쳐 「탈출기」가 『국제신보』에 연재되고 있던 어느 날이었다. 강경 형님으로부터 『한국일보』 신춘문예 소설 부문에 당선된 하근찬 왕형님의 당선축하회에 참석해달라는 연락을 받고 김태수와 함께 동대신동으로 기억되는 모 다방에 당도하고 보니, 이미 김정한 선생님을 위시하여 이주홍, 손동인, 김태홍 선생님 등 부산을 대표하는 여러 문인들이 먼저 와 환담을 나누고 있었다. 그날 현장에서 박○두, 정복란과 조우하게 된 것 또한 행운이 아닐 수 없었다. 알고 보니, 당선작 「수난이대」를 낭독시키기 위해서 주최 측에서 특별히 초청했던 것이다. 우리는 한 탁자에 마주보고 앉았다. 고등학교 교복을 입은 이라곤 우리 넷뿐이었다.

여러 분들의 축사와 당선자의 답사에 이어 먼저 정복란이 일어나 작품의 전반부를 읽고 나자, 뒤이어 박○두가 나머지 후반부를 낭독했는데, 그 가운데 이런 대목이 나온다.

　　술을 마시고 나면 이내 오줌이 마려워지는 것이다. 만도는 길가에 아무렇게나 쭈그리고 앉아서 고기 묶음을 입에 물려고 하였다. 그것을 본 진수는,
　　"아부지, 그 고등어 이리 주소."
　　하였다. 팔이 하나밖에 없는 몸으로 물건을 손에 든 채 소변을 볼 수는 없는 것이다. 아버지가 볼일을 마칠 때까지 진수는 저만큼 떨어져 서서 지팡이를 한쪽 손에 모아 쥐고, 다른 손으로 고등어를 들고 있었다. 볼일을 다 본 만도는 얼른 가서 아들의 손에서 고등어를 다시 받아 든다.

지금 읽어 보면 별 내용이 아님에도 불구하고, 박○두의 목소리로 듣는 그 순간의 선정적인 감정은 참으로 묘했다. 그 감정을 주체하지 못한 채 낭독이 끝나자마자, 나는 벌떡 일어나 당돌하게도 식순에도 없는 '축가'를 자청하여 「밀양아리랑」을 열창했다.

　　날 좀 보소 날 좀 보소오 나알 조옴 보소오/ 동지섣달 꽃 본 듯이 날 조옴 보소오……

노래를 부르는 동안 여기저기에서 나를 손가락질하며 수군댔다. 입놀림과 표정으로 미루어 짐작컨대 이런 말들을 주고받는 것 같았다.
　'아니, 저놈 저기이 누고?'
　'요즘 『국제신보』에 연재되고 있는 「탈출기」를 쓴 김춘복이라는 녀석이야.'
　'그 작품 꽤 괜찮더라.'

'재미있는 녀석이군!'

무슨 소리들을 하건 나는 조금도 개의치 않고 2절까지 신나게 불러 재꼈다.

정든 님이 오시는데에 인사아를 못해애/ 행주치마아 입에 물고오 입마안 바앙긋/ 아리아리랑 스리스리랑 아라리가 났네/ 아리랑 고개로 날 넘겨주소…….

34

중2 때부터 소설가가 되기로 작심하고 학과 공부를 등한시했던 내게 서라벌예대 문창과는 그야말로 든든한 버팀목이 아닐 수 없었다.

어떤 친구들은 전·후기 시험에 낙방하고 오갈 데 없는 찌꺼기들이나 가는 거기엘 가다니, 차선책으로 연고대 국문과에 원서를 넣어보지 그러느냐고 아쉬움을 토로했지만 천만의 말씀, 설령 서울대에서 장학생으로 모셔가겠다고 해도 한사코 고사했을 것이다. 학장인 염상섭을 위시하여 김동리·서정주·박목월·안수길 등, 명실 공히 한국문단을 대표하는 소설가와 시인들의 실물을 보는 자체만으로도 가슴 설레는 일이거늘, 직접 그분들의 지도를 받을 수 있다니, 이보다 더 좋은 데가 또 어디 있단 말인가! 게다가 국어, 영어, 국사에다 실기시험밖에 없다고 하니, 마치 나를 위해서 설립한 학교나 다름없지 않은가!

입학원서에 학교장 직인을 찍어주며 담임선성이 말했다.

"부급천리負芨千里라는 말이 무슨 뜻인지 알제?"

"스승을 찾아 책상을 짊어지고 천리 길을 떠난다는 뜻입니다."

"너한테 딱 어울리는 말일세. 큰 나무 밑에 큰 나무가 난다고 했으니, 훌륭한 작가가 되길 바라네. 내친김에 수석 합격을 해갖고 부모님 힘을 덜어드리게 된다면 그보다 더 큰 효도가 또 어디 있겠나!"

합격만 되어도 다행이라고 나는 생각했다. 불합격이 된다면 재수할 각오까지 하고 있었다.

드디어 3월 중순의 어느 날, 청운의 꿈을 안고 서울행 완행열차에 몸을 실었다. 서울역에 내리자, 김용원과 이미 서울 문리대 영문과에 합격한 김태수가 마중 나와 있었다.

명륜동에 있는 용원이의 자취방에서 하룻밤을 묵고 다음날 아침 그들의 안내를 받으며 미아리에 있는 서라벌예대를 찾아가 고사를 치른 결과, 정부 형의 장담대로, 그리고 담임선생의 덕담대로 수석의 영예를 안을 수 있었다.

▲ 제5회 졸업생 일동
맨 뒷줄 오른편에서 세 번째가 저자.

35

'싱갑이', '백정', '미칭갱이', '소설가', '사조가' 등의 별명으로 기성 세대에 저항하고 맞부딪쳤던 질풍노도, 그 광기의 계절! 가끔씩 그 시절로 되돌아가고 싶은 것은 비단 나만의 감상일까?

1977년 3월 26일, 모교에서 졸업 20주년 기념행사를 마치고 나서 피로연 장소인 부전동 고려호텔 스카이라운지에서 졸업 후 처음으로 뵌 김하득 전 교장선생님께서 나를 아주 반겨주셨다.

"자네 이번에 아주 큰일을 했더군. 요산한테 들었네."

그 큰일이란, 『창작과비평』에 『쌈짓골』을 발표함으로써 늦깎이로 데뷔한 것을 두고 이름이었다. 김동리 선생의 창작실기지도 시간에 읽은 단편 「낙인」으로 『현대문학』에 초회 추천을 받은 지 만 17년 만의 일이었다.

아아, 그 17년 동안 김동리 선생의 시 「이무기」를 푸념처럼 읊조리며 몸을 뒤친 적이 그 몇 천 번이었던가!.

앞내 소에
앞내 소 이무기 산다
소낙비에도
다시 나는 햇빛에도
하늘 내음 어림인가
쉰 길 물속에서
이무기는
몸을 뒤친다

▲ 김동리 선생님

덧뵈기

지금까지 발표한 소설들이 허구적 대리인을 통하여 '나'를 간접적으로 표현한 것이라면, 이 작품은 출생에서부터 고등학교를 졸업할 때까지의 성장과정을 직설적으로 적나라하게 드러낸 발가벗은 나의 나신裸身이다.

일제강점기하의 식민지교육, 해방 후 좌우이데올로기의 갈등과 대립, 한국전쟁. 자유당 독재정권하의 어용교육 등, 굽이굽이 모진 세월을 헤치며 성장한 과정을 가감 없이 그려내기란 결코 수월한 일이 아니었다.

요소마다 이미 발표한 작품의 일부를 차용한 부분이 꽤 많다. 그만큼 성장기의 체험이 나의 소중한 문학적 자산이 되었음을 방증해주는 것이라 하겠다. 낱낱이 출처를 밝혀야 마땅하지만 일일이 그러자니 식상한 감이 없지 않아 상당부분 어물쩍 그냥 넘어가기도 했음을 밝힌다.

글을 마치며 어머니의 말을 다시 한 번 상기허본다.

"하이고, 씨부랄거, 수풀만 우거지며 뭐하노, 토찌비가 나와야 말이지!"

삼가 어머님 영전에 이 책자를 바친다.

"엄마요, 보시이소. 드디어 토찌비가 나왔심더."

아스라이 먼 하늘나라에서 어머니의 목소리가 들려온다.

"하이고, 떠그랄거, 토찌비만 나오머 뭐하노, 방맹이를 들고 있어야 말이지!" ♣

작가 연보

1938년 01세 경남 밀양시 산내면 남명리 동명동 속칭 '숲마'에서 부 김원두金元斗 씨와 모 백필경白弼庚 씨 사이에서 8남매 중 장남으로 태어남.
본관은 김해, 아호는 빙곡永谷, 또는 심우당尋牛堂.

1945년 08세 조부모 슬하에서 유년기를 보내고, 면소재지 팔풍에 있는 산내국민학교에 입학함.

1951년 14세 9월, 부산중학교에 입학함. 2학년 때 국어 교사인 소설가 오영수吳永壽 선생을 사사하며 장차 소설가가 되기로 마음먹음.

1954년 17세 2월, 『학원』 3월호에 시와 콩트가 각각 입선작, 우수작으로 뽑힘.
4월, 부산고등학교에 입학함. 학우들을 대상으로 '일곱별동인'을 조직하고, 동인지 『일곱별』을 등사본으로 제9호까지 발간함.
진로를 서라벌예대 문창과로 굳히고, 학과 공부를 전폐하다시피 함. 체력 단련을 위하여 럭비부에 들어가 스크럼센터로 활동함.

1956년 19세 부산 시내 남녀 고교생 문우들과 '성화동인成火同人'을 조직하고 동인지 『성화』 창간호를 간행함.
부산보건여고가 주최하고, 국제신보사가 후원하는 '제1회 도내중·고등학교 학생문예콩쿨대회'에 단편 「탈출기」를 응모하여 특선도지사상으로 뽑힘.

1957년 20세 4월, 서라벌예대 수석으로 입학함.

1959년 22세 3월, 위 학교 수석으로 졸업함. 김동리 선생의 추천으로 단편 「낙인烙印」이 『현대문학』 6월호에 발표됨.

1960년 23세 1월, 육군에 입대함. 보병 제30사단 병참부에서 33개월간 복무함.

1963년 26세 2월, 부산 영도구 문화류씨 복출福出 씨의 차녀 문자文子 양과 결혼함.

3월초, 밀양시 단장면 소재 홍제중학교 교사로 부임함.
할머니 별세하심.

1964년 27세 1월, 맏딸 은하銀河 태어남.

1967년 30세 3월, 둘째딸 나리 태어남.

1968년 31세 세종고등학교로 전임.

1969년 32세 1월, 아들 한얼 태어남.

1971년 34세 동아대학교 부설 중등교원양성소 수료.

1972년 35세 수필「오너라, 나의 봄아」를 『부산일보』 4월 6일자에 게재함.
6월, 세종고등학교 정원에 석고로 예수성심상높이 4m을 조각하여 건립함.

김정한의 『인간단지』·황석영의 『객지』 등을 읽고 문학 수업을 다시 시작함.

1974년 37세 5월, 영남상업고등학교로 전임함.

1975년 38세 3월, 중앙대학교 사범대학 부속고등학교로 전임함에 따라 솔가하여 서울로 이사함.

1976년 39세 장편『쌈짓골』을『창작과비평』에 투고, 여름~겨울호에 분재됨으로써 처녀작「낙인」이후 만 17년 만에 공식 데뷔함.
자유실천문인협회에 가입하여 이후 6월항쟁까지 각종 집회 및 시위에 적극 가담함.

1977년 40세 창작과비평사에서 장편『쌈짓골』을 간행함.
단편「소원수리」를 『창작과비평』 가을호에 발표함.

1978년 41세   장편『계절풍』을『창작과비평』에 5회에 걸쳐 분재함.
칼럼「교원의 사기 위축과 복지」를『새한신문』8월 17일자에 발표함.
10월, 수필「경남 관105호 지프차가 그렇게도 무섭더란 말인가」를
『학원』10월호에 발표함.

1979년 42세   장편『계절풍』을 한길사에서 간행함.
칼럼「사랑을 위한 변주곡」『독서신문』5월 20일자,「도시문화에 병드는 농촌」『신동아』8월호,「교복시대 지났다」『새한신문』제1044호,「어떤 교감선생님」『새한신문』제1049호,「죽어가는 교실」『새한신문』제1055호,「교원 처우 개선 인색하다」『동아일보』9월 20일자 등을 발표함.
12월, 칼럼「내가 바라는 80년대」를『주간 시민』제540호에 발표함.

1980년 43세   단편「바가지와 찡」을『실천문학』창간호에 실었으나, 신군부의 검열에 걸려 제목만 목차에 얹히고 내용은 삭제당함.

1981년 44세   칼럼「교단아, 나는 통곡한다」를『신동아』5월호에 발표함.
12월,「그해 겨울의 눈」을『중앙예술』에 발표함.

1982년 45세   칼럼「참스승의 길」을『문교행정』5월호에 발표함.
7월, 문인해외시찰단의 일원으로 프랑스·그리스·요르단·대만 등지를 시찰함.
소설가 이정호李貞浩·윤정규尹正奎·이규정李圭正·백우암白雨岩 등과 '제3문학동인'을 조직하고 11월에『제3문학』을 한길사에서 펴냄.

1984년 47세   칼럼「국토사랑의 교육」을『문교행정』4월호에 발표함.
10월, 이화여대 연극반에서『쌈짓골』을 각색하여『당나무 주인이 누고』를 공연함.
에세이「농민의 으뜸가는 즐거움, 가을걷이」를『한국인』10월호에, 칼럼「클럽 활동의 실상과 반성」을『문교행정』12월호에 각각 발표함.

1985년 48세   에세이「'나' 아닌 '우리'로서의 삶을 위하여」를『한국인』1월호에 발표함.

3월, 부산 거칠산극단에서 『계절풍』과 『쌈짓골』을 합본 각색하여 창립기념공연을 함.

1986년 49세 4월에 장편소설 『꽃바람 꽃샘바람』 제1부를 일월서각에서 간행함.
칼럼 「H 스님께」·「눈치 배짱지원의 허구」 등을 『대한불교신문』 4월~7월에 발표함.
5월, 23년간 몸담았던 교직에서 용퇴하여 청탑학원 한샘학원의 전신에 출강함.
칼럼 「밀양문학이 나아갈 길」을 『밀양문학』 창간호에 게재함.
전교조 해직교사 및 문예창작에 관심 있는 현직교사들로 구성된 교육문예창작회 고문으로 추대됨.

1987년 50세 4월, 양지학원으로 옮김.
4월 29일, 자유실천문인협의회에서 선언한 '4·13조치'에 대한 '문학인 206인의 견해'에 서명함.

김정한	박화성	장용학	김규동	이호철	고 은	남정현	천승세	박완서	송기숙	백낙청	현재훈	신경림	표문태	이기형	민 영
윤정규	김제영	문병란	박태순	김지하	황석영	이성부	조태일	이문구	조세희	강호무	송 영	윤흥길	한승원	강은교	임정남
정희성	백도기	최하림	임수생	문순태	양성우	김주영	조선작	방영웅	임헌영	염재만	최범서	백우암	김홍신	김만옥	박용수
벽범신	김성동	강석경	문정희	박정만	김준태	현기영	김준복	오종우	안종관	송기원	김명수	정호승	윤재걸	김창완	이하석
이종욱	김동현	김상열	구중관	안석강	이동순	김홍규	최원식	조갑상	유양선	홍정선	김태현	임철우	강형철	이은봉	최두석
이현석	구모룡	고정희	김민숙	노순자	황광수	서영은	윤정으	이경자	김승희	이상계	김중태	이시영	이진행	유덕희	김명식
김희수	송 현	표성흠	오정환	이윤택	장석주	류명선	강영환	이혜숙	김혜순	양귀자	노영호	하충오	정수남	채광석	정규화
선명한	홍일선	김용택	김진경	고형렬	김정환	윤재철	이영진	황지우	강사현	양현석	전진우	이원하	이은식	김흥수	김영호
강병철	조재도	전무용	천인순	운중호	박용남	이재무	임우기	유인화	조기조	정영상	고광헌	곽재구	나종영	이장동	박몽구
김봉근	김경미	강태형	안도현	김백겸	도종환	김장규	김희식	배창환	김형근	김용락	김종인	정안면	김하늬	박영희	조영명
정대호	박영근	이승철	김해화	박선욱	김기홍	김영언	현준만	이재현	김남일	김이구	심종원	위기철	백진기	서홍관	박남준
오봉옥	백학기	박두규	박태엽	정인섭	차정미	최동현	서소로	공지영	김영수	고규태	조진태	정남수	운동훈	박정열	임동확
홍처연	김인숙	유시춘	안정효	기형도	이택주	이상락	이병원	이병희	최인석	박인홍	유재영	박경원	원희석		

12월, 할아버지 별세하심.

1989년 52세 장편소설 『꽃바람 꽃샘바람』을 동광출판사에서 간행함.
에세이 「공동체 의식을 다진 신랑달기놀이」를 『한국인』 9월호에, 단편소설 「벽」을 『창작과비평』 여름호에 각각 발표함.

1990년 53세 중편소설 「평교사 황보 선생의 어느 날」을 『사상문예운동』 여름호에 발표함.
「고교교육현장—벽 2」를 『닫힌 교문을 열며』 공저/사계절에 게재함.

1991년 54세   중편소설「선생님 집에 잘 다녀왔습니다」를 『밀양문학』 제4집에 발표함.
교육문제연작소설집 『벽』을 도서출판 풀빛에서 간행함.
콩트「갈비와 닭똥집」을 사보 『삼도』에 발표함. 장편소설 『계절풍』
을 개작하여 한길사에서 간행함.

1992년 55세   콩트「망신살」을 『보시기가 싱싱해』 공저/도서출판 진화에 게재함.

1994년 57세   4월, 아버지 별세하심.
콩트「신별주부전」을 사보 『미원』 8월호에 발표함.

1998년 61세   6월초, 식솔들을 서울에 남겨둔 채 홀로 낙향하여 노모를 모시고 창작에 전념함.
밀양문학회에 가입하여 고문으로 추대됨.
9월, 홍제중학교 교정에 세워진「創立者吳應石校長頌德碑창립자오응석교장송덕비」에 졸필로 비명과 비기를 씀.

1999년 62세   5월, 삼문송림 끝자락에 세워진 '이재금시비'에 그의 대표작「도래재」를 씀.
칼럼「휴대폰 유감」을 『농어촌주부문학』 제4집에, 에세이 '20세기에 사라진 풍물'·「다듬이질 소리」·「초가」를 각각 『좋은글밭』 10월호와 11월호에 실음.
7월, 일본 도자기문화를 둘러보고, 기행문「일본, 무엇이 우리네와 다른가」를 『밀양문학』 제12집에 게재함.

2000년 63세 1월, '가칭 밀양독립기념관건립건의서를 작성하여 당시 이상조 시장 및 장익근 시의회의장과 독대하여 피력하였으나 예산관계상 불가 판정을 받음.
사민족문학작가회의 경남지회장으로 피선됨.
칼럼 「역설 밀레니엄」을 『농어촌주부문학』 제5집에 발표함.
칼럼 「이러하고도 충절의 고장인가」를 『밀양신문』 3월 3일자에 발표함.
10월, 밀양 출신 독립운동가들의 항일전적지인 중국의 연변·길림·장춘·북경·태항산 등지를 답사함.
연구논문 「약산 김원봉의 사상과 생애」를 『밀양문학』 제13집에,
중편소설 「조지나강사네」를 『경남작가』 창간호에 발표함.

2001년 64세 사민족문학작가회의 자문위원으로 추대됨.
중편소설 「알풍소와 긴조9호」를 『경남작가』 제2집에 발표함.
연구논문 「석정 윤세주의 생애와 사상」을 『밀양문학』 제14집에 발표함.

2002년 65세 향토탐구 영상 대본 「미리벌 이야기」를 『경남작가』 제3집에 발표함.
조선의용대 항일전적지를 취재할 목적으로 5박 6일간 제2차 중국 답사여행을 함.
사민족문학작가회의 고문으로 추대됨.

2003년 66세 5월, 밀양댐 농암정 앞뜰에 건립한 「망향비」의 비문을 작성함.

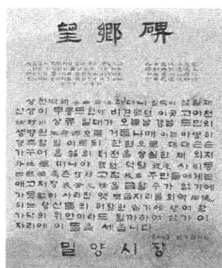 

9월, 상동면 신안 마을 북쪽 속칭 '꿀뱅이바우' 위쪽에 위치한 「밀양검무」의 창시자 운심雲心의 묘소를 재발견함으로써 일반에 널리

알려지게 됨.

9월, 아들 한얼, 충북 보은 밀양박씨 광용光用 씨의 3녀 영선英善 양과 결혼함.

2004년 67세 6월, 어머니 별세하심.
장편소설 『칼춤』 집필 시작함.
경희한의원 이계홍 원장의 후원으로 향토탐구영상물 『미리벌 이야기』 55분 분량를 제작하여 전국 도서관·대학교, 도내 각 기관 및 학교에 무료로 배본함. 현재 유튜브에서 시청 가능함.

2005년 68세 1월, 손녀 은지垠志 태어남.

2007년 70세 부산중·고 제10회동기회 졸업50주년기념 문집 책임편집을 맡아 2년간의 각고 끝에 12월, 도서출판 두엄에서 『연찬에 겨운 배들』을 간행함. 이 책에 중·고 시절의 회상기 「질풍노도, 그 광기의 계절」을 게재함.

2008년 71세 「자연문화회 신불사 탐방기」를 『밀양문학』 21집에 실음.

2009년 72세 1월, 손자 우찬佑燦 태어남.

2010년 73세 장편소설 『꽃바람 꽃샘바람』 개정판을 '사3·15의거기념사업회'에서 출간함.

2016년 79세 1월, 10여 년간의 각고 끝에 장편소설『칼춤』을 산지니에서 간행함.
12월, 중편「나의 유소년 시절의 초상」을『경남작가』제30집에 게재함.

2017년 80세 1월, '경남작가상'을 수상함. 산문「봉별기逢別記」및「신해가사新海歌詞」를『밀양문학』제30집에 게재함.
10월, 부산중·고총동창회보『청조靑潮』제456호에 졸업 60주년기념행사 소감문「학발동안鶴髮童顔의 화려한 귀항歸航」을 게재함.

2018년 81세 7월, 산문『그날이 올 때까지』를『경남작가』제33집에 게재함.
10월, 산문집『그날이 올 때까지』를 산지니에서 간행함.
12월, 산문「다가올 찬란한 대낮으로 증거하시라」를『밀양문학』제31집에 게재함.

2019년 82세 3월, 한국문화예술위원회에서 산문집『그날이 올 때까지』를 '2018 문학나눔' 도서로 선정함.
3.19~31, 극단 '해반드르'에서 중편「조지나강사네」를『아버지의 다락방』이라는 제목으로 각색하여 서울 세실극장에서 공연함. 연출 윤민영, 기획 김재현, 총예술감독 이영희, 각색 양일권, 윤색 및 협력연출 유경민, 출연진 안병경·김형자·김종철·조은덕·김영·정슬기·박정미·반민정·정철·이효영·배한성 등.

5월, 성장소설『토찌비 사냥』을 도서출판 두엄에서 간행함.

참고 자료

강동수, 「어떤 시낭송회」, 『국제신문』, 2001. 10. 18.
구중서, 「한국현대사의 허울을 벗겨 보였다」, 『뿌리깊은나무』 서평, 1979년 11월호.
김귀현, 「제3회 경남작가상에 김춘복 소설가 선정」, 『경남일보』, 2017. 1. 18.
김다숙, 「밀양 천황산자락 소설가 김춘복」, 2004. 1 30.
김성진, 「『쌈짓골』로 『칼춤』을 읽다」, 『밀양문학』 제29집, 2016년.
김성진, 「김춘복의 소설 읽기」, 『밀양문학』, 제24집, 2011년.
김영우, 「'쌈짓골'의 작가 얼음골에 집필 '둥지'」, 『신경남일보』, 1998. 6. 25.
김종성, 「문제작가 문제작, 김춘복 장편소설 『꽃바람 꽃샘바람』」, 『세계일보』, 1989. 9. 5.
김훤주, 「'칼춤' - 조선 검무 기생 운심의 환생 이야기」, 「지역에서 본 세상」, 2016. 1. 25.
박경옥, 「오늘의 문학 속의 인물상, 김춘복의 『쌈짓골』」, 『이대학보』, 1980. 4. 21.
박래부, 「명작의 무대 문학기행, 김춘복의 『쌈짓골』 밀양」, 『한국일보』, 1989. 2. 12.
박인숙, 「뒤늦은 입지, 문단에 새바람」, 『일간스포츠』, 1981. 7. 15.
박인숙, 「문학의 산실, 소설가 김춘복 씨」, 『일간스포츠』, 1979. 10. 4.
박종수, 「'우리'를 위한 '나'의 자화상들」, 『밀양문학』 제31집, 2018.
백 철, 「신진 작가의 비약, 6월 작품 BEST의 순위」, 『동아일보』, 1959. 6. 20.~22.
변승기, 「3·15가 선발투수라면 4·19는 구원투수지요」, 『3·15의거』 제9호, 2007. 12. 30.
서병욱, 「32년 만의 첫 창작집, 『벽』 김춘복 씨」, 1991. 7. 3.
안정숙, 「『계절풍』, 역사의 소용돌이 그려내」, 『서울경제신문』, 1980. 3. 15.
염무웅, 「농촌현실과 자주적 농민상」 『쌈짓골』 해설, 본 작품집, 1977. 6. 30.
원종태, 인터뷰, 「예술인」, 『경남민예총』, 2016. 12. 30.
윤지관, 「파시즘 하의 변혁운동과 소설」, 『창작과비평』, 1989년 겨울호.
이광우, 「자연, 또 하나의 삶 7, 소설가 김춘복」, 『부산일보』, 2000. 6. 9.

이수경, 「무조건 잘살기운동의 허상」, 『경남도민일보』, 1979. 12.
이순욱, 「해원解寃과 해후邂逅에 이르는 길」, 『경남작가』 제29호, 2016.
이종욱, 「'계절풍', 해방 후 민중의 생생한 삶 그려」, 『주부생활』, 1979. 11월호.
임채민, 「'고희' 앞둔, 소탈하지만 날카로운 '열정가'」, 『경남도민일보』, 2007. 11. 11.
임헌영, 「4월혁명과 민족주체의식의 변화」, 『꽃바람 꽃샘바람』 작품집 해설, 1989. 4. 15.
임헌영, 「농촌소설의 구습 극복, 김춘복의 『쌈짓골』」, 『부산일보』, 1976. 12. 18.
임헌영, 「장편소설 쌈짓골」, 『여성동아』, 1977년 10월호.
장유리, 「어떻게 지내십니까, 밀양얼음골의 김춘복 선생님을 찾아서」, 『경남작가』 제25호, 2014.
장인철, 「4·19 30주년 맞아 시와 소설 조명」, 『한국일보』, 1990. 4. 19.
전정희, 「아버지 친일행위는 생존의 수단」, 『사사토픽』, 1992. 1. 30.
정근재, 「명작기행 8 김춘복의 『쌈짓골』, 밀양 산내면 시롓골」, 『영남일보』, 2001. 11. 23.
정성주, 「독자가 평하는 77년도의 문제작, 김춘복의 『쌈짓골』」, 『이대학보』. 1977. 12.
정찬영, 「3·15의거의 경험과 문학적 형상화」, 『한국문학논총』 제62집, 2012. 12.
조명숙, 「작가탐방 김춘복 소설가, 말채나무 회초리」, 『작가와사회』 제18집, 2005년 봄호.
조승철, 「자연 속의 예술가 10, 밀양얼음골 소설가 김춘복」, 『국제신문』, 2002. 3. 22.
천이두, 「사시와 정시」, 『문학과지성』, 1977년 겨울호.
최광렬, 「1959년의 문단 수확 총평」, 『자유문학』 1959. 12월호.
최유권, 「창작의 고향, 한국문학 속의 현장을 찾아」, 『경향신문』, 1993. 6. 3.
하아무, 「열정과 신념이 가득한 한 원로 작가의 역사」, 『경남작가』 제34집, 2018.
하재청, 「작가탐방 – 김춘복, '쌈짓골'을 지키는 수호나무」, 『경남작가』 제5집, 2005.
한작가, 「소설가 김춘복의 심우당 환원재」, 『작가들의 집필실 풍경』, 인터넷, 2008. 8. 15.
홍기삼, 「한국문화의 70년대 결산 1, 문학」, 『한국일보』, 1979. 11. 21.
황종현, 「문학의 현장을 찾아서, 김춘복의 『쌈짓골』」, 『성대신문』, 1980. 8. 24.
_____, 「76년의 문제작」, 『중앙일보』, 1976. 12. 6.

        , 「대형화하는 소설」, 『동아일보』, 1976.12.6.
        , 「우리가 워디 사람인게뷰」, 『건대신문』, 1986. 7. 16.
        , 「좌우 헛된 갈등, 이제는 풀어야 할 때」, 『국제신문』, 2016. 2. 17.
        , 「수풀만 우거지면 뭐하노, 토찌비가 나와야지!」 『밀양, 그 아름다운 속살 이야기』, 2017년 여름호.

이 도서의 국립중앙도서관 출판예정도서목록(CIP)은 서지정보유통지원시스템 홈페이지(http://seoji.nl.go.kr)와 국가자료공동목록시스템(http://www.nl.go.kr/kolisnet)에서 이용하실 수 있습니다.(CIP제어번호: CIP2019017196)

토찌비 사냥

2019년 05월 10일 초판 1쇄 찍음
2019년 05월 15일 초판 1쇄 펴냄

지은이 김춘복
펴낸이 나문석
편 집 장상호
교 정 김옥경

펴낸곳 도서출판 두엄
       등록번호 : 제03-01-503호
       주   소 : 대구광역시 중구 명륜로12길 21
       대표전화 : (053)423-2214
       전자우편 : dueum@hanmail.net

ⓒ김춘복, 2019
ISBN 978-89-85645-78-2

＊지은이와 협의하여 인지는 생략합니다.
＊이 책 내용의 전부 또는 일부를 재사용하려면 반드시 지은이와
  도서출판 두엄 양측의 동의를 받아야 합니다.
＊책값은 뒤표지에 표시되어 있습니다.

＊이 책은 경남문화예술진흥원의 문화예술지원금을 보조받아
  발간되었습니다.